Ensemble, c'est tout

Anna Gavalda

Ensemble, c'est tout

le dilettante
9-11, rue du Champ-de-l'Alouette
Paris 13ᵉ

ISBN 2-84263-085-8

À Muguette
(1919-2003)
Corps non réclamé.

Première partie

Paulette Lestafier n'était pas si folle qu'on le disait. Bien sûr qu'elle reconnaissait les jours puisqu'elle n'avait plus que ça à faire désormais. Les compter, les attendre et les oublier. Elle savait très bien que c'était mercredi aujourd'hui. D'ailleurs elle était prête! Elle avait mis son manteau, pris son panier et réuni ses coupons de réductions. Elle avait même entendu la voiture de la Yvonne au loin… Mais voilà, son chat était devant la porte, il avait faim et c'est en se penchant pour reposer son bol qu'elle était tombée en se cognant la tête contre la première marche de l'escalier.

Paulette Lestafier tombait souvent, mais c'était son secret. Il ne fallait pas en parler, à personne.

«À personne, tu m'entends?» se menaçait-elle en silence.

«Ni à Yvonne, ni au médecin et encore moins à ton garçon…»

Il fallait se relever lentement, attendre que les objets redeviennent normaux, se frictionner avec du Synthol et cacher ces maudits bleus.

Les bleus de Paulette n'étaient jamais bleus. Ils étaient jaunes, verts ou violacés et restaient longtemps sur son corps. Bien trop longtemps. Plusieurs mois quelquefois… C'était difficile de les cacher. Les bonnes gens lui demandaient pourquoi elle s'habillait toujours comme en plein hiver, pourquoi elle portait des bas et ne quittait jamais son gilet.

Le petit, surtout, la tourmentait avec ça :

– Alors Mémé ? C'est quoi ce travail ? Enlève-moi tout ce bazar, tu vas crever de chaud !

Non, Paulette Lestafier n'était pas folle du tout. Elle savait que ses bleus énormes qui ne partaient jamais allaient lui causer bien des ennuis un jour...

Elle savait comment finissent les vieilles femmes inutiles comme elle. Celles qui laissent venir le chiendent dans leur potager et se tiennent aux meubles pour ne pas tomber. Les vieilles qui n'arrivent pas à passer un fil dans le chas d'une aiguille et ne se souviennent même plus de comment on monte le son du poste. Celles qui essayent tous les boutons de la télécommande et finissent par débrancher l'appareil en pleurant de rage.

Des larmes minuscules et amères.

La tête dans les mains devant une télé morte.

Alors quoi ? Plus rien ? Plus jamais de bruit dans cette maison ? Plus de voix ? Jamais ? Sous prétexte qu'on a oublié la couleur du bouton ? Il t'avait mis des gommettes pourtant, le petit... Il te les avait collées les gommettes ! Une pour les chaînes, une pour le son et une pour éteindre ! Allons, Paulette ! Cesse de pleurer comme ça et regarde donc les gommettes !

Arrêtez de me crier dessus vous autres... Elles sont parties depuis longtemps, les gommettes... Elles se sont décollées presque tout de suite... Ça fait des mois que je cherche le bouton, que j'entends plus rien, que je vois juste les images avec un tout petit murmure...

Criez donc pas comme ça, vous allez me rendre sourde encore en plus...

2

– Paulette ? Paulette, vous êtes là ?

Yvonne pestait. Elle avait froid, resserrait son châle contre sa poitrine et pestait de nouveau. Elle n'aimait pas l'idée d'arriver en retard au supermarché.
Ça non.

Elle retourna vers sa voiture en soupirant, coupa le contact et prit son bonnet

La Paulette devait être au fond du jardin. La Paulette était toujours au fond de son jardin. Assise sur un banc près de ses clapiers vides. Elle se tenait là, des heures entières, du matin jusqu'au soir peut-être, droite, immobile, patiente, les mains posées sur les genoux et le regard absent.
La Paulette causait toute seule, interpellait les morts et priait les vivants.
Parlait aux fleurs, à ses pieds de salades, aux mésanges et à son ombre. La Paulette perdait la tête et ne reconnaissait plus les jours. Aujourd'hui, c'était mercredi et le mercredi c'était les courses. Yvonne, qui passait la prendre toutes les semaines depuis plus de dix ans, soulevait le loquet du portillon en gémissant : « Si c'est pas malheureux ça… »
Si c'est pas malheureux de vieillir, si c'est pas malheureux d'être si seule et si c'est pas malheureux d'arriver en retard à l'Inter et de ne plus trouver de Caddies près des caisses…

Mais non. Le jardin était vide.

La mégère commençait à s'inquiéter. Elle alla derrière la maison et mit ses mains en œillères contre le carreau pour s'enquérir du silence.

«Doux Jésus!» s'exclama-t-elle, en apercevant le corps de son amie étendu sur le carrelage de la cuisine.

Sous le coup de l'émotion, la bonne femme se signa n'importe comment, confondit le Fils avec le Saint-Esprit, jura aussi un peu et alla chercher un outil dans la remise. C'est avec une binette qu'elle brisa la vitre et au prix d'un effort magnifique qu'elle se hissa jusqu'au sur le rebord de la fenêtre.

Elle eut du mal à traverser la pièce, s'agenouilla et souleva le visage de la vieille dame qui baignait dans une flaque rose où le lait et le sang s'étaient déjà mélangés.

– Ho! Paulette! Vous êtes morte? Vous êtes morte, là?

Le chat lapait le sol en ronronnant, se moquant bien du drame, des convenances et des éclats de verre tout autour.

Yvonne n'y tenait pas trop mais les pompiers lui avaient demandé de monter dans le camion avec eux pour régler des problèmes administratifs et les conditions d'entrée aux urgences :

– Vous la connaissez c'te dame ?

Elle s'était offusquée :

– Je crois bien que je la connais ! On était à la communale ensemble !

– Alors montez.

– Et ma voiture ?

– Elle va pas s'envoler votre voiture ! On vous ramènera tout à l'heure…

– Bon… fit-elle résignée, j'irai en courses tantôt…

C'était bien malcommode là-dedans. On lui avait indiqué un tabouret minuscule à côté du brancard où elle s'était calée tant bien que mal. Elle serrait fort son sac à main et manquait de tomber à chaque tournant.

Un jeune homme était avec elle. Il gueulait parce qu'il ne trouvait pas de veine dans le bras de la malade et Yvonne n'aimait pas ces manières :

– Gueulez pas comme ça, marmonnait-elle, gueulez pas comme ça… Qu'est-ce que vous lui voulez d'abord ?

– La mettre sous perf'.

– Sous quoi ?

Au regard du garçon, elle sut qu'il valait mieux la mettre en veilleuse et continua son petit monologue dans sa barbe :

«Regardez-moi ça, comment qu'il lui triture le bras, non mais regardez-moi ça... Quelle misère... Je préfère ne pas voir... Sainte Marie, priez pour... Hé! Mais vous lui faites mal là!»

Il se tenait debout et réglait une petite molette sur le fil. Yvonne comptait les bulles et priait n'importe comment. Le bruit de la sirène l'empêchait de se concentrer.

Elle avait pris sur son genou la main de son amie et la lissait comme si c'était le bas de sa jupe, mécaniquement. Le chagrin et l'effroi l'empêchaient d'être plus tendre...

Yvonne Carminot soupirait, regardait ces rides, ces cals, ces taches sombres par endroits, ces ongles fins encore, mais durs, mais sales et fendus. Elle avait posé la sienne à côté et les comparait. Certes elle était plus jeune pour sa part et plus dodue aussi, mais surtout, elle avait eu moins de peine ici-bas. Elle avait travaillé moins dur et reçu davantage de caresses... Elle, il y avait bien longtemps qu'elle ne s'échinait plus au jardin... Son mari continuait les patates, mais pour le reste, c'était beaucoup mieux à l'Inter. Les légumes étaient propres et elle n'était plus obligée de dépiauter le cœur des laitues à cause des limaces... Et puis elle avait son monde : son Gilbert, sa Nathalie et les petites à cajoler... Alors que la Paulette, qu'est-ce qu'il lui restait à elle? Rien. Rien de bon. Un mari mort, une traînée de fille et un gamin qui venait jamais la voir. Que des soucis, que des souvenirs comme un chapelet de petites misères...

Yvonne Carminot était songeuse : alors c'était ça, une vie? Ça pesait si léger? C'était si ingrat? La Paulette pourtant... Quelle belle femme c'était! Et comme elle était bonne! Comme elle rayonnait autrefois... Et alors? Où ce que c'était donc parti tout ça?

À ce moment-là, les lèvres de la vieille dame se mirent à bouger. En un instant, Yvonne chassa tout ce bazar de philosophie qui l'encombrait :

– Paulette, c'est Yvonne. Tout va bien ma Paulette... J'étais venue pour les commissions et...

– Je suis morte ? Ça y est, je suis morte ? murmura-t-elle.

– Bien sûr que non, ma Paulette ! Bien sûr que non ! Vous êtes pas morte, voyons !

– Ah, fit l'autre en refermant les yeux, ah...

Ce « ah » était affreux. Petite syllabe déçue, découragée et déjà résignée.

Ah, je ne suis pas morte... Ah bon... Ah tant pis... Ah excusez-moi...

Yvonne n'était pas de cet avis :

– Allons ! Il faut vivre ma Paulette ! Il faut vivre, tout de même !

La vieille dame secoua la tête de droite à gauche. À peine et tout doucement. Minuscule regret triste et têtu. Minuscule révolte.

La première peut-être...

Puis ce fut le silence. Yvonne ne savait plus quoi dire. Elle se moucha et reprit la main de son amie avec plus de délicatesse.

– Ils vont me mettre dans une maison, n'est-ce pas ?

Yvonne sursauta :

– Mais non, ils vont pas vous mettre dans une maison ! Mais non ! Et pourquoi que vous dites ça ? Ils vont vous soigner et puis voilà ! Dans quelques jours vous serez chez vous !

– Non. Je sais bien que non...

– Ah ! ça par exemple, mais voilà autre chose ! Et pourquoi donc, mon petit bonhomme ?

Le pompier lui fit un geste de la main pour lui demander de parler moins fort.

– Et mon chat ?

– Je m'en occuperai de votre chat… Soyez sans crainte.

– Et mon Franck ?

– On va l'appeler votre gars, on va l'appeler de suite. Je vais m'en charger.

– Je ne retrouve plus son numéro. Je l'ai perdu…

– Je le retrouverai, moi !

– Mais il ne faut pas le déranger, hein… Il travaille dur, vous savez…

– Oui Paulette, je sais bien. Je lui laisserai un message. Vous savez comment c'est aujourd'hui… Les gamins, ils ont tous un portable… On ne les dérange plus maintenant…

– Vous lui direz que…que je… que…

La vieille dame s'étranglait.

Alors que le véhicule amorçait sa montée dans la côte de l'hôpital, Paulette Lestafier murmura en pleurant : «Mon jardin… Ma maison… Ramenez-moi dans ma maison s'il vous plaît…»

Yvonne et le jeune brancardier s'étaient déjà levés.

4

– À quand remontent vos dernières règles?

Elle était déjà derrière le paravent en train de se battre avec les jambes de son jean. Elle soupira. Elle savait qu'il allait lui poser cette question. Elle le savait. Elle avait prévu son coup pourtant… Elle avait attaché ses cheveux avec une barrette en argent bien lourde et était montée sur cette putain de balance en serrant les poings et en se tassant le plus possible. Elle avait même sautillé un peu pour repousser l'aiguille… Mais non, ça n'avait pas suffi et elle allait avoir droit à sa petite leçon de morale…

Elle l'avait vu à son sourcil tout à l'heure quand il lui avait palpé l'abdomen. Ses côtes, ses hanches trop saillantes, ses seins ridicules et ses cuisses creuses, tout cela le contrariait.

Elle finissait de boucler son ceinturon tranquillement. Elle n'avait rien à craindre cette fois-ci. On était à la médecine du travail, plus au collège. Un baratin pour la forme et elle serait dehors.

– Alors?

Elle était assise en face de lui à présent et lui souriait.

C'était son arme fatale, sa botte secrète, son petit truc en plumes. Sourire à un interlocuteur qui vous embarrasse, on n'a pas encore trouvé mieux pour passer à autre chose.

Hélas, le bougre était allé à la même école… Il avait posé ses coudes, croisé ses mains et posé par-dessus tout ça un autre sourire désarmant. Elle était bonne pour répondre. Elle aurait dû s'en douter d'ailleurs, il était mignon et elle n'avait pas pu s'empêcher de fermer les yeux quand il avait posé ses mains sur son ventre…

– Alors? Sans mentir, hein? Sinon, je préfère que vous ne me répondiez pas.

– Longtemps…

– Évidemment, grimaça-t-il, évidemment… Quarante-huit kilos pour un mètre soixante-treize, à ce train-là vous allez bientôt passer entre la colle et le papier…

– Le papier de quoi? fit-elle naïvement.

– Euh… de l'affiche…

– Ah! De l'affiche! Excusez-moi, je ne connaissais pas cette expression…

Il allait répondre quelque chose et puis non. Il s'est baissé pour prendre une ordonnance en soupirant avant de la regarder de nouveau droit dans les yeux :

– Vous ne vous nourrissez pas?

– Bien sûr que si je me nourris!

Une grande lassitude l'envahit soudain. Elle en avait marre de tous ces débats sur son poids, elle en avait sa claque. Bientôt vingt-sept ans qu'on lui prenait la tête avec ça. Est-ce qu'on ne pouvait pas parler d'autre chose? Elle était là, merde! Elle était vivante. Bien vivante. Aussi active que les autres. Aussi gaie, aussi triste, aussi courageuse, aussi sensible et aussi décourageante que n'importe quelle fille. Il y avait quelqu'un là-dedans! Il y avait quelqu'un…

De grâce, est-ce qu'on ne pouvait pas lui parler d'autre chose aujourd'hui?

– Vous êtes d'accord, n'est-ce pas ? Quarante-huit kilos, ça ne fait pas bien lourd…

– Oui, acquiesça-t-elle vaincue, oui… Je suis d'accord… Il y a longtemps que je n'étais pas descendue aussi bas… Je…

– Vous ?

– Non. Rien.

– Dites-moi.

– Je… J'ai connu des moments plus fastes, je crois…

Il ne réagissait pas.

– Vous me le remplissez, ce certificat ?

– Oui, oui, je vais vous le faire, répondit-il en s'ébrouant, euh… C'est quoi cette société déjà ?

– Laquelle ?

– Celle-ci, là où nous sommes, enfin la vôtre…

– Touclean.

– Pardon ?

– Touclean.

– T majuscule o-u-c-l-i-n-e, épela-t-il.

– Non, c-l-e-a-n, rectifia-t-elle. Je sais, ce n'est pas très logique, il aurait mieux valu «Toupropre», mais je pense qu'ils aimaient bien ce côté yankee, vous voyez… C'est plus pro, plus… wondeurfoule drim tim…

Il ne voyait pas.

– C'est quoi exactement ?

– Pardon ?

– Cette société ?

Elle s'adossa en tendant ses bras devant elle pour s'étirer et c'est avec une voix d'hôtesse de l'air qu'elle déclina, le plus sérieusement du monde, les tenants et les aboutissants de ses nouvelles fonctions :

– *Touclean, mesdames et messieurs, répond à toutes vos exigences en matière de propreté. Particuliers, professionnels, bureaux, syndics, cabinets, agences, hôpitaux, habitats, immeubles ou*

ateliers, Touclean est là pour vous satisfaire. Touclean range,
Touclean nettoie, Touclean balaye, Touclean aspire, Touclean
cire, Touclean frotte, Touclean désinfecte, Touclean fait briller,
Touclean embellit, Touclean assainit et Touclean désodorise.
Horaires à votre convenance. Souplesse. Discrétion. Travail
soigné et tarifs étudiés. Touclean, des professionnels à votre service!

Elle avait débité cet admirable laïus d'une traite et sans
reprendre son souffle. Son petit french docteur en resta
tout abasourdi :

– C'est un gag?
– Bien sûr que non. D'ailleurs vous allez la voir la dream
team, elle est derrière la porte...
– Vous faites quoi au juste?
– Je viens de vous le dire.
– Non, mais vous... *Vous!*
– Moi? Eh bien, je range, je nettoie, je balaye, j'aspire, je
cire et tout le bazar.
– Vous êtes femme de mén...?
– Ttt...technicienne de surface, je préfère...
Il ne savait pas si c'était du lard ou du cochon.
– Pourquoi vous faites ça?
Elle écarquilla les yeux.
– Non, mais je m'entends, pourquoi «ça»? Pourquoi pas
autre chose?
– Pourquoi pas?
– Vous n'avez pas envie d'exercer une activité plus...
euh...
– Gratifiante?
– Oui.
– Non.

Il est resté comme ça encore un moment, le crayon en
l'air et la bouche entrouverte puis a regardé le cadran de sa

montre pour y lire la date et l'a interrogée sans lever le nez :
– Nom ?
– Fauque.
– Prénom ?
– Camille.
– Date de naissance ?
– 17 février 1977.

– Tenez, mademoiselle Fauque, vous êtes apte au travail…
– Formidable. Je vous dois combien ?
– Rien, c'est… euh… C'est Touclean qui paye.
– Aaaah Touclean ! reprit-elle en se levant et dans un grand geste théâtral, me voilà apte à nettoyer des chiottes, c'est merveilleux…

Il la raccompagna jusqu'à la porte.
Il ne souriait plus et avait remis son masque de grand ponte consciencieux.

En même temps qu'il appuyait sur la poignée, il lui tendit la main :
– Quelques kilos quand même ? Pour me faire plaisir…
Elle secoua la tête. Ça ne marchait plus ces trucs-là avec elle. Le chantage et les bons sentiments, elle en avait eu sa dose.
– On verra ce qu'on peut faire, elle a dit. On verra…
Samia est entrée après elle.

Elle descendit les marches du camion en tâtant sa veste à la recherche d'une cigarette. La grosse Mamadou et Carine étaient assises sur un banc à commenter les passants et à râler parce qu'elles voulaient rentrer chez elles.

– Alors ? a rigolé Mamadou, qu'est-ce que tu trafiquais là-deu-dans ? J'ai mon RER, moi ! Il t'a maraboutée ou quoi ?

Camille s'est assise sur le sol et lui a souri. Pas le même genre. Un sourire transparent, cette fois. Sa Mamadou, elle ne faisait pas sa maligne avec elle, elle était bien trop forte...

– Il est sympa ? a demandé Carine en crachant une rognure d'ongle.
– Super.
– Ah, je le savais bien ! exulta Mamadou, je m'en doutais bien de ça ! Hein que je te l'ai dit à toi et à Sylvie, qu'elle était toute nue là-deu-dans !
– Il va te faire monter sur sa balance...
– Qui ? Moi ? a crié Mamadou. Moi ? Il croit que je vais monter sur sa balance !
Mamadou devait peser dans les cent kilos au bas mot, elle se frappait les cuisses :
– Jamais de la vie ! Si je grimpe là-deu-ssus, je l'écrabouille et lui avec ! Et quoi d'autre encore ?
– Il va te faire des piqûres, a lâché Carine.
– Des piqûres deu quoi d'abord ?
– Mais non, la rassura Camille, mais non, il va juste écouter ton cœur et tes poumons...
– Ça, ça va.
– Il va te toucher le ventre aussi...
– Mais voyons, se renfrognait-elle, mais voyons, bonjour chez lui. S'il touche à mon ventre, je le mange tout cru... C'est bon les petits docteurs blancs...
Elle forçait son accent et se frottait le boubou.
– Oh oui, c'est du bon miam-miam ça... C'est mes ancêtres qui me l'ont dit. Avec du manioc et des crêtes de poules... Mmm...
– Et la Bredart, qu'est-ce qu'il va lui faire à elle ?

La Bredart, Josy de son prénom, était leur garce, leur vicieuse, leur chieuse de service et leur tête de Turc à toutes. Accessoirement c'était aussi leur chef. Leur «Chef principale de chantier» comme il était clairement indiqué sur son badge. La Bredart leur pourrissait l'existence, dans la limite de ses moyens disponibles certes, mais déjà, c'était relativement fatigant...

– À elle, rien. Quand il sentira son odeur, il lui demandera de se rhabiller illico.

Carine n'avait pas tort. Josy Bredart, en plus de toutes les qualités énumérées ci-dessus, transpirait beaucoup.

Puis ce fut le tour de Carine et Mamadou sortit de son cabas une liasse de papiers qu'elle posa sur les genoux de Camille. Celle-ci lui avait promis d'y jeter un œil et essayait de déchiffrer tout ce merdier :

– C'est quoi ça ?
– C'est la CAF !
– Non, mais tous ces noms, là ?
– Ben c'est ma famille dis donc !
– Ta quelle famille ?
– Ma quelle famille, ma quelle famille ? Ben, la mienne ! Réfléchis dans ta tête Camille !
– Tous ces noms, c'est ta famille ?
– Tous, opina-t-elle fièrement.
– Mais t'en as combien de gamins ?
– À moi j'en ai cinq et mon frère, il en a quatre...
– Mais pourquoi ils sont tous là ?
– Où, là ?
– Euh... Sur le papier.
– C'est plus commode parce que mon frère et ma belle-sœur habitent chez nous et comme on a la même boîte aux lettres alors...

– Non mais, ça va pas là... Ils disent que ça ne va pas...
Que tu peux pas avoir neuf enfants...

– Et pourquoi je pourrais pas? s'indigna-t-elle, ma mère,
elle en a bien douze, elle!

– Attends, t'excite pas Mamadou, je te dis juste ce qu'il y
a marqué. Ils te demandent d'éclaircir la situation et de
venir te présenter avec ton livret de famille.

– Et pourquoi alors?

– Ben je pense que c'est pas légal votre truc... Je ne crois
pas que ton frère et toi, vous ayez le droit de réunir vos
enfants sur la même déclaration...

– Oui, mais mon frère, il a rien, lui!

– Il travaille?

– Bien sûr qu'il travaille! Il fait les autoroutes!

– Et ta belle-sœur?

Mamadou plissa du nez :

– Elle, elle fait rien, elle! Rien de rien, je te dis. Elle
bouge pas, cette méchante grognasse, elle remue jamais son
gros cul!

Camille souriait intérieurement, visualisant mal ce que
pouvait être un «gros cul» aux yeux de Mamadou...

– Ils ont des papiers tous les deux?

– Mais oui!

– Eh ben alors, ils peuvent faire une déclaration séparée...

– Mais ma belle sœur, elle veut pas y aller à la CAF et
mon frère, il travaille la nuit, alors le jour, il dort, tu
vois...

– Je vois. Mais en ce moment, tu reçois les allocs pour
combien d'enfants?

– Pour quatre.

– Pour quatre?

– Oui, c'est ce que je veux te dire depuis le début, mais

26

toi, t'es comme tous les Blancs, t'as toujours raison et t'écoutes jamais !

Camille souffla un petit vent énervé.

– Le problème que je voulais te dire, c'est qu'ils ont oublié ma Sissi...

– C'est le numéro combien Massissi ?

– C'est pas un numéro, idiote ! bouillait la grosse femme, c'est ma dernière ! La petite Sissi...

– Ah ! Sissi !

– Oui.

– Et pourquoi, elle y est pas, elle ?

– Dis donc, Camille, tu le fais exprès ou quoi ? C'est ma question que je te pose depuis tout à l'heure !

Elle ne savait plus quoi dire...

– Le mieux ce serait d'aller à la CAF avec ton frère ou ta belle-sœur et tous vos papiers et de vous expliquer avec la dame...

– Pourquoi tu dis « la dame » ? Laquelle d'abord ?

– N'importe laquelle ! s'emporta Camille.

– Ah, bon ben d'accord, ben t'énerve pas comme ça. Moi je te demandais cette question parce que je croyais que tu la connaissais...

– Mamadou, je ne connais personne à la CAF. Je n'y suis jamais allée de ma vie, tu comprends ?

Elle lui rendit son bordel, il y avait même des pubs, des photos de voitures et des factures de téléphone.

Elle l'entendit grognonner : « Elle dit la dame alors moi je lui demande quelle dame, c'est normal parce qu'il y a des messieurs aussi, alors comment elle peut savoir, elle, si elle y a jamais été, comment elle peut savoir qu'il y a que des dames ? Y en a des messieurs aussi... C'est madame Je sais tout ou quoi ? »

– Hé? Tu boudes là?

– Non, je boude pas. Tu dis juste que tu vas m'aider et pis tu m'aides pas. Et voilà! Et c'est tout!

– J'irai avec vous.

– À la CAF?

– Oui.

– Tu parleras à la dame?

– Oui.

– Et si c'est pas elle?

Camille envisagea de perdre un peu de son flegme quand Samia réapparut :

– C'est ton tour, Mamadou… Tiens, dit-elle en se retournant, c'est le numéro du toubib…

– Pour quoi faire?

– Pour quoi faire? Pour quoi faire? J'en sais rien, moi! Pour jouer au docteur pardi! C'est lui qui m'a demandé de te le donner…

Il avait noté son numéro de portable sur une ordonnance et noté : *Je vous prescris un bon dîner, rappelez-moi.*

Camille Fauque en fit une boulette et la jeta dans le caniveau.

– Tu sais, toi, ajouta Mamadou en se relevant pesamment et en la désignant de son index, si tu m'arranges le coup avec ma Sissi, je demanderai à mon frère de te faire venir l'être aimé…

– Je croyais qu'il faisait les autoroutes ton frère?

– Les autoroutes, les envoûtements et les désenvoûtements.

Camille leva les yeux au ciel.

– Et moi? coupa Samia, il peut m'en trouver un, de mec, à moi?

Mamadou passa devant elle en griffant l'air devant son visage :

– Toi la maudite, tu me rends d'abord mon seau et puis on se reparle après !

– Merde, tu fais chier avec ça ! C'est pas ton seau que j'ai, c'est le mien ! Il était rouge ton seau !

– Maudite, va, siffla l'autre en s'éloignant, mau-di-teu…

Elle n'avait pas fini de grimper les marches que le camion tanguait déjà. Bon courage là-dedans, souriait Camille en attrapant son sac. Bon courage…

– On y va ?

– Je vous suis.

– Qu'est-ce que tu fais ? Tu prends le métro avec nous ?

– Non. Je rentre à pied.

– Ah c'est vrai que t'habites dans les beaux quartiers, toi…

– Tu parles…

– Allez, à d'main…

– Salut les filles.

Camille était invitée à dîner chez Pierre et Mathilde. Elle laissa un message pour annuler et fut soulagée de tomber sur leur répondeur.

La si légère Camille Fauque s'éloigna donc. Seulement retenue au macadam par le poids de son sac à dos et par celui, plus difficile à exprimer, des pierres et des cailloux qui s'amoncelaient à l'intérieur de son corps. Voilà ce qu'elle aurait dû raconter au médecin du travail tout à l'heure. Si elle en avait eu l'envie… Ou la force ? Ou le temps peut-être ? Le temps sûrement, se rassurait-elle sans trop y croire. Le temps était une notion qu'elle n'arrivait plus à appréhender. Trop de semaines et de mois s'étaient écoulés sans qu'elle n'y prenne part d'aucune manière et sa tirade de tout à l'heure, ce monologue absurde où elle essayait de se persuader qu'elle était aussi vaillante qu'une autre n'était que pur mensonge.

Quel mot avait-elle employé déjà? «Vivante», c'est ça? C'était ridicule, Camille Fauque n'était pas vivante.

Camille Fauque était un fantôme qui travaillait la nuit et entassait des cailloux le jour. Qui se déplaçait lentement, parlait peu et s'esquivait avec grâce.

Camille Fauque était une jeune femme toujours de dos, fragile et insaisissable.

Il ne fallait pas se fier à la scène précédente, si légère en apparence. Si facile. Si aisée. Camille Fauque mentait. Elle se contentait de donner le change, se forçait, se contraignait et répondait présente pour ne pas se faire remarquer.

Elle repensait à ce docteur pourtant... Elle se moquait bien de son numéro de portable mais songeait qu'elle avait peut-être laissé passer sa chance... Il avait l'air patient celui-là, et plus attentif que les autres... Peut-être qu'elle aurait dû... Elle avait failli à un moment... Elle était fatiguée, elle aurait dû poser ses coudes sur le bureau elle aussi, et lui raconter la vérité. Lui dire que si elle ne mangeait plus, ou si peu, c'est parce que des cailloux prenaient toute la place dans son ventre. Qu'elle se réveillait chaque jour avec l'impression de mâcher du gravier, qu'elle n'avait pas encore ouvert les yeux, que déjà, elle étouffait. Que déjà le monde qui l'entourait n'avait plus aucune importance et que chaque nouvelle journée était comme un poids impossible à soulever. Alors, elle pleurait. Non pas qu'elle fût triste, mais pour faire passer tout ça.

Les larmes, ce liquide finalement, l'aidaient à digérer sa caillasse et lui permettaient de respirer à nouveau.

L'aurait-il entendue? L'aurait-il comprise? Évidemment. Et c'était la raison pour laquelle elle s'était tue.

Elle ne voulait pas finir comme sa mère. Elle refusait de tirer sur sa pelote. Si elle commençait, elle ne savait pas où cela la mènerait. Trop loin, beaucoup trop loin, trop profond et trop sombre. Pour le coup, elle n'avait pas le courage de se retourner.

De donner le change, oui, mais pas de se retourner.

Elle entra dans le Franprix en bas de chez elle et se fit violence pour acheter des choses à manger. Elle le fit en hommage à la bienveillance de ce jeune médecin et pour le rire de Mamadou. Le rire énorme de cette femme, ce travail débile chez Touclean, la Bredart, les histoires abracadabrantes de Carine, les engueulades, les cigarettes échangées, la fatigue physique, leurs fous rires imbéciles et leurs méchantes humeurs quelquefois, tout cela l'aidait à vivre. L'aidait à vivre, oui.

Elle tourna plusieurs fois autour des rayons avant de se décider, acheta des bananes, quatre yaourts et deux bouteilles d'eau.

Elle aperçut le zigoto de son immeuble. Ce grand garçon étrange avec ses lunettes rafistolées au sparadrap, ses pantalons feu de plancher et ses manières martiennes. À peine avait-il saisi un article, qu'il le reposait aussitôt, faisait quelques pas puis se ravisait, le reprenait, secouait la tête et finissait par quitter précipitamment la queue quand c'était son tour devant les caisses pour aller le remettre à sa place. Une fois même, elle l'avait vu sortir du magasin puis entrer de nouveau pour acheter le pot de mayonnaise qu'il s'était refusé l'instant précédent. Drôle de clown triste qui amusait la galerie, bégayait devant les vendeuses et lui serrait le cœur.

Elle le croisait quelquefois dans la rue ou devant leur porte cochère et tout n'était que complications, émotions et sujets d'angoisse. Cette fois encore, il gémissait devant le digicode.

– Un problème ? demanda-t-elle.

– Ah ! Oh ! Euh ! Pardon ! Il se tordait les mains. Bonsoir mademoiselle, pardonnez-moi de euh... de vous importuner, je... Je vous importune, n'est-ce pas ?

C'était horrible ce truc-là. Elle ne savait jamais si elle devait en rire ou avoir pitié. Cette timidité maladive, sa façon de parler super alambiquée, les mots qu'il employait et ses gestes toujours spaces la mettaient affreusement mal à l'aise.

– Non, non, pas de problème ! Vous avez oublié le code ?

– Diantre non. Enfin pas que je sache... enfin je... je n'avais pas considéré les choses sous cet angle... Mon Dieu, je...

– Ils l'ont changé peut-être ?

– Vous y songez sérieusement ? lui demanda-t-il comme si elle venait de lui annoncer la fin du monde.

– On va bien voir... 342B7...

Le cliquetis de la porte se fit entendre.

– Oh, comme je suis confus... Comme je suis confus... Je... C'est pourtant ce que j'avais fait, moi aussi... Je ne comprends pas...

– Pas de problème, lui dit-elle en s'appuyant sur la porte.

Il fit un geste brusque pour la pousser à sa place et, voulant passer son bras au-dessus d'elle, manqua son but et lui donna un grand coup derrière la tête.

– Misère! Je ne vous ai pas fait mal au moins? Comme je suis maladroit, vraiment, je vous prie de m'excuser... Je...

– Pas de problème, répéta-t-elle pour la troisième fois.

Il ne bougeait pas.

– Euh... supplia-t-elle enfin, est-ce que vous pouvez enlever votre pied parce que vous me coincez la cheville, là, et j'ai extrêmement mal...

Elle riait. C'était nerveux.

Quand ils furent dans le hall, il se précipita vers la porte vitrée pour lui permettre de passer sans encombre :

– Hélas, je ne monte pas par-là, se désola-t-elle en lui indiquant le fond de la cour.

– Vous logez dans la cour?

– Euh... pas vraiment... sous les toits plutôt...

– Ah! parfait... Il tirait sur l'anse de son sac qui s'était coincé dans la poignée en laiton. Ce... Ce doit être bien plaisant...

– Euh... oui, grimaça-t-elle en s'éloignant rapidement, c'est une façon de voir les choses...

– Bonne soirée mademoiselle, lui cria-t-il, et... saluez vos parents pour moi!

Ses parents... Il était taré, ce mec... Elle se souvenait qu'une nuit, puisque c'était toujours au milieu de la nuit qu'elle rentrait habituellement, elle l'avait surpris dans le hall, en pyjama et en bottes de chasse avec une boîte de croquettes à la main. Il était tout retourné et lui demandait si elle n'avait pas vu un chat. Elle répondit par la négative et fit quelques pas avec lui dans la cour à la recherche dudit matou. «Il est comment?» s'enquit-elle, «Hélas, je l'ignore...», «Vous ne savez pas comment est votre chat?» Il se figea : «Pourquoi le saurais-je? Je n'ai jamais eu de chat, moi!» Elle était claquée et le planta là en secouant la tête. Ce type était décidément trop flippant.

«Les beaux quartiers...» Elle repensait à la phrase de Carine en gravissant la première marche des cent soixante-douze autres qui la séparaient de son gourbi. Les beaux quartiers, t'as raison... Elle logeait au septième étage de l'escalier de service d'un immeuble cossu qui donnait sur le Champ-de-Mars et, en ce sens oui, on pouvait dire qu'elle habitait un endroit chic puisqu'en se juchant sur un tabouret et en se penchant dangereusement sur la droite, on pouvait apercevoir, c'était exact, le haut de la tour Eiffel. Mais pour le reste ma cocotte, pour le reste, ce n'était pas vraiment ça...

Elle se tenait à la rampe en crachant ses poumons et en tirant derrière elle ses bouteilles d'eau. Elle essayait de ne pas s'arrêter. Jamais. À aucun étage. Une nuit, cela lui était arrivé et elle n'avait pas pu se relever. Elle s'était assise au quatrième et s'était endormie la tête sur les genoux. Le réveil fut pénible. Elle était frigorifiée et mit plusieurs secondes avant de comprendre où elle se trouvait.

Craignant un orage elle avait fermé le vasistas avant de partir et soupira en imaginant la fournaise là-haut... Quand il pleuvait, elle était mouillée, quand il faisait beau comme aujourd'hui, elle étouffait et l'hiver, elle grelottait. Camille connaissait ces conditions climatiques sur le bout des doigts puisqu'elle vivait là depuis plus d'un an. Elle ne se plaignait pas, ce perchoir avait été inespéré et elle se souvenait encore de la mine embarrassée de Pierre Kessler le jour où il poussa la porte de ce débarras devant elle en lui tendant la clef.

C'était minuscule, sale, encombré et providentiel.

Quand il l'avait recueillie une semaine auparavant sur le pas de sa porte, affamée, hagarde et silencieuse, Camille Fauque venait de passer plusieurs nuits dans la rue.

Il avait eu peur d'abord, en apercevant cette ombre sur son palier :

– Pierre ?

– Qui est là ?

– Pierre... gémit la voix.

– Qui êtes-vous ?

Il appuya sur le minuteur et sa peur devint plus grande encore :

– Camille ? C'est toi ?

– Pierre, sanglota-t-elle en poussant devant elle une petite valise, il faut que vous me gardiez ça... C'est mon matos vous comprenez et je vais me le faire voler... Je vais tout me faire voler... Tout, tout... Je ne veux pas qu'ils me prennent mes outils parce que sinon, je crève, moi... Vous comprenez ? Je crève...

Il crut qu'elle délirait :

– Camille ! Mais de quoi tu parles ? Et d'où tu viens ? Entre !

Mathilde était apparue derrière lui et la jeune femme s'effondra sur leur paillasson.

Ils la déshabillèrent et la couchèrent dans la chambre du fond. Pierre Kessler avait tiré une chaise près du lit et la regardait, effrayé.

– Elle dort ?

– J'ai l'impression...

– Qu'est-ce qui s'est passé ?

– Je n'en sais rien.

– Mais regarde dans quel état elle est !

– Chuuut...

Elle se réveilla au milieu de la nuit le lendemain et se fit couler un bain très lentement pour ne pas les réveiller. Pierre et Mathilde, qui ne dormaient pas, jugèrent préférable de la laisser tranquille. Ils la gardèrent ainsi quelques jours, lui laissèrent un double des clefs et ne lui posèrent aucune question. Cet homme et cette femme étaient une bénédiction.

Quand il lui proposa de l'installer dans une chambre de bonne qu'il avait conservée dans l'immeuble de ses parents bien après leur mort, il sortit de sous son lit la petite valise écossaise qui l'avait menée jusqu'à eux :

– Tiens, lui dit-il.

Camille secoua la tête :

– Je préfère la laisser ic...

– Pas question, la coupa-t-il sèchement, tu la prends avec toi. Elle n'a rien à faire chez nous !

Mathilde l'accompagna dans une grande surface, l'aida à choisir une lampe, un matelas, du linge, quelques casseroles, une plaque électrique et un minuscule Frigidaire.

– Tu as de l'argent ? lui demanda-t-elle avant de la laisser partir.

– Oui.

– Ça ira ma grande ?

– Oui, répéta Camille en retenant ses larmes.

– Tu veux garder nos clefs ?

– Non, non, ça ira. Je... qu'est-ce que je peux dire... qu'est-ce que...

Elle pleurait.

– Ne dis rien.

– Merci ?

– Oui, fit Mathilde en l'attirant contre elle, merci, ça va, c'est bien.

Ils vinrent la voir quelques jours plus tard.

La montée des marches les avait épuisés et ils s'affalèrent sur le matelas.

Pierre riait, disait que cela lui rappelait sa jeunesse et entonnait «La bohêêê-meu». Ils burent du champagne dans des gobelets en plastique et Mathilde sortit d'un gros sac tout un tas de victuailles merveilleuses. Le champagne et la bienveillance aidant, ils osèrent quelques questions. Elle répondit à certaines, ils n'insistèrent pas.

Alors qu'ils étaient sur le point de partir et que Mathilde avait déjà descendu quelques marches, Pierre Kessler se retourna et la saisit par les poignets :

– Il faut travailler, Camille... Tu *dois* travailler maintenant...

Elle baissa les yeux :

– J'ai l'impression d'en avoir beaucoup fait ces derniers temps... Beaucoup, beaucoup...

Il resserra son étreinte, lui fit presque mal.

– Ce n'était pas du travail et tu le sais très bien !

Elle leva la tête et soutint son regard :

– C'est pour ça que vous m'avez aidée ? Pour me dire ça ?

– Non.

Camille tremblait.

– Non, répéta-t-il en la délivrant, non. Ne dis pas de bêtises. Tu sais très bien que nous t'avons toujours considérée comme notre propre fille...

– Prodigue ou prodige ?

Il lui sourit et ajouta :

– Travaille. Tu n'as pas le choix de toute façon...

Elle referma la porte, rangea leur dînette et trouva un gros catalogue de chez Sennelier au fond du sac. *Ton compte est toujours ouvert…* lui rappelait un Post-it. Elle n'eut pas le courage de le feuilleter et but la fin de la bouteille au goulot.

Elle lui avait obéi. Elle travaillait.

Aujourd'hui, elle nettoyait la merde des autres et cela lui convenait parfaitement.

En effet, on crevait de chaud là-dedans… Super Josy les avait prévenues la veille : «Vous plaignez pas, les filles, on est en train de vivre nos derniers beaux jours, après ce sera l'hiver et on se pèlera les miches! Alors vous plaignez pas, hein!»

Elle avait raison pour une fois. C'était la fin du mois de septembre et les jours raccourcissaient à vue d'œil. Camille songea qu'elle devrait s'organiser autrement cette année, se coucher plus tôt et se relever dans l'après-midi pour voir le soleil. Ce genre de pensée la surprit elle-même et c'est avec une certaine nonchalance qu'elle enclencha son répondeur :

«C'est maman. Enfin… ricana la voix, je ne sais plus si tu vois de qui je parle… Maman, tu sais? C'est ce mot-là que prononcent les gentils enfants quand ils s'adressent à leur génitrice, je crois… Parce que tu as une mère, Camille, tu t'en souviens? Excuse-moi de te rappeler ce mauvais souvenir, mais comme c'est le troisième message que je te laisse depuis mardi… Je voulais juste savoir si l'on déjeunait toujours ens…»

Camille l'interrompit et remit le yaourt qu'elle venait d'entamer dans le Frigidaire. Elle s'assit en tailleur, attrapa son tabac et fit un effort pour se rouler une cigarette. Ses mains la trahissaient. Elle s'y reprit à plusieurs fois pour rouler son papier sans le déchirer. Se concentrait sur ses gestes comme s'il n'y avait rien eu de plus important au monde et se mordait les lèvres jusqu'au sang. C'était trop injuste. Trop injuste d'en chier comme ça à cause d'une feuille de papier alors qu'elle venait de vivre une journée presque normale. Elle avait parlé, écouté, ri, *sociabilisé* même. Elle avait minaudé devant ce docteur et fait une promesse à Mamadou. Ça n'avait l'air de rien, et pourtant... Il y avait bien longtemps qu'elle n'avait plus rien promis. Jamais. À personne. Et voilà que quelques phrases sorties d'une machine lui déglinguaient la tête, l'entraînaient en arrière et l'obligeaient à s'étendre, broyée qu'elle était sous le poids d'improbables gravats...

5

– Monsieur Lestafier !

– Oui, chef !

– Téléphone…

– Non, chef !

– Quoi, non ?

– Suis occupé, chef ! demandez qu'on rappelle plus tard…

Le bonhomme secoua la tête et retourna dans l'espèce de placard qui lui tenait lieu de bureau derrière le passe.

– Lestafier !

– Oui, chef !

– C'est votre grand-mère…

Ricanements dans l'assemblée.

– Dites-lui que je la rappellerai, répéta le garçon qui désossait un morceau de viande.

– Vous faites chier, Lestafier ! Venez prendre ce putain de téléphone ! Je ne suis pas la demoiselle des postes, moi !

Le jeune homme s'essuya les mains avec le torchon qui pendait à son tablier, épongea son front sur sa manche et dit au garçon qui travaillait sur la planche d'à côté, en faisant mine de le saigner :

– Toi, tu touches à rien, sinon… couic…

– C'est bon, fit l'autre, va commander tes cadeaux de Noël, y a Mamie qu'attend…

– Connard, va…

Il entra dans le bureau et prit le combiné en soupirant :

– Mémé ?

– Bonjour Franck... Ce n'est pas ta grand-mère, c'est madame Carminot à l'appareil...

– Madame Carminot ?

– Oh ! qu'est-ce que j'ai eu comme mal à te retrouver... J'ai d'abord appelé aux Grands Comptoirs et puis on m'a dit que tu n'y travaillais plus, alors j'ai app...

– Qu'est-ce qui se passe ? la coupa-t-il brusquement.

– Mon Dieu, c'est Paulette...

– Attendez. Bougez pas.

Il se leva, ferma la porte, reprit l'appareil, s'assit, hocha la tête, pâlit, chercha sur le bureau de quoi écrire, dit encore quelques mots et raccrocha. Il enleva sa toque, prit sa tête dans ses mains, ferma les yeux et resta ainsi plusieurs minutes. Le chef le dévisageait à travers la porte vitrée. Il finit par fourrer le morceau de papier dans sa poche et sortit.

– Ça va mon gars ?

– Ça va, chef...

– Rien de grave ?

– Le col du fémur...

– Ah ! fit l'autre, c'est fréquent chez les vieux... Ma mère, ça lui est arrivé y a dix ans et vous la verriez aujourd'hui... Un vrai lapin de garenne !

– Dites, chef...

– On dirait que tu vas me demander ta journée, toi...

– Non, je vais faire le service de midi et je ferai ma mise en place de ce soir pendant ma pause, mais j'aimerais bien quitter après...

– Et qui c'est qui fera le chaud ce soir ?

– Guillaume. Il peut le faire, lui...

– Il saura ?

– Oui, chef.

– Qu'est-ce qu'y m'dit qu'y saura ?

– Moi, chef.

L'autre grimaça, apostropha un garçon qui passait par là et lui ordonna de changer de chemise. Il se tourna de nouveau vers son chef de partie et ajouta :

– Allez-y, mais je vous préviens, Lestafier, s'il y a une couille pendant le service de ce soir, si j'ai une seule remarque à faire, une seule, vous m'entendez ? C'est sur vous que ça retombera, on est bien d'accord ?

– On est bien d'accord, chef.

Il retourna à sa place et reprit son couteau.

– Lestafier ! Allez d'abord vous laver les mains ! On n'est pas en province ici !

– Fais chier, murmura-t-il en fermant les yeux. Faites tous chier…

Il se remit au travail en silence. Au bout d'un moment son commis osa :

– Ça va ?

– Non.

– J'ai entendu ce que tu disais au gros… Le col du fémur, c'est ça ?

– Ouais.

– C'est grave ?

– Nan, j'crois pas, mais le problème c'est que je suis tout seul…

– Tout seul pour quoi ?

– Pour tout.

Guillaume ne comprit pas mais préféra le laisser tranquille avec ses emmerdes.

– Si tu m'as entendu parler avec le vieux, ça veut dire que t'as compris pour ce soir…

– Yes.

– Tu pourras assurer ?

– Ça se monnaye...

Ils continuèrent de travailler en silence, l'un penché sur ses lapins, l'autre sur son carré d'agneau.

– Ma bécane...

– Quoi ?

– Je te la prête dimanche...

– La nouvelle ?

– Ouais.

– Eh ben, siffla l'autre, il l'aime sa mamie... OK. Ça marche.

Franck eut un rictus amer.

– Merci.

– Hé ?

– Quoi ?

– Elle est où ta vieille ?

– À Tours.

– Et alors ? T'en auras besoin de ton Solex dimanche, si tu dois aller la voir ?

– Je peux m'arranger autrement...

La voix du chef les interrompit :

– Silence, s'il vous plaît messieurs ! Silence !

Guillaume affûta son couteau et profita du bruit pour murmurer :

– C'est bon, va... Tu me la prêteras quand elle sera guérie...

– Merci.

– Ne me remercie pas. Je vais te piquer ton poste à la place...

Franck Lestafier hocha la tête en souriant.

Il ne prononça plus une seule parole. Le service lui parut plus long que d'habitude. Il avait du mal à se concentrer, aboyait quand le chef envoyait les bons et tâchait de ne pas se brûler. Il faillit rater la cuisson d'une côte de bœuf et ne cessait de s'insulter à voix basse. Il songeait au merdier qu'allait être sa vie pendant quelques semaines. C'était déjà compliqué de penser à elle et d'aller la voir quand elle était en bonne santé, alors là... Quelle chienlit, putain... Il ne manquait plus que ça... Il venait de se payer une moto hors de prix avec un crédit long comme son bras et s'était engagé dans de nombreux extras pour payer les traites. Où est-ce qu'il allait bien pouvoir la caser au milieu de tout ça ? Enfin... Il n'osait pas se l'avouer, mais il était content de l'aubaine aussi... Le gros Titi venait de lui débrider son engin et il allait pouvoir l'essayer sur l'autoroute...

Si tout allait bien, il allait se régaler et serait là-bas en à peine plus d'une heure...

Il resta donc seul en cuisine pendant la coupure avec les gars de la plonge. Passa ses fonds, fit l'inventaire de sa marchandise, numérota des morceaux de viande et laissa une longue note à l'attention de Guillaume. Il n'avait pas le temps de repasser chez lui, il prit donc une douche aux vestiaires, chercha un produit pour nettoyer sa visière et quitta les lieux l'esprit confus.

Heureux et soucieux à la fois.

6

Il était moins de six heures quand il planta sa béquille sur le parking de l'hôpital.

La dame de l'accueil lui annonça que le temps des visites était passé et qu'il pouvait revenir le lendemain à partir de dix heures. Il insista, elle se raidit.

Il posa son casque et ses gants sur le comptoir :

– Attendez, attendez… On ne s'est pas bien compris, là… essayait-il d'articuler sans s'énerver, j'arrive de Paris et je dois repartir tout à l'heure, alors si vous pouviez me…

Une infirmière apparut :

– Que se passe-t-il ?

Celle-ci lui en imposait plus.

– Bonjour euh…excusez-moi de déranger, mais je dois voir ma grand-mère qui est arrivée hier en urgence et je…

– Votre nom ?

– Lestafier.

– Ah ! Oui ! elle fit un signe à sa collègue. Suivez-moi…

Elle lui expliqua brièvement la situation, commenta l'opération, évoqua la période de rééducation et lui demanda des détails sur le mode de vie de la patiente. Il avait du mal à percuter, soudain gêné par l'odeur du lieu et par le bruit du moteur qui continuait de bourdonner à son oreille.

– Le voilà votre petit-fils ! annonça gaiement l'infirmière en ouvrant la porte, Vous voyez ? Je vous l'avais bien dit qu'il viendrait! Bon, je vous laisse, ajouta-t-elle, passez me voir dans mon bureau sinon on ne vous laissera pas sortir...

Il n'eut pas la présence d'esprit de la remercier. Ce qu'il voyait là, dans ce lit, lui brisa le cœur.

Il se retourna d'abord pour retrouver un peu de contenance. Défit son blouson, son pull, et chercha du regard un endroit où les accrocher.

– Il fait chaud, ici, non?

Sa voix était bizarre.

– Ça va?

La vieille dame, qui essayait vaillamment de lui sourire, ferma les yeux et se mit à pleurer.

Ils lui avaient retiré son dentier. Ses joues semblaient affreusement creuses et sa lèvre supérieure flottait à l'intérieur de sa bouche.

– Alors? Tu as encore fait la folle, c'est ça?

Prendre ce ton badin exigeait de lui un effort surhumain.

– J'ai parlé avec l'infirmière, tu sais, et elle m'a dit que l'opération s'était très bien passée. Te voilà avec un joli morceau de ferraille à présent...

– Ils vont me mettre dans un hospice...

– Mais non! Qu'est-ce que tu nous chantes là? Tu vas rester ici quelques jours et après tu iras dans une maison de convalescence. C'est pas un hospice, c'est comme un hôpital mais en moins grand. Ils vont te chouchouter et t'aider à remarcher et après, hop, au jardin la Paulette!

– Ça va durer combien de jours?

– Quelques semaines... Après, ça dépendra de toi... Il faudra que tu t'appliques...

– Tu viendras me voir?

– Bien sûr que je viendrai! J'ai une belle moto, tu sais...
– Tu ne roules pas trop vite au moins?
– Tttt, une vraie tortue...
– Menteur...
Elle lui souriait dans ses larmes.
– Arrête ça, mémé, sinon je vais chialer, moi aussi...
– Non, pas toi. Tu ne pleures jamais, toi... Même quand t'étais minot, même le jour où tu t'es retourné le bras, je ne t'ai jamais vu verser une larme...
– Arrête quand même.
Il n'osait pas lui prendre la main à cause des tuyaux.

– Franck?
– Je suis là, mémé...
– J'ai mal.
– C'est normal, ça va passer, il faut que tu dormes un peu.
– J'ai trop mal.
– Je le dirai à l'infirmière avant de partir, je lui demanderai de te soulager...
– Tu vas pas partir tout de suite?
– Mais non!
– Parle-moi un peu. Parle-moi de toi...
– Attends, je vais éteindre... Elle est trop moche cette lumière...

Franck remonta le store, et la chambre, qui était orientée à l'ouest, baigna soudain dans une douce pénombre. Il bougea ensuite le fauteuil de place pour se trouver du côté de la bonne main et la prit entre les siennes.

Il eut du mal, d'abord, à trouver ses mots, lui qui n'avait jamais su parler ni se raconter... Il commença par des bricoles, le temps qu'il faisait à Paris, la pollution, la couleur de sa Suzuki, le descriptif des menus et toutes ces bêtises.

Et puis, aidé en cela par le déclin du jour et le visage presque apaisé de sa grand-mère, il trouva des souvenirs plus précis et des confidences moins faciles. Il lui raconta pourquoi il s'était séparé de sa petite amie et comment s'appelait celle qu'il avait dans le collimateur, ses progrès en cuisine, sa fatigue... Il imita son nouveau colocataire et entendit sa grand-mère rire doucement.

– Tu exagères...
– Je te jure que non ! Tu le verras quand tu viendras nous voir et tu comprendras...
– Oh, mais je n'ai pas envie de monter à Paris, moi...
– Alors on viendra, nous, et tu nous prépareras un bon repas !
– Tu crois ?
– Oui. Tu lui feras ton gâteau de pommes de terre...
– Oh, non pas ça... C'est trop rustique...

Il parla ensuite de l'ambiance du restaurant, des coups de gueule du chef, de ce jour où un ministre était venu les féliciter en cuisine, de la dextérité du jeune Takumi et du prix de la truffe. Il lui donna des nouvelles de Momo et de madame Mandel. Il se tut enfin pour écouter son souffle et comprit qu'elle s'était endormie. Il se leva sans faire de bruit.

Au moment où il allait passer la porte, elle le rappela :
– Franck ?
– Oui ?
– Je n'ai pas prévenu ta mère, tu sais...
– T'as bien fait.
– Je...

– Chut, il faut dormir maintenant, plus tu dormiras et plus vite tu seras sur pied.

– J'ai bien fait ?

Il hocha la tête et posa un doigt sur sa bouche.

– Oui. Allez, dors maintenant…

Il se sentit agressé par la violence des néons et mit un temps fou à retrouver son chemin. L'infirmière de tout à l'heure le happa au passage.

Elle lui désigna une chaise et ouvrit le dossier qui le concernait. Elle commença par lui poser quelques questions pratiques et administratives, mais le garçon ne réagissait pas.

– Ça va ?

– Fatigué…

– Vous n'avez rien mangé ?

– Non, je…

– Attendez. On a ce qu'il faut ici…

Elle sortit de son tiroir une boîte de sardines et un paquet de biscottes.

– Ça ira ?

– Et vous ?

– Pas de problème ! Regardez ! J'ai plein de gâteaux ! Un petit coup de jaja avec ça ?

– Non merci. Je vais prendre un coca au distributeur…

– Allez-y, moi je me sers un petit verre pour vous accompagner, mais… motus, hein ?

Il mangea un peu, répondit à toutes ses questions et reprit son barda.

– Elle dit qu'elle a mal…

– Ça ira mieux demain. On a mis des anti-inflammatoires dans sa perfusion et elle se réveillera en meilleure forme…

– Merci.

– C'est mon métier.

– Je parlais des sardines...

Il roula vite, s'effondra et s'étouffa dans son oreiller pour ne pas craquer. Pas maintenant. Il avait tenu le coup si longtemps... Il pouvait lutter encore un peu...

7

– Café ?
– Non, Coca s'il vous plaît.

Camille le but à petites gorgées. Elle s'était accoudée dans un café en face du restaurant où sa mère lui avait donné rendez-vous. Elle avait posé ses deux mains bien à plat de chaque côté du verre et fermait les yeux en respirant lentement. Ces déjeuners, si espacés fussent-ils, lui bousillaient toujours les intestins. Elle en ressortait pliée en deux, chancelante et comme écorchée vive. Comme si sa mère s'appliquait, avec une méticulosité sadique et probablement inconsciente, quoique, à gratter les croûtes et à rouvrir, une à une, des milliers de petites cicatrices. Camille l'aperçut dans le miroir derrière les bouteilles, qui franchissait les portes du Paradis de Jade. Elle fuma une cigarette, descendit aux toilettes, paya sa consommation et traversa la rue. Les mains dans les poches et les poches croisées sur son ventre.

Elle aperçut sa silhouette voûtée et vint s'asseoir en face d'elle en prenant une longue inspiration :
– Bonjour m'man !
– Tu ne m'embrasses pas ? fit la voix.
– Bonjour, maman, articula-t-elle plus lentement.

– Ça va ?
– Pourquoi tu me demandes ça ?

Camille s'agrippa au bord de la table pour ne pas se relever immédiatement.

– Je te demande ça parce que c'est en général ce que les gens se disent quand ils se rencontrent...

– Je ne suis pas «les gens», moi...

– Tu es quoi, alors?

– Oh, je t'en prie, ne commence pas, hein!

Camille détourna la tête et regarda la décoration immonde, faite de stucs et de bas-reliefs pseudo asiatiques. Les incrustations d'écaille et de nacre étaient en plastique et la laque en formica jaune.

– C'est joli ici...

– Non, c'est affreux. Mais je n'ai pas les moyens de t'inviter à la Tour d'Argent, figure-toi. D'ailleurs, même si je les avais, je ne t'y emmènerais pas... Avec ce que tu manges, ce serait de l'argent jeté par les fenêtres...

Ambiance.

Elle se mit à ricaner amèrement :

– Note bien, tu pourrais bien y aller sans moi parce que tu en as de l'argent, toi! Le malheur des uns fait le bonh...

– Arrête ça tout de suite, menaça Camille, arrête ça ou je m'en vais. Si tu as besoin d'argent, tu me le dis et je t'en prête.

– C'est vrai que mademoiselle travaille... Un bon travail... Intéressant en plus... Femme de ménage... Ce n'est pas croyable venant de quelqu'un d'aussi bordélique... Tu ne cesseras jamais de m'étonner, tu sais?

– Stop, maman, stop. On ne peut pas continuer comme ça. On ne *peut* pas, tu comprends? Enfin, moi, je ne peux pas. Trouve autre chose, s'il te plaît. Trouve *autre* chose...

– Tu avais un beau métier et tu as tout gâché...

– Un beau métier... N'importe quoi... Et je ne le regrette pas en plus, je n'étais pas heureuse là-bas...

– Tu n'y serais pas restée toute ta vie... Et puis qu'est-ce que ça veut dire «heureuse»? C'est le nouveau mot à la mode, ça... Heureuse! Heureuse! Si tu crois qu'on est sur cette terre pour batifoler et cueillir des coquelicots, tu es bien naïve, ma fille...

– Non, non, rassure-toi, je ne crois pas ça. J'ai été à bonne école et je sais qu'on est là pour en chier. Tu me l'as assez répété...

– Vous avez choisi? leur demanda la serveuse.

Camille l'aurait embrassée.

Sa mère étala ses pilules sur la table et les compta du doigt.

– T'en as pas marre de prendre toutes ces merdes?

– Ne parle pas de ce que tu ne connais pas. Si je ne les avais pas, je ne serais plus là depuis longtemps...

– Qu'est-ce que tu en sais d'abord? Et pourquoi tu n'en-lèves jamais ces lunettes affreuses? Y a pas de soleil ici...

– Je suis mieux avec. Comme ça je vois le monde tel qu'il est...

Camille décida de lui sourire et lui tapota la main. C'était ça ou lui sauter à la gorge pour l'étrangler.

Sa mère se dérida, gémit un peu, évoqua sa solitude, son dos, la bêtise de ses collègues et les misères de la copro-priété. Elle mangeait avec appétit et fronça les sourcils quand sa fille commanda une autre bière.

– Tu bois trop.

– Ça c'est vrai! Allez, trinque avec moi! Pour une fois que tu ne dis pas de bêtises...

– Tu ne viens jamais me voir...

– Et là? Je fais quoi, là?

– Toujours le dernier mot, pas vrai? Comme ton père...

Camille se figea.

– Ah! tu n'aimes pas quand je te parle de lui, hein?
déclara-t-elle triomphante.

– Maman, je t'en prie... Ne va pas dans cette direction...

– Je vais où je veux. Tu ne finis pas ton assiette?

– Non.

Sa mère secoua la tête en signe de désapprobation.

– Regarde-toi... On dirait un squelette... Si tu crois que
tu donnes envie aux garçons...

– Maman...

– Quoi «maman»? C'est normal que je me fasse du souci
pour toi, on ne met pas des enfants au monde pour les voir
dépérir!

– Tu m'as mise au monde pour quoi, toi?

En même temps qu'elle prononçait cette phrase,
Camille sut qu'elle était allée trop loin et qu'elle allait avoir
droit à la grande scène du 8. Un numéro sans surprise,
mille fois répété et parfaitement au point : chantage affec-
tif, larmes de crocodile et menace de suicide. Placés ou
dans l'ordre.

Sa mère pleura, lui reprocha de l'avoir abandonnée tout
comme l'avait fait son père quinze ans auparavant, lui
rappela qu'elle n'avait pas de cœur et lui demanda ce qui la
retenait sur cette terre.

– Donne-moi une seule raison d'être encore ici, une
seule?

Camille se roulait une cigarette.

– Tu m'as entendue?

– Oui.

– Alors?

– ...

– Merci, ma chérie, merci. Ta réponse est on ne peut
plus claire...

Elle renifla, posa deux tickets-restaurant sur la table et s'en alla.

Ne pas s'en émouvoir surtout, le départ précipité ayant toujours été l'apothéose, le tombé de rideau en quelque sorte, de la grande scène du 8.

D'habitude l'artiste attend la fin du dessert, mais c'est vrai qu'on était dans un chinois aujourd'hui et que sa mère n'aimait pas particulièrement leurs beignets, litchis et autres nougats trop sucrés...

Oui, ne pas s'émouvoir.

C'était un exercice difficile, mais Camille avait rodé son petit kit de survie depuis le temps... Elle fit donc comme d'habitude et tenta de se concentrer pour se répéter mentalement certaines vérités. Quelques phrases simplissimes et pleines de bon sens. Petites béquilles bricolées à la va-vite qui lui permettaient de continuer à la voir... Parce que ces rencontres forcées, ces conversations absurdes et destructrices n'auraient aucun sens finalement si elle n'avait pas la certitude que sa mère y trouvait son compte. Or, hélas, Catherine Fauque y trouvait parfaitement son compte. Se racler les bottes sur la tête de sa fille lui procurait un grand réconfort. Et même si elle abrégeait souvent leurs rencontres dans un mouvement de drapé outragé, elle s'en trouvait toujours satisfaite. Satisfaite et repue. Emportant avec elle sa bonne foi abjecte, ses triomphes pathétiques et son comptant de mauvais grain à moudre jusqu'à la prochaine fois.

Camille avait mis du temps à comprendre cela et d'ailleurs, elle ne l'avait pas compris toute seule. On l'y avait aidée. Certaines personnes dans son entourage, autrefois surtout, quand elle était encore trop jeune pour la juger, lui avaient donné des clefs pour comprendre l'attitude de sa mère. Oui mais voilà, c'était autrefois, et tous ces gens qui avaient veillé sur elle n'étaient plus là désormais…

Et aujourd'hui, elle morflait la petite.

Drôlement.

8

On avait débarrassé la table et le restaurant se vidait. Camille ne bougeait pas. Elle fumait et commandait des cafés pour ne pas être mise à la porte.

Il y avait un monsieur édenté dans le fond, un vieil Asiatique qui parlait et riait tout seul.

La jeune fille qui les avait servies se tenait derrière le bar. Elle essuyait des verres et lui adressait, de temps à autre, quelques remontrances dans leur langue. Le vieux se renfrognait, se taisait un moment puis reprenait son monologue idiot.

– Vous allez fermer ? demanda Camille.

– Non, répondit-elle en déposant un bol devant le vieux, on ne sert plus, mais on reste ouvert. Vous voulez un autre café ?

– Non, non merci. Je peux rester encore un peu ?

– Mais, oui, restez ! Tant que vous êtes là, ça l'occupe !

– Vous voulez dire que c'est moi qui le fais rire comme ça ?

– Vous ou n'importe qui…

Camille dévisagea le vieil homme et lui rendit son sourire.

L'angoisse dans laquelle sa mère l'avait plongée s'estompa peu à peu. Elle écoutait les bruits d'eau et de casseroles échappés de la cuisine, la radio, ces refrains incompréhensibles aux sonorités pointues que la jeune fille reprenait en se dandinant, elle observait le vieux qui attrapait de longs vermicelles avec ses baguettes en se mettant du bouillon plein le menton et eut soudain l'impression de se trouver dans la salle à manger d'une vraie maison...

Hormis une tasse de café et son paquet de tabac, il n'y avait plus rien devant elle. Elle les posa sur la table d'à côté et commença à lisser la nappe.

Lentement, très lentement, elle passait et repassait le plat de sa main sur le papier de mauvaise qualité, rêche et taché par endroits.

Elle fit ce geste pendant de longues minutes.
Son esprit s'apaisa et les battements de son cœur devinrent plus rapides.
Elle avait peur.
Elle devait essayer. Tu dois essayer. Oui mais, il y a si longtemps que je...
Chut, se murmura-t-elle, chut, je suis là. Tout ira bien, ma grande. Regarde, c'est le moment ou jamais... Allez... N'aie pas peur...

Elle souleva sa main à quelques centimètres de la table et attendit que ses tremblements cessent. C'est bien, tu vois... Elle attrapa son sac à dos et farfouilla à l'intérieur, il était là.
Elle sortit le coffret en bois et le posa sur la table. Elle l'ouvrit, prit une petite pierre rectangulaire et la passa sur sa joue, c'était doux et tiède. Elle défit ensuite un tissu bleu et en sortit un bâton à encre, une forte odeur de santal s'en dégagea, enfin, elle déroula un napperon en lattes de bambou où dormaient deux pinceaux.
Le plus gros était en poil de chèvre, l'autre, beaucoup plus fin, en soie de porc.

Elle se leva, prit une carafe d'eau sur le comptoir, deux annuaires et fit une petite courbette au vieux fou.

Elle plaça les annuaires sur son siège de façon à pouvoir étendre le bras sans toucher la table, versa quelques gouttes d'eau sur la pierre en ardoise et commença à broyer son encre. La voix de son maître lui revint à l'oreille : *Tourne ta pierre très lentement, petite Camille… Oh! plus lentement encore! Et plus longtemps! Deux cents fois peut-être, car, vois-tu, en faisant cela tu assouplis ton poignet et prépare ton esprit à de grandes choses… Ne pense plus à rien, ne me regarde pas, malheureuse! Concentre-toi sur ton poignet, il te dictera ton premier trait et seul le premier trait compte, c'est lui qui donnera vie et souffle à ton dessin…*

Quand l'encre fut prête, elle lui désobéit et commença par de petits exercices dans un coin de la nappe pour se réapproprier des souvenirs trop lointains. Elle fit d'abord cinq taches, de la plus noire à la plus diluée pour se remémorer les couleurs de l'encre, essaya ensuite différents traits et réalisa qu'elle les avait presque tous oubliés. En demeuraient certains : la corde défaite, le cheveu, la goutte de pluie, le fil enroulé et les poils de bœuf. Vinrent ensuite les points. Son maître lui en avait enseignés plus de vingt, elle n'en retrouva que quatre : le rond, le rocher, le riz et le frisson.

Assez. Tu es prête maintenant… Elle saisit le pinceau le plus fin entre son pouce et son majeur, tendit son bras au-dessus de la nappe et attendit encore quelques secondes.

Le vieux, qui n'avait rien perdu de son manège, l'encouragea en fermant les yeux.

Camille Fauque sortit d'un long sommeil avec un moineau, puis deux, puis trois, puis une volée d'oiseaux à l'œil moqueur.

Elle n'avait rien dessiné depuis plus d'un an.

***

Enfant, elle parlait peu, encore moins qu'aujourd'hui. Sa mère l'avait obligée à suivre des leçons de piano et elle détestait ça. Une fois, alors que son professeur était en retard, elle avait pris un gros marqueur et avait dessiné, consciencieusement, un doigt sur chacune des touches. Sa mère lui avait dévissé le cou et son père, pour calmer tout le monde, était revenu le week-end suivant avec l'adresse d'un peintre qui donnait des cours une fois par semaine.

Son père mourut peu de temps après et Camille n'ouvrit plus jamais la bouche. Même pendant ses cours de dessin avec ce monsieur Doughton (elle disait Dougueton) qu'elle aimait tant, elle ne parlait plus.

Le vieil Anglais ne s'en formalisa pas et continua de lui indiquer des sujets ou de lui enseigner des techniques en silence. Il montrait l'exemple et elle l'imitait, se bornant à hocher la tête pour dire oui ou non. Entre eux, et dans cet endroit seulement, tout allait bien. Son mutisme même semblait les arranger. Il n'avait pas à chercher ses mots en français et elle se concentrait plus facilement que ses condisciples.

Un jour pourtant, alors que tous les autres élèves étaient partis, il brisa leur accord tacite et lui adressa la parole pendant qu'elle s'amusait avec des pastels :
– Tu sais, Camille, à qui tu me fais penser ?

Elle secoua la tête.

– Eh bien, tu me rappelles un peintre chinois qui s'appelait Chu Ta... Tu veux que je te raconte son histoire ?

Camille fit oui, mais il s'était retourné pour éteindre sa bouilloire.

– Je ne t'entends pas Camille... Tu ne veux pas que je te la raconte ?

Il la dévisageait à présent.

– Réponds-moi, petite fille.

Elle lui jeta un regard noir.

– Pardon ?

– Si, articula-t-elle enfin.

Il ferma les yeux en signe de contentement, se servit un bol et vint s'asseoir près d'elle.

– Quand il était enfant, Chu Ta était très heureux...

Il but une gorgée de thé.

– C'était un prince de la dynastie des Ming... Sa famille était très riche et très puissante. Son père et son grand-père étaient des peintres et des calligraphes célèbres et le petit Chu Ta avait hérité de leurs talents. Figure-toi qu'un jour, alors qu'il n'avait pas huit ans, il dessina une fleur, une simple fleur de lotus couchée sur un étang... Son dessin était si beau, si beau, que sa mère décida de l'accrocher dans leur salon. Elle affirmait que grâce à lui, on sentait une petite brise fraîche dans cette grande pièce et que même, on pouvait respirer le parfum de la fleur quand on passait devant. Tu te rends compte ? Même le parfum ! Et sa mère ne devait pas être commode... Avec un mari et un père peintres, elle en avait vu d'autres...

Il se pencha de nouveau sur son bol.

– Ainsi grandit Ta, dans l'insouciance, le plaisir et la certitude d'être un jour, lui aussi, un grand artiste... Hélas, quand il eut dix-huit ans, les Mandchous prirent le pouvoir à la place des Ming. Les Mandchous étaient des gens cruels et brutaux qui n'aimaient pas les peintres et les écrivains. Ils leur interdirent donc de travailler. C'était là la pire chose qu'on puisse leur imposer, tu t'en doutes bien... La famille de Chu Ta ne connut plus jamais la paix et son père mourut de désespoir. Du jour au lendemain, son fils, qui était un coquin, qui aimait rire, chanter, dire des bêtises ou réciter de longs poèmes fit une chose incroyable... Oh! mais qui vient là? demanda monsieur Doughton, avisant son chat qui s'était posé sur le rebord de la fenêtre et commençant avec lui, exprès, une longue conversation bébête.

– Qu'est-ce qu'il a fait? finit-elle par murmurer.

Il cacha son sourire dans les broussailles de sa barbe et continua comme si de rien n'était :
– Il a fait une chose incroyable. Une chose que tu ne devineras jamais... Il a décidé de se taire pour toujours. Pour toujours, tu m'entends? Plus un seul mot ne sortirait de sa bouche! Il était écœuré par l'attitude des gens autour de lui, ceux qui reniaient leurs traditions et leurs croyances pour être bien vus des Mandchous et il ne voulait plus jamais leur adresser la parole. Qu'ils aillent au diable! Tous! Ces esclaves! Ces lâches! Alors, il écrivit le mot *Muet* sur la porte de sa maison et si certaines personnes essayaient de lui parler quand même, il déployait devant son visage un éventail où il avait aussi écrit *Muet* et l'agitait dans tous les sens pour les faire fuir...

La petite fille buvait ses paroles.

– Le problème, c'est que personne ne peut vivre sans s'exprimer. Personne... C'est impossible... Alors Chu Ta, qui avait comme tout le monde, comme toi et moi par exemple, beaucoup de choses à dire, eut une idée géniale. Il partit dans les montagnes, loin de tous ces gens qui l'avaient trahi et se mit à dessiner... Désormais, c'était ainsi qu'il allait s'exprimer et communiquer avec le reste du monde : à travers ses dessins... Tu veux les voir ?

Il alla chercher un grand livre blanc et noir dans sa bibliothèque et le posa devant elle :

– Regarde comme c'est beau... Comme c'est simple... Juste un trait, et voilà... Une fleur, un poisson, une saute-relle... Regarde ce canard, comme il a l'air fâché et ces montagnes, là, dans la brume... Regarde comment il a dessiné la brume... Comme si ce n'était rien, que du vide... Et ces poussins, là ? Ils ont l'air si doux qu'on a envie de les caresser. Regarde, son encre est comme un duvet... Son encre est douce...

Camille souriait.

– Tu veux que je t'apprenne à dessiner comme lui ?
Elle hocha la tête.
– Tu veux que je t'apprenne ?
– Oui.

Quand tout fut prêt, quand il eut fini de lui montrer comment tenir le pinceau et de lui expliquer cette histoire de premier trait si important, elle resta un moment perplexe. Elle n'avait pas bien saisi et croyait qu'il fallait exécuter tout le dessin d'un seul tenant sans lever la main. C'était impossible.

Elle réfléchit longtemps à un sujet, regarda autour d'elle et avança le bras.

Elle fit un long trait ondulé, une bosse, une pointe, une autre pointe, descendit son pinceau en un long déhanché et revint sur la première ondulation. Comme son professeur ne regardait pas, elle en profita pour tricher, leva le pinceau pour ajouter une grosse tache noire et six petites ratures. Elle préférait lui désobéir plutôt que de dessiner un chat sans moustache.

Malcolm, son modèle, dormait toujours sur la fenêtre et Camille, dans un souci de vérité, termina donc son dessin par un fin rectangle autour du chat.

Elle se leva ensuite pour aller le caresser et, quand elle se retourna, elle remarqua que son professeur la dévisageait d'une drôle de façon, presque méchamment :

– C'est toi qui as fait ça ?

Il avait donc vu sur son dessin qu'elle avait levé le pinceau plusieurs fois... Elle grimaça.

– C'est toi qui as fait ça, Camille ?

– Oui...

– Viens par là, s'il te plaît.

Elle s'avança, pas très fière, et s'assit près de lui.

Il pleurait :

– C'est magnifique ce que tu as fait là, tu sais... Magnifique... On l'entend ronronner ton chat... Oh, Camille...

Il avait sorti un gros mouchoir, plein de taches de peinture, et se mouchait bruyamment.

– Écoute-moi, petite fille, je ne suis qu'un vieux bonhomme et un mauvais peintre qui plus est, mais écoute-moi bien... Je sais que la vie n'est pas facile pour toi, j'imagine que ce n'est pas toujours drôle à la maison et j'ai appris aussi pour ton papa, mais... Non, ne pleure pas... Tiens, prends mon mouchoir... Mais il y a une chose que je dois te dire : les gens qui s'arrêtent de parler deviennent fous. Chu Ta, par exemple, je ne te l'ai pas dit tout à l'heure, mais il est devenu fou et très malheureux aussi... Très, très malheureux et très, très fou. Il n'a retrouvé la paix que lorsqu'il était un vieillard. Tu ne vas pas attendre d'être une vieillarde, toi, n'est-ce pas? Dis-moi que non. Tu es très douée, tu sais? Tu es la plus douée de tous les élèves que j'aie jamais eus, mais ce n'est pas une raison, Camille... Ce n'est pas une raison... Le monde d'aujourd'hui n'est plus comme celui de Chu Ta et tu dois te remettre à parler. Tu es obligée, tu comprends? Sinon, ils vont t'enfermer avec de vrais fous et personne ne verra jamais tous tes beaux dessins...

L'arrivée de sa mère les interrompit. Camille se leva et la prévint, d'une voix rauque et saccadée :
– Attends-moi... Je n'ai pas fini de ranger mes affaires...

Un jour, il n'y a pas très longtemps, elle reçut un paquet mal ficelé accompagné d'un petit mot :
Bonjour,
Je m'appelle Eileen Wilson. Mon nom ne dit probablement rien à vous, mais j'étais l'amie de Cecil Doughton qui fut votre professeur de dessin autrefois. J'ai le triste de vous annoncer que Cecil a quitté nous il y a deux mois de cela. Je sais que vous appréciez que je vous dise (pardonnez mon pauvre français) que nous l'avons enterré dans son région du Dartmoor qu'il aimait tant beaucoup dans une cimetière auquel la vue est très belle. J'ai mis ses brosses et ses peintures dans le terre avec lui.
Avant de mourir, il m'avait demander de vous donner ceci. Je crois qu'il sera joyeux si vous l'user en pensant à lui.
Eileen W.

Camille ne put retenir ses larmes en découvrant le matériel de peinture chinoise de son vieux professeur, celui-là même dont elle se servait à présent...

***

Intriguée, la serveuse vint récupérer la tasse vide et jeta un œil sur la nappe. Camille venait d'y dessiner une multitude de bambous. Leurs tiges et leurs feuilles étaient ce qu'il y avait de plus difficile à réaliser. *Une feuille, petite, une simple feuille qui se balance dans le vent exigeait de ces maîtres des années de travail, une vie entière, parfois... Joue avec les contrastes. Tu n'as qu'une couleur à ta disposition et pourtant tu peux tout suggérer... Concentre-toi mieux. Si tu veux que je te grave ton sceau un jour, tu dois me faire des feuilles bien plus légères que ça...*

Le support, de mauvaise qualité, se gondolait et buvait l'encre beaucoup trop rapidement.

– Vous permettez? demanda la jeune fille.
Elle lui tendait un paquet de nappes vierges. Camille se recula et posa son travail sur le sol. Le vieux gémissait, la serveuse l'engueula.
– Qu'est-ce qu'il dit?
– Il râle parce qu'il ne peut pas voir ce que vous faites...
Elle ajouta :
– C'est mon grand-oncle... Il est paralysé...
– Dites-lui que le prochain sera pour lui...
La jeune fille revint vers le bar et prononça quelques paroles à son intention. Il se calma et regarda Camille sévèrement.

Elle le dévisagea longuement puis dessina, sur toute la surface de la nappe, un petit bonhomme hilare qui lui ressemblait et qui courait le long d'une rizière. Elle n'était jamais allée en Asie, mais improvisa, en arrière-plan, une montagne dans la brume, des pins, des rochers et même la petite cabane de Chu Ta sur un promontoire. Elle l'avait croqué avec sa casquette Nike et sa veste de survêtement, mais l'avait laissé jambes nues, seulement vêtu du pagne traditionnel. Elle ajouta quelques gerbes d'eau qui giclaient sous ses pieds et une bande de gamins lancés à sa poursuite.

Elle se recula pour juger son travail.

Beaucoup de détails la contrariaient bien sûr, mais enfin, il avait l'air heureux, vraiment heureux, alors elle plaça une assiette sous la nappe comme support, ouvrit le petit pot de cinabre rouge et y apposa son sceau au milieu à droite. Elle se leva, débarrassa la table du vieux et revint chercher son dessin qu'elle posa devant lui.

Il ne réagissait pas.

Oups, se dit-elle, j'ai dû faire une gaffe, là...

Quand sa petite-nièce revint de la cuisine, il poussa une longue plainte douloureuse.

– Je suis désolée, dit Camille, je croyais que...

Elle fit un geste pour l'interrompre, alla chercher une grosse paire de lunettes derrière le comptoir et les glissa sous la casquette. Il se pencha cérémonieusement et se mit à rire. Un rire d'enfant, cristallin et gai. Il pleura aussi et rit de nouveau en se balançant et en croisant ses bras sur sa poitrine.

– Il veut boire du saké avec vous.
– Super...

Elle apporta une bouteille, il hurla, elle soupira et repartit en cuisine.

Elle revint avec un autre flacon, suivie du reste de la famille. Une dame mûre, deux hommes d'une quarantaine d'années et un adolescent. Ce ne fut que rires, cris, courbettes et effusions en tout genre. Les hommes lui tapaient sur l'épaule et le gamin lui claquait la paume de la main à la manière des sportifs.

Chacun retourna ensuite à son poste et la jeune fille déposa deux petits verres devant eux. Le vieux la salua puis vida sa coupe avant de la remplir de nouveau.

– Je vous préviens, il va vous raconter sa vie...
– Pas de problème, fit Camille, Houuuh... c'est fort, non ?
L'autre s'éloigna en riant.

Ils étaient seuls à présent. L'ancêtre jacassait et Camille l'écoutait gravement en opinant seulement du nez à chaque fois qu'il lui présentait la bouteille.

Elle eut du mal à se relever et à récupérer ses affaires. Alors qu'elle se tenait près de la sortie, après s'être maintes et maintes fois courbée pour prendre congé du bonhomme, la jeune fille vint vers elle pour l'aider à tirer la poignée de la porte qu'elle s'obstinait à pousser en riant bêtement depuis un bon moment.

– Vous êtes ici chez vous, d'accord ? Vous pouvez venir manger quand vous voulez. Si vous ne venez pas, il sera fâché... Et triste aussi...

Quand elle arriva au boulot, elle était complètement pétée.
Samia s'excitait :

– Oh, toi, t'as trouvé un mec ?

– Oui, avoua Camille, penaude.

– C'est vrai ?

– Oui.

– Nan… C'est pas vrai… Il est comment ? Il est mignon ?

– Super mignon.

– Nan, trop cool, ça… Il a quel âge ?

– Quatre-vingt-douze ans.

– Arrête tes conneries, idiote, il a quel âge ?

– Bon, les filles… C'est quand vous voulez, hein !

La Josy indiquait le cadran de sa montre.

Camille s'éloigna en gloussant et en se prenant les pieds dans le tuyau de son aspirateur.

9

Plus de trois semaines s'étaient écoulées. Franck, qui travaillait tous les dimanches comme extra dans un autre restaurant sur les Champs, se rendait chaque lundi au chevet de sa grand-mère.

Elle se trouvait désormais dans une maison de convalescence à quelques kilomètres au nord de la ville et guettait son arrivée dès le lever du jour.

Lui, par contre, était obligé de régler son réveil. Il descendait comme un zombi jusqu'au troquet du coin, buvait deux ou trois cafés d'affilée, enfourchait sa moto et venait se rendormir auprès d'elle sur un affreux fauteuil en skaï noir.

Quand on lui amenait son plateau-repas, la vieille dame posait son index sur sa bouche et indiquait, d'un mouvement de tête, le gros bébé enroulé sur lui-même qui lui tenait compagnie. Elle le couvait du regard et veillait à ce que son blouson reste bien en place sur sa poitrine.

Elle était heureuse. Il était là. Bien là. Rien qu'à elle...

Elle n'osait pas appeler l'infirmière pour lui demander de remonter son lit, saisissait sa fourchette délicatement et mangeait en silence. Elle cachait des choses dans sa table de nuit, des morceaux de pain, sa portion de fromage et quelques fruits pour les lui donner quand il se réveillerait. Ensuite, elle repoussait la tablette tout doucement et croisait ses mains sur son ventre en souriant.

Elle fermait les yeux et somnolait, bercée par le souffle de son petit homme et les débordements du passé. Elle l'avait perdu tant de fois déjà... Tant de fois... Il lui semblait qu'elle avait passé sa vie à aller le chercher... Au fond du jardin, dans les arbres, chez les voisins, caché dans des étables ou affalé devant leur télévision, puis au café bien sûr, et maintenant sur des petits bouts de papier où il lui avait griffonné des numéros de téléphone qui n'étaient jamais les bons...

Elle avait fait tout ce qu'elle avait pu pourtant... Elle l'avait nourri, embrassé, câliné, rassuré, houspillé, puni et consolé, mais tout cela n'avait servi à rien... À peine sut-il marcher ce gamin-là, qu'il prit la poudre d'escampette et quand il eut trois poils au menton, c'était fini. Il était parti.

Elle grimaçait parfois au milieu de ses rêveries. Ses lèvres tremblaient. Trop de chagrins, trop de gâchis, et tellement de regrets... Il y avait eu des moments si durs, si durs... Oh, mais non, il ne fallait plus y penser, d'ailleurs il se réveillait, les cheveux en bataille et la joue balafrée par la couture du fauteuil :
– Il est quelle heure ?
– Bientôt cinq heures...
– Oh, putain, déjà ?
– Franck, pourquoi tu dis toujours putain ?
– Oh, saperlipopette, déjà ?
– Tu as faim ?
– Ça va, soif plutôt... Je vais aller faire un tour...
Et voilà, songea la vieille dame, voilà...
– Tu t'en vas ?
– Mais non, j'm'en vais pas, pu...perlipopette !

– Si tu croises un monsieur roux avec une blouse blanche, tu pourras lui demander quand est-ce que je sors d'ici?

– Ouais, ouais, fit-il en passant la porte.

– Un grand avec des lunettes et une...

Il était déjà dans le couloir.

– Alors?

– Je l'ai pas vu...

– Ah?

– Allez mémé... lui dit-il gentiment, tu vas pas te remettre à chialer quand même?

– Non, mais je... Je pense à mon chat, à mes oiseaux... Et puis il a plu toute la semaine et je me fais du mouron pour mes outils... Comme je ne les ai pas rangés, ils vont rouiller, c'est sûr...

– Je passerai à la maison en repartant et j'irai les mettre à l'abri...

– Franck?

– Oui?

– Emmène-moi avec toi...

– Oh... Me fais pas ce coup-là à chaque fois... J'en peux plus...

Elle se reprit:

– Les outils...

– Quoi?

– Il faudrait les passer à l'huile de pied de bœuf...

Il la regarda en gonflant ses joues:

– Hé, si j'ai le temps, hein? Bon, c'est pas le tout, mais on a notre cours de gym, nous... Il est où ton déambulateur?

– Je ne sais pas.

– Mémé...

– Derrière la porte.

– Allez, debout la vieille, je vais t'en montrer des oiseaux, moi !

– Pfff, y en a pas ici. Y a que des vautours et des charognards...

Franck souriait. Il aimait bien la mauvaise foi de sa grand-mère.

– Ça va ?

– Non.

– Qu'est-ce qui cloche encore ?

– J'ai mal.

– T'as mal où ?

– Partout.

– Partout, ça se peut pas, c'est pas vrai. Trouve-moi un endroit précis.

– J'ai mal dans ma tête.

– C'est normal. On en est tous là va... Allez, montre-moi plutôt tes copines...

– Non, tourne. Celles-ci je ne veux pas les voir, je ne peux pas les souffrir.

– Et lui, là, le vieux avec son blazer, il est pas mal, non ?

– Ce n'est pas un blazer, gros bêta, c'est son pyjama, en plus il est sourd comme un pot... Et prétentieux avec ça...

Elle posait un pied devant l'autre et disait du mal de ses petits camarades, tout allait bien.

– Allez, j'y vais...

– Maintenant ?

– Oui, maintenant. Si tu veux que je m'occupe de ta binette... Je me lève tôt moi demain figure-toi et j'ai personne pour m'amener mon petit déjeuner au lit...

– Tu me téléphoneras ?

Il hocha la tête.

– Tu dis ça et puis tu ne le fais jamais...

– J'ai pas le temps.

– Juste bonjour et tu raccroches.

– D'accord. Au fait, je ne sais pas si je pourrai venir la semaine prochaine... Y a mon chef qui nous emmène en goguette...

– Où donc?

– Au Moulin-Rouge.

– C'est vrai?

– Mais non, c'est pas vrai! On va dans le Limousin rendre visite au gars qui nous vend ses bêtes...

– Quelle drôle d'idée...

– C'est mon chef, ça... Il dit que c'est important...

– Tu ne viendras pas alors?

– Je ne sais pas.

– Franck?

– Oui...

– Le médecin...

– Je sais, le rouquin, j'essaye de le choper... Et tu fais bien tes exercices, hein? Parce que le kiné n'est pas très content à ce que j'ai pu comprendre...

Avisant la mine étonnée de sa grand-mère, il ajouta, facétieux :

– Tu vois que ça m'arrive de téléphoner...

Il rangea les outils, mangea les dernières fraises du potager et s'assit un moment dans le jardin. Le chat vint s'entortiller dans ses jambes en râlant.

– T'inquiète pas, gros père, t'inquiète pas. Elle va revenir...

La sonnerie de son portable le tira de sa torpeur. C'était une fille. Il fit le coq, elle gloussa.

Elle proposait d'aller au cinéma.

Il roula à plus de cent soixante-dix pendant tout le trajet en cherchant une astuce pour la sauter sans être obligé de se cogner le film. Il n'aimait pas trop le cinéma. Il s'endormait toujours avant la fin.

10

Vers la mi-novembre, alors que le froid commençait son méchant travail de sape, Camille se décida enfin à se rendre dans un Brico quelconque pour améliorer ses conditions de survie. Elle y passa un samedi entier, traîna dans tous les rayons, toucha les panneaux de bois, admira les outils, les clous, les vis, les poignées de porte, les tringles à rideaux, les pots de peintures, les moulures, les cabines de douche et autres mitigeurs chromés. Elle alla ensuite au rayon jardinage et fit l'inventaire de tout ce qui la laissait rêveuse : gants, bottillons en caoutchouc, serfouettes, grillage à poules, godets à semis, or brun et sachets de graines en tout genre. Elle passa autant de temps à inspecter la marchandise qu'à observer les clients. La dame enceinte au milieu des papiers peints pastel, ce jeune couple qui s'engueulait à propos d'une applique hideuse ou ce fringant préretraité en chaussures TBS avec son carnet à spirale dans une main et son mètre de menuisier dans l'autre.

Le pilon de la vie lui avait appris à se méfier des certitudes et des projets d'avenir, mais il y avait une chose dont Camille était sûre : un jour, dans très très longtemps, quand elle serait bien vieille, encore plus vieille que maintenant, avec des cheveux blancs, des milliers de rides et des taches brunes sur les mains, elle aurait sa maison à elle. Une vraie maison avec une bassine en cuivre pour faire des confitures et des sablés dans une boîte en fer blanc cachée au fond d'un buffet. Une longue table de ferme, bien épaisse, et des rideaux de cretonne. Elle souriait. Elle n'avait aucune idée de ce qu'était la cretonne, ni même si cela lui plairait mais elle aimait ces mots : rideaux de cretonne... Elle aurait des chambres d'amis et, qui sait ? peut-être des amis ? Un jardin coquet, des poules qui lui donneraient de bons œufs à la coque, des chats pour courir après les mulots et des chiens pour courir après les chats. Un petit carré de plantes aromatiques, une cheminée, des fauteuils défoncés et des livres tout autour. Des nappes blanches, des ronds de serviettes chinés dans des brocantes, un appareil à musique pour écouter les mêmes opéras que son papa et une cuisinière à charbon où elle laisserait mijoter de bons bœufs carottes toute la matinée...

De bons bœufs carottes... n'importe quoi...

Une petite maison comme celles que dessinent les enfants, avec une porte et deux fenêtres de chaque côté. Vieillotte, discrète, silencieuse, envahie par la vigne vierge et les rosiers grimpants. Une maison avec des gendarmes sur le perron, ces petites bêtes noires et rouges qui vont toujours collées deux par deux. Un perron bien chaud qui aurait emmagasiné toute la chaleur du jour et sur lequel elle s'assiérait le soir, pour guetter le retour du héron...

Et puis une vieille serre qui lui tiendrait lieu d'atelier... Enfin ça, ce n'était pas sûr... Jusqu'à présent, ses mains l'avaient toujours trahie et peut-être valait-il mieux ne plus compter sur elles...

Peut-être que l'apaisement ne pouvait pas passer par là finalement ?

Par où alors ? Par où, s'angoissait-elle soudain.

Par où ?

Elle se ressaisit aussitôt et interpella un vendeur avant de perdre pied. La petite chaumière au fond des bois, c'était bien joli, mais en attendant, elle se les gelait au fond d'un couloir humide et ce jeune homme en polo jaune vif serait sûrement capable de l'aider :

– Vous dites que l'air passe au travers ?

– Oui.

– C'est un Velux ?

– Non, un vasistas.

– Ça existe encore ces machins-là ?

– Hélas…

– Tenez, voilà ce qu'il vous faut…

Il lui tendit un rouleau de bourrelet à clouter spécial «calfeutrage fenêtres» en mousse gainée PVC, durable, lavable et étanche. Un vrai bonheur.

– Vous avez une agrafeuse ?

– Non.

– Un marteau ? des clous ?

– Non.

Elle le suivait comme un petit chien dans tout le magasin pendant qu'il remplissait son panier.

– Et pour me chauffer ?

– Qu'est-ce que vous avez pour le moment ?

– Un radiateur électrique qui saute pendant la nuit et qui pue en plus !

Il prit son rôle très au sérieux et lui fit un cours magistral.

D'un ton docte, il vanta, commenta et compara les mérites des soufflants, des rayonnants, des infrarouges, des céramiques, des bains d'huile et des convecteurs. Elle en eut le tournis.

– Qu'est-ce que je prends alors ?

– Ah, ben ça, c'est vous qui voyez…

– Mais justement… Je ne vois pas.

– Prenez un bain d'huile, c'est pas trop cher et ça chauffe bien. Le *Oléo* de Calor, il est pas mal...

– Il a des roulettes?

– Euh... hésita-t-il en inspectant la fiche technique... *thermostat mécanique, range-cordon, puissance modulable, humidificateur intégré, blablabla, roulettes!* Oui mademoiselle!

– Super. Comme ça je pourrais le mettre près de mon lit...

– Euh... Si je puis me permettre... Vous savez, un garçon c'est bien aussi... Dans un lit, ça réchauffe...

– Oui, mais ça n'a pas de range-cordon...

– Hé non...

Il souriait.

En l'accompagnant vers son guichet pour le bon de garantie, elle aperçut une fausse cheminée avec de fausses braises, des fausses bûches, de fausses flammes et de faux chenets.

– Oh! Et ça? C'est quoi?

– Une cheminée électrique, mais je ne vous la conseille pas, c'est de l'arnaque...

– Si, si! Montrez-moi!

C'était la *Sherbone*, un modèle anglais. Il n'y avait qu'eux pour inventer une chose aussi laide et aussi kitsch. Selon l'allure de chauffe (1 000 ou 2 000 watts) les flammes montaient plus ou moins haut. Camille était aux anges :

– C'est génial, on dirait une vraie!

– Vous avez vu le prix?

– Non.

– 532 euros, c'est n'importe quoi... Un gadget débile... Ne vous faites pas avoir...

– De toute façon, en euros je comprends rien...

– C'est pas difficile pourtant, comptez presque 3500 balles

pour un truc qui vous chauffera moins bien que le Calor à moins de 600 francs...

– Je le veux.

Ce garçon était plein de bon sens et notre cigale ferma les yeux en tendant sa carte bleue. Au point où elle en était, elle s'offrit aussi le service de livraison. Quand elle annonça qu'elle vivait au septième sans ascenseur, la dame la regarda de travers et la prévint que ce serait dix euros de plus...

– Sans problème, répondit-elle en serrant les fesses.

Il avait raison. C'était n'importe quoi.

Oui, c'était n'importe quoi, mais l'endroit où elle vivait ne valait guère mieux. Quinze mètres carrés sous les toits, ce qui lui en laissait donc six pour se tenir debout, un matelas posé à même le sol, un minuscule point d'eau dans un angle qui évoquait plutôt une pissotière et qui lui servait d'évier et de salle de bains. Un portant pour penderie et deux cartons empilés en guise d'étagères. Une plaque électrique posée sur une table de camping. Un mini-Frigidaire qui jouait aussi le rôle de plan de travail, de salle à manger et de table basse. Deux tabourets, un halogène, un petit miroir et un autre carton comme placard de cuisine. Quoi d'autre encore ? La valise écossaise où elle avait entreposé le peu de matériel qui lui restait, trois cartons à dessin et... Non, c'était tout. Voilà pour le tour du propriétaire.

Les chiottes étaient à la turque au bout du couloir à droite et la douche était au-dessus des chiottes. Il suffisait juste de poser sur le trou le caillebotis moisi prévu à cet usage...

Pas de voisins ou peut-être un fantôme puisqu'elle entendait parfois des murmures derrière la porte n°12. Un cadenas sur la sienne et le nom de l'ancienne locataire en jolies lettres violettes punaisé sur le chambranle : *Louise Leduc*.

Petite bonne du siècle précédent...

Non, Camille ne regrettait pas sa cheminée bien que son prix représentât presque la moitié de son salaire... Ah! quand même... Bah... pour ce qu'elle en faisait de son salaire... Elle rêvassait dans l'autobus en se demandant qui elle pourrait bien inviter pour l'inaugurer...

Quelques jours plus tard, elle tenait son lascar :
– Vous savez, j'ai une cheminée!
– Pardon? Ah! Oh! C'est vous... Bonjour mademoiselle. Triste temps, n'est-ce pas?
– Vous l'avez dit! Et pourquoi vous enlevez votre bonnet alors?
– Eh bien euh... Je... Je vous saluais, n'est-ce pas?
– Mais non voyons, remettez-le! Vous allez attraper la crève! Je vous cherchais justement. Je voulais vous inviter à dîner au coin du feu un de ces soirs...
– Moi? s'étrangla-t-il.
– Oui! Vous!
– Oh, non, mais je... euh... Pourquoi? Vraiment c'est...
– C'est quoi? lâcha-t-elle soudain fatiguée, alors qu'ils étaient tous les deux en train de grelotter devant leur épicerie préférée.
– C'est... euh...
– C'est pas possible?
– Non, c'est... C'est trop d'honneur!
– Ah! s'amusait-elle, c'est trop d'honneur... Mais non, vous verrez, ce sera très simple. C'est d'accord alors?
– Eh bien, oui... je... je serais ravi de partager votre table...
– Euh... Ce n'est pas vraiment une table, vous savez...

– Ah bon?

– Plutôt un pique-nique... Un petit repas à la bonne franquette...

– Très bien, j'adore les pique-niques! Je peux même venir avec mon plaid et mon panier, si vous voulez...

– Votre panier de quoi?

– Mon panier de pique-nique!

– Un truc avec de la vaisselle?

– Des assiettes en effet, des couverts, une nappe, quatre serviettes, un tire-bou...

– Oh oui, très bonne idée! Je n'ai rien de tout cela! Mais quand? Ce soir?

– Eh bien, ce soir... enfin... je...

– Vous quoi?

– C'est-à-dire que je n'ai pas prévenu mon colocataire...

– Je vois. Mais il peut venir aussi, ce n'est pas un pro-blème.

– Lui? s'étonna-t-il, non... pas lui. D'abord je ne sais pas si... Enfin si c'est un garçon très convenable... Je... Entendons-nous, je ne parle pas de ses mœurs, même si... enfin... je ne les partage pas, voyez-vous, non, je pense plutôt à... Oh, et puis il n'est pas là ce soir. Ni aucun autre soir d'ailleurs...

– Récapitulons, s'agaça Camille, vous ne pouvez pas venir parce que vous n'avez pas prévenu votre coloc' qui n'est jamais là de toute façon, c'est bien ça?

Il piquait du nez et tripotait les boutons de son manteau.

– Hé, je ne vous force pas, hein? Vous n'êtes pas obligé d'accepter, vous savez...

– C'est que...

– C'est que quoi?

– Non, rien. Je viendrai.

– Ce soir ou demain. Parce qu'après je retravaille jusqu'à la fin de la semaine...

– D'accord, murmura-t-il, d'accord, demain... Vous...
Vous serez là, n'est-ce pas?

Elle secoua la tête.

– Mais vous êtes vraiment compliqué, vous! Bien sûr que
je serai là puisque je vous invite!

Il lui sourit gauchement.

– À demain alors?

– À demain mademoiselle.

– Vers huit heures?

– À vingt heures précises, je le note.

Il s'inclina et tourna les talons.

– Hé!

– Pardon?

– Il faut prendre l'escalier de service. J'habite au septième,
la porte n°16, vous verrez, c'est la troisième sur votre
gauche...

D'un mouvement du bonnet, il lui fit savoir qu'il avait
entendu.

11

– Entrez, entrez ! Mais vous êtes magnifique !

– Oh, rougit-il, ce n'est qu'un canotier… Il appartenait à mon grand-oncle et, pour un pique-nique, j'ai pensé que…

Camille n'en croyait pas ses yeux. Le canotier n'était que la cerise sur le gâteau. Il avait glissé une canne à pommeau d'argent sous son bras, était vêtu d'un costume clair avec un nœud papillon rouge et lui tendait une énorme malle en osier.

– C'est ça, votre panier ?

– Oui, mais attendez, j'ai encore quelque chose…

Il alla au fond du couloir et revint avec un bouquet de roses.

– Comme c'est gentil…

– Vous savez, ce ne sont pas de vraies fleurs…

– Pardon ?

– Non, elles viennent d'Uruguay, je crois… J'aurais préféré de vraies roses de jardin, mais en plein hiver, c'est… c'est…

– C'est impossible.

– Voilà ! C'est impossible !

– Allons, entrez, faites comme chez vous.

Il était si grand qu'il dut s'asseoir tout de suite. Il fit un effort pour trouver ses mots mais pour une fois, ce n'était pas un problème de bégaiement, plutôt de… stupéfaction.

– C'est… C'est…

– C'est petit.

– Non, c'est, comment dirais-je… C'est coquet. Oui, c'est tout à fait coquet et… pittoresque, n'est-ce pas?

– Très pittoresque, répéta Camille en riant.

Il resta silencieux un moment.

– Vraiment? Vous vivez là?

– Euh, oui…

– Complètement?

– Complètement.

– Toute l'année?

– Toute l'année.

– C'est petit, non?

– Je m'appelle Camille Fauque.

– Bien sûr, enchanté. Philibert Marquet de La Durbellière annonça-t-il en se relevant et en se cognant la tête contre le plafond.

– Tout ça?

– Hé, oui…

– Vous avez un surnom?

– Pas que je sache…

– Vous avez vu ma cheminée?

– Pardon?

– Là… Ma cheminée…

– Ah la voilà! Très bien… ajouta-t-il en se rasseyant et en allongeant ses jambes devant les flammes en plastique, très très bien… On se croirait dans un cottage anglais, n'est-il pas?

Camille était contente. Elle ne s'était pas trompée. C'était un drôle de coco, mais un être parfait, ce garçon-là…

– Elle est belle, non?

– Magnifique! Elle tire bien au moins?

– Impeccable.

– Et pour le bois?

– Oh, vous savez, avec la tempête... Il suffit de se baisser aujourd'hui...

– Hélas, je ne le sais que trop bien... Vous verriez les sous-bois chez mes parents... Un vrai désastre... Mais là, c'est quoi? C'est du chêne, non?

– Bravo!

Ils se sourirent.

– Un verre de vin, ça ira?

– C'est parfait.

Camille fut émerveillée par le contenu de la malle. Il ne manquait rien, les assiettes étaient en porcelaine, les couverts en vermeil et les verres en cristal. Il y avait même une salière, un poivrier, un huilier, des tasses à café, à thé, des serviettes en lin brodées, un légumier, une saucière, un compotier, une boîte pour les cure-dents, un sucrier, des couverts à poisson et une chocolatière. Le tout était gravé aux armes de la famille de son hôte.

– Je n'ai jamais rien vu d'aussi joli...

– Vous comprenez pourquoi je ne pouvais pas venir hier... Si vous saviez les heures que j'ai passées à la nettoyer et à tout faire briller...

– Il fallait me le dire!

– Vous pensez vraiment que si j'avais prétexté: «Pas ce soir, j'ai ma malle à rafraîchir», vous ne m'auriez pas pris pour un fou?

Elle se garda bien du moindre commentaire.

Ils déplièrent une nappe sur le sol et Philibert Machin chose mit le couvert.

Ils s'assirent en tailleur, ravis, enjoués, comme deux gamins qui inaugureraient leur nouvelle dînette, faisant mille manières et autant d'efforts pour ne rien casser. Camille, qui ne savait pas cuisiner, était allée chez Goubetzkoï et avait choisi un assortiment de taramas, de saumons, de poissons marinés et de confitures d'oignons. Ils remplirent consciencieusement tous les petits raviers du grand-oncle et inaugurèrent une sorte de grille-pain très ingénieux, fabriqué avec un vieux couvercle et du papier d'aluminium, pour réchauffer les blinis sur la plaque électrique. La vodka était posée dans la gouttière et il suffisait de soulever le vasistas pour se resservir. Ces allées et venues refroidissaient la pièce, certes, mais la cheminée crépitait et tirait du feu de Dieu.

Comme d'habitude, Camille but plus qu'elle ne mangea.

– Ça ne vous dérange pas si je fume?

– Je vous en prie... Par contre, j'aimerais allonger mes jambes parce que je me sens tout ankylosé...

– Mettez-vous sur mon lit...

– B...bien sûr que non, je... Je n'en ferai rien...

À la moindre émotion, il reperdait ses mots et tous ses moyens.

– Mais, si, allez-y! En fait, c'est un canapé-lit...

– Dans ce cas...

– Nous pourrions peut-être nous tutoyer, Philibert?

Il devint pâle.

– Oh, non, je... En ce qui me concerne, j'en serais bien incapable, mais vous... Vous...

– Stop! Extinction des feux là-haut! Je n'ai rien dit! Je n'ai rien dit! En plus, je trouve que c'est très bien le vouvoiement, c'est très charmant, très...

– Pittoresque?

– Voilà!

Philibert ne mangeait pas beaucoup lui non plus, mais il était si lent et si précautionneux que notre parfaite petite ménagère se félicita d'avoir prévu un repas froid. Elle avait aussi acheté du fromage blanc pour le dessert. En vérité, elle était restée paralysée devant la vitrine d'un pâtissier, totalement décontenancée et incapable de choisir le moindre gâteau. Elle sortit sa petite cafetière italienne et but son jus dans une tasse si fine qu'elle était certaine de pouvoir la briser en la croquant.

Ils n'étaient pas bavards. Ils n'avaient plus l'habitude de partager leurs repas. Le protocole ne fut donc pas très au point et tous deux eurent du mal à se dépêtrer de leur solitude... Mais c'était des gens bien élevés et ils firent un effort pour porter beau. S'égayèrent, trinquèrent, évoquèrent le quartier. Les caissières du Franprix – Philibert aimait la blonde, Camille lui préférait la aubergine – les touristes, les jeux de lumière sur la tour Eiffel et les crottes de chien. Contre toute attente, son hôte s'avéra être un causeur parfait, relançant sans cesse la conversation et picorant çà et là mille sujets futiles et plaisants. Il était passionné d'histoire de France et lui avoua qu'il passait le plus clair de son temps dans les geôles de Louis XI, dans l'antichambre de François Ier, à la table de paysans vendéens au Moyen Âge ou à la Conciergerie avec Marie-Antoinette, femme pour laquelle il nourrissait une véritable passion. Elle lançait un thème ou une époque et il lui apprenait une foule de détails piquants. Les costumes, les intrigues de la Cour, le montant de la gabelle ou la généalogie des Capétiens.

C'était très amusant.

Elle avait l'impression d'être sur le site Internet d'Alain Decaux.

Un clic, un résumé.

– Et vous êtes professeur ou quelque chose comme ça?

– Non, je... C'est-à-dire que je... Je travaille dans un musée...

– Vous êtes conservateur?

– Quel bien grand mot! Non, je m'occupe plutôt du service commercial...

– Ah... acquiesça-t-elle gravement, ce doit être passionnant... Dans quel musée?

– Ça dépend, je tourne... Et vous?

– Oh, moi... C'est moins intéressant, hélas, je travaille dans des bureaux...

Avisant sa mine dépitée, il eut le tact de ne pas s'attarder sur le sujet.

– J'ai du bon fromage blanc avec de la confiture d'abricot, ça vous dit?

– Avec joie! Et vous?

– Je vous remercie, toutes ces petites choses russes m'ont calée...

– Vous n'êtes pas bien grosse...

Craignant d'avoir prononcé un mot blessant, il ajouta aussitôt :

– Mais vous êtes... euh... gracieuse... Votre visage me fait songer à celui de Diane de Poitiers...

– Elle était jolie?

– Oh! Plus que jolie! Il rosit. Je... Vous... Vous n'êtes jamais allée au château d'Anet?

– Non.

– Vous devriez... C'est un endroit merveilleux qui lui a été offert par son amant, le roi Henri II...

– Ah bon?

– Oui, c'est très beau, une espèce d'hymne à l'amour où leurs initiales sont entrelacées partout. Dans la pierre, le marbre, la fonte, le bois et sur son tombeau. Et puis émouvant aussi... Si je me souviens bien, ses pots à onguents et ses brosses à cheveux sont toujours là, dans son cabinet de toilette. Je vous y emmènerai un jour...

– Quand?

– Au printemps peut-être?

– Pour un pique-nique?

– Cela va de soi...

Ils restèrent silencieux un moment. Camille essaya de ne pas remarquer ses souliers troués et Philibert fit de même avec les taches de salpêtre qui couraient le long des murs. Ils se contentaient de laper leur vodka à petites gorgées.

– Camille?

– Oui.

– Vraiment, vous vivez ici tous les jours?

– Oui.

– Mais euh... pour euh... Enfin... Les lieux d'aisance...

– Sur le palier.

– Ah?

– Vous voulez vous y rendre?

– Non, non, je me demandais juste.

– Vous vous faites du souci pour moi?

– Non, enfin... si... C'est... tellement spartiate, quoi...

– Vous êtes gentil... Mais ça va. Ça va, je vous rassure, et puis j'ai une belle cheminée maintenant!

Lui n'avait plus l'air si enthousiaste.

– Quel âge avez-vous? Si ce n'est pas trop indiscret bien sûr...

– Vingt-six ans. J'en aurai vingt-sept en février...

– Comme ma petite sœur...

– Vous avez une sœur?

– Pas une, six!

– Six sœurs!

– Oui. Et un frère...

– Et vous vivez seul à Paris ?

– Oui, enfin avec mon colocataire…

– Vous vous entendez bien ?

Comme il ne répondait pas, elle insista :

– Pas très bien ?

– Si, si… ça va ! On ne se voit jamais de toute façon…

– Ah ?

– Disons que ce n'est pas exactement le château d'Anet, quoi !

Elle riait.

– Il travaille ?

– Il ne fait que ça. Il travaille, il dort, il travaille, il dort. Et quand il ne dort pas, il ramène des filles… C'est un curieux personnage qui ne sait pas s'exprimer autrement qu'en aboyant. J'ai du mal à comprendre ce qu'elles lui trouvent. Enfin, j'ai bien mon idée sur la question, mais bon…

– Qu'est-ce qu'il fait ?

– Il est cuisinier.

– Ah ? Et il vous prépare de bons petits plats au moins ?

– Jamais. Je ne l'ai jamais vu dans la cuisine. Sauf le matin pour fustiger ma pauvre cafetière…

– C'est un de vos amis ?

– Fichtre non ! Je l'ai découvert par une annonce, un petit mot sur le comptoir de la boulangerie d'en face : *Jeune cuisinier au Vert Galant cherche chambre pour faire la sieste l'après-midi pendant sa coupure.* Au début, il ne venait que quelques heures par jour et puis voilà, il est là maintenant…

– Ça vous contrarie ?

– Pas du tout ! C'est même moi qui lui ai proposé… Parce que, vous verrez, pour le coup, c'est un peu trop grand chez moi… Et puis il sait tout faire. Moi qui ne suis pas fichu de changer une ampoule, ça m'arrange bien… Il sait tout faire et c'est un fieffé gredin ma foi… Depuis qu'il est là, ma note d'électricité a fondu comme neige au soleil…

– Il a bidouillé le compteur?

– Il bidouille tout ce qu'il touche, j'ai l'impression... Je ne sais pas ce qu'il vaut comme cuisinier, mais comme bricoleur, il se pose là. Et comme tout tombe en ruine chez moi... Non... et puis je l'aime bien quand même... Je n'ai jamais eu l'occasion de parler avec lui, mais j'ai l'impression qu'il... Enfin, je n'en sais rien... Quelquefois, j'ai la sensation de vivre sous le même toit qu'un mutant...

– Comme dans *Alien*?

– Pardon?

– Non. Rien.

Sigourney Weaver n'ayant jamais fricoté avec un roi, elle préféra laisser tomber l'affaire...

Ils rangèrent ensemble. Avisant son minuscule lavabo, Philibert la supplia de lui laisser nettoyer la vaisselle. Son musée étant fermé le lundi, il n'aurait que ça à faire le lendemain...

Ils se quittèrent cérémonieusement.

– La prochaine fois, c'est vous qui viendrez...

– Avec plaisir.

– Mais je n'ai pas de cheminée, hélas...

– Hé! Tout le monde n'a pas la chance d'avoir un cottage à Paris...

– Camille?

– Oui.

– Vous faites attention à vous, n'est-ce pas?

– J'essaye. Mais vous aussi, Philibert...

– Je... J...

– Quoi?

– Il faut que je vous dise... La vérité, c'est que je ne travaille pas vraiment dans un musée, vous savez... Plutôt à l'extérieur... Enfin dans des boutiques, quoi... Je... Je vends des cartes postales...

– Et moi, je ne travaille pas vraiment dans un bureau, vous savez… Plutôt à l'extérieur aussi… Je fais des ménages…

Ils échangèrent un sourire fataliste et se quittèrent tout penauds.

Tout penauds et soulagés.

Ce fut un dîner russe très réussi.

12

– Qu'est-ce qu'on entend?

– T'inquiète, c'est le grand Duduche...

– Mais qu'est-ce qu'il fout? On dirait qu'il inonde la cuisine...

– Laisse tomber, on s'en tape... Viens plutôt par là, toi...

– Non, laisse-moi.

– Allez, viens quoi... Viens... Pourquoi t'enlèves pas ton tee-shirt?

– J'ai froid.

– Viens je te dis.

– Il est bizarre, non?

– Complètement givré... Tu l'aurais vu partir tout à l'heure, avec sa canne et son chapeau de clown... J'ai cru qu'il allait à un bal costumé...

– Il allait où?

– Voir une fille, je crois...

– Une fille!

– Ouais, je crois, j'en sais rien... On s'en fout... Allez, retourne-toi, merde...

– Laisse-moi.

– Hé, Aurélie, tu fais chier à la fin...

– Aurélia, pas Aurélie.

– Aurélia, Aurélie, c'est pareil. Bon... Et tes chaussettes, tu vas les garder toute la nuit aussi?

13

Alors que c'était formellement interdit, *strictly forbidden*, Camille posait ses vêtements sur le linteau de sa cheminée, restait au lit le plus longtemps possible, s'habillait sous sa couette et réchauffait les boutons de son jean entre ses mains avant de l'enfiler.

Le bourrelet en PVC n'avait pas l'air très efficace et elle avait dû changer son matelas de place pour ne plus sentir l'affreux courant d'air qui lui vrillait le front. Maintenant son lit était contre la porte et c'était tout un binz pour entrer et sortir. Elle était sans cesse en train de le tirer ici ou là pour faire trois pas. Quelle misère, songeait-elle, quelle misère... Et puis, ça y est, elle avait craqué, elle faisait pipi dans son lavabo en se tenant au mur pour ne pas risquer de le desceller. Quant à ses bains turcs, n'en parlons pas...

Elle était donc sale. Enfin sale peut-être pas, mais moins propre que d'habitude. Une ou deux fois par semaine, elle se rendait chez les Kessler quand elle était sûre de ne pas les trouver. Elle connaissait les horaires de leur femme de ménage et cette dernière lui tendait une grande serviette-éponge en soupirant. Personne n'était dupe. Elle repartait toujours avec un petit frichti ou une couverture supplémentaire... Un jour pourtant, Mathilde avait réussi à la coincer alors qu'elle était en train de se sécher les cheveux :

— Tu ne veux pas revenir vivre ici un moment ? Tu pourrais reprendre ta chambre ?

– Non, je vous remercie, je vous remercie tous les deux, mais ça va. Je suis bien…

– Tu travailles?

Camille ferma les yeux.

– Oui, oui…

– Tu en es où? Tu as besoin d'argent? Donne-nous quelque chose, Pierre pourrait te faire une avance, tu sais…

– Non. Je n'ai rien terminé pour le moment…

– Et toutes les toiles qui sont chez ta mère?

– Je ne sais pas… Il faudrait les trier… Je n'ai pas envie…

– Et tes autoportraits?

– Ils ne sont pas à vendre.

– Qu'est-ce que tu fabriques exactement?

– Des bricoles…

– Tu es passée quai Voltaire?

– Pas encore.

– Camille?

– Oui.

– Tu ne veux pas éteindre ce fichu séchoir? Qu'on s'entende un peu?

– Je suis pressée.

– Tu fais quoi exactement?

– Pardon?

– C'est quoi ta vie, là… Ça ressemble à quoi en ce moment?

Pour ne plus jamais avoir à répondre à ce genre de question, Camille dévala les escaliers de leur immeuble quatre à quatre et poussa la porte du premier coiffeur venu.

14

– Rasez-moi, demanda-t-elle au jeune homme qui se trouvait au-dessus d'elle dans le miroir.

– Pardon?

– Je voudrais que vous me rasiez la tête, s'il vous plaît.

– La boule à zéro?

– Oui.

– Non. Je ne peux pas faire ça...

– Si, si, vous pouvez. Prenez votre tondeuse et allez-y.

– Non, c'est pas l'armée ici. Je veux bien vous couper très court, mais pas la boule à zéro. C'est pas le genre de la maison... Hein Carlo?

Carlo lisait *Tiercé Magazine* derrière sa caisse.

– De quoi?

– La petite dame, elle veut qu'on la tonde...

L'autre esquissa un geste qui voulait dire à peu près j'en ai rien à foutre, je viens de perdre dix euros dans la septième, alors me faites pas chier...

– Cinq millimètres...

– Pardon?

– Je vous la fais à cinq millimètres sinon vous n'oserez même plus sortir d'ici...

– J'ai mon bonnet.

– J'ai mes principes.

Camille lui sourit, hocha la tête en signe d'acquiescement et sentit le crissement des lames sur sa nuque. Des mèches de cheveux s'éparpillaient sur le sol pendant qu'elle dévisageait la drôle de personne qui lui faisait face. Elle ne la reconnaissait pas, ne se souvenait plus à quoi elle ressemblait l'instant précédent. Elle s'en moquait. Désormais, ce serait beaucoup moins galère pour elle d'aller prendre une douche sur le palier et c'était la seule chose qui comptait.

Elle interpella son reflet en silence : Alors ? C'était ça le programme ? Se démerder, quitte à s'enlaidir, quitte à se perdre de vue, pour ne jamais rien devoir à personne ?

Non, sérieusement ? C'était ça ?

Elle passa sa main sur son crâne râpeux et eut très envie de pleurer.

– Ça vous plaît ?
– Non.
– Je vous avais prévenue…
– Je sais.
– Ça repoussera…
– Vous croyez ?
– J'en suis sûr.
– Encore un de vos principes…

– Je peux vous demander un stylo ?
– Carlo ?
– Mmm…
– Un stylo pour la jeune fille…
– On ne prend pas de chèque à moins de quinze euros…
– Non, non, c'est pour autre chose…

Camille prit son bloc et dessina ce qu'elle voyait dans la glace.

Une fille chauve au regard dur tenant dans sa main le crayon d'un turfiste aigri sous le regard amusé d'un garçon

qui s'appuyait sur son manche à balai. Elle nota son âge et
se leva pour payer.

– C'est moi, là ?

– Oui.

– Mince, vous dessinez vachement bien !

– J'essaye…

15

Le pompier, ce n'était pas le même que la dernière fois, Yvonne l'aurait reconnu, tournait inlassablement sa petite cuillère dans son bol :
– Il est trop chaud ?
– Pardon ?
– Le café ? Il est trop chaud ?
– Non, ça va, merci. Bon, ben, c'est pas le tout, mais il faut que je fasse mon rapport, moi…

Paulette restait prostrée à l'autre bout de la table. Son compte était bon.

16

– Tu avais des poux ? lui demanda Mamadou.

Camille était en train d'enfiler sa blouse. Elle n'avait pas envie de parler. Trop de cailloux, trop froid, trop fragile.

– Tu fais la gueule ?

Elle secoua la tête, sortit son chariot du local à poubelles et se dirigea vers les ascenseurs.

– Tu montes au cinquième ?

– Hon hon...

– Eh pourquoi c'est toujours toi qui fais le cinquième ? C'est pas normal ça ! Faut pas te laisser faire ! Tu veux que je lui parle à la chef ? Moi, je m'en fous deu gueuler tu sais ! Oh, mais oui ! Je m'en fous bien !

– Non merci. Le cinquième ou un autre, pour moi c'est pareil...

Les filles n'aiment pas cet étage parce que c'était celui des chefs et des bureaux fermés. Les autres, les « aupènes spaices » comme disait la Bredart, étaient plus faciles et surtout plus rapides à nettoyer. Il suffisait de vider les poubelles, d'aligner les fauteuils contre les murs et de passer un grand coup d'aspirateur. On pouvait même y aller gaiement et se permettre de cogner dans les pieds des meubles parce que c'était de la camelote et que tout le monde s'en fichait.

Au cinquième, chaque pièce exigeait tout un cérémonial assez fastidieux : vider les poubelles, les cendriers, purger les déchiqueteuses à papier, nettoyer les bureaux avec la consigne de ne toucher à rien, de ne pas déplacer le moindre trombone, et se taper en plus, les petits salons attenants et les bureaux des secrétaires. Ces garces qui collaient des Post-it partout comme si elles s'adressaient à leur propre femme de ménage, elles qui n'étaient même pas foutues de s'en payer une à la maison... *Et vous me ferez ci et vous me ferez ça, et la dernière fois, vous avez bougé cette lampe et cassé ce truc et gnagnagna...* Le genre de réflexions sans intérêt qui avaient le don d'irriter Carine ou Samia au plus haut point, mais qui laissaient Camille totalement indifférente. Quand un mot était trop pète-sec, elle écrivait en dessous : *Moi pas comprendre le français* et le recollait bien au milieu de l'écran.

Aux étages inférieurs, les cols blancs rangeaient à peu près leur bordel, mais ici, c'était plus chic de tout laisser en plan. Histoire de montrer qu'on était débordé, que l'on était parti à contrecœur sans doute, mais que l'on pouvait revenir à n'importe quel moment reprendre sa place, son poste et ses responsabilités au Grand Gouvernail de ce monde. Bon, pourquoi pas... soupirait Camille. Admettons. À chacun ses chimères... Mais il y en avait un, là-bas, tout au bout du couloir sur la gauche, qui commençait à les lui briser menu. Grand ponte ou pas, ce mec-là était un goret et ça commençait à bien faire. En plus d'être crade, son bureau puait le mépris.

Dix fois, cent fois peut-être, elle avait vidé et jeté d'innombrables gobelets où flottaient toujours quelques mégots et récupéré des morceaux de sandwichs rassis sans même y songer, mais ce soir, non. Ce soir, elle n'avait pas envie. Elle rassembla donc tous les déchets de ce type, ses vieux patchs pleins de poils, ses miasmes, ses chewing-gums collés sur le rebord de son cendrier, ses allumettes et ses boulettes de papier, en fit un petit tas sur son beau sous-main en peau de zébu et laissa une note à son attention : *Monsieur vous êtes un porc et je vous prie désormais de laisser cet endroit aussi propre que possible. P-S : regardez à vos pieds, il y a cette chose si commode qu'on appelle une poubelle...* Elle agrémenta sa tirade d'un méchant dessin où l'on apercevait un petit cochon en costume trois pièces qui se penchait pour voir quelle étrangeté se cachait donc sous son bureau. Elle alla ensuite retrouver ses collègues pour les aider à finir le hall.

– Pourquoi tu te marres comme ça ? s'étonna Carine.

– Pour rien.

– T'es vraiment bizarre, toi...

– Qu'est-ce qu'on fait après ?

– Les escaliers du B...

– Encore ? Mais on vient de les faire !

Carine leva les épaules.

– On y va ?

– Non. On doit attendre Super Josy pour le rapport...

– Le rapport de quoi ?

– J'sais pas. Il paraît qu'on utilise trop de produit...

– Faudrait savoir... L'autre jour, on n'en mettait pas assez... Je vais m'en griller une sur le trottoir, tu viens ?

– Fait trop froid...

Camille sortit donc seule, s'adossa à un réverbère.

« *... 02-12-03... 00:34... -4°c...* » défilaient en lettres lumineuses sur la devanture d'un opticien.

Elle sut alors ce qu'elle aurait dû répondre à Mathilde Kessler tout à l'heure quand celle-ci lui avait demandé, avec une pointe d'agacement dans la voix, à quoi ressemblait sa vie en ce moment.

« ... *02-12-03... 00:34... -4°c...* »

Voilà.
À ça.

17

– Je sais ! Je le sais bien ! Mais pourquoi vous dramatisez tout comme ça ? C'est n'importe quoi, à la fin !

– Écoute, mon petit Franck, premièrement, tu vas me parler sur un autre ton, et deuxièmement tu es mal placé pour me faire la leçon. Moi, ça fait presque douze ans que je m'en occupe, que je passe la voir plusieurs fois par semaine, que je l'emmène en ville et que je prends soin d'elle. Plus de douze ans, tu m'entends ? Et jusque-là, on ne peut pas dire que tu t'en sois trop mêlé... Jamais un remerciement, jamais un signe de reconnaissance, jamais rien. Même l'autre fois, quand je l'ai accompagnée à l'hôpital et que je suis venue la voir tous les jours au début, ça ne t'aurait pas effleuré de me passer un petit coup de téléphone ou de m'envoyer une fleur, hein ? Bon, ça tombe bien parce que c'est pas pour toi que je le fais, c'est pour elle. Parce que c'est quelqu'un de bien ta grand-mère... De bien, tu comprends ? Je te blâme pas mon petit gars, tu es jeune, tu habites loin et tu as ta vie, mais quelquefois, tu sais, ça me pèse, tout ça. Ça me pèse... Moi aussi, j'ai ma famille, mes soucis et mes petits ennuis de santé alors, je te le dis tout net : tu dois prendre tes responsabilités maintenant...

– Vous voulez que je lui bousille sa vie et que je la mette en fourrière juste parce qu'elle a oublié une casserole sur le feu, c'est ça ?

– Voyons ! Tu parles d'elle comme si c'était un chien !

– Non, c'est pas d'elle que je parle ! Et vous savez très bien de quoi je parle ! Vous savez très bien que si je la mets dans un mouroir, elle va pas tenir le choc! Merde! Vous avez bien vu la comédie qu'elle nous a fait la dernière fois!

– Tu n'es pas obligé d'être grossier, tu sais?

– Excusez-moi, madame Carminot, excusez-moi... Mais je sais plus où j'en suis... Je... Je peux pas lui faire ça vous comprenez? Pour moi, ce serait comme de la tuer...

– Si elle reste toute seule, c'est elle qui va se tuer...

– Et alors? Est-ce que ce serait pas mieux?

– Ça, c'est ta façon d'envisager les choses, mais moi, je ne marche pas dans cette combine. Si le facteur n'était pas arrivé au bon moment l'autre jour, c'était toute la maison qui brûlait et le problème, c'est qu'il ne sera pas toujours là, le facteur... Et moi non plus, Franck... Moi non plus... C'est devenu trop lourd tout ça... C'est trop de responsabilités... À chaque fois que j'arrive chez vous, je me demande ce que je vais trouver et les jours où je ne passe pas, je n'arrive pas à m'endormir. Quand je lui téléphone et qu'elle ne répond pas, ça me rend malade et je finis toujours par y aller pour voir un peu ses égarements. Son accident l'a détraquée, ce n'est plus la même femme aujourd'hui. Elle traîne en robe de chambre toute la journée, ne mange plus, ne parle plus, ne lit plus son courrier... Pas plus tard qu'hier, je l'ai encore retrouvée en combinaison dans le jardin... Elle était complètement frigorifiée, la pauvre... Non, je ne vis plus, je suis toujours en train de m'imaginer le pire... On ne peut pas la laisser comme ça... On ne peut pas. Tu dois faire quelque chose...

– ...

– Franck? Allô? Franck, tu es là?

– Oui...

– Faut se faire une raison, mon petit...

– Non. Je veux bien la foutre à l'hospice puisque j'ai pas le choix, mais y faut pas me demander de me faire une raison, ça c'est pas possible.

– Fourrière, mouroir, hospice… Pourquoi tu ne dis pas «maison de retraite» tout simplement?

– Parce que je sais bien comment ça va se finir…

– Ne dis pas ça, il y a des endroits très bien. La mère de mon mari par exemple, eh bien elle…

– Et vous Yvonne? Est-ce que vous ne pouvez pas vous en occuper pour de bon? Je vous payerai… Je vous donnerai tout ce que vous voulez…

– Non, c'est gentil, mais non, je suis trop vieille. Je ne veux pas assumer ça, j'ai déjà mon Gilbert à m'occuper… Et puis elle a besoin d'un suivi médical…

– Je croyais que c'était votre amie?

– Ça l'est.

– C'est votre amie, mais ça ne vous gêne pas de la pousser dans la tombe…

– Franck, retire tout de suite ce que tu viens de dire!

– Vous êtes tous les mêmes… Vous, ma mère, les autres, tous! Vous dites que vous aimez les gens, mais dès qu'il s'agit de remonter vos manches, y a plus personne…

– Je t'en prie, ne me mets pas dans le même sac que ta mère! Ah, ça, non! Comme tu es ingrat, mon garçon… Ingrat et méchant!

Elle raccrocha.

Il n'était que quinze heures mais il sut qu'il ne pourrait pas dormir.

Il était épuisé.

Il frappa la table, il frappa le mur, il cogna dans tout ce qui était à sa portée.

Il se mit en tenue pour aller courir et s'effondra sur le premier banc venu.

Ce ne fut qu'un petit gémissement d'abord, comme si quelqu'un venait de le pincer, puis tout son corps le lâcha.

Il se mit à trembler de la tête aux pieds, sa poitrine s'ouvrit en deux et libéra un énorme sanglot. Il ne voulait pas, il ne voulait pas, putain. Mais il n'était plus capable de se contrôler. Il pleura comme un gros bébé, comme un pauvre naze, comme un mec qui s'apprêtait à dézinguer la seule personne au monde qui l'avait jamais aimé. Qu'il avait jamais aimée.

Il était plié en deux, laminé par le chagrin et tout barbouillé de morve.

Quand il admit enfin qu'il n'y avait rien à faire pour arrêter ça, il enroula son pull autour de sa tête et croisa les bras.

Il avait mal, il avait froid, il avait honte.

Il resta sous la douche, les yeux fermés et le visage tendu jusqu'à ce qu'il n'y ait plus d'eau chaude. Il se coupa en se rasant parce qu'il n'avait pas le courage de rester devant la glace. Il ne voulait pas y penser. Pas maintenant. Plus maintenant. Les digues étaient fragiles et s'il se laissait aller, des milliers d'images viendraient lui ravager la tête. Sa mémé, il ne l'avait jamais vue autre part que dans cette maison. Au jardin, le matin, dans sa cuisine le reste du temps et assise auprès de son lit, le soir...

Quand il était enfant, il souffrait d'insomnie, cauchemardait, hurlait, l'appelait et lui soutenait que lorsqu'elle fermait la porte, ses jambes partaient dans un trou et qu'il devait s'accrocher aux barreaux du lit pour ne pas les suivre. Toutes les institutrices lui avaient suggéré de consulter un psychologue, les voisines hochaient la tête gravement et lui conseillaient plutôt de le mener au rebouteux pour qu'il lui remette les nerfs en place. Quant à son mari, lui, il voulait l'empêcher de monter. C'est toi qui nous le gâtes! il disait, c'est toi qui le détraques ce gamin! Bon sang, t'as qu'à moins l'aimer aussi! T'as qu'à le laisser chialer un moment, d'abord y pissera moins et tu verras qu'y s'endormira quand même...

Elle disait oui oui gentiment à tout le monde mais n'écoutait personne. Elle lui préparait un verre de lait chaud sucré avec un peu d'eau de fleur d'oranger, lui soutenait la tête pendant qu'il buvait et s'asseyait sur une chaise. Là, tu vois, juste à côté. Elle croisait les bras, soupirait et s'assoupissait avec lui. Avant lui souvent. Ce n'était pas grave, tant qu'elle était là, ça allait. Il pouvait allonger ses jambes...

– Je te préviens, y a plus d'eau chaude... lâcha Franck.

– Ah, c'est ennuyeux... Je suis confus, tu...

– Mais arrête de t'excuser, merde! C'est moi qui l'ai vidé le ballon, OK? C'est moi. Alors t'excuse pas!

– Pardon, je croyais que...

– Oh, et puis tu fais chier à la fin, si tu veux toujours faire la carpette, c'est ton problème après tout...

Il quitta la pièce et alla repasser sa tenue. Il fallait absolument qu'il se rachète des vestes parce qu'il n'arrivait plus à assurer un bon roulement. Il n'avait pas le temps. Jamais le temps. Jamais le temps de rien faire, merde!

Il n'avait qu'un jour de libre par semaine, il n'allait quand même pas le passer dans une maison de vieux à Pétaouchnoque, à regarder sa grand-mère chialer!

L'autre s'était déjà installé dans son fauteuil avec ses parchemins et tout son bordel d'écussons.

– Philibert...

– Pardon?

– Écoute... euh... Je m'excuse pour tout à l'heure, je...
J'ai des galères en ce moment, et je suis à cran, tu vois... En
plus j'suis crevé...
– C'est sans importance...
– Si, c'est important.
– Ce qui est important, vois-tu, c'est de dire «excuse-moi» et pas «je m'excuse». Tu ne peux pas t'excuser tout
seul, linguistiquement ce n'est pas correct...
Franck le dévisagea un moment avant de secouer la tête :
– T'es vraiment un drôle de zigue, toi...

Avant de passer la porte, il ajouta :
– Hé, tu regarderas dans le frigo, je t'ai ramené un truc.
Je ne sais plus ce que c'est... Du canard, je crois...

Philibert remercia un courant d'air.
Notre charretier était déjà dans l'entrée en train de pester
parce qu'il ne retrouvait pas ses clefs.

Il assura son service sans prononcer la moindre parole,
ne broncha pas quand le chef vint lui prendre la casserole
des mains pour faire son intéressant, serra les dents quand
on lui renvoya un magret pas assez cuit et frotta sa plaque
de chauffe pour la nettoyer comme s'il avait voulu récupérer des copeaux de fonte.

La cuisine se vida et il attendit dans un coin que son
pote Kermadec ait fini de trier ses nappes et de compter
ses serviettes. Quand ce dernier l'avisa, assis dans un coin
en train de feuilleter *Moto Journal*, il l'interrogea du menton :
– Qu'est-ce qui veut, le cuistot?

Lestafier renversa sa tête en arrière et mit son pouce devant sa bouche.

– J'arrive. Encore trois bricoles et je suis à toi...

Ils avaient l'intention de faire la tournée des bars, mais Franck était déjà ivre mort en sortant du second.

Il retomba dans un trou cette nuit-là, mais pas celui de son enfance. Un autre.

18

– Bon, ben, c'était pour m'excuser quoi… Enfin, pour vous les demander…

– Me demander quoi, mon gars ?

– Ben des excuses…

– Je t'ai déjà pardonné, va… Tu ne les pensais pas tes paroles, je le sais bien, mais y faut que tu fasses attention quand même… Tu sais, faut en prendre soin des gens qui sont corrects avec toi… Tu le verras en vieillissant que tu n'en croiseras pas tant que ça…

– Vous savez, j'ai réfléchi à ce que vous m'avez dit hier et même si ça m'arrache la bouche de vous le dire, je sais bien que c'est vous qui avez raison…

– Bien sûr que j'ai raison… Je les connais bien les vieux, j'en vois toute la journée par ici…

– Alors euh…

– Quoi ?

– Le problème, c'est que j'ai pas le temps de m'en occuper, je veux dire de trouver une place et tout ça…

– Tu veux que je m'en charge ?

– Je peux vous payer vos heures, vous savez…

– Ne recommence pas avec tes grossièretés, petit bezot, je veux bien t'aider, mais c'est toi qui dois lui annoncer. C'est à toi de lui expliquer la situation…

– Vous viendrez avec moi ?

– Je veux bien, si ça t'arrange, mais tu sais, moi, elle sait parfaitement ce que j'en pense… Depuis le temps que je lui monte le bourrichon…

– Il faut lui trouver quelque chose de classe, hein? Avec une belle chambre et un grand parc surtout...

– C'est très cher, ça, tu sais...

– Cher comment?

– Plus d'un million par mois...

– Euh... Attendez, Yvonne, vous parlez en quoi, là? C'est les euros maintenant...

– Oh, les euros... Moi, je te parle comme j'ai l'habitude de parler et pour une bonne maison, il faut compter plus d'un million ancien par mois...

– ...

– Franck?

– C'est... C'est ce que je gagne...

– Tu dois aller à la CAF pour demander une allocation logement, voir ce que représente la retraite de ton grand-père, et puis monter un dossier APA auprès du Conseil Général...

– C'est quoi l'apa?

– C'est une aide pour les personnes dépendantes ou handicapées.

– Mais... Elle est pas vraiment handicapée, si?

– Non, mais il faudra qu'elle joue le jeu quand ils lui enverront un expert. Faudra pas qu'elle ait l'air trop vaillante, sinon vous toucherez pas grand-chose...

– Oh, putain, quel bordel... Pardon.

– Je me bouche les oreilles.

– J'aurai jamais le temps de remplir tous ces papiers... Vous voulez bien débroussailler un peu le terrain pour moi?

– Ne t'inquiète pas, je vais lancer le sujet au Club vendredi prochain, et je suis sûre de faire un tabac!

– Je vous remercie, madame Carminot...

– Penses-tu... C'est bien le moins, va...

– Bon, ben, je vais aller bosser, moi...

– Y paraît que tu cuisines comme un chef maintenant?
– Qui c'est qui vous a dit ça?
– Madame Mandel...
– Ah...
– Oh, là là, si tu savais... Elle en parle encore! Tu leur avais fait un lièvre à la royale, ce soir-là...
– Je me rappelle plus.
– Elle, elle s'en souvient, tu peux me croire! Dis-moi, Franck?
– Oui?
– Je sais bien que ce ne sont pas mes affaires, mais... Ta mère?
– Ma mère, quoi?
– Je ne sais pas, mais je me disais qu'il faudrait peut-être la contacter, elle aussi... Elle pourrait peut-être t'aider à payer...
– Là, c'est vous qui êtes grossière Yvonne, c'est pas faute de l'avoir connue, pourtant...
– Tu sais, les gens changent quelquefois...
– Pas elle.
– ...
– Non. Pas elle... Bon, j'y vais, je suis à la bourre...
– Au revoir, mon petit.
– Euh?
– Oui?
– Essayez de trouver un peu moins cher quand même...
– Je vais voir, je te dirai...
– Merci.

Il faisait si froid ce jour-là que Franck fut content de retrouver la chaleur de la cuisine et son poste de galérien. Le chef était de bonne humeur. On avait encore refusé du monde et il venait d'apprendre qu'il aurait une bonne critique dans un magazine de bourges.

– Avec ce temps, mes enfants, on va en dépoter du foie gras et des grands crus ce soir! Ah, c'est fini les salades, les chiffonnades et toutes ces conneries! C'est bien fini! Je veux du beau, je veux du bon et je veux que les clients ressortent d'ici avec dix degrés de plus! Allez! Mettez-moi le feu, mes petits gars!

19

Camille eut du mal à descendre les escaliers. Elle était percluse de courbatures et souffrait d'une migraine épouvantable. Comme si quelqu'un lui avait enfoncé un couteau dans l'œil droit et s'amusait à tourner délicatement la lame au moindre de ses mouvements. Arrivée dans le hall, elle se tint au mur pour retrouver l'équilibre. Elle grelottait, elle étouffait. Elle songea un moment à retourner se coucher mais l'idée de remonter ses sept étages lui parut moins surmontable encore que celle d'aller travailler. Au moins, dans le métro, elle pourrait s'asseoir…

Au moment où elle franchissait le porche, elle buta contre un ours. C'était son voisin vêtu d'une longue pelisse.

– Oh pardon monsieur, s'excusa-t-il, je…

Il leva les yeux.

– Camille, c'est vous ?

N'ayant pas le courage d'assurer la moindre causette, elle fila sous son bras.

– Camille ! Camille !

Elle piqua du nez dans son écharpe et accéléra le pas. Cet effort l'obligea bientôt à s'appuyer sur un horodateur pour ne pas tomber.

– Camille, ça va ? Mon Dieu, mais… Qu'avez-vous fait à vos cheveux ? Oh, mais quelle mine, vous avez… Quelle mine épouvantable ! Et vos cheveux ? Vos si beaux cheveux…

– Je dois y aller, là, je suis déjà en retard…

– Mais il fait un froid de gueux, mon amie! Ne marchez pas tête nue, vous risqueriez de mourir... Tenez, prenez ma chapka au moins...

Camille fit un effort pour sourire.

– Elle appartenait à votre oncle aussi?

– Diantre, non! Plutôt à mon bisaïeul, celui qui a accompagné ce petit général dans ses campagnes de Russie...

Il lui enfonça son chapeau jusqu'aux sourcils.

– Vous voulez dire que ce truc-là a fait Austerlitz? se força-t-elle à plaisanter.

– Parfaitement! La Berezina aussi, hélas... Mais vous êtes toute pâle... Vous êtes sûre que vous vous sentez bien?

– Un peu fatiguée...

– Dites-moi, Camille, vous n'avez pas trop froid là-haut?

– Je ne sais pas... Bon, je... J'y vais là... Merci pour la toque.

Engourdie par la chaleur de la rame, elle s'endormit et ne se réveilla qu'au bout de la ligne. Elle s'assit dans l'autre sens et enfonça son bonnet d'ours sur ses yeux pour pleurer d'épuisement. Oh, ce vieux truc puait affreusement...

Quand, enfin, elle sortit à la bonne station, le froid qui la saisit fut si cinglant qu'elle dut s'asseoir sous un Abribus. Elle se coucha en travers et demanda au jeune homme qui se trouvait près d'elle de lui happer un taxi.

Elle remonta chez elle sur les genoux et tomba de tout son long sur son matelas. Elle n'eut pas le courage de se déshabiller et songea, l'espace d'une seconde, à mourir sur-le-champ. Qui le saurait? Qui s'en soucierait? Qui la pleurerait? Elle grelottait de chaleur et sa sueur l'enveloppa d'un linceul glacé.

20

Philibert se releva vers deux heures du matin pour aller boire un verre d'eau. Le carrelage de la cuisine était gelé et le vent cognait méchamment contre les carreaux de la fenêtre. Il fixa un moment l'avenue désolée en murmurant des bribes d'enfance... *Voici venir l'hiver, tueur des pauvres gens...* Le thermomètre extérieur affichait moins six et il ne pouvait s'empêcher de penser à ce petit bout de femme là-haut. Dormait-elle, elle? Et qu'avait-elle fait de sa chevelure, la malheureuse?

Il devait faire quelque chose. Il ne pouvait pas la laisser comme ça. Oui, mais son éducation, ses bonnes manières, sa discrétion enfin, l'emberlificotaient dans d'infinies palabres...

Était-ce bien convenable de déranger une jeune fille en pleine nuit? Comment allait-elle le prendre? Et puis, peut-être qu'elle n'était pas seule après tout? Et si elle était nue? Oh, non... Il préférait ne pas y songer... Et comme dans Tintin, l'ange et le démon se chamaillaient sur l'oreiller d'à côté.

Enfin... Les personnages étaient un peu différents...

Un ange frigorifié disait : «Voyons, mais elle meurt de froid cette petite...» et l'autre, les ailes pincées, lui rétorquait : «Je sais bien mon ami, mais cela ne se fait pas. Vous irez prendre de ses nouvelles demain matin. Dormez maintenant, je vous prie.»

Il assista à leur petite querelle sans y prendre part, se retourna dix fois, vingt fois, les pria de se taire et finit par leur voler leur oreiller pour ne plus les entendre.

À trois heures cinquante-quatre, il chercha ses chaussettes dans le noir.

Le rai de lumière qui filtrait sous sa porte lui redonna du courage.
– Mademoiselle Camille ?
Puis, à peine plus fort :
– Camille ? Camille ? C'est Philibert...
Pas de réponse. Il essaya une dernière fois avant de rebrousser chemin. Il était déjà au bout du couloir quand il entendit un son étouffé.
– Camille, vous êtes là ? Je me faisais du souci pour vous et je... Je...
– ... porte... ouverte... gémit-elle.

La soupente était glacée. Il eut du mal à entrer à cause du matelas et buta contre un tas de chiffons. Il s'agenouilla. Souleva une couverture, puis une autre, puis une couette et tomba enfin sur son visage. Elle était trempée.
Il posa sa main sur son front :
– Mais vous avez une fièvre de cheval ! Vous ne pouvez pas rester comme ça... Pas ici... Pas toute seule... Et votre cheminée ?
– ... pas eu le courage de la déplacer...
– Vous permettez que je vous emmène avec moi ?
– Où ?
– Chez moi.
– Pas envie de bouger...
– Je vais vous prendre dans mes bras.
– Comme un prince charmant ?
Il lui sourit :
– Allons bon, vous êtes si fiévreuse que vous délirez à présent...

Il tira le matelas au milieu de la pièce, lui défit ses grosses chaussures et la souleva aussi peu délicatement que possible.

– Hélas, je ne suis pas aussi fort qu'un vrai prince... Euh... Vous pouvez essayer de passer vos bras autour de mon cou, s'il vous plaît ?

Elle laissa tomber sa tête sur son épaule et il fut dérouté par l'odeur aigre qui émanait de sa nuque.

L'enlèvement fut désastreux. Il cognait sa belle dans les tournants et manquait de tomber à chaque marche. Heureusement, il avait pensé à prendre la clef de la porte de service et n'eut que trois étages à descendre. Il traversa l'office, la cuisine, manqua de la faire tomber dix fois dans le corridor et la déposa enfin sur le lit de sa tante Edmée.

– Écoutez-moi, je dois vous découvrir un peu, j'imagine... Je... Enfin, vous... Enfin, c'est très embarrassant, quoi...

Elle avait fermé les yeux.

Bon.

Philibert Marquet de La Durbellière se trouvait là dans une situation fort critique.

Il songea aux exploits de ses ancêtres mais la Convention de 1793, la prise de Cholet, le courage de Cathelineau et la vaillance de La Rochejaquelein lui semblèrent bien peu de chose tout à coup...

L'ange courroucé était maintenant perché sur son épaule avec son guide de la Baronne Staffe sous le bras. Il s'en donnait à cœur joie : «Eh bien, mon ami, vous êtes content de vous, n'est-ce pas ? Ah ! Il est bien, là, notre preux chevalier ! Mes félicitations, vraiment... Et maintenant ? Qu'est-

ce qu'on fait, à présent?» Philibert était totalement déso-
rienté. Camille murmura :

– ... soif...

Son sauveur se précipita dans la cuisine, mais l'autre
rabat-joie l'attendait au bord de l'évier : «Mais, oui! Mais
continuez... Et le dragon alors? Vous n'y allez pas,
combattre le dragon?», «Oh, toi, ta gueule!» lui répondit
Philibert. Il n'en revenait pas et repartit au chevet de sa
malade le cœur plus léger. Finalement ce n'était pas si
compliqué. C'est Franck qui avait raison : quelquefois un
bon juron valait mieux qu'un long discours. Ainsi ragail-
lardi, il la fit boire et prit son courage à deux mains : il la
déshabilla.

Ce ne fut pas facile car elle était plus couverte qu'un
oignon. Il lui ôta d'abord son manteau, puis sa veste en
jean. Vint ensuite un pull, un deuxième, un col roulé et
enfin, une espèce de liquette à manches longues. Bon, se
dit-il, je ne peux pas la lui laisser, on pourrait presque l'essorer... Bon, tant pis, je verrai son... Enfin son soutien...
Horreur! Par tous les saints du ciel! Elle n'en portait pas!
Vite, il rabattit le drap sur sa poitrine. Bien... Le bas maintenant... Il était plus à l'aise car il pouvait manœuvrer à
tâtons en passant par-dessous la couverture. Il tira de
toutes ses forces sur les jambes de son pantalon. Dieu soit
loué, la petite culotte n'était pas venue avec...

– Camille? Vous avez le courage de prendre une douche?
Pas de réponse.

Il secoua la tête de désapprobation, alla dans la salle de
bains, remplit un broc d'eau chaude dans lequel il versa un
peu d'eau de Cologne et s'arma d'un gant de toilette.

Courage, soldat!

Il défit le drap et la rafraîchit du bout du gant d'abord, puis plus vaillamment.

Il lui frotta la tête, le cou, le visage, le dos, les aisselles, les seins puisqu'il le fallait, et pouvait-on appeler cela des seins, d'ailleurs? Le ventre et les jambes. Pour le reste, ma foi, elle verrait... Il essora le gant et le posa sur son front.

Il lui fallait de l'aspirine à présent... Il empoigna si fort le tiroir de la cuisine qu'il en renversa tout le contenu sur le sol. Fichtre. De l'aspirine, de l'aspirine...

Franck se tenait sur le pas de la porte, le bras passé sous son tee-shirt en train de se gratter le bas-ventre :

– Houâââ, fit-il en bâillant, qu'est-ce qui se passe ici? C'est quoi tout ce merdier?

– Je cherche de l'aspirine...

– Dans le placard...

– Merci.

– T'as mal au crâne?

– Non, c'est pour une amie...

– Ta copine du septième?

– Oui.

Franck ricana :

– Attends, t'étais avec elle, là? T'étais là-haut?

– Oui. Pousse-toi, s'il te plaît...

– Arrête, j'y crois pas... Ben t'es plus puceau alors!

Ses sarcasmes le poursuivaient dans le couloir :

– Hé? Elle te fait le coup de la migraine dès le premier soir, c'est ça? Putain, ben t'es mal barré, mon gars...

Philibert referma la porte derrière lui, se retourna et murmura distinctement : «Ta gueule à toi aussi...»

Il attendit que le comprimé ait rendu toutes ses bulles puis la dérangea une dernière fois. Il crut l'entendre chuchoter «papa…» À moins que ce ne fut «pas… pas…» car elle n'avait probablement plus soif. Il ne savait pas.

Il remouilla le gant, tira les draps et resta là un moment. Interdit, effrayé et fier de lui.

Oui, fier de lui.

21

Camille fut réveillée par la musique de U2. Elle crut d'abord être chez les Kessler et s'assoupit de nouveau. Non, s'embrouillait-elle, non, ce n'était pas possible ça... Ni Pierre, ni Mathilde, ni leur bonne ne pouvaient balancer Bono à plein volume de cette manière. Il y avait un truc qui ne collait pas, là... Elle ouvrit lentement les yeux, gémit à cause de son crâne et attendit dans la pénombre de pouvoir reconnaître quelque chose.

Mais où était-elle ? Qu'est-ce que... ?

Elle tourna la tête. Tout son corps regimbait. Ses muscles, ses articulations et son peu de chair lui refusaient le moindre mouvement. Elle serra les dents et se releva de quelques centimètres. Elle frissonnait et était de nouveau couverte de transpiration.

Son sang lui battait les tempes. Elle attendit un moment, immobile et les yeux clos, que la douleur s'apaise.

Elle rouvrit délicatement les paupières et constata qu'elle se trouvait dans un lit étrange. Le jour passait à peine entre les interstices des volets intérieurs et d'énormes rideaux en velours, à moitié décrochés de leur tringle, pendaient misérablement de chaque côté. Une cheminée en marbre lui faisait face, surplombée d'un miroir tout piqueté. La pièce était tendue d'un tissu à fleurs dont elle ne distinguait pas très bien les couleurs. Il y avait des tableaux partout.

Des portraits d'homme et de femmes vêtus de noir qui semblaient aussi étonnés qu'elle de la trouver là. Elle se tourna ensuite vers la table de nuit et aperçut une très jolie carafe gravée à côté d'un verre à moutarde Scoubidou. Elle mourait de soif et la carafe était remplie d'eau, mais elle n'osa pas y toucher : à quel siècle l'avait-on remplie?

Où était-elle bon sang, et qui l'avait amenée dans ce musée?

Il y avait une feuille de papier pliée en deux contre un bougeoir : «Je n'ai pas osé vous déranger ce matin. Je suis parti travailler. Je reviens vers sept heures. Vos vêtements sont pliés sur la bergère. Il y a du canard dans le réfrigérateur et une bouteille d'eau minérale au pied du lit. Philibert.»

Philibert? Mais qu'est-ce qu'elle fichait dans le pieu de ce garçon?

Au secours.

Elle se concentra pour retrouver les bribes d'une improbable débauche, mais ses souvenirs n'allaient pas au-delà du boulevard Brune... Elle était assise, pliée en deux sous un Abribus et suppliait un grand type avec un manteau sombre de lui appeler un taxi... Était-ce Philibert? Non, pourtant... Non, ce n'était pas lui, elle s'en serait souvenue...

Quelqu'un venait d'éteindre la musique. Elle entendit encore des pas, des grognements, une porte qui claquait, une deuxième et puis plus rien. Le silence.

Elle avait une envie pressante mais attendit encore un moment, attentive au moindre bruit et déjà épuisée à l'idée de bouger sa pauvre carcasse.

Elle poussa les draps et souleva l'édredon qui lui sembla peser aussi lourd qu'un âne mort.

Au contact du plancher, ses orteils se recroquevillèrent. Deux babouches en chevreau l'attendaient à la lisière du tapis. Elle se leva, vit qu'elle était vêtue d'un haut de pyjama d'homme, enfila les chaussons et mit sa veste en jean sur ses épaules.

Elle tourna la poignée tout doucement et se retrouva dans un immense couloir, très sombre, d'au moins quinze mètres de long.

Elle chercha les toilettes...

Non, là, c'était un placard, ici une chambre d'enfant avec deux lits jumeaux et un cheval à bascule tout mité. Ici... Elle ne savait pas... Un bureau peut-être? Il y avait tant de livres posés sur une table devant la fenêtre que le jour n'entrait qu'à peine. Un sabre et une écharpe blanche étaient pendus au mur ainsi qu'une queue de cheval accrochée au bout d'un anneau en laiton. Une vraie queue d'un vrai cheval. C'était assez spécial comme relique...

Là! Les toilettes!

Le battant était en bois ainsi que la poignée de la chasse d'eau. La cuvette, vu son âge, avait dû voir des générations de popotins en crinolines... Camille eut quelques réticences d'abord, mais non, tout cela fonctionnait parfaitement. Le bruit de la chasse était déroutant. Comme si les chutes du Niagara venaient de lui tomber sur la tête...

Elle avait le vertige, mais continua son périple à la recherche d'une boîte d'aspirine. Elle entra dans une chambre où régnait un bazar indescriptible. Des vêtements traînaient partout au milieu de magazines, de canettes vides et de feuilles volantes : bulletins de paye, fiches techniques de cuisine, manuel d'entretien GSXR ainsi que différentes relances du Trésor Public. On avait posé sur le joli lit

Louis XVI une horrible couette bariolée et du matos à fumette attendait son heure sur la fine marqueterie de la table de nuit. Bon, ça sentait le fauve là-dedans...

La cuisine se trouvait tout au bout du couloir. C'était une pièce froide, grise, triste, avec un vieux carrelage pâle rehaussé de cabochons noirs. Les plans de travail étaient en marbre et les placards presque tous vides. Rien, si ce n'était la présence bruyante d'un antique Frigidaire, ne pouvait laisser supposer que des gens vivaient là... Elle trouva le tube de comprimés, prit un verre près de l'évier et s'assit sur une chaise en formica. La hauteur sous plafond était vertigineuse et le blanc des murs retint son attention. Ce devait être une peinture très ancienne, à base de plomb, et les années lui avaient donné une patine veloutée. Ni cassé, ni coquille d'œuf, c'était le blanc du riz au lait ou des entremets fades de la cantine... Elle procéda mentalement à quelques mélanges et se promit de revenir un jour avec deux ou trois tubes pour y voir plus clair. Elle se perdit dans l'appartement et crut qu'elle n'allait jamais retrouver sa chambre. Elle s'écroula sur le lit, songea un instant à appeler l'autre commère de chez Touclean et s'endormit aussitôt.

22

– Ça va ?

– C'est vous Philibert ?

– Oui...

– Je suis dans votre lit, là ?

– Mon lit ? Mais, mais... Mais non, voyons... Jamais je...

– Je suis où ?

– Dans les appartements de ma tante Edmée, Tante Mée, pour les intimes... Comment vous sentez-vous, ma chère ?

– Épuisée. J'ai l'impression d'être passée sous un rouleau compresseur...

– J'ai appelé un médecin...

– Oh, mais non, il ne fallait pas !

– Il ne fallait pas ?

– Oh... Et puis si... Vous avez bien fait... J'aurais besoin d'un arrêt de travail de toute façon...

– J'ai mis de la soupe à chauffer...

– Je n'ai pas faim...

– Vous vous forcerez. Il faut vous retaper un peu sinon votre corps ne sera pas suffisamment vaillant pour bouter le virus hors des frontières... Pourquoi vous souriez ?

– Parce que vous parlez comme si c'était la Guerre de Cent Ans...

– Ce sera un peu moins long, j'espère ! Ah, tiens, vous entendez ? Ce doit être le médecin...

– Philibert ?

– Oui ?

– Je n'ai rien, là... Pas de chéquier, pas d'argent, rien...

– Ne vous inquiétez pas. On s'arrangera plus tard... Au moment du traité de paix...

– Alors ?

– Elle dort.

– Ah ?

– C'est un membre de votre famille ?

– Une amie...

– Une amie comment ?

– Eh bien, c'est euh... une voisine, enfin u...une voisine amie, s'embrouilla Philibert.

– Vous la connaissez bien ?

– Non. Pas très bien.

– Elle vit seule ?

– Oui.

Le médecin grimaça.

– Quelque chose vous préoccupe ?

– On peut dire ça comme ça... Vous avez une table ? Un endroit où je puisse m'asseoir ?

Philibert le conduisit dans la cuisine. Le médecin sortit son bloc d'ordonnances.

– Vous connaissez son nom ?

– Fauque, je crois...

– Vous croyez ou vous en êtes sûr ?

– Son âge ?

– Vingt-six ans.

– Sûr ?

– Oui.

– Elle travaille ?

– Oui, dans une société d'entretien.

– Pardon?

– Elle nettoie des bureaux…

– On parle bien de la même? De la jeune femme qui se repose dans le grand lit à la polonaise tout au bout du couloir?

– Oui.

– Vous connaissez son emploi du temps?

– Elle travaille la nuit.

– La nuit?

– Enfin, le soir… quand les bureaux sont vides…

– Vous semblez contrarié? osa Philibert.

– Je le suis. Elle est à bout votre copine… À bout de forces, vraiment… Vous vous en étiez rendu compte?

– Non, enfin si… Je voyais bien qu'elle avait une petite mine, mais je… Enfin, je ne la connais pas très bien vous voyez, je… Je suis juste allé la chercher la nuit dernière parce qu'elle n'a pas de chauffage et que…

– Écoutez-moi, je vais vous dire les choses franchement : étant donné son état d'anémie, son poids et sa tension, je pourrais la faire hospitaliser sur-le-champ, seulement quand j'ai évoqué cette possibilité, elle a eu l'air si paniquée que… Enfin, je n'ai pas de dossier, vous comprenez? Je ne connais ni son passé, ni ses antécédents et je ne veux rien précipiter, mais quand elle ira mieux, elle devra se plier à une série d'examens, c'est évident…

Philibert se tordait les mains.

– En attendant, une chose est sûre : vous devez la requinquer. Vous devez absolument la forcer à se nourrir et à dormir, autrement… Bon, je l'arrête dix jours pour le moment. Voilà aussi pour le Doliprane et la vitamine C, mais, je vous le répète : tout cela ne remplacera jamais une entrecôte saignante, un bon plat de pâtes, des légumes et des fruits frais, vous comprenez?

– Oui.

– Elle a de la famille à Paris?

– Je ne sais pas. Et sa fièvre?

– Une bonne grippe. Il n'y a rien à faire... Attendre que ça passe... Veillez à ce qu'elle ne se couvre pas trop, évitez les courants d'air et obligez-la à garder le lit pendant quelques jours...

– Bon...

– C'est vous qui avez l'air préoccupé maintenant! Soit, j'ai noirci le tableau, mais... pas tant que ça en réalité... Vous allez être vigilant n'est-ce pas?

– Oui.

– Dites-moi, c'est chez vous ici?

– Euh, oui...

– Il y a combien de mètres carrés en tout?

– Un peu plus de trois cents...

– Eh bien! siffla-t-il, je vais peut-être vous sembler indiscret, mais vous faites quoi dans la vie, vous?

– Arche de Noé.

– Pardon?

– Non, rien. Je vous dois combien?

24

– Camille, vous dormez?

– Non.

– Regardez, j'ai une surprise pour vous…

Il ouvrit la porte et poussa devant lui sa cheminée synthétique.

– J'ai pensé que cela vous ferait plaisir…

– Oh… C'est gentil, mais je ne vais pas rester là, vous savez… Je vais remonter demain…

– Non.

– Quoi non?

– Vous remonterez avec le baromètre, en attendant vous restez ici pour vous reposer, c'est le docteur qui l'a dit. Et il vous a arrêtée dix jours…

– Tant que ça?

– Eh oui…

– Il faut que je l'envoie…

– Pardon?

– L'arrêt de travail…

– Je vais vous chercher une enveloppe.

– Non, mais… Je ne veux pas rester si longtemps, je… Je ne veux pas.

– Vous préférez aller à l'hôpital?

– Ne plaisantez pas avec ça…

– Je ne plaisante pas, Camille.

Elle se mit à pleurer.

– Vous les empêcherez, hein ?

– Vous vous rappelez de la Guerre de Vendée ?

– Euh... Pas plus que ça, non...

– Je vous prêterai des livres... En attendant souvenez-vous que vous êtes chez les Marquet de la Durbellière et que l'on ne craint pas les Bleus par ici !

– Les Bleus ?

– La République. Ils veulent vous mettre dans un hôpital public, pas vrai ?

– Sûrement...

– Alors vous n'avez rien à craindre. Je jetterai de l'huile bouillante sur les brancardiers depuis le haut de la cage d'escalier !

– Vous êtes complètement brindezingue...

– On l'est tous un peu, non ? Pourquoi vous vous êtes rasé la tête, vous ?

– Parce que je n'avais plus le courage de me laver les cheveux sur le palier...

– Vous vous souvenez de ce que je vous avais dit à propos de Diane de Poitiers ?

– Oui.

– Eh bien, je viens de retrouver quelque chose dans ma bibliothèque, attendez...

Il revint avec un livre de poche défraîchi, s'assit au bord du lit et se racla la gorge :

– *Toute la Cour – sauf Mme d'Étampes, bien entendu* (je vous dirai pourquoi tout à l'heure) – *était d'accord pour la trouver adorablement belle. On copiait sa démarche, ses gestes, ses coiffures. Elle servit, d'ailleurs, à établir les canons de la beauté, dont toutes les femmes, pendant cent ans, cherchèrent furieusement à se rapprocher :*

Trois choses blanches : la peau, les dents, les mains.

Trois noires : les yeux, les sourcils, les paupières.

Trois rouges : les lèvres, les joues, les ongles.
Trois longues : le corps, les cheveux, les mains.
Trois courtes : les dents, les oreilles, les pieds.
Trois étroites : la bouche, la taille, l'entrée du pied.
Trois grosses : les bras, les cuisses, le gros de la jambe.
Trois petites : le tétin, le nez, la tête.
C'est joliment dit, n'est-ce pas ?

– Et vous trouvez que je lui ressemble ?
– Oui, enfin sur certains critères...
Il était rouge comme une tomate.
– Pa...pas tous bien sûr, mais vou...vous voyez, c'est une question d'allure, de gra...grâce, de... de...
– C'est vous qui m'avez déshabillée ?

Ses lunettes étaient tombées sur ses genoux et il se mit à bé...bégayer comme jamais.
– Je...je... Oui enfin, je...je... Très cha...chastement, je le vous pro...promets, je vous ai da...d'abord bor...bordée, je...
Elle lui tendit ses binocles.
– Hé, ne vous mettez pas dans des états pareils ! Je voulais juste savoir, c'est tout... Euh... Il était là, l'autre ?
– Qu...qui ça ?
– Le cuisinier...
– Non. Bien sûr que non, voyons...
– J'aime mieux ça... Oooh... J'ai si mal au crâne...
– Je vais descendre à la pharmacie... Vous avez besoin de quelque chose d'autre ?
– Non. Merci.
– Très bien. Ah, oui, il faut que je vous dise... Nous n'avons pas le téléphone ici... Mais si vous voulez prévenir quelqu'un, Franck a un portable dans sa chambre et...

– Ça va, merci. Moi aussi j'ai un portable... Il faudra juste que je récupère mon chargeur là-haut...

– J'irai si vous voulez...

– Non, non, ça peut attendre...

– Soit.

– Philibert?

– Oui?

– Merci.

– Allons...

Il se tenait debout devant elle avec son pantalon trop court, sa veste trop cintrée et ses bras trop longs.

– C'est la première fois depuis très longtemps qu'on s'occupe de moi comme ça...

– Allons...

– Si, c'est vrai... Je veux dire... sans rien attendre en retour... Parce que vous... Vous n'attendez rien, n'est-ce pas?

Il était outré :

– Non, mais qu'a...qu'allez-vous i...imaginer?

Elle avait déjà refermé les yeux.

– Je n'imagine rien, je vous le dis : je n'ai rien à donner.

Elle ne savait plus quel jour on était. Samedi? Dimanche?
Elle n'avait pas dormi comme ça depuis des années.

Philibert venait de passer pour lui proposer un bol de
soupe.

– Je vais me lever. Je vais venir m'installer dans la cuisine
avec vous...

– Vous êtes sûre?

– Mais oui! Je ne suis pas en sucre tout de même!

– D'accord, mais ne venez pas dans la cuisine, il y fait
trop froid. Attendez-moi dans le petit salon bleu...

– Pardon?

– Ah, oui, c'est vrai... Suis-je bête! Il n'est plus vraiment
bleu aujourd'hui puisqu'il est vide... La pièce qui donne
sur l'entrée, vous voyez?

– Là où il y a un canapé?

– Oh, un canapé, c'est beaucoup dire... C'est Franck
qui l'a trouvé sur le trottoir un soir et qui l'a remonté avec
l'un de ses amis... Il est très laid mais bien commode, je
l'avoue...

– Dites-moi, Philibert, qu'est-ce que c'est exactement
cet endroit? On est chez qui, là? Et pourquoi vous vivez
comme dans un squat?

– Pardon?

– Comme si vous campiez?

– Oh, c'est une sordide histoire d'héritage hélas... Comme
on en trouve partout... Même dans les meilleures familles,
vous savez...

Il semblait sincèrement contrarié.

– Nous sommes ici chez ma grand-mère maternelle qui est morte l'année passée et en attendant que la succession soit réglée, mon père m'a demandé de venir m'installer ici, pour éviter les... Comment vous disiez déjà ?

– Les squatters ?

– Voilà, les squatters ! Mais pas ces garçons drogués avec des épingles à nourrice dans le nez, non, des gens bien mieux habillés et beaucoup moins élégants : nos cousins germains...

– Vos cousins ont des vues sur cet endroit ?

– Je crois qu'ils ont même déjà dépensé l'argent qu'ils pensaient en tirer les pauvres ! Un conseil de famille s'est donc réuni chez le notaire à l'issue duquel on m'a désigné comme portier, gardien et veilleur de nuit. Bien sûr, il y a eu quelques manœuvres d'intimidation au début... D'ailleurs beaucoup de meubles se sont volatilisés comme vous avez pu le constater et j'ai souvent ouvert la porte aux huissiers, mais tout semble être rentré dans l'ordre à présent... Maintenant, c'est au notaire et aux avocats de régler cette accablante affaire...

– Vous êtes là pour combien de temps ?

– Je ne sais pas.

– Et vos parents acceptent que vous hébergiez des inconnus comme le cuisinier ou moi ?

– Pour vous, ils n'auront pas besoin de le savoir, j'imagine... Quant à Franck, ils étaient plutôt soulagés... Ils savent combien je suis empoté... Mais, bon, ils sont loin d'imaginer à quoi il ressemble et... Heureusement ! Ils croient que je l'ai rencontré par l'intermédiaire de la paroisse !

Il riait.

– Vous leur avez menti ?

– Disons que j'ai été pour le moins... évasif...

Elle avait tant fondu qu'elle pouvait rentrer le bas de sa chemise dans son jean sans être obligée de le déboutonner.

Elle avait l'air d'un fantôme. Elle se fit une grimace dans le grand miroir de sa chambre pour se prouver le contraire, noua son foulard en soie autour de son cou, passa sa veste et s'aventura dans cet incroyable dédale haussmannien.

Elle finit par retrouver l'affreux canapé défoncé et fit le tour de la pièce pour apercevoir les arbres couverts de givre sur le Champ-de-Mars.

Alors qu'elle se retournait, tranquillement, l'esprit encore embrumé et les mains dans les poches, elle sursauta et ne put s'empêcher de pousser un petit cri idiot.

Un grand type, tout de cuir noir vêtu, botté et casqué se tenait juste derrière elle.

– Euh, bonjour… finit-elle par articuler.

L'autre ne répondit rien et tourna les talons.

Il avait enlevé son casque dans le couloir et entra dans la cuisine en se frottant les cheveux :

– Hé Philou, dis voir, c'est quoi la tantouse dans le salon, là ? C'est un de tes copains scout ou quoi ?

– Pardon ?

– Le pédé qu'est derrière mon canapé…

Philibert, qui était déjà passablement énervé par l'ampleur de son désastre culinaire, perdit un peu de son aristocratique nonchalance :

– Le pédé, comme tu dis, s'appelle Camille, rectifia-t-il d'une voix blanche, c'est mon amie et je te prie de te comporter en gentleman car j'ai l'intention de l'héberger ici quelque temps…

– Oh, ça va… T'énerve pas comme ça… C'est une fille tu dis? On parle bien du même lascar? Le petit maigrichon sans cheveux?

– C'est une jeune fille en effet…

– T'es sûr?

Philibert ferma les yeux.

– C'est lui, ta copine? Enfin c'est elle? Dis donc, tu lui prépares quoi, là? Des doubitchous confits?

– C'est une soupe, figure-toi…

– Ça? Une soupe?

– Parfaitement. Une soupe poireaux pommes de terre de chez Liebig…

– C'est de la merde. En plus tu l'as laissée brûler, ça va être dégueulasse… T'as rajouté quoi là-dedans? ajouta-t-il horrifié, en soulevant le couvercle.

– Euh… de la Vache Qui Rit et des morceaux de pain de mie…

– Pourquoi t'as fait ça? s'inquiéta-t-il.

– C'est le médecin… Il m'a demandé de la retaper…

– Eh ben, si elle se retape avec ce truc-là, chapeau! À mon avis, tu vas plutôt la faire caner, oui…

Sur ce, il attrapa une bière dans le Frigidaire et alla s'enfermer dans sa chambre.

Quand Philibert rejoignit sa protégée, elle était encore un peu décontenancée :

– C'est lui?

– Oui, murmura-t-il en posant son grand plateau sur un carton.

– Il n'enlève jamais son casque?

– Si, mais quand il rentre le lundi soir, il est toujours exécrable… En général, j'évite de le croiser ce jour-là…

– C'est parce qu'il a trop de travail?

– Non justement, il ne travaille pas le lundi... Je ne sais pas ce qu'il fait... Il part assez tôt le matin et revient toujours dans une humeur de dogue... Problèmes familiaux, je crois... Tenez, servez-vous pendant que c'est chaud...

– Euh... Qu'est-ce que c'est?

– Une soupe.

– Ah? fit Camille en essayant de touiller l'étrange brouet.

– Une soupe à ma façon... Une espèce de bortsch si vous préférez...

– Aaah... Parfait... répéta-t-elle en riant.

Cette fois encore, c'était nerveux.

DEUXIÈME PARTIE

1

– T'as deux minutes, là ? Faut qu'on se parle…

Philibert prenait toujours du chocolat au petit déjeuner et son plaisir, c'était d'éteindre le gaz juste avant que le lait déborde. Plus qu'un rite ou une manie, c'était sa petite victoire quotidienne. Son exploit, son invisible triomphe. Le lait retombait et la journée pouvait commencer : il maîtrisait la situation.

Mais ce matin-là, déconcerté, agressé même, par le ton de son colocataire, il tourna le mauvais brûleur. Le lait se carapata et une odeur déplaisante envahit soudain la pièce.

– Pardon ?
– Je dis : il faut qu'on se parle.
– Parlons, répondit calmement Philibert en mettant sa casserole à tremper, je t'écoute…
– Elle est là pour combien de temps ?
– Plaît-il ?
– Oh, ne fais pas ton malin, hein ? Ta souris ? Elle est là pour combien de temps ?
– Aussi longtemps qu'elle le souhaitera…
– T'en pinces pour elle, c'est ça ?
– Non.
– Menteur. Je le vois bien ton petit manège… Tes belles manières, tes airs de châtelain et tout ça…

– Tu es jaloux?

– Putain, non! Manquerait plus que ça! Moi, jaloux d'un tas d'os? Hé, y a pas marqué L'abbé Pierre, là! fit-il en désignant son front.

– Pas jaloux de moi, jaloux d'elle. Peut-être que tu te sens un peu à l'étroit ici et que tu n'as pas envie de pousser ton verre à dents de quelques centimètres sur la droite?

– Alors, là, tout de suite... Les grandes phrases... À chaque fois que t'ouvres le bec, c'est comme si tes mots devaient rester écrits quelque part tellement qu'y sonnent bien...

– ...

– Attends, je le sais que t'es chez toi, je le sais bien, va... C'est pas ça le problème. T'invites qui tu veux, t'héberges qui tu veux, tu fais même les restos du cœur si ça te chante, mais merde, je sais pas moi... On faisait une bonne petite équipe tous les deux, non?

– Tu trouves?

– Ouais je trouve. D'accord j'ai mon caractère et toi t'as toutes tes obsessions débiles, tes trucs là, tes TOC, mais dans l'ensemble, ça roulait bien jusqu'à aujourd'hui...

– Et pourquoi les choses changeraient-elles?

– Pfff... On voit bien que tu connais pas les nanas, toi... Attention, je dis pas ça pour te blesser, hein? Mais c'est vrai, quoi... Tu mets une fille quelque part et tout de suite c'est le bordel, vieux... Tout se complique, tout devient chiant et même les meilleurs potes finissent par se faire la gueule, tu sais... Pourquoi tu ricanes, là?

– Parce que tu t'exprimes comme... Comme un cowboy... Je ne savais pas que j'étais ton... ton pote.

– OK, je laisse tomber. Je pense juste que t'aurais pu m'en parler avant, c'est tout.

– J'allais t'en parler.

– Quand?

– Là, maintenant, au-dessus de mon bol, si tu m'avais laissé le temps de me le préparer...

– Je m'excuse... Enfin non, merde, je peux pas m'excuser tout seul, c'est ça?

– Tout à fait.

– Tu pars bosser, là?

– Oui.

– Moi aussi. Allez viens. Je te paye un chocolat en bas...

Alors qu'ils étaient déjà dans la cour, Franck sortit sa dernière cartouche :

– En plus, on sait même pas qui c'est... On sait même pas d'où elle sort, cette fille-là...

– Je vais te montrer d'où elle sort... Suis-moi.

– Ttt... Compte pas sur moi pour me taper les sept étages à pied...

– Si. Je compte sur toi justement. Suis-moi.

Depuis qu'ils se connaissaient, c'était la première fois que Philibert lui demandait quelque chose. Il maugréa tant qu'il put et le suivit dans l'escalier de service.

– Putain, mais qu'est-ce qu'y caille là-dedans!

– Ce n'est rien... Attends d'être sous les toits...

Philibert défit le cadenas et poussa la porte.
Franck resta silencieux quelques secondes.

– C'est là qu'elle crèche?

– Oui.

– T'en es sûr?

– Viens, je vais te montrer autre chose...

Il le mena au fond du couloir, donna un coup de pied dans une autre porte déglinguée et ajouta :

– Sa salle de bains... En bas, les W-C et au-dessus, la douche... Avoue que c'est ingénieux...

Ils descendirent les escaliers en silence.

Franck ne recouvra la parole qu'après son troisième café :
– Bon, juste une chose alors… Tu lui expliqueras bien pour moi, comment c'est important que je dorme l'après-midi et tout ça…
– Oui, je lui dirai. On lui dira tous les deux. Mais à mon avis, cela ne devrait pas poser de problème parce qu'elle dormira aussi…
– Pourquoi?
– Elle travaille la nuit.
– Qu'est-ce qu'elle fait?
– Des ménages.
– Pardon?
– Elle est femme de ménage…
– T'es sûr?
– Pourquoi me mentirait-elle?
– J'sais pas, moi… Ça se trouve, elle est call-girl…
– Elle aurait plus de… De rondeurs, non?
– Ouais, t'as raison… Hé, t'es pas con, toi! ajouta-t-il en lui donnant une grande claque dans le dos.
– A…attention, tu…tu m'as fait lâcher mon croissant, i…idiot… Regarde, on dirait une vieille mé…méduse maintenant…
Franck s'en fichait, il lisait les titres du *Parisien* posé sur le comptoir.

Ils s'ébrouèrent ensemble.
– Dis-moi?
– Quoi?
– Elle a pas de famille, cette nana?
– Tu vois, ça, répondit Philibert en nouant son écharpe, c'est une question que je me suis toujours refusé à te poser…

L'autre leva les yeux pour lui sourire.

En arrivant devant ses fourneaux, il demanda à son commis de lui mettre du bouillon de côté.

– Hé?
– Quoi?
– Du bon, hein?

2

Camille avait décidé de ne plus prendre le demi-comprimé de Lexomil que le médecin lui avait prescrit chaque soir. D'une part, elle ne supportait plus cette espèce d'état semi-comateux dans lequel elle vasouillait, d'autre part, elle ne voulait pas prendre le risque de la moindre accoutumance. Pendant toute son enfance, elle avait vu sa mère hystérique à l'idée de dormir sans ses cachets et ces crises l'avaient durablement traumatisée.

Elle venait de sortir d'une énième sieste, n'avait pas la moindre idée de l'heure qu'il était mais décida de se lever, de se secouer, de s'habiller enfin pour monter chez elle et voir si elle était prête à reprendre le cours de sa petite vie dans l'état où elle l'avait laissée en partant.

En traversant la cuisine pour rejoindre l'escalier des bonnes, elle vit un mot glissé sous une bouteille remplie d'un liquide jaunâtre.

A réchauffé dans une casserole, surtout ne le faites pas bouillir. Ajouté les pates quand ça frémi et laissé cuire 4 minutes en remuant doucement.

Ce n'était pas l'écriture de Philibert...

Son cadenas avait été arraché et le peu qu'elle possédait sur cette terre, ses dernières attaches, son minuscule royaume, tout avait été dévasté.

D'instinct elle se précipita vers la petite valise rouge éventrée sur le sol. Non, c'était bon, ils n'avaient rien pris et ses cartons à dessin étaient toujours là...

La bouche tordue et le cœur au bord des lèvres, elle entreprit de remettre un peu d'ordre pour voir ce qu'il manquait.
Il ne lui manquait rien et pour cause, elle ne possédait rien. Si, un radio-réveil... Voilà...Tout ce carnage pour une bricole qu'elle avait dû acheter cinquante balles chez un Chinois...

Elle récupéra ses vêtements, les entassa dans un carton, se baissa pour attraper sa valise et partit sans se retourner. Elle attendit d'être dans les escaliers pour lâcher un peu de lest.

Arrivée devant la porte de l'office, elle se moucha, posa tout son barda sur le palier et s'assit sur une marche pour se rouler une cigarette. La première depuis bien longtemps... La minuterie s'était éteinte, mais ce n'était pas grave, au contraire.
Au contraire, murmurait-elle, au contraire....

Elle songeait à cette théorie fumeuse qui prétendait que tant qu'on était en train de couler, on ne pouvait rien tenter et qu'il fallait attendre de toucher le fond pour donner ce petit coup de talon salutaire qui, seul, permettait de remonter à la surface...
Bon.
Ça y était, là, non ?

Elle jeta un coup d'œil à son carton, passa sa main sur son visage anguleux et s'écarta pour laisser passer une affreuse bestiole qui courait entre deux fissures.

Euh… Rassurez-moi… Ça y était, là?

Quand elle entra dans la cuisine, c'est lui qui sursauta :
– Ah! Vous êtes là? Je croyais que vous dormiez…
– Bonjour.
– Lestafier Franck.
– Camille.
– Vous… vous avez vu mon mot?
– Oui, mais je…
– Vous êtes en train de déménager vos affaires? Vous avez besoin d'un coup de main?
– Non, je… Je n'ai plus que ça à vrai dire… On m'a cambriolée.
– Ben merde.
– Oui, comme vous dites… Je ne vois pas d'autres mots, là… Bon, je vais aller me recoucher, là, parce que j'ai la tête qui tourne et…
– Le consommé, vous voulez que je vous le prépare?
– Pardon?
– Le consommé?
– Consommer quoi?
– Ben le bouillon! s'énerva-t-il.
– Oh pardon… Non. Merci. Je vais d'abord dormir un peu…

– Hé! lui cria-t-il alors qu'elle était déjà dans le couloir, si vous avez la tête qui tourne, c'est parce que vous mangez pas assez justement!

Elle soupira. Diplomatie, diplomatie… Vu comme il avait l'air fin, ce mec-là, il valait mieux ne pas rater la première scène. Elle revint donc dans la cuisine et s'assit au bout de la table.
– Vous avez raison.

Il marmonna dans sa barbe. Faudrait savoir... Bien sûr qu'il avait raison... Et merde... Il allait être à la bourre maintenant...

Il lui tourna le dos pour s'activer.

Il versa le contenu de la casserole dans une assiette creuse et sortit du Frigidaire un morceau de Sopalin qu'il ouvrit délicatement. C'était un truc vert qu'il cisela au-dessus du potage fumant.

– Qu'est-ce que c'est?

– De la coriandre.

– Et ces petites nouilles, vous appelez ça comment?

– Des perles du Japon.

– Oh, c'est vrai? C'est joli comme nom...

Il attrapa son blouson et claqua la porte d'entrée en secouant la tête :

Oh, c'est vrai? C'est joli comme nom...

Trop conne, la fille.

3

Camille soupira et attrapa machinalement l'assiette en songeant à son voleur. Qui avait fait le coup? Le fantôme du couloir? Un visiteur égaré? Était-il passé par les toits? Reviendrait-il? Devait-elle en parler à Pierre?

L'odeur, le fumet plutôt, de ce bouillon, l'empêcha de gamberger plus longtemps. Mmm, c'était merveilleux et elle eut presque envie de mettre sa serviette sur sa tête pour s'en faire une inhalation. Mais qu'est-ce qu'il y avait là-dedans? La couleur était particulière. Chaude, grasse, mordorée comme du jaune de cadmium... Avec les perles translucides et les pointes émeraude de l'herbe ciselée, c'était un vrai bonheur à regarder... Elle resta ainsi plusieurs secondes, déférente et la cuillère en suspens, puis but une première gorgée tout doucement parce que c'était très chaud.

L'enfance en moins, elle se trouva dans le même état que Marcel Proust : «attentive à ce qui se passait d'extraordinaire en elle» et termina son assiette religieusement, en fermant les yeux entre chaque cuillerée.

Peut-être était-ce simplement parce qu'elle mourait de faim sans le savoir, ou peut-être était-ce parce qu'elle se forçait à ingurgiter les soupes en carton de Philibert depuis trois jours en grimaçant, ou peut-être encore était-ce parce qu'elle avait moins fumé mais en tout cas, une chose était sûre : jamais de sa vie, elle n'avait pris autant de plaisir à manger seule. Elle se releva pour aller voir s'il restait un fond dans la casserole. Non hélas… Elle porta son assiette à sa bouche pour ne pas en perdre une goutte, fit claquer sa langue, lava son couvert et attrapa le paquet de pâtes entamé. Elle écrivit « Top ! » en alignant quelques perles sur le mot de Franck et se remit au lit en passant sa main sur son ventre bien tendu.

Merci petit Jésus.

4

La fin de sa convalescence passa trop vite. Elle ne voyait jamais Franck, mais savait quand il était là : portes claquées, chaîne hi-fi, télévision, conversations animées au téléphone, rires gras et jurons secs, rien de tout cela n'était naturel, elle le sentait. Il s'agitait et laissait sa vie résonner aux quatre coins de l'appartement comme un chien qui pisserait un peu partout pour marquer son territoire. Certaines fois, elle avait très envie de remonter chez elle pour retrouver son indépendance et ne plus rien devoir à personne. D'autres fois, non. D'autres fois, elle frissonnait à la seule idée de se coucher de nouveau sur le sol et de monter ses sept étages en se cramponnant à la rampe pour ne pas tomber.

C'était compliqué.

Elle ne savait plus où était sa place et puis elle aimait bien Philibert aussi... Pourquoi devrait-elle toujours se fustiger et battre sa coulpe en serrant les dents ? Pour son indépendance ? Tu parles d'une conquête... Elle n'avait eu que ce mot-là à la bouche pendant des années, et puis quoi finalement ? Pour en arriver où ? Dans ce gourbi à passer des après-midi à fumer cigarette sur cigarette en ressassant son sort ? C'était pathétique. Elle était pathétique. Elle allait avoir vingt-sept ans et n'avait rien engrangé de bon jusqu'à présent. Ni amis, ni souvenirs, ni aucune raison de s'accorder la moindre bienveillance. Qu'est-ce qui s'était passé ? Pourquoi elle n'était jamais parvenue à refermer ses mains et à garder deux ou trois choses un peu précieuses entre ses paumes? Pourquoi?

Elle était songeuse. Elle était reposée. Et quand ce grand ouistiti venait lui faire la lecture, quand il refermait doucement la porte en levant les yeux au ciel parce que l'autre larron écoutait sa musique «de Zoulou», elle lui souriait et s'échappait un moment de l'œil du cyclone...

Elle s'était remise à dessiner.
Comme ça.
Pour rien. Pour elle. Pour le plaisir.

Elle avait pris un carnet neuf, le dernier, et l'avait apprivoisé en commençant par consigner tout ce qui l'entourait : la cheminée, les motifs des tentures, la crémone de la fenêtre, les sourires niais de Sammy et Scoubidou, les cadres, les tableaux, le camée de la dame et la redingote sévère du monsieur. Une nature morte de ses vêtements avec la boucle de son ceinturon qui traînait par terre, les nuages, le sillon d'un avion, la cime des arbres derrière les ferronneries du balcon et un portrait d'elle depuis son lit.
À cause des taches sur le miroir et de ses cheveux courts, elle ressemblait à un gamin qui aurait eu la varicelle...

Elle dessinait de nouveau comme elle respirait. En tournant les pages sans réfléchir et en s'arrêtant seulement pour verser un peu d'encre de Chine dans une coupelle et recharger la pompe de son stylo. Elle ne s'était pas sentie aussi calme, aussi vivante, aussi simplement vivante, depuis des années...

Mais, ce qu'elle aimait par-dessus tout, c'était les attitudes de Philibert. Il était tellement pris dans ses histoires,

157

son visage devenait soudain si expressif, si enflammé ou si abattu (ah! cette pauvre Marie-Antoinette...) qu'elle lui avait demandé la permission de le croquer.

Bien sûr, il avait bégayé un peu pour la forme et puis avait bien vite oublié le bruit de la plume qui courait sur le papier.

Quelquefois, c'était :

— Mais Mme d'Étampes n'était pas une amoureuse du genre de Mme de Châteaubriant, la bagatelle ne lui suffisait point. Elle rêvait avant tout d'obtenir des faveurs pour elle et sa famille. Or elle avait trente frères et sœurs... Courageusement, elle se mit au travail.

«Habile, elle sut profiter de tous les moments de répit que le besoin de reprendre haleine lui laissait entre deux étreintes, pour arracher au roi, comblé et essoufflé, les nominations ou avancements qu'elle désirait.

«Finalement, tous les Pisseleu furent pourvus de charges importantes et, généralement ecclésiastiques car la maîtresse du roi avait "de la religion"...

«Antoine Seguin, son oncle maternel, devint abbé de Fleury-sur-Loire, évêque d'Orléans, cardinal, et enfin, archevêque de Toulouse. Charles de Pisseleu, son second frère, eut l'abbaye de Bourgueil et l'évêché de Condom...»

Il relevait la tête :
— De Condom... Avouez que c'est cocasse...

Et Camille se dépêchait de consigner ce sourire-là, ce ravissement amusé d'un garçon qui épluchait l'histoire de France comme d'autres feuilleteraient un magazine de cul.

Ou alors, c'était :

– ... les prisons étant devenues insuffisantes, Carrier, auto-crate tout-puissant, entouré de collaborateurs dignes de lui, ouvrit de nouvelles geôles et réquisitionna des navires sur le port. Bientôt le typhus allait faire des ravages parmi les milliers d'êtres incarcérés dans des conditions abominables. La guillotine ne marchant pas assez vite, le proconsul ordonna de fusiller des milliers de prisonniers et adjoignit aux pelotons d'exécution un «corps d'enterreurs». Puis, comme les prisonniers continuaient d'affluer dans la ville, il inventa les noyades.

«De son côté, le général de brigade Westermann écrit : "Il n'y a plus de Vendée, citoyens républicains. Elle est morte, sous notre sabre libre, avec ses femmes et ses enfants. Je viens de l'enterrer dans les marais et dans les bois de Savenay. Suivant les ordres que vous m'avez donnés, j'ai écrasé les enfants sous les pieds des chevaux et massacré les femmes qui au moins, pour celles-là, n'enfanteront plus de brigands. Je n'ai pas un prisonnier à me reprocher."»

Et il n'y avait rien d'autre à dessiner qu'une ombre sur son visage contracté.

– Vous dessinez ou vous m'écoutez ?
– Je vous écoute en dessinant...
– Ce Westermann, là... Ce monstre qui a servi sa belle patrie toute neuve avec tant de ferveur, eh bien figurez-vous qu'il sera capturé avec Danton quelques mois plus tard et décapité avec lui...
– Pourquoi ?
– Accusé de lâcheté... C'était un tiède...

D'autres fois encore, il demandait la permission de s'asseoir dans la bergère au pied du lit et tous deux lisaient en silence.
– Philibert ?

– Mmm…

– Les cartes postales ?

– Oui…

– Ça va durer longtemps ?

– Pardon ?

– Pourquoi vous n'en faites pas votre métier ? Pourquoi vous n'essayez pas de devenir historien ou professeur ? Vous auriez le droit de vous plonger dans tous ces livres pendant vos heures de travail et même, vous seriez payé pour le faire !

Il posa son ouvrage sur le velours râpé de ses genoux osseux et enleva ses lunettes pour se frotter les yeux :

– J'ai essayé… J'ai une licence d'histoire et j'ai passé trois fois le concours d'entrée à l'École des Chartes, mais j'ai été recalé à chaque session…

– Vous n'étiez pas assez bon ?

– Oh si ! enfin… rougit-il, enfin, je crois… Je le crois humblement, mais je… Je n'ai jamais pu passer un examen… Je suis trop angoissé… À chaque fois, je perds le sommeil, la vue, mes cheveux, mes dents même !, et tous mes moyens. Je lis les sujets, je connais les réponses, mais je suis incapable d'écrire une ligne. Je reste pétrifié devant ma copie…

– Mais, vous avez eu le bac ? Et votre licence ?

– Oui, mais à quel prix… Et jamais du premier coup… Et puis c'était vraiment facile quand même… Ma licence, je l'ai obtenue sans avoir jamais mis les pieds à la Sorbonne, ou alors pour aller écouter les cours magistraux de grands professeurs que j'admirais et qui n'avaient rien à voir avec mon programme…

– Vous avez quel âge ?

– Trente-six ans.

– Mais, avec une licence, vous auriez pu enseigner à cette époque, non ?

– Vous m'imaginez dans une pièce avec trente gosses ?

– Oui.

– Non. L'idée même de m'adresser à un auditoire, aussi restreint soit-il, me donne des sueurs froides. Je… J'ai des problèmes de…de socialisation, je crois…

– Mais à l'école? Quand vous étiez petit?

– Je ne suis allé à l'école qu'à partir de la sixième. Et en pension, en plus… Ce fut une année horrible. La pire de ma vie… Comme si l'on m'avait jeté dans le grand bain sans que je sache nager…

– Et alors?

– Alors rien. Je ne sais toujours pas nager…

– Au sens propre ou au figuré?

– Les deux, mon général.

– On ne vous a jamais appris à nager?

– Non. Pour quoi faire?

– Euh… pour nager…

– Culturellement, nous sommes plutôt issus d'une génération de fantassins et d'artilleurs, vous savez…

– Qu'est-ce que c'est que vous me chantez, là? Je ne vous parle pas de mener une bataille! Je vous parle d'aller au bord de la mer! Et pourquoi vous n'êtes pas allé à l'école plus tôt d'abord?

– C'est ma mère qui nous faisait la classe…

– Comme celle de Saint Louis?

– Exactement.

– Comment elle s'appelait déjà?

– Blanche de Castille…

– C'est ça. Et pourquoi? Vous habitiez trop loin?

– Il y avait bien une école communale dans le village voisin, mais je n'y suis resté que quelques jours…

– Pourquoi?

– Parce qu'elle était communale justement…

– Ah! Toujours cette histoire de Bleus, c'est ça?

– C'est ça…

– Hé, mais c'était il y a plus de deux siècles ! Les choses ont évolué depuis !

– Changé, c'est indéniable. Évolué... Je... je n'en suis pas certain...

– ...

– Je vous choque ?

– Non, non, je respecte vos... vos...

– Mes valeurs ?

– Oui, si vous voulez, si ce mot-là vous convient, mais comment vous faites pour vivre alors ?

– Je vends des cartes postales !

– C'est fou, ça... C'est dingue comme truc...

– Vous savez, par rapport à mes parents, je suis très... évolué comme vous dites, j'ai pris certaines distances tout de même...

– Ils sont comment vos parents ?

– Eh bien...

– Empaillés ? Embaumés ? Plongés dans un bocal de formol avec des fleurs de lys ?

– Il y a un peu de ça en effet... s'amusait-il.

– Rassurez-moi, ils ne se déplacent pas en chaise à porteurs tout de même ?!

– Non, mais c'est parce qu'ils ne trouvent plus de porteurs !

– Qu'est-ce qu'ils font ?

– Pardon ?

– Comme travail ?

– Propriétaires terriens.

– C'est tout ?

– C'est beaucoup de travail, vous savez...

– Mais euh... Vous êtes très riches ?

– Non. Pas du tout. Bien au contraire...

– C'est incroyable, cette histoire... Et comment vous vous en êtes sorti en pension ?

– Grâce au Gaffiot.

– C'est qui?

– Ce n'est personne, c'est un dictionnaire de latin très lourd que je glissais dans mon cartable et dont je me servais comme d'une fronde. J'attrapais mon sac par la bretelle, lui donnais de l'élan et... Taïaut! je pourfendais l'ennemi...

– Et alors?

– Alors, quoi?

– Aujourd'hui?

– Eh bien ma chère, aujourd'hui c'est très simple, vous avez devant les yeux un magnifique exemplaire d'*Homo Dégénéraris*, c'est-à-dire un être totalement inapte à la vie en société, décalé, saugrenu et parfaitement anachronique!

Il riait.

– Comment vous allez faire?

– Je ne sais pas.

– Vous allez voir un psy?

– Non, mais j'ai rencontré une jeune fille là où je travaille, une espèce de fofolle rigolote et fatigante qui me tanne pour que je l'accompagne un soir à son cours de théâtre. Elle, elle a écumé tous les psys possibles et imaginables et me soutient que c'est encore le théâtre le plus efficace...

– Ah, bon?

– C'est ce qu'elle dit...

– Mais sinon, vous ne sortez jamais? Vous n'avez pas d'amis? Aucune affinité? Pas de... contacts avec le vingt et unième siècle?

– Non. Pas tellement... Et vous?

5

La vie reprit donc son cours. Camille bravait le froid à la nuit tombée, prenait le métro dans le sens contraire des foules laborieuses et observait tous ces visages exténués.

Ces mamans qui s'endormaient la bouche ouverte contre des vitres pleines de buée avant d'aller récupérer leurs gamins dans des zones pavillonnaires de la septième zone, ces dames couvertes de bijoux de pacotille qui tournaient sèchement les pages de leur *Télé 7 Jours* en humectant leurs index trop pointus, ces messieurs en mocassins souples et chaussettes fantaisie qui surlignaient d'improbables rapports en soupirant bruyamment et ces jeunes cadres à la peau grasse qui s'amusaient à casser des briques sur des portables à crédit...

Et tous les autres, ceux qui n'avaient rien de mieux à faire que de se cramponner instinctivement aux barres d'appui pour ne pas perdre l'équilibre... Ceux qui ne voyaient rien ni personne. Ni les publicités pour Noël – des jours en or, des cadeaux en or, du saumon pour rien et du foie gras au prix de gros –, ni le journal de leur voisin, ni l'autre casse-couilles avec sa main tendue et sa plainte nasillarde mille fois rabâchée, ni même cette jeune fille assise juste en face, en train d'esquisser leurs regards mornes et les plis de leurs pardessus gris...

Ensuite, elle échangeait deux ou trois mots sans importance avec le vigile de l'immeuble, se changeait en se retenant à son chariot, enfilait un pantalon de survêtement informe, une blouse en nylon turquoise *Des professionnels à votre service* et se réchauffait peu à peu en s'activant comme une damnée avant de reprendre un coup de froid, une énième cigarette et le dernier métro.

Quand elle l'aperçut, super Josy enfonça profondément ses poings dans ses poches et lui décocha une ébauche de rictus presque tendre :

– Ben mince… V'là une revenante… J'en suis pour dix euros, bougonna-t-elle.

– Pardon ?

– Un pari avec les filles… Je pensais que vous reviendriez pas…

– Pourquoi ?

– Je sais pas, un truc que je sentais comme ça… Mais bon, y a pas de problème, je payerai, hein ! Allez, c'est pas le tout, mais faut y aller. Avec ce mauvais temps, y nous dégueulassent tout. C'est à se demander s'ils ont jamais appris à se servir d'un paillasson, ces gens-là… Regardez-moi ça, vous avez vu le hall ?

Mamadou traînait les pieds :

– Oh, toi tu as dormi comme un gros bébé cette semaine, pas vrai ?

– Comment tu le sais ?

– À cause deu tes cheveux. Ils ont poussé trop vite…

– Ça va, toi ? T'as pas l'air en forme ?

– Ça va, ça va…

– T'as des soucis ?

– Oh des soucis… J'ai des gamins malades, un mari qui joue sa paye, une belle-sœur qui me tape sur le système, un voisin qu'a chié dans l'ascenseur et le téléphone qu'est coupé, mais sinon ça va…

– Pourquoi il a fait ça ?

– Qui ?

– Le voisin?

– Pourquoi j'en sais rien, mais je l'ai prévenu et la prochaine fois, il va la bouffer sa merde! Ça tu peux me croire! Et ça teu fait rigoler, toi...

– Qu'est-ce qu'ils ont tes enfants?

– Y en a un qui tousse et l'autre qu'a la gastro... Bon, allez... Arrêtons deu parler deu tout ça pace que ça me fait trop de peine et quand j'ai deu la peine, je ne suis plus bonne à rien...

– Et ton frère? Il peut pas les soigner avec tous ses grigris?

– Et les chevaux? Tu crois pas qu'il pourrait bien les trouver les gagnants aussi? Oh, non, ne me parle pas deu ce bon à rien, va...

Le goret du cinquième avait dû être piqué au vif et son bureau était à peu près rangé. Camille dessina un ange de dos avec une paire d'ailes qui dépassaient du costume et une belle auréole.

Dans l'appartement aussi, chacun commençait à prendre ses marques. Les mouvements de gêne du début, ce ballet incertain et tous leurs gestes embarrassés se transformèrent peu à peu en une chorégraphie discrète et routinière.

Camille se levait en fin de matinée, mais s'arrangeait toujours pour être dans sa chambre vers quinze heures quand Franck rentrait. Ce dernier repartait vers dix-huit heures trente et croisait quelquefois Philibert dans l'escalier. Avec lui, elle prenait le thé ou un dîner léger avant d'aller travailler à son tour et ne revenait jamais avant une heure du matin.

Franck ne dormait jamais à cette heure-là, il écoutait de la musique ou regardait la télévision. Des effluves d'herbe passaient sous sa porte. Elle se demandait comment il arrivait à tenir ce rythme de fou et eut très vite une réponse : il ne le tenait pas.

Alors, fatalement, quelquefois ça pétait. Il poussait une gueulante en ouvrant la porte du réfrigérateur parce que les aliments étaient mal rangés ou mal emballés et les déposait sur la table en renversant la théière et en les traitant de tous les noms :

– Putain! Mais combien de fois il faut que je vous le dise? Le beurre, ça va dans un beurrier parce que ça prend toutes les odeurs! Et le fromage aussi! Le film alimentaire c'est pas fait pour les chiens, merde! Et ça, c'est quoi? de la salade? Pourquoi vous la laissez dans son sac plastique? Le plastique, ça abîme tout! Je te l'ai déjà dit, Philibert! Elles sont où toutes les boîtes que je vous ai ramenées l'autre jour? Bon, et ça? le citron, là... Qu'est-ce qu'il fout dans le compartiment à œufs? Un citron entamé, ça s'emballe ou ça se retourne sur une assiette, *capito*?

Ensuite il repartait avec sa bière et nos deux criminels attendaient la déflagration de la porte pour reprendre le cours de leur conversation :

– Mais elle a vraiment dit : «*S'il n'y a plus de pain, donnez-leur de la brioche...*»

– Bien sûr que non, voyons... Jamais elle n'aurait prononcé une ineptie pareille... C'était une femme très intelligente, vous savez...

Bien sûr, ils auraient pu poser leurs tasses en soupirant et lui rétorquer qu'il était bien nerveux pour un garçon qui ne mangeait jamais là et qui n'utilisait cet appareil que pour entreposer ses packs de Kro... Mais non, ça n'en valait pas la peine.

Puisque c'était un gueulard, eh bien qu'il gueule.

Qu'il gueule...

Et puis il n'attendait que ça. La moindre occasion de leur sauter à la gorge. À elle surtout. Il la tenait dans son viseur et prenait un air ulcéré à chaque fois qu'il la croisait. Elle avait beau passer le plus clair de son temps dans sa chambre, ils se frôlaient parfois et elle ployait alors sous un formidable assaut d'ondes assassines qui, selon son humeur, la mettaient horriblement mal à l'aise ou lui arrachaient un demi-sourire.

– Hé, qu'est-ce qu'y a, là ? Pourquoi tu ricanes ? C'est ma gueule qui te revient pas ?

– Non, non. Pour rien, pour rien...

Et elle se dépêchait de passer à autre chose.

Elle se tenait à carreau dans les pièces communes. Laissait cet endroit aussi propre que vous désireriez le trouver en entrant, s'enfermait dans la salle de bains quand il n'était pas là, cachait toutes ses affaires de toilette, passait deux fois l'éponge plutôt qu'une sur la table de la cuisine, vidait son cendrier dans un sac en plastique qu'elle prenait soin de nouer avant de le mettre à la poubelle, essayait de se faire la plus discrète possible, rasait les plinthes, esquivait les coups et se demandait enfin si elle n'allait pas repartir plus tôt que prévu...

Elle aurait froid, tant pis, elle ne cognerait plus ce gros con, tant mieux.

Philibert se désolait :

– Mais Ca...Camille... Vous êtes beau...beaucoup trop intelligente pour vous lai...laisser impressionner par ce...ce grand escogriffe, voyons... Vou...vous êtes au-dessus de tout cela quand...quand même ?

– Non justement. Je suis exactement au même niveau. Du coup, je me prends tout dans la figure...

– Mais non! Bien sûr que non! Vous ne naviguez pas dans les mêmes eaux tous les deux, enfin! Vou...vous avez dé...déjà vu son écriture? Vous l'avez déjà entendu rire en écoutant les grossièretés de...de cet animateur débile, là? Vous l'avez déjà vu lire autre chose que l'argus des motos d'occasion? A...Attendez, mais il a deux ans d'âge mental, ce garçon! Il n'y est pour rien, le pau...pauvre... J'i...j'imagine qu'il est entré dans une cuisine tout gamin et n'en est jamais sorti depuis... Allons, pre...prenez du recul... Soyez plus tolérante, plu...plus «cool» comme vous dites...

– ...

– Vous savez ce que me répondait ma mère quand j'osais évoquer – du...du bout des lèvres – le quart de la moitié des horreurs que mes petits compagnons de chambrée me faisaient su...subir?

– Non.

– «Apprenez, mon fils, que la bave de crapaud n'atteint pas la blanche colombe.» Voilà ce qu'elle me disait...

– Et ça vous consolait?

– Pas du tout! Au contraire!

– Eh ben, vous voyez...

– Oui, mais vous, ce n'est pas pa...pareil. Vous n'avez plus douze ans... Et puis il n'est pas question de boire la pisse d'un pe...petit morveux...

– Ils vous ont forcé à faire ça?

– Hélas...

– Alors oui, je comprends que la blanche colombe, hein...

– Comme vous dites, la blanche co...colombe, elle n'est ja...jamais passée. D'ailleurs, je...je la sens encore là, plaisantait-il jaune en indiquant sa pomme d'Adam.

– Ouais... On verra...

– Et puis la vérité, elle est toute bête et vous la connaissez aussi bien que moi : il est ja...jaloux. Jaloux comme un tigre.

Mettez-vous à sa place aussi... Il avait l'appartement pour lui seu...seul, se baladait quand il voulait, comme il voulait, le plus souvent en caleçon ou der...derrière une jeune dinde affolée. Il pouvait gueuler, jurer, éructer à sa guise et nos rapports se limitaient à quelques échanges d'ordre pra...pratique sur l'état de la robinetterie ou les provisions de papier toilette...

«Je ne sortais quasiment jamais de ma chambre et mettais des boules Quies quand j'avais besoin de me concentrer. Il était le roi, ici... À tel point qu'il devait même avoir l'im...l'impression d'être chez lui *in fine*... Et puis vous voilà et patatras. Non seulement, il doit refermer sa braguette, mais en plus il subit notre complicité, nous entend rire parfois et a...attrape des bribes de conversations auxquelles il ne doit pas comprendre grand-chose... Ce doit être du...dur pour lui, vous ne croyez pas?»

– Je n'avais pas l'impression de prendre tant de place...

– Non, vou...vous êtes très discrète au contraire, mais vous voulez que...que je vous dise... Je crois que vous lui en imposez...

– Alors, c'est la meilleure! s'exclama-t-elle. Moi? lui en imposer? Vous plaisantez, j'espère? Je n'ai jamais eu l'impression d'être autant méprisée...

– Tttt... Il n'est pas très cultivé, c'est un fait, mais il est loin d'être i...idiot, ce coco-là et vous ne boxez pas exactement dans la même ca...catégorie que ses petites amies, vous savez... Vous en avez déjà croisé une de...depuis que vous êtes ici?

– Non.

– Eh bien, vous verrez... C'est...c'est étonnant, vraiment... Quoi qu'il en soit, je vous en su...supplie, demeurez au-dessus de la mêlée. Faites-le pour moi, Camille...

– Mais je ne vais pas rester là très longtemps, vous le savez bien...

– Moi non plus. Lui non plus, mais en attendant, tâchons de vivre en bon voisinage… Le monde est déjà assez redoutable sans nous, n'est-ce pas ? Et puis vous me fai…faites bégayer quand vous dites des bé…bêtises…

Elle se leva pour éteindre la bouilloire.

– Vous, vous n'avez pas l'air convaincu…

– Si, si, je vais essayer. Mais, bon, je ne suis pas très douée dans les rapports de force… En général je jette l'éponge avant de chercher des arguments…

– Pourquoi?

– Parce que.

– Parce que c'est moins fatigant?

– Oui.

– Ce n'est pas une bonne stratégie, croi…croyez-moi. À long terme, ça vous perdra.

– Ça m'a déjà perdue.

– À propos de stratégie, je vais suivre une conférence pa…passionnante sur l'art militaire de Napoléon Bonaparte la semaine prochaine, vous voulez m'accompagner?

– Non, mais allez-y, tiens, je vous écoute : parlez-moi de Napoléon…

– Ah! Vaste sujet… Vous désirez une rondelle de ci…citron?

– Holà, Bijou! je ne touche plus au citron, moi! Je ne touche plus à rien, d'ailleurs…

Il lui fit les gros yeux :

– Au…au-*dessus* de la mêlée, j'ai dit.

6

Le Temps Retrouvé, pour un endroit où ils allaient tous crever, c'était vraiment bien vu comme nom... N'importe quoi...

Franck était de mauvaise humeur. Sa grand-mère ne lui adressait plus la parole depuis qu'elle vivait ici et il était obligé de se creuser le ciboulot dès le périph' pour trouver des choses à lui raconter. La première fois, il avait été pris de court et ils s'étaient observés en chiens de faïence pendant tout l'après-midi... Finalement, il s'était posté devant la fenêtre et avait commenté à haute voix ce qui se passait sur le parking : les vieux qu'on chargeait, ceux qu'on déchargeait, les couples qui s'engueulaient, les enfants qui couraient entre les voitures, celui-là qui venait de se manger une taloche, la jeune fille qui pleurait, le roadster Porsche, la Ducati, la série 5 flambant neuve et le va-et-vient incessant des ambulances. Une journée passionnante, vraiment.

C'était madame Carminot qui avait pris en charge le déménagement et il était arrivé comme une fleur le premier lundi, sans se douter une seconde de ce qui l'attendait...

L'endroit d'abord... Finance oblige, il s'était rabattu sur une maison de retraite publique construite à la va-vite aux confins de la ville entre un Buffalo Grill et une déchetterie industrielle. Une ZAC, une ZIF, une ZUP, une merde. Une grosse merde posée au milieu de nulle part. Il s'était perdu et avait tourné pendant plus d'une heure au milieu de tous ces hangars gigantesques en cherchant un nom de rue qui n'existait pas et en s'arrêtant à chaque rond-point pour essayer de décrypter des plans imbitables, et quand enfin, il avait béquillé et enlevé son casque, il avait été presque soulevé de terre par une bourrasque de vent. «Non, mais, c'est quoi ce délire? Depuis quand on installe les vieux dans les courants d'air? J'ai toujours entendu dire que le vent, ça leur rongeait la tête, moi... Oh putain... Dites-moi que c'est pas vrai... Qu'elle est pas là... Pitié... Dites-moi que je me suis trompé...»

Il faisait une chaleur à crever là-dedans, et, au fur et à mesure qu'il s'était approché de sa chambre, il avait senti sa gorge se resserrer, se resserrer, se resserrer tellement qu'il lui avait fallu plusieurs minutes avant de pouvoir prononcer le moindre mot.

Tous ces vioques, moches, tristes, déprimants, geignants, gémissants avec leurs bruits de savates, de dentiers, de succion, leurs gros ventres et leurs bras squelettiques. Celui-ci avec son tuyau dans le nez, l'autre, là, qui couinait tout seul dans son coin et celle-ci, complètement recroquevillée sur son fauteuil roulant comme si elle sortait d'une crise de tétanie... On lui voyait même ses bas et sa couche...

Et cette chaleur, bordel! Pourquoi ils ouvraient jamais les fenêtres? Pour les faire clamser plus vite?

Quand il était revenu la fois suivante, il avait gardé son casque jusqu'à la chambre 87 pour ne plus voir tout ça, mais une infirmière l'avait chopé et lui avait ordonné de l'enlever immédiatement parce qu'il effrayait ses pensionnaires.

Sa Mémé ne lui adressait plus la parole, mais cherchait son regard pour le soutenir, le défier et lui faire honte : «Alors? Tu es fier de toi, mon petit? Réponds-moi. Tu es fier de toi?» Voilà ce qu'elle lui répétait en silence pendant qu'il soulevait les voilages et cherchait sa moto du regard.

Il était trop énervé pour pouvoir s'endormir. Il continuait de tirer le fauteuil près de son lit, cherchait des mots, des phrases, des anecdotes, des conneries et puis, de guerre lasse, finissait par allumer la télévision. Il ne la regardait pas, il regardait la pendule derrière et décomptait sa présence : dans deux heures, je me casse, dans une heure je me casse, dans vingt minutes...

Exceptionnellement, il était venu un dimanche cette semaine-là parce que Potelain n'avait pas eu besoin de ses services. Il avait traversé le hall en trombe, haussant juste les épaules en découvrant la nouvelle décoration trop criarde et tous ces pauvres vieux coiffés de chapeaux pointus.

– Qu'est-ce qui se passe, c'est carnaval? avait-il demandé à la dame en blouse qui prenait l'ascenseur avec lui.

– On répète un petit spectacle pour Noël... Vous êtes le petit-fils de madame Lestafier, n'est-ce pas?

– Oui. ·

– Elle n'est pas très coopérative votre grand-mère...

– Ah?

– Non. C'est le moins qu'on puisse dire... Une vraie tête de mule...

– Je croyais qu'elle n'était comme ça qu'avec moi. Je pensais qu'avec vous, elle était plus euh...plus facile...

– Oh, avec nous, elle est charmante. Une perle. Une merveille de gentillesse. Mais c'est avec les autres que ça se passe mal... Elle ne veut pas les voir et préfère ne pas manger plutôt que de descendre dans la salle commune...

– Alors quoi ? Elle ne mange pas ?

– Eh bien, nous avons fini par céder... Elle reste dans sa chambre...

Comme elle ne l'attendait que le lendemain, elle fut surprise de le voir et n'eut pas le temps d'enfiler son costume de vieille dame outragée. Pour une fois, elle n'était pas dans son lit, mauvaise et droite comme un piquet, elle était assise devant la fenêtre et cousait quelque chose.

– Mémé ?

Oh zut, elle aurait voulu prendre son air pincé mais n'avait pu s'empêcher de lui sourire.

– Tu regardes le paysage ?

Elle avait presque envie de lui dire la vérité : « Tu te moques de moi ? Quel paysage ? Non. Je te guette, mon petit. Je passe mes journées à te guetter... Même quand je sais que tu ne viendras pas, je suis là. Je suis toujours là... Tu sais, maintenant je reconnais le bruit de ta motocyclette au loin et j'attends de te voir enlever ton casque pour me fourrer dans mon lit et te présenter ma soupe à la grimace... » Mais elle prit sur elle et se contenta de ronchonner.

Il se laissa tomber à ses pieds et s'adossa contre le radiateur.

– Ça va ?

– Mmm.

– Qu'est-ce que tu fais ?

– ...

– Tu fais la gueule ?

– ...

Ils se tinrent par la barbichette pendant un bon quart d'heure puis il se frotta la tête, ferma les yeux, soupira, se décala un peu pour se retrouver bien en face d'elle et lâcha d'une voix monocorde :

– Écoute-moi, Paulette Lestafier, écoute-moi bien :
« Tu vivais seule dans une maison que tu adorais et que j'adorais aussi. Le matin, tu te levais à l'aube, tu préparais ta Ricoré et tu la buvais en regardant la couleur des nuages pour savoir quel temps il allait faire. Ensuite, tu nourrissais ton petit monde, c'est ça ? Ton chat, les chats des voisins, tes rouges-gorges, tes mésanges et tous les piafs de la création. Tu prenais ton sécateur et tu faisais leur toilette à tes fleurs avant la tienne. Tu t'habillais, tu guettais le passage du facteur ou celui du boucher. Le gros Michel, cet escroc qui te coupait toujours des biftecks de 300 grammes quand tu lui en demandais 100 alors qu'il savait très bien que tu n'avais plus de dents... Oh! mais tu ne disais rien. Tu avais trop peur qu'il oublie de klaxonner le mardi suivant... Le reste tu le faisais bouillir pour donner du goût à ton potage. Vers onze heures, tu prenais ton cabas et tu allais jusqu'au café du père Grivaud pour acheter ton journal et ton pain de deux livres. Il y avait bien longtemps que tu n'en mangeais plus, mais tu le prenais quand même... Pour l'habitude... Et pour les oiseaux... Souvent tu croisais une vieille copine qui avait lu la rubrique nécrologique avant toi et vous parliez de vos morts en soupirant. Ensuite, tu lui donnais de mes nouvelles. Même si tu n'en avais pas... Pour ces gens-là, j'étais déjà aussi célèbre que Bocuse, pas vrai ? Tu vivais seule depuis presque vingt ans, mais tu continuais de mettre une nappe propre et de te dresser un joli couvert avec un verre à pied et des fleurs dans un vase. Si je me souviens bien, au printemps, c'était des anémones, l'été des reines-marguerites et en hiver, tu achetais un bouquet sur le marché en te répétant à chaque repas qu'il était bien

laid et que tu l'avais payé trop cher... L'après-midi, tu faisais une petite sieste sur le canapé et ton gros matou acceptait de venir sur tes genoux quelques instants. Tu terminais ensuite ce que tu avais entrepris dans le jardin ou au potager le matin même. Oh, le potager... Tu n'y faisais plus grand-chose, mais quand même, il te nourrissait un peu et tu bichais quand Yvonne achetait ses carottes au supermarché. Pour toi, c'était le comble du déshonneur...

« Les soirées étaient plus longuettes, n'est-ce pas ? Tu espérais que je t'appelle, mais je ne t'appelais pas, alors tu allumais la télévision et tu attendais que toutes ces bêtises finissent par t'abrutir. La publicité te réveillait en sursaut. Tu faisais le tour de la maison en serrant ton châle contre ta poitrine et tu fermais les volets. Ce bruit, le bruit des volets qui grincent dans la pénombre, tu l'entends encore aujourd'hui et je le sais parce que c'est pareil pour moi. J'habite maintenant dans une ville tellement fatigante qu'on n'entend plus rien, mais ces bruits, là, celui des volets en bois et de la porte de l'appentis, il suffit que je tende l'oreille pour les entendre...

« C'est vrai, je ne t'appelais pas, mais je pensais à toi, tu sais... Et, à chaque fois que je revenais te voir, je n'avais pas besoin des rapports de la sainte Yvonne qui me prenait à part en me tripotant le bras pour comprendre que tout ça fichait le camp... Je n'osais rien te dire, mais je le voyais bien que ton jardin n'était plus aussi propre et ton potager plus aussi droit... Je le voyais bien que t'étais plus aussi coquette, que tes cheveux avaient une couleur vraiment bizarre et que ta jupe était à l'envers. Je le remarquais que ta gazinière était sale, que les pulls super moches que tu continuais à me tricoter étaient pleins de trous, que tes deux bas n'allaient pas ensemble et que tu te cognais partout... Oui, ne me regarde pas comme ça Mémé... Je les ai toujours vus tes énormes bleus que t'essayais de cacher sous tes gilets...

«J'aurais pu te prendre la tête beaucoup plus tôt avec tout ça... Te forcer à voir des médecins et t'engueuler pour que t'arrêtes de te fatiguer avec cette vieille bêche que t'arrivais même plus à soulever, j'aurais pu demander à Yvonne de te surveiller, de te fliquer et de m'envoyer tes résultats d'analyses... Mais non, je me disais qu'il valait mieux te laisser en paix et que le jour où ça n'irait plus, eh bien au moins tu n'aurais pas de regrets, et moi non plus... Au moins tu aurais bien vécu. Heureuse. Peinarde. Jusqu'au bout.

«Maintenant, il est venu ce jour. On y est, là...et tu dois te résoudre, ma vieille. Au lieu de me faire la gueule, tu devrais plutôt penser à la chance que tu as eue de vivre plus de quatre-vingts ans dans une maison aussi belle et...
Elle pleurait.
«... et en plus tu es injuste avec moi. Est-ce que c'est de ma faute si je suis loin et si je suis tout seul? Est-ce que c'est de ma faute, si t'es veuve? Est-ce que c'est de ma faute si t'as pas eu d'autres enfants que ma tarée de mère pour s'occuper de toi aujourd'hui? Est-ce que c'est de ma faute si j'ai pas de frères et sœurs pour partager nos jours de visite?
«Nan, c'est pas de ma faute. Ma seule faute, c'est d'avoir choisi un métier aussi pourri. À part bosser comme un con, je peux rien faire et le pire, tu vois, c'est que même si je le voulais, je saurais rien faire d'autre... Je sais pas si tu t'en rends compte, mais je travaille tous les jours sauf le lundi et le lundi, je viens te voir. Allons, ne fais pas l'étonnée... Je te l'avais dit que le dimanche, je prenais des extras pour payer ma moto, alors tu vois, j'ai pas un seul jour pour faire la grasse matinée, moi... Tous les matins,

j'embauche à huit heures et demie et le soir, je quitte jamais avant minuit... Du coup, je suis obligé de dormir l'après-midi pour tenir le coup.

«Alors, voilà, regarde, c'est ça, ma vie : c'est rien. Je fais rien. Je vois rien. Je connais rien et le pire, c'est que je comprends rien... Dans ce bordel, y avait qu'un truc de positif, un seul, c'était la piaule que je m'étais dégotée chez cette espèce de type bizarre dont je te parle souvent. Le noble, tu sais? Bon, eh bien même ça, ça merde aujourd'hui... Il nous a ramené une fille qu'est là maintenant, qui vit avec nous et qui me fait caguer à un point que tu peux même pas imaginer... C'est même pas sa copine en plus! Ce mec-là, je sais pas si y tirera son coup un jour, euh... pardon, s'il franchira le pas un jour... Nan, c'est juste une pauvre fille qu'il a pris sous son aile et maintenant, l'ambiance est devenue carrément lourdingue dans l'appart et je vais devoir me trouver autre chose... Bon, mais ça c'est pas grave encore, j'ai déménagé tellement de fois que j'en suis plus à une adresse près... Je m'arrangerai toujours... Par contre, pour toi, je peux pas m'arranger tu comprends? Pour une fois, je suis avec un chef qu'est bien. Je te raconte souvent comment il gueule et tout ça, n'empêche, il est correct comme gars. Non seulement y a pas d'embrouille avec lui, mais en plus c'est un bon... J'ai vraiment l'impression de progresser avec lui, tu comprends? Alors je peux pas le planter comme ça, en tout cas pas avant la fin du mois de juillet. Parce que je lui ai dit pour toi, tu sais... Je lui ai dit que je voulais revenir travailler au pays pour me rapprocher de toi et je sais qu'il m'aidera, mais avec le niveau que j'ai aujourd'hui, je ne veux plus accepter n'importe quoi. Si je reviens par ici, c'est soit pour être second dans un gastro, soit pour être chef dans un tradi. Je veux plus faire le larbin maintenant, j'ai assez donné... Alors tu dois être patiente et arrêter de me regarder comme ça parce que sinon, je te le dis franchement : je ne viendrai plus te voir.

« Je te le répète, j'ai qu'une journée de congé par semaine et si cette journée-là doit me déprimer, eh ben c'est la fin des haricots pour moi... En plus, ça va être les fêtes et je vais bosser encore plus que d'habitude, alors tu dois m'aider aussi, merde...

« Attends, une dernière chose... Y a une bonne femme qui m'a dit que tu voulais pas voir les autres, note bien je te comprends parce qu'y sont pas jojos les copains, mais tu pourrais au moins assurer un minimum... Ça se trouve, y a une autre Paulette, qu'est là, cachée dans sa chambre et qu'est aussi perdue que toi... Peut-être qu'elle aussi elle aimerait bien causer de son jardin et de son merveilleux petit-fils, mais comment tu veux qu'elle te trouve si tu restes là, à bouder comme une gamine ? »

Elle le regardait interloquée.

– Voilà, c'est bon. J'ai dit tout ce que j'avais sur le cœur et maintenant j'arrive plus à me relever parce que j'ai mal au c... aux fesses. Alors ? Qu'est-ce que t'es en train de coudre, là ?

– C'est toi, Franck ? C'est bien toi ? C'est la première fois de ma vie que je t'entends causer aussi longtemps... Tu n'es pas malade au moins ?

– Nan, je suis pas malade, je suis juste fatigué. J'en ai plein le dos, tu comprends ?

Elle le dévisagea longuement puis secoua la tête comme si elle sortait enfin de sa torpeur. Elle souleva son ouvrage :

– Oh, ce n'est rien… C'est à Nadège, une gentille petite qui travaille là le matin. Je lui raccommode son pull… D'ailleurs, est-ce que tu peux me passer le fil dans l'aiguille, là, parce que je ne trouve plus mes lunettes ?

– Tu veux pas te rasseoir dans ton lit que je prenne le fauteuil ?

À peine s'était-il avachi, qu'il s'endormit.

Du sommeil du juste.

Le bruit du plateau le réveilla.

– C'est quoi, ça ?

– Le dîner.

– Pourquoi tu descends pas ?

– On est toujours servis dans nos chambres le soir…

– Mais il est quelle heure, là ?

– Cinq heures et demie.

– Qu'est-ce que c'est que ce délire ? Ils vous font bouffer à cinq heures et demie ?

– Oui, le dimanche c'est comme ça. Pour leur permettre de partir plus tôt…

– Pff… Mais qu'est-ce que c'est ? Ça pue, non ?

– Je ne sais pas ce que c'est et je préfère ne pas savoir…

– C'est quoi là ? Du poisson ?

– Non, on dirait plutôt un gratin de pommes de terre, tu ne crois pas ?

– Arrête, ça sent le poisson… Et ça, c'est quoi, ce truc marron, là ?

– Une compote…

– Non ?

– Si, je crois…

– T'es sûre ?

– Oh, je ne sais plus…

Ils en étaient là de leur enquête quand la jeune femme réapparut :

– Ça y est ? C'est bon ? Vous avez fini ?

– Attendez, coupa Franck, mais vous venez juste de l'apporter y a deux minutes... Laissez-lui le temps de manger tranquillement quand même !

L'autre referma la porte sèchement.

– C'est tous les jours comme ça, mais c'est encore pire le dimanche... Elles sont pressées de partir... On ne peut pas leur en vouloir, hein ?

La vieille dame piqua du nez.

– Oh ma pauvre Mémé... Mais quelle merde tout ça... Quelle merde...

Elle replia sa serviette.

– Franck ?

– Ouais.

– Je te demande pardon...

– Nan, c'est moi. Rien ne se passe comme je voudrais. Mais c'est pas grave, je commence à avoir l'habitude depuis le temps...

– Je peux le prendre maintenant ?

– Oui, oui, allez-y...

– Vous féliciterez le chef, mademoiselle, ajouta Franck, vraiment, c'était délicieux...

– Bon, ben...je vais y aller, hein ?

– Tu veux bien attendre que je me mette en chemise de nuit ?

– Vas-y.

– Aide-moi à me relever...

Il entendit des bruits d'eau dans la salle de bains et se retourna pudiquement alors qu'elle se glissait sous ses draps.

– Éteins la lumière mon grand...

Elle alluma sa lampe de chevet.

– Viens, assieds-toi, là, deux minutes...

– Deux minutes hein? J'habite pas la porte à côté, moi...

– Deux minutes.

Elle posa sa main sur son genou et lui posa la dernière question à laquelle il se serait attendu :

– Dis-moi, cette jeune fille dont tu me parlais tout à l'heure... Celle qui vit avec vous... Elle est comment?

– Elle est conne, prétentieuse, maigre et aussi tarée que l'autre...

– Fichtre...

– Elle...

– Elle quoi?

– On dirait une intello... Nan, on dirait pas, c'est une intello. Avec Philibert, ils sont toujours fourrés dans leurs bouquins et comme tous les intellos, ils sont capables de parler pendant des heures de trucs dont tout le monde se fout, mais en plus, ce qui est bizarre, c'est qu'elle est femme de ménage...

– Ah bon?

– La nuit...

– La nuit?

– Ouais... je te dis, elle est bizarre... Et tu verrais comme elle est maigre... Ça te ferait mal au cœur...

– Elle ne mange pas?

– J'en sais rien. Je m'en fous.

– Elle s'appelle comment?

– Camille.

– Elle est comment?

– Je te l'ai déjà dit.

– Son visage?

– Hé, pourquoi tu me demandes tout ça ?

– Pour te garder plus longtemps... Non, parce que ça m'intéresse.

– Eh bien, elle a les cheveux très courts, presque à ras, dans les marrons... Elle a les yeux bleus, je crois. J'en sais rien...enfin clairs en tout cas. Elle... oh, et puis je m'en fous, je te dis !

– Son nez, il est comment ?

– Normal.

– ...

– Je crois bien qu'elle a des taches de rousseur aussi... Elle... pourquoi tu souris ?

– Pour rien, je t'écoute...

– Non, j'y vais, tu m'énerves, là...

7

– Je déteste le mois de décembre. Toutes ces fêtes, ça me déprime...

– Je sais, maman. C'est la quatrième fois que tu me le répètes depuis que je suis là...

– Ça ne te déprime pas, toi?

– Et sinon? Tu es allée au cinéma?

– Qu'est-ce que tu veux que j'aille faire au cinéma?

– Tu descends à Lyon pour Noël?

– Bien obligée... Tu sais comment est ton oncle... Il se contrefiche bien de ce que je deviens mais si je rate sa dinde, ça va être encore toute une histoire... Tu m'accompagnes cette année?

– Non.

– Pourquoi?

– Je travaille.

– Tu balayes les aiguilles du sapin, demanda-t-elle sarcastique.

– Exactement.

– Tu te fous de moi?

– Non.

– Note bien, je te comprends... Se taper tous ces cons autour d'une bûche, c'est quand même la grande misère, pas vrai?

– Tu exagères. Ils sont gentils quand même...

– Pfff... la gentillesse, ça me déprime aussi, tiens...

– Je t'invite, fit Camille en interceptant l'addition. Je dois y aller là...

– Dis-donc, tu t'es fait couper les cheveux, toi? lui demanda sa mère devant la bouche de métro.

– Je me demandais si tu allais t'en apercevoir...

– C'est vraiment affreux. Pourquoi t'as fait ça?

Camille dévala les escalators à toute vitesse.

De l'air, vite.

8

Elle sut qu'elle était là avant même de la voir. À l'odeur. Une espèce de parfum suave et sucré qui lui souleva le cœur. Elle se dirigea vers sa chambre au pas de course et les aperçut dans le salon. Franck était avachi par terre et riait bêtement en regardant une fille se déhancher. Il avait mis la musique à fond.

– 'soir, leur lança-t-elle au passage.

En refermant sa porte, elle l'entendit marmonner : « T'occupe. On en a rien à foutre, je te dis... Allez, bouge encore, quoi... »

Ce n'était pas de la musique, c'était du bruit. Un truc de fou. Les murs, les cadres et le parquet tremblaient. Camille attendit encore quelques instants et vint les interrompre :

– Il faut que tu baisses là... On va avoir des problèmes avec les voisins...

La fille s'était immobilisée et se mit à glousser.

– Hé, Franck, c'est elle ? C'est elle ? Hé ? C'est toi la Conchita ?

Camille la dévisagea longuement. Philibert avait raison : c'était étonnant.

Un concentré de bêtise et de vulgarité. Semelles compensées, jean à fanfreluches, soutien-gorge noir, pull à trous-trous, balayage maison et lèvres en caoutchouc, rien ne manquait au tableau.

– Oui, c'est moi, puis s'adressant à Franck, baisse le son, s'il te plaît...

– Oh! tu me fais chier... Allez... Va faire coucouche dans ton panier...

– Il n'est pas là Philibert?

– Nan, il est avec Napoléon. Allez, va te coucher on t'a dit.

La fille riait de plus belle.

– C'est où les chiottes? Hé, c'est où les chiottes?

– Baisse le son ou j'appelle les flics.

– Mais ouais, c'est ça, appelle-les et arrête de nous faire chier. Allez! Casse-toi, je te dis!

Pas de chance, Camille venait de passer quelques heures avec sa mère.

Mais ça, Franck ne pouvait pas le savoir...

Pas de chance, donc.

Elle tourna les talons, entra dans sa chambre, piétina son bordel, ouvrit la fenêtre, débrancha sa chaîne hi-fi et la balança du quatrième étage.

Elle revint dans le salon et lâcha calmement :

– C'est bon. J'ai plus besoin de les appeler...

Puis, se retournant :

– Hé... Ferme ta bouche la morue, tu vas gober une mouche.

Elle s'enferma à clef. Il tambourina, hurla, brailla, la menaça des pires représailles. Pendant ce temps-là, elle se regardait dans le miroir en souriant et y surprit un autoportrait intéressant. Hélas, elle n'était pas en état de dessiner quoi que ce soit : mains trop moites...

Elle attendit d'entendre la porte d'entrée claquer pour

s'aventurer dans la cuisine, mangea un morceau et alla se coucher.

Il prit sa revanche au milieu de la nuit.

Vers quatre heures, Camille fut réveillée par le raffut langoureux qui venait de la chambre d'à côté. Il grognait, elle gémissait. Il gémissait, elle grognait.

Elle se releva et resta un moment dans le noir à se demander si le mieux ne serait pas de rassembler ses affaires sur-le-champ et de regagner ses pénates.

Non, murmura-t-elle, non, ça lui ferait trop plaisir... Quel boucan, mon Dieu, mais quel boucan... Ils devaient se forcer, là, c'était pas possible... Il devait lui demander d'en rajouter... Attends, mais elle était équipée d'une pédale woua woua cette greluche ou quoi ?

Il avait gagné.
Sa décision était prise.
Elle ne put se rendormir.

Elle se leva tôt le lendemain et s'affaira en silence. Elle défit son lit, plia ses draps et chercha un grand sac pour les emporter à la laverie. Elle rassembla ses affaires et les entassa dans le même petit carton qu'à l'aller. Elle était mal. Ce n'était pas tant de retourner là-haut qui l'angoissait, mais plutôt de quitter cette chambre... L'odeur de poussière, la lumière, le bruit mat des rideaux de soie, les craquements, les abat-jour et la douceur du miroir. Cette impression étrange de se trouver hors du temps... Loin du monde... Les aïeuls de Philibert avaient fini par l'accepter et elle s'était amusée à les dessiner autrement et dans d'autres situations. Le vieux Marquis surtout, s'était révélé beaucoup plus drôle que prévu. Plus gai... Plus jeune... Elle débrancha sa cheminée et regretta l'absence d'un range-cordon. Elle n'osa pas la rouler dans le couloir et la laissa devant sa porte.

Ensuite elle prit son carnet, se prépara un bol de thé et revint s'asseoir dans la salle de bains. Elle s'était promis de l'emmener avec elle. C'était la plus jolie pièce de la maison.

Elle vira toutes les affaires de Franck, son déodorant X de Mennen pour nous les hommes, sa vieille brosse à dents de pouilleux, ses rasoirs Bic, son gel pour peau sensible – c'était la meilleure – et ses fringues qui puaient le graillon. Elle balança le tout dans la baignoire.

La première fois qu'elle était entrée dans cet endroit, elle n'avait pu s'empêcher de pousser un petit «oh!» d'admiration et Philibert lui avait raconté qu'il s'agissait d'un modèle des établissements Porcher datant de 1894. Une lubie de son arrière-grand-mère qui était la plus coquette des Parisiennes de la Belle Époque. Un peu trop coquette d'ailleurs, à en croire les sourcils de son grand-père quand il l'évoquait et racontait ses frasques... Tout Offenbach était là...

Quand elle fut installée, tous les voisins se rassemblèrent pour porter plainte car ils craignaient qu'elle ne passât à travers le plancher, puis pour l'admirer et s'extasier. C'était la plus belle de l'immeuble et peut-être même de la rue...

Elle était intacte, ébréchée, mais intacte.

Camille s'assit sur le panier à linge sale et dessina la forme du carrelage, les frises, les arabesques, la grosse baignoire en porcelaine avec ses quatre pieds de lion griffus, les chromes fatigués, l'énorme pomme de douche qui n'avait plus rien craché depuis la guerre de 14, les porte-savons, évasés comme des bénitiers, et les porte-serviettes à moitié descellés. Les flacons vides, *Shocking* de Schiaparelli, *Transparent* d'Houbigant ou *Le Chic* de Molyneux, les boîtes de poudre de riz *La Diaphane*, les iris bleus qui couraient le long du bidet et les lavabos si travaillés, si tarabiscotés, si chargés de fleurs et d'oiseaux qu'elle avait toujours eu des scrupules à poser sa trousse de toilette hideuse sur la tablette jaunie. La cuvette des toilettes avait disparu, mais le réservoir de la chasse d'eau était toujours fixé au mur et elle termina son inventaire en reproduisant les hirondelles qui voletaient là-haut depuis plus d'un siècle.

Son carnet était presque terminé. Encore deux ou trois pages...
Elle n'eut pas le courage de le feuilleter et y vit comme un signe. Fin du carnet, fin des vacances.

Elle rinça son bol et quitta les lieux en refermant la porte tout doucement. Pendant que ses draps tournaient, elle se rendit chez Darty sous la Madeleine et racheta une chaîne à Franck. Elle ne voulait rien lui devoir. Elle n'avait pas eu le temps de voir la marque de son modèle et se laissa prendre la main par le vendeur.
Elle aimait bien ça, se laisser prendre la main...

Quand elle revint, l'appartement était vide. Ou silencieux. Elle ne chercha pas à savoir. Elle déposa le carton Sony devant la porte de son voisin de couloir, déposa les draps sur son ancien lit, salua la galerie des ancêtres, ferma ses volets et roula sa cheminée jusqu'à l'office. Elle ne trouva pas la clef. Bon, elle déposa son carton dessus, sa bouilloire, et repartit travailler.

Au fur et à mesure que le soir tombait et que le froid recommençait sa triste besogne, elle sentit sa bouche s'assécher et son ventre se durcir : les cailloux étaient revenus. Elle fit un gros effort d'imagination pour ne pas pleurer et finit par se convaincre qu'elle était comme sa mère : irritée par les fêtes.

Elle travailla seule et en silence.

Elle n'avait plus très envie de continuer le voyage. Il fallait qu'elle se rende à l'évidence. Elle n'y arrivait pas.

Elle allait remonter là-haut, dans la chambrette de Louise Leduc, et poser son sac.

Enfin.

Un petit mot sur le bureau de monsieur Lanciengoret la tira de ses sordides pensées :

Qui êtes-vous ? demandait une écriture noire et serrée.

Elle posa son pschit-pschit et ses chiffons, prit place sur l'énorme fauteuil en cuir et chercha deux feuilles blanches.

Sur la première, elle dessina une espèce de Pat Hibulaire, hirsute et édenté qui s'appuyait sur un balai à franges en souriant méchamment. Un litron de rouge dépassait de la poche de sa blouse, *Touclean, des professionnels, etc.*, et il affirmait : *Ben, c'est moi...*

Sur l'autre, elle dessina une pin-up des années 50. Main sur la hanche, bouche en cul de poule, jambe repliée et poitrine comprimée dans un joli tablier à dentelles. Elle tenait un plumeau et rétorquait : *Mais non voyons... c'est moi...*

Elle s'était servie d'un Stabilo pour lui mettre du rose aux joues...

À cause de ces bêtises, elle avait raté le dernier métro et revint à pied. Bah, c'était aussi bien comme ça... Un autre signe finalement... Elle avait presque touché le fond, mais pas tout à fait, c'était ça ?

Encore un effort.

Encore quelques heures dans le froid et ce serait bon.

Quand elle poussa la porte cochère, elle se souvint qu'elle n'avait pas rendu ses clefs et qu'elle devait pousser ses affaires dans l'escalier de service.

Et écrire un petit mot à son hôte peut-être ?

Elle se dirigea vers la cuisine et fut contrariée d'y apercevoir de la lumière. Sûrement le sieur Marquet de la Durbellière, chevalier à la triste figure, avec sa patate chaude dans la bouche et sa batterie d'arguments bidon pour la retenir. L'espace d'un instant, elle songea à faire demi-tour. Elle n'avait pas le courage d'écouter ses confusions. Mais bon, dans l'éventualité où elle ne mourrait pas cette nuit, elle avait besoin de son chauffage...

9

Il se tenait à l'autre bout de la table et tripotait la languette de sa canette.

Camille referma sa main sur la poignée et sentit ses ongles lui rentrer dans la paume.

– Je t'attendais, lui dit-il.

– Ah?

– Ouais…

– …

– Tu ne veux pas t'asseoir?

– Non.

Ils restèrent ainsi, silencieux, pendant un long moment.

– Tu n'as pas vu les clefs du petit escalier? finit-elle par demander.

– Dans ma poche…

Elle soupira :

– Donne-les moi.

– Non.

– Pourquoi?

– Parce que je ne veux pas que tu partes. C'est moi qui vais me tirer… Si t'es plus là, Philibert va me faire la gueule jusqu'à sa mort… Aujourd'hui déjà, quand il a vu ton carton, il m'a pris la tête et depuis, il est pas sorti de sa chambre… Alors je vais m'en aller. Pas pour toi, pour lui. Je peux pas lui faire ça. Il va redevenir comme il était avant et je veux pas. Il mérite pas ça. Moi, il m'a aidé quand j'étais dans la merde et je veux pas lui faire de mal. Je veux plus le voir souffrir et se tortiller comme un ver à chaque

194

fois que quelqu'un lui pose une question, c'est plus possible, ça... Il allait déjà mieux avant que t'arrives mais depuis que t'es là, il est presque normal et je sais qu'il prend moins de médocs alors... T'as pas besoin de partir... Moi, j'ai un pote qui pourra m'héberger après les fêtes...

Silence.

– Je peux te prendre une bière ?

– Vas-y.

Camille se servit un verre et s'assit en face de lui.

– Je peux m'allumer une clope ?

– Vas-y, je te dis. Fais comme si je n'étais plus là...

– Non, ça je ne peux pas. C'est impossible... Quand tu es dans une pièce, il y a tellement d'électricité dans l'air, tellement d'agressivité que je ne peux pas être naturelle, et...

– Et quoi ?

– Et je suis comme toi, figure-toi, je suis fatiguée. Pas pour les mêmes raisons, j'imagine... Je travaille moins, mais c'est pareil. C'est autre chose, mais c'est pareil. C'est ma tête qui est fatiguée, tu comprends ? En plus, je veux partir. Je me rends bien compte que je ne suis plus capable de vivre en communauté et je...

– Tu ?

– Non rien. Je suis fatiguée, je te dis. Et toi, tu n'es pas capable de t'adresser aux autres normalement. Il faut toujours que tu gueules, que tu les agresses... J'imagine que c'est à cause de ton boulot, que c'est l'ambiance des cuisines qui a déteint... J'en sais rien... Et puis je m'en fous à vrai dire... Mais une chose est sûre : je vais vous rendre votre intimité.

– Non, c'est moi qui vous abandonne, je n'ai pas le choix, je te dis... Pour Philou, tu comptes plus, tu es devenue plus importante que moi...

– C'est la vie, ajouta-t-il en riant.

Et, pour la première fois, ils se regardèrent dans les yeux.

– Je le nourrissais mieux que toi, c'est sûr! mais moi, j'en avais vraiment rien à foutre des cheveux blancs de Marie-Antoinette... Mais alors... rien à taper, et c'est ça qui m'a perdu... Ah, au fait! merci pour la chaîne...

Camille s'était relevée :

– C'est à peu près la même, non ?

– Sûrement...

– Formidable, conclut-elle d'une voix morne. Bon, et les clefs ?

– Quelles clefs ?

– Allez...

– Tes affaires sont de nouveau dans ta chambre et je t'ai refait ton lit.

– En portefeuille ?

– Putain, mais t'es vraiment chiante, toi, hein ?

Elle allait quitter la pièce quand il lui indiqua son carnet du menton :

– C'est toi qui fais ça ?

– Où tu l'as trouvé ?

– Hé... Du calme... Il était là, sur la table... Je l'ai juste regardé en t'attendant...

Elle allait le reprendre quand il ajouta :

– Si je te dis un truc de gentil, tu vas pas me mordre ?

– Essaye toujours...

Il le prit, tourna quelques pages, le reposa et attendit encore un moment, le temps qu'elle se retourne enfin :

– C'est super, tu sais... Super beau... Super bien dessiné... C'est... Enfin, je te dis ça... Je m'y connais pas trop, hein ? Pas du tout même. Mais ça fait presque deux heures que je t'attends là, dans cette cuisine où on se les gèle et j'ai pas vu le temps passer. Je me suis pas ennuyé une minute. Je… j'ai regardé tous ces visages, là… Mon Philou et tous ces gens… Comment tu les as bien attrapés, comment tu les rends beaux… Et l'appart… Moi ça fait plus d'un an que je vis ici et je croyais qu'il était vide, enfin je voyais rien… Et toi, tu… Enfin, c'est super quoi…

– …

– Ben pourquoi tu pleures maintenant?

– Les nerfs, je crois…

– V'là autre chose… Tu veux encore une bière?

– Non. Merci. Je vais aller me coucher…

Alors qu'elle était dans la salle de bains, elle l'entendit qui donnait des grands coups sur la porte de la chambre de Philibert et qui gueulait :

– «Allez, mon gars! C'est bon. Elle s'est pas envolée! Tu peux aller pisser maintenant!»

Elle crut apercevoir le marquis lui sourire entre ses favoris en éteignant sa lampe et s'endormit aussitôt.

10

Le temps s'était radouci. Il y avait de la gaieté, de la légèreté, something in di air. Les gens couraient partout pour trouver des cadeaux et Josy B. avait refait sa teinture. Un reflet acajou de toute beauté qui mettait en valeur les montures de ses lunettes. Mamadou aussi s'était acheté un magnifique postiche. Elle leur avait fait une leçon de coiffure un soir, entre deux étages, alors qu'elles trinquaient toutes les quatre en sifflant la bouteille de mousseux payée par le pari.

– Mais combien de temps tu restes chez le coiffeur pour te faire épiler tout le front comme ça?

– Oh... Pas très longtemps... Deux ou trois heures peut-être... Il y a des coiffures qui sont beaucoup plus longues, tu sais... Pour ma Sissi, ça a pris plus deu quatre heures...

– Plus de quatre heures! Et qu'est-ce qu'elle fait pendant tout ce temps? Elle est sage?

– Bien sûr que non, elle est pas sage! Elle fait comme nous, elle rigole, elle mange et elle nous écoute raconter nos histoires... Nous, on raconte beaucoup d'histoires... Beaucoup plus que vous...

– Et toi Carine? Tu fais quoi pour Noël?

– Je prends deux kilos. Et toi Camille, tu fais quoi pour Noël?

– Je perds deux kilos... Non, je plaisante...

– T'es en famille?

– Oui, leur mentit-elle.

– Bon, c'est pas le tout, dit Super Josy en tapotant le cadran de sa... etc., etc.

Comment vous appelez-vous ? lut-elle sur le bureau.

Peut-être était-ce un pur hasard, mais la photo de sa femme et de ses enfants avait disparu. Tttt, il était bien prévisible, ce garçon... Elle jeta la feuille et passa l'aspirateur.

Dans l'appartement aussi, l'ambiance était moins pesante. Franck ne dormait plus là et passait comme une flèche quand il revenait s'allonger l'après-midi. Il n'avait même pas déballé sa nouvelle chaîne.

Philibert ne fit jamais la moindre allusion à ce qui s'était tramé dans son dos le soir où il était allé aux Invalides. C'était un garçon qui ne pouvait souffrir le moindre changement. Son équilibre ne tenait qu'à un fil et Camille commençait tout juste à réaliser la gravité de son acte quand il était venu la chercher cette nuit-là... Combien il avait dû se faire violence... Elle repensait aussi à ce que Franck lui avait dit à propos de ses médicaments...

Il lui annonça qu'il prenait des vacances et qu'il serait absent jusqu'à la mi-janvier.

– Vous allez dans votre château ?

– Oui.

– Ça vous fait plaisir ?

– Ma foi, je suis heureux de revoir mes sœurs...

– Comment s'appellent-elles ?

– Anne, Marie, Catherine, Isabelle, Aliénor et Blanche.

– Et votre frère ?

– Louis.

– Que des noms de rois et de reines...

– Eh oui...

– Et le vôtre ?

– Oh, moi… Je suis le vilain petit canard…

– Ne dites pas ça Philibert… Vous savez, je n'y comprends rien à toutes vos histoires d'aristocratie et je n'ai jamais été très sensible aux particules. Pour vous dire la vérité, je trouve même que c'est un peu ridicule sur les bords, un peu… désuet, mais une chose est sûre : vous, vous êtes un prince. Un vrai prince.

– Oh, rougit-il, un petit gentilhomme, un petit hobereau de province tout au plus…

– Un petit gentilhomme, oui, c'est tout à fait ça… Dites-moi, vous croyez que l'on pourra se tutoyer l'année prochaine ?

– Ah ! revoilà ma petite suffragette ! Toujours des Révolutions… J'aurais du mal à vous tutoyer, moi…

– Moi pas. Moi, j'aimerais bien vous dire : Philibert, je te remercie pour tout ce que tu as fait pour moi, parce que tu ne le sais pas, mais d'une certaine manière, tu m'as sauvé la vie…

Il ne répondit rien. Ses yeux venaient de tomber encore une fois.

11

Elle se leva tôt pour l'accompagner à la gare. Il était si nerveux qu'elle dut lui arracher son billet des mains pour le composter à sa place. Ils allèrent boire un chocolat mais il ne toucha pas à sa tasse. Au fur et à mesure que l'heure du départ approchait, elle voyait son visage se crisper. Ses tics l'avaient repris et c'était de nouveau le pauvre bougre du supermarché qu'elle avait en face d'elle. Un grand garçon besogneux et gauche qui était obligé de garder ses mains dans ses poches pour ne pas se griffer le visage quand il rajustait ses lunettes.

Elle posa sa main sur son bras :
– Ça va ?
– Ou...oui, tr...très bien, vou...vous sur...surveillez l'heure, n'est-ce...n'est-ce pas ?
– Chuuut, fit-elle. Hééé... Tout va bien, là... Tout va bien...
Il essaya d'acquiescer.
– Ça vous stresse à ce point de retrouver votre famille ?
– Nn... non, répondit-il en même temps qu'il faisait oui de la tête.
– Pensez à vos petites sœurs...
Il lui sourit.
– C'est laquelle votre préférée ?
– Ce...c'est la dernière...
– Blanche ?
– Oui.

– Elle est jolie?

– Elle... Elle est plus que ça encore... Elle... elle est douce avec moi...

Ils furent bien incapables de s'embrasser, mais Philibert l'attrapa par l'épaule sur le quai :

– Vou...vous ferez bien attention à vous, n'est-ce pas?

– Oui.

– Vous vous allez de...dans votre famille?

– Non...

– Ah? grimaça-t-il.

– Je n'ai pas de petite sœur pour faire passer le reste, moi...

– Ah...

Et par la fenêtre, il la sermonna :

– Sur...surtout ne vous laissez pas impressionner par notre pe...petit Escoffier, hein!

– Tut tut, le rassura-t-elle.

Il ajouta quelque chose, mais elle n'entendit rien à cause du haut-parleur. Dans le doute, elle fit oui oui de la tête et le train s'ébranla.

Elle décida de rentrer à pied et se trompa de chemin sans s'en rendre compte. Au lieu de prendre à gauche et de descendre le boulevard Montparnasse pour rejoindre l'École militaire, elle alla tout droit et se retrouva dans la rue de Rennes. C'était à cause des boutiques, des guirlandes, de l'animation...

Elle était comme un insecte, attirée par la lumière et le sang chaud des foules.

Elle avait envie d'en être, d'être comme eux, pressée, excitée, affairée. Elle avait envie d'entrer dans des magasins et d'acheter des bêtises pour gâter les gens qu'elle aimait. Elle ralentissait déjà : qui aimait-elle au fait ? Allons, allons, se reprit-elle en remontant le col de sa veste, ne commence pas s'il te plaît, il y avait Mathilde et Pierre et Philibert et tes copines de serpillières... Là, dans ce magasin de bijoux, tu trouveras sûrement un colifichet pour Mamadou, elle qui est si coquette... Et pour la première fois depuis bien longtemps, elle fit la même chose que tout le monde en même temps que tout le monde : elle se promena en calculant son treizième mois... Pour la première fois depuis bien longtemps, elle ne pensait pas au lendemain. Et ce n'était pas une expression. C'était bien du lendemain qu'il s'agissait. Du jour d'après.

Pour la première fois depuis bien longtemps, le jour d'après lui semblait... envisageable. Oui, c'était exactement ça : envisageable. Elle avait un endroit où elle aimait vivre. Un endroit étrange et singulier, tout comme les gens qui l'habitaient. Elle serrait ses clefs dans sa poche et repensait aux semaines qui venaient de s'écouler. Elle avait fait la connaissance d'un extraterrestre. Un être généreux, décalé, qui se tenait là, à mille lieues au-dessus de la nuée et semblait n'en tirer aucune vanité. Il y avait l'autre bécassou aussi. Bon, avec lui, ce serait plus compliqué... À part ses histoires de motards et de casseroles, elle voyait mal ce que l'on pouvait en tirer, mais du moins, avait-il été ému par son carnet, enfin... ému, comme elle y allait... interpellé disons. C'était plus compliqué et ce pouvait être plus simple : le mode d'emploi semblait assez sommaire...

Oui, elle avait fait du chemin, songeait-elle en piétinant derrière les badauds.

L'année dernière à la même époque, elle était dans un état si lamentable qu'elle n'avait pas su dire son nom aux gars du Samu qui l'avaient ramassée et l'année d'avant encore, elle travaillait tellement qu'elle ne s'était pas rendu compte que c'était Noël ; son « bienfaiteur » s'étant bien gardé de le lui rappeler de crainte qu'elle ne perde la cadence... Alors quoi, elle pouvait le dire, non ? Elle pouvait les prononcer ces quelques mots qui lui auraient encore arraché la bouche il n'y avait pas si longtemps : elle allait bien, elle se sentait bien et la vie était belle. Ouf, c'était dit. Allez, ne rougis pas, idiote. Ne te retourne pas. Personne ne t'a entendue murmurer ces insanités, rassure-toi.

Elle avait faim. Elle entra dans une boulangerie et s'acheta quelques chouquettes. Petites choses idéales, légères et sucrées. Elle se lécha longuement le bout des doigts avant d'oser retourner dans un magasin et trouva des bricoles pour tout le monde. Du parfum pour Mathilde, des bijoux pour les filles, une paire de gants pour Philibert et des cigares pour Pierre. Pouvait-on décemment être moins conventionnel ? Non. C'était les cadeaux de Noël les plus bêtes du monde et c'était des cadeaux parfaits.

Elle finit sa course près de la place Saint-Sulpice et entra dans une librairie. Là aussi, c'était la première fois depuis bien longtemps... Elle n'osait plus s'aventurer dans ce genre d'endroit. C'était difficile à expliquer, mais cela lui faisait trop mal, ce... c'était... Non, elle ne pouvait dire cela... Cet accablement, cette lâcheté, ce risque qu'elle ne voulait plus prendre... Entrer dans une librairie, aller au cinéma, voir les expositions ou jeter un regard aux vitrines des galeries d'art, c'était toucher du doigt sa médiocrité, sa pusillanimité, et se souvenir qu'elle avait jeté l'éponge un jour de désespoir et qu'elle ne l'avait plus retrouvée depuis...

Entrer dans n'importe lequel de ces endroits qui tenait sa légitimité de la sensibilité de quelques-uns, c'était se souvenir que sa vie était vaine...

Elle préférait les rayons du Franprix.

Qui pouvait comprendre cela? Personne.

C'était un combat intime. Le plus invisible de tous. Le plus lancinant aussi. Et combien de nuits de ménage, de solitude et de corvées de chiottes devrait-elle encore s'infliger pour en venir à bout?

Elle esquiva d'abord le rayon des beaux-arts qu'elle connaissait par cœur pour l'avoir beaucoup fréquenté du temps où elle essayait d'étudier dans l'école du même nom, puis, plus tard, à des fins moins glorieuses... D'ailleurs, elle n'avait pas l'intention de s'y rendre. Il était trop tôt. Ou trop tard justement. C'était comme cette histoire de petit coup de talon... Peut-être qu'elle était à un moment de sa vie où elle ne devait plus compter sur l'aide des grands Maîtres?

Depuis qu'elle était en âge de tenir un crayon, on lui avait répété qu'elle était douée. Très douée. Trop douée. Très prometteuse, bien trop maligne ou trop gâtée. Souvent sincères, d'autres fois plus ambigus, ces compliments ne l'avaient menée nulle part, et aujourd'hui, alors qu'elle n'était plus bonne qu'à remplir frénétiquement des carnets de croquis comme une sangsue, elle se disait qu'elle échangerait bien ses deux barils de dextérité contre un peu de candeur. Ou contre une ardoise magique, tiens... Hop! plus rien là-haut. Plus de technique, plus de références, plus de savoir-faire, plus rien. On recommence tout à zéro.

Alors un stylo, tu vois... ça se tient entre le pouce et l'index... D'ailleurs, non, ça se tient comme tu veux. Ensuite, ce n'est pas difficile, tu n'y penses plus. Tes mains n'existent plus. C'est ailleurs que ça se passe. Non, ça ne va pas là, c'est encore trop joli. On ne te demande pas de faire quelque chose de joli, tu sais... On s'en tape du joli. Pour ça on a les dessins d'enfants et le papier glacé des magazines. Mets donc des moufles, toi, le petit génie, la petite coquille vide, mais si, enfile-les te dis-je, et peut-être qu'enfin, tu verras, tu dessineras un cercle raté presque parfait...

Elle flâna donc parmi les livres. Elle se sentait perdue. Il y en avait tant et elle avait perdu le fil de l'actualité depuis si longtemps que tous ces bandeaux rouges lui donnaient le tournis. Elle regardait les couvertures, lisait les résumés, vérifiait l'âge des auteurs et grimaçait quand ils étaient nés après elle. Ce n'était pas très malin comme méthode de sélection... Elle se dirigea vers le rayon des poches. Le papier de mauvaise qualité et les petits caractères d'imprimerie l'intimidaient moins. La couverture de celui-ci, un gamin avec des lunettes de soleil, était bien laide, mais le début lui plaisait :

Si je devais ramener ma vie à un seul fait, voici ce que je dirais : j'avais sept ans quand le facteur m'a roulé sur la tête. Aucun événement n'aura été plus formateur. Mon existence chaotique, tortueuse, mon cerveau malade et ma Foi en Dieu, mes empoignades avec les joies et les peines, tout cela, d'une manière ou d'une autre, découle de cet instant, où, un matin d'été, la roue arrière gauche de la jeep de la poste a écrasé ma tête d'enfant contre le gravier brûlant de la réserve apache de San Carlos.

Oui, c'était pas mal ça... En plus le livre était bien carré, bien gros, bien dense. Il y avait des dialogues, des morceaux de lettres recopiés et de jolis sous-titres. Elle continua de le feuilleter et, à la fin du premier tiers à peu près, elle lut ceci :

« Gloria, dit Barry, adoptant son ton doctoral. Voici ton fils Edgar. Il attend depuis longtemps le moment de te revoir. »

Ma mère regarda partout, sauf dans ma direction. « Y en a encore ? » demanda-t-elle à Barry d'une petite voix flûtée qui me noua les entrailles.

Barry soupira et alla chercher une autre boîte de bière dans le frigo. « C'est la dernière, on ira en chercher plus tard. » Il la posa sur la table devant ma mère, puis il secoua légèrement le dossier de sa chaise. « Gloria, c'est ton fils, reprit-il. Il est là. »

Secouer le dossier de la chaise... C'était peut-être ça la technique ?

Quand elle tomba sur ce passage, vers la fin, elle le referma, confiante :

Franchement, je n'ai aucun mérite. Je sors avec mon carnet et les gens se déboutonnent. Je sonne à leur porte et ils me racontent leur vie, leurs petits triomphes, leurs colères et leurs regrets cachés. Quant à mon carnet, qui de toute façon n'est là que pour la frime, je le remets en général dans ma poche, et j'écoute patiemment jusqu'à ce qu'ils aient dit tout ce qu'ils avaient à dire. Après, c'est le plus facile. Je rentre à la maison, je m'installe devant mon Hermès Jubilé et je fais ce que je fais depuis près de vingt ans : je tape tous les détails intéressants.

Une tête écrabouillée dans l'enfance, une mère dans les choux et un petit carnet tout au fond de la poche...

Quelle imagination...

Un peu plus loin, elle vit le dernier album de Sempé. Elle défit son écharpe et la coinça avec son manteau entre ses jambes pour s'émerveiller plus confortablement. Elle tourna les pages lentement et, comme à chaque fois, elle eut les joues roses. Elle n'aimait rien tant que ce petit monde de grands rêveurs, la justesse du trait, les expressions des visages, les marquises des pavillons de banlieue, les parapluies des vieilles dames et l'infinie poésie des situations. Comment faisait-il ? Ou trouvait-il tout cela ? Elle retrouva les cierges, les encensoirs et le grand autel baroque de sa petite bigote préférée. Cette fois, elle était assise au fond de l'église, tenait un téléphone portable et se retournait en mettant sa main devant sa bouche : *«Allô, Marthe ? C'est Suzanne. Je suis à Sainte-Eulalie-de-la-Rédemption, tu veux que je demande quelque chose pour toi ?»*

Du miel.

Quelques pages plus loin, un monsieur se retourna en l'entendant rire toute seule. Ce n'était rien pourtant, c'était une grosse dame qui s'adressait à un pâtissier en plein travail. Il avait une toque plissée, une mine vaguement désabusée et un petit bedon exquis. La dame disait : *«Le temps a passé, j'ai refait ma vie, mais tu sais Roberto, je ne t'ai jamais oublié…»* Et elle était coiffée d'un chapeau en forme de gâteau, une espèce de bavarois à la crème tout à fait semblable à ceux que le monsieur venait de confectionner…

Il n'y avait presque rien, deux ou trois griffures d'encre et pourtant, on la voyait papillonner des cils avec une certaine langueur nostalgique, avec la cruelle nonchalance de celles qui se savent encore désirables… Petites Ava Gardner de Bois-Colombes, petites femmes fatales rincées au Réjécolor…

Six minuscules traits pour dire tout cela … Comment faisait-il ?

Camille reposa cette merveille en songeant que le monde était séparé en deux catégories : ceux qui comprenaient les dessins de Sempé et ceux qui ne les comprenaient pas. Aussi naïve et manichéenne qu'elle pouvait paraître, cette théorie lui semblait tout à fait pertinente. Pour prendre un exemple, elle connaissait une personne qui, à chaque fois qu'elle feuilletait un *Paris-Match* et avisait l'une de ces saynètes, ne pouvait s'empêcher de se ridiculiser : «Je ne vois vraiment pas ce qu'il y a de drôle là-dedans... Il faudra que quelqu'un m'explique un jour où l'on doit rire...» Pas de chance, cette personne était sa mère. Non... Pas de chance...

En se dirigeant vers les caisses, elle croisa le regard de Vuillard. Là encore, ce n'était pas une expression : il la regardait, elle. Avec douceur.

Autoportrait à la canne et au canotier... Elle connaissait ce tableau mais n'avait jamais vu de reproduction aussi grande. C'était la couverture d'un énorme catalogue. Ainsi donc, il y avait une exposition en ce moment? Mais où?

– Au Grand Palais, lui confirma l'un des vendeurs.

– Ah?

C'était étrange comme coïncidence... Elle n'avait cessé de penser à lui ces dernières semaines... Sa chambre aux tentures surchargées, le châle sur la méridienne, les coussins brodés, les tapis qui s'enchevêtraient et la lumière tamisée des lampes... Plus d'une fois, elle s'était fait cette réflexion, qu'elle avait l'impression de se trouver à l'intérieur d'une toile de Vuillard... Ce même sentiment de ventre chaud, de cocon, atemporel, rassurant, étouffant, oppressant aussi...

Elle feuilleta l'exemplaire de démonstration et fut reprise d'une crise d'admirationnite aiguë. C'était si beau... Si beau... Cette femme de dos qui ouvrait une porte... Son corsage rose, son long fourreau noir et ce déhanché parfait... Comment avait-il pu rendre ce mouvement? Le léger déhanché d'une femme élégante vue de dos?

En n'employant rien d'autre qu'un peu de couleur noire?

Comment ce miracle était-il possible?

Plus les éléments employés sont purs, plus l'œuvre est pure. En peinture, il y a deux moyens d'expression, la forme et la couleur, plus les couleurs sont pures plus pure est la beauté de l'œuvre...

Des extraits de son journal égrenaient les commentaires.

Sa sœur endormie, la nuque de Misia Sert, les nourrices dans les squares, les motifs des robes des fillettes, le portrait de Mallarmé à la mine de plomb, les études pour celui d'Yvonne Printemps, ce gentil minois carnassier, les pages griffonnées de son agenda, le sourire de Lucie Belin, sa petite amie... Figer un sourire, c'est totalement impossible et pourtant lui, il y était parvenu... Depuis presque un siècle, alors que nous venons de l'interrompre dans sa lecture, cette jeune femme nous sourit tendrement et semble nous dire : «Ah, c'est toi?» dans un mouvement de nuque un peu las...

Et cette petite toile, là, elle ne la connaissait pas... Ce n'est pas une toile d'ailleurs, c'est un carton... *L'oie...* C'est génial, ce truc... Quatre bonshommes dont deux en tenue de soirée et coiffés de chapeaux hauts-de-forme qui essayaient d'attraper une oie moqueuse... Ces masses de couleurs, la brutalité des contrastes, l'incohérence des perspectives... Oh! comme il avait dû s'amuser ce jour-là!

Une bonne heure et un torticolis plus tard, elle finit par lever le nez et regarda le prix : aïe, cinquante-neuf euros... Non. Ce n'était pas raisonnable. Le mois prochain peut-être... Pour elle, elle avait déjà une autre idée : un morceau de musique qu'elle avait entendu sur Fip l'autre matin en balayant la cuisine.

Gestes ancestraux, balai paléolithique et carrelage tout esquinté, elle ronchonnait entre deux cabochons quand la voix d'une soprano était venue lui décoller, un à un, tous les poils des avant-bras. Elle s'était approchée de l'animatrice en retenant sa respiration : *Nisi Dominus*, Vivaldi, *Vespri Solenni per la Festa dell'Assunzione di Maria Vergine...*

Bon, assez rêvé, assez bavé, assez dépensé, il était temps d'aller travailler...

Ce fut plus long ce soir-là à cause de l'arbre de Noël organisé par le comité d'entreprise de l'une des sociétés dont elles avaient la charge. Josy secoua la tête de désapprobation en avisant tout le bordel et Mamadou récupéra des dizaines de mandarines et des mini-viennoiseries pour ses enfants. Elles ratèrent toutes le dernier métro mais ce n'était pas grave : Touclean leur payait le taxi à toutes ! Byzance ! Chacune choisit son chauffeur en gloussant et elles se souhaitèrent un joyeux Noël en avance puisque seules Camille et Samia s'étaient inscrites pour le 24.

12

Le lendemain, dimanche, Camille déjeuna chez les Kessler. Impossible d'y couper. Ils n'étaient que tous les trois et la conversation fut plutôt gaie. Pas de questions délicates, pas de réponses ambiguës, pas de silences gênés. Une vraie trêve de Noël. Ah si! à un moment, quand Mathilde s'inquiéta de ses conditions de survie dans leur chambre de bonne, Camille dut mentir un peu. Elle ne voulait pas évoquer son déménagement. Pas encore... Méfiance... Le petit roquet n'était pas tout à fait parti et un psychodrame pouvait bien en cacher un autre...

En soupesant son cadeau, elle assura :
– Je sais ce que c'est...
– Non.
– Si!
– Vas-y alors, dis-le... Qu'est-ce que c'est?
Le paquet était emballé avec du papier kraft. Camille défit le bolduc, le posa bien à plat devant elle et sortit son critérium.
Pierre buvait du petit-lait. Si seulement elle pouvait s'y remettre cette bourrique...

Quand elle eut fini, elle retourna son dessin vers lui : le canotier, la barbe rousse, les yeux comme deux gros boutons de culotte, la veste sombre, l'encadrement de la porte et le pommeau vrillé, c'était exactement comme si elle venait de décalquer la couverture.

Pierre mit un moment avant de comprendre :

– Comment tu as fait ?

– J'ai passé plus d'une heure hier, à le regarder...

– Tu l'as déjà ?

– Non.

– Ouf...

Puis :

– Tu t'y es remise ?

– Un peu...

– Comme ça ? fit-il en indiquant le portrait d'Édouard Vuillard, encore le petit chien savant ?

– Non, non... Je... Je remplis des carnets... enfin presque rien... Des petites choses, quoi...

– Tu t'amuses au moins ?

– Oui.

Il frétillait :

– Aaah parfait... Tu me montres ?

– Non.

– Et comment va ta maman ? coupa la très diplomate Mathilde. Toujours au bord du gouffre ?

– Au fond plutôt...

– Alors c'est que tout va bien, n'est-ce pas ?

– Parfaitement bien, sourit Camille.

Ils passèrent le reste de la soirée à pérorer peinture. Pierre commenta le travail de Vuillard, chercha des affinités, établit des parallèles et se perdit dans d'interminables digressions. Plusieurs fois, il se leva pour aller chercher dans sa bibliothèque les preuves de sa perspicacité et, au bout d'un moment, Camille dut s'asseoir tout au bout du canapé pour laisser sa place à Maurice (Denis), à Pierre (Bonnard), à Félix (Valloton) et à Henri (de Toulouse-Lautrec).

Comme marchand, il était pénible, mais comme amateur éclairé, c'était un vrai bonheur. Bien sûr, il disait des bêtises

– et qui n'en disait pas en matière d'art? – mais il les disait bien. Mathilde bâillait et Camille finissait la bouteille de champagne. *Piano ma sano.*

Quand son visage eut presque disparu derrière les volutes de son cigare, il lui proposa de la raccompagner en voiture. Elle refusa. Elle avait trop mangé et une longue marche s'imposait.

L'appartement était vide et lui sembla beaucoup trop grand, elle s'enferma dans sa chambre et passa l'autre moitié de la nuit le nez dans son cadeau.

Elle dormit quelques heures dans la matinée et rejoignit sa collègue plus tôt que d'habitude, c'était le soir de Noël et les bureaux se vidaient à cinq heures. Elles travaillèrent vite et en silence.

Samia partit la première et Camille resta un moment à plaisanter avec le vigile :

– Mais pour la barbe et le bonnet, t'étais obligé?

– Beuh non, c'était une initiative auto-personnelle pour mettre de l'ambiance!

– Et ça a marché?

– Pfff, tu parles… Tout le monde s'en fout… Y a qu'à mon chien que ça a fait de l'effet… Il m'a pas reconnu et il m'a grogné dessus, ce con… Je te jure, j'en ai eu des chiens cons, mais celui-là, c'est le pompon…

– Il s'appelle comment?

– Matrix.

– C'est une chienne?

– Non pourquoi?

– Euh… pour rien… Bon, ben salut, hein… Joyeux Noël Matrix, fit-elle en s'adressant au gros doberman couché à ses pieds.

– Espère pas qu'il va te répondre, il comprend rien, je te dis...

– Nan, nan, répondit Camille en riant, j'espérais pas...

Ce mec, c'était Laurel et Hardy à lui tout seul.

Il était près de vingt-deux heures. Les gens étaient élégants, ils trottinaient dans tous les sens les bras chargés de paquets. Les dames avaient déjà mal aux pieds dans leurs escarpins vernis, les enfants zigzaguaient entre les plots et les messieurs consultaient leurs agendas devant des interphones.

Camille suivait tout cela avec amusement. Elle n'était pas pressée et fit la queue devant la devanture d'un traiteur chic pour s'offrir un bon dîner. Ou plutôt une bonne bouteille. Pour le reste, elle était bien embarrassée... Finalement, elle indiqua au vendeur un morceau de chèvre et deux petits pains aux noix. Bah... c'était surtout pour accompagner son pauillac...

Elle déboucha sa bouteille et la posa non loin d'un radiateur pour la chambrer. Ensuite, ce fut son tour. Elle se fit couler un bain et y resta plus d'une heure, le nez au ras de l'eau brûlante. Elle se mit en pyjama, enfila de grosses chaussettes et choisit son pull préféré. Un cachemire hors de prix... Vestige d'une époque révolue... Elle déballa la chaîne de Franck, l'installa dans le salon, se prépara un plateau, éteignit toutes les lumières et se lova sous son édredon dans le vieux canapé.

Elle survola le livret, le *Nisi Dominus*, c'était sur le deuxième CD. Bon, les Vêpres pour l'Ascension, ce n'était pas exactement la bonne messe et en plus, elle allait écouter les psaumes dans le désordre, c'était n'importe quoi...

Oh, et puis quelle importance ?

Quelle importance ?

Elle appuya sur le bouton de la télécommande et ferma les yeux : elle était au paradis...

Seule, dans cet appartement immense, un verre de nectar à la main, elle entendait la voix des anges.

Même les pampilles du lustre en frémissaient d'aise.

Cum dederit dilactis suis somnum.
Ecce, haereditas Domin filii : merces fructus ventris.

Ça c'était la plage numéro 5 et la plage numéro 5, elle a dû l'écouter quatorze fois.

Et à la quatorzième fois encore, sa cage thoracique explosa en mille morceaux.

Un jour, alors qu'ils étaient tous les deux seuls en voiture et qu'elle venait de lui demander pourquoi il écoutait toujours la même musique, son père lui avait répondu : «La voix humaine est le plus beau de tous les instruments, le plus émouvant... Et même le plus grand virtuose du monde ne pourra jamais te donner le quart de la moitié de l'émotion procurée par une belle voix... C'est notre part de divin... C'est quelque chose que l'on comprend en vieillissant, il me semble... Enfin, moi en tout cas, j'ai mis du temps à l'admettre, mais, dis-moi...Tu veux autre chose ? Tu veux *La Maman des poissons* ?»

Elle avait déjà bu la moitié de la bouteille et venait d'enclencher le deuxième disque quand on ralluma la lumière.

Ce fut affreux, elle mit ses mains devant ses yeux et la musique lui sembla soudain hors de propos, les voix incongrues, nasillardes presque. En deux secondes, tout le monde se retrouva au purgatoire.

– Ben t'es là, toi?

– …

– T'es pas chez toi?

– Là-haut?

– Non, chez tes parents…

– Ben non, tu vois…

– T'as bossé aujourd'hui?

– Oui.

– Ah ben excuse, hein, excuse… Je croyais qu'y avait personne…

– Y a pas de mal…

– C'est quoi ton truc? C'est la Castafiore?

– Non, c'est une messe…

– Ah ouais? T'es croyante, toi?

Il fallait absolument qu'elle le présente à son vigile… Ils allaient faire un tabac, ces deux-là… Encore mieux que les petits vieux du *Muppet Show*…

– Nan, pas spécialement… Tu veux bien éteindre, s'il te plaît?

Il s'exécuta et quitta la pièce mais ce n'était plus pareil. Le charme était rompu. Elle était dégrisée et même le canapé n'avait plus sa forme de nuage. Elle essaya de se concentrer pourtant, reprit le livret et chercha où elle en était :

Deus in adiutorium meum intende

Dieu, viens à mon aide !

Oui, c'était exactement ça.

Manifestement l'autre benêt cherchait quelque chose dans la cuisine et gueulait en se vengeant sur toutes les portes des placards :

– Dis donc, t'as pas vu les deux Tupperware jaunes?

Oh misère...
– Les grands?
– Ouais.
– Non. J'y ai pas touché...
– Ah, fais chier... On trouve jamais rien dans cette baraque... Qu'est-ce que vous foutez avec la vaisselle? Vous la bouffez ou quoi?

Camille appuya sur pause en soupirant :
– Je peux te poser une question indiscrète? Pourquoi tu cherches un Tupperware jaune à deux heures du matin le soir de Noël?
– Parce que. J'en ai besoin.

Bon, là c'était fichu. Elle se releva et éteignit la musique.
– C'est ma chaîne?
– Oui... Je me suis permis...
– Putain, elle est super belle... Tu t'es pas foutue de moi dis donc!
– Ben nan, je me suis pas foutue de toi dis donc...

Il ouvrit grand ses yeux de merlu :
– Pourquoi tu me répètes, là?
– Pour rien. Joyeux Noël, Franck. Allez viens, on va la chercher ta gamelle... Là, regarde, sur le micro-ondes...

Elle se rassit dans le canapé pendant qu'il était en train de déménager le réfrigérateur. Ensuite, il traversa la pièce sans un mot et alla prendre une douche. Camille se cacha derrière son verre : elle avait probablement vidé tout le ballon d'eau chaude...
– Putain, mais qui c'est qu'a pris toute l'eau chaude, bordel?

Il revint une demi-heure plus tard, en jean et torse nu.
Négligemment, il attendit encore un moment avant d'enfiler son pull... Camille souriait : ce n'était plus de

gros sabots à ce niveau-là, c'était des après-skis en mou-moute...

– Je peux? demanda-t-il en désignant le tapis.

– Fais comme chez toi...

– J'y crois pas, tu manges?

– Du fromage et du raisin...

– Et avant?

– Rien...

Il secoua la tête :

– C'est du très bon fromage, tu sais... Et du très bon raisin... Et du très bon vin aussi... Tu en veux, d'ailleurs?

– Non, non. Merci...

Ouf, pensa-t-elle, ça lui aurait fait mal aux seins de partager son Mouton-Rothschild avec lui...

– Ça va?

– Pardon?

– Je te demande si ça va, répéta-t-il.

– Euh... oui... Et toi?

– Fatigué...

– Tu travailles demain?

– Nan.

– C'est bien, comme ça tu pourras te reposer...

– Nan.

Super comme conversation...

Il s'approcha de la table basse, s'empara d'un boîtier de CD et sortit sa came :

– Je t'en roule un?

– Non, merci.

– C'est vrai que t'es sérieuse, toi...

– J'ai choisi autre chose, fit-elle en avançant son verre...

– T'as tort.

– Pourquoi, l'alcool c'est pire que la drogue?

219

– Ouais. Et tu peux me croire parce que j'en ai vu des pochetrons dans ma vie, tu sais… En plus, c'est pas de la drogue, ça… C'est une douceur, c'est comme des Quality Street pour les grands…

– Si tu le dis…

– Tu veux pas essayer ?

– Non, je me connais… Je suis sûre que je vais aimer !

– Et alors ?

– Alors rien… C'est juste que j'ai un problème de voltage… Je ne sais pas comment dire… J'ai souvent l'impression qu'il me manque un bouton… Tu sais, un truc pour régler le volume… Je vais toujours trop loin dans un sens ou dans un autre… J'arrive jamais à trouver la bonne balance et ça finit toujours mal, mes penchants…

Elle se surprit elle-même. Pourquoi se confiait-elle ainsi ? Une légère ivresse peut-être ?

– Quand je bois, je bois trop, quand je fume, je me bousille, quand j'aime, je perds la raison et quand je travaille, je me tue… Je ne sais rien faire normalement, sereinement, je…

– Et quand tu détestes ?

– Ça je sais pas…

– Je croyais que tu me détestais, moi ?

– Pas encore, sourit-elle, pas encore… Tu verras quand ça arrivera… Tu verras la différence…

– Bon… Et alors ? Elle est finie ta messe ?

– Oui.

– Qu'est-ce qu'on écoute maintenant ?

– Euh… Je suis pas très sûre qu'on aime les mêmes choses à vrai dire…

– On a peut-être un truc en commun quand même… Attends… Laisse-moi réfléchir… Je suis certain de trouver un chanteur que tu vas aimer aussi…

– Vas-y, trouve.

Il se concentrait sur la préparation de son joint. Quand il fut prêt, il alla dans sa chambre et revint s'accroupir devant la chaîne.

– C'est quoi?

– Un piège à filles...

– C'est Richard Cocciante?

– Mais non...

– Julio Iglésias? Luis Mariano? Frédéric François?

– Non.

– Herbert Léonard?

– Chut...

– Ah! Je sais! Roch Voisine!

I guess I'll have to say... This album is dedicated to you...

– Nooonnn...

– Siiiiii...

– Marvin?

– Hé! fit-il en écartant les bras, un piège à filles... Je te l'avais dit...

– J'adore.

– Je sais...

– On est si prévisibles que ça?

– Non, vous êtes pas du tout prévisibles malheureusement, mais Marvin, ça le fait à chaque fois. Je n'ai jamais encore rencontré une fille qui ne craque pas...

– Aucune?

– Aucune, aucune, aucune... Sûrement que si! Mais je m'en souviens pas. Elles ne comptaient pas... Ou alors on a pas eu l'occasion d'aller jusque-là...

– T'as connu beaucoup de filles?

– Ça veut dire quoi, connaître?

– Hé! Pourquoi tu l'enlèves?

– Parce que je me suis trompé, c'est pas ce que je voulais mettre…

– Mais si, laisse-le ! C'est mon préféré ! Tu voulais *Sexual Healing*, c'est ça ? Pfff, alors *vous*, vous êtes prévisibles… Est-ce que tu connais l'histoire de cet album au moins ?

– Lequel ?

– *Here my dear.*

– Non, je l'écoute pas beaucoup celui-là…

– Tu veux que je te raconte ?

– Attends… Je m'installe… File-moi un coussin…

Il alluma son pétard et s'allongea à la romaine, la tête calée sur la paume.

– Je t'écoute…

– Bon, euh… Je ne suis pas comme Philibert, hein, je te le fais en gros… Alors *Here my dear*, déjà, ça veut dire à peu près : Tiens, voilà ma chère…

– Ma chair comme la viande ?

– Non, ma chère comme ma chérie… rectifia-t-elle. Le premier grand amour de Marvin, c'était une fille qui s'appelait Anna Gordy. On dit que le premier amour est toujours le dernier, je ne sais pas si c'est vrai, mais pour lui en tout cas, il est clair qu'il ne serait pas devenu ce qu'il a été s'il ne l'avait pas croisée… C'était la sœur d'une grosse pointure de la Motown, le fondateur, je crois : Berry Gordy. Elle était super bien introduite dans le milieu et lui, il piaffait, il suait le talent, il avait à peine vingt ans et elle, presque le double quand ils se sont rencontrés. Bon, coup de foudre, passion, romance, finances et tout le toutim, c'était parti… C'est elle qui l'a lancé, qui l'a mis sur des rails, qui l'a aidé, aiguillé, encouragé etc. Une sorte de Pygmalion, si tu veux…

– De quoi ?

– De gourou, de coach, de combustible… Ils eurent beaucoup de mal à avoir un enfant et finirent par en adopter un, ensuite, avance rapide, on est en 77 et leur couple bat de

l'aile. Lui, il avait explosé, c'était une star, un dieu déjà...
Et leur divorce, comme tous les divorces, fut un énorme
merdier. Tu penses les enjeux étaient faramineux... Bref,
c'était sanglant et pour apaiser tout le monde et solder leurs
comptes, l'avocat de Marvin suggéra que toutes les royal-
ties de son prochain album tomberaient dans l'escarcelle de
son ex. Le juge approuva et notre idole se frotta les mains :
il avait dans l'idée de lui torcher une merde vite fait bien fait
pour se débarrasser de cette corvée... Sauf que voilà, il ne
pouvait pas... On ne peut pas brader une histoire d'amour
comme ça. Enfin... Il y en a qui y arrivent très bien, mais
pas lui... Plus il réfléchissait et plus il se disait que l'occasion était trop belle... ou trop minable... Alors, il s'est
enfermé et a composé cette petite merveille qui retrace
toute leur histoire : leur rencontre, leur passion, les
premières failles, leur enfant, la jalousie, la haine, la
colère... T'entends, là ? *Anger* quand tout se détraque ? Puis
l'apaisement et le commencement d'un nouvel amour...
C'est un super beau cadeau, tu ne trouves pas ? Il s'est
donné à fond, il a sorti ce qu'il avait de meilleur pour un
album qui ne lui rapporterait pas un rond de toute façon...

– Ça lui a plu ?

– À qui, à elle ?

– Oui.

– Non, elle a détesté. Elle était folle de rage et lui a longtemps reproché d'avoir étalé leur vie privée au grand jour...
Tiens, la voilà : *This is Anna's Song*... T'entends comme
c'est beau... Avoue que ça sent pas la revanche, ça... Que
c'est encore de l'amour...

– Ouais...

– Ça te laisse pensif...

– T'y crois, toi ?

– De quoi ?

– Que le premier amour est toujours le dernier ?

– Je sais pas… J'espère que non…

Ils écoutèrent la fin du disque sans plus s'adresser la parole.

– Bon allez… Presque quatre heures, putain… Je vais être frais encore, moi, demain…

Il se releva.

– Tu vas dans ta famille?

– Ce qu'il en reste, ouais…

– Il t'en reste pas beaucoup?

– Comme ça, fit-il en rapprochant son pouce et son index devant son œil…

– Et toi?

– Comme ça, répondit-elle en passant sa main par-dessus sa tête.

– Bon, ben…bienvenue au club… Allez… Bonne nuit…

– Tu dors ici?

– Ça te dérange?

– Nan, nan, c'était juste pour savoir…

Il se retourna:

– Tu dors avec moi?

– Pardon?

– Nan, nan, c'était juste pour savoir…

Il se marrait.

13

Quand elle se leva, vers onze heures, il était déjà parti. Elle se prépara une grande théière et retourna dans son lit. *Si je devais ramener ma vie à un seul fait, voici ce que je dirais : j'avais sept ans quand le facteur m'a roulé sur la tête...*

Elle s'arracha de son histoire en fin d'après-midi pour aller s'acheter du tabac. Un jour férié ce serait coton, mais peu importe, c'était surtout un prétexte pour laisser l'histoire décanter et avoir le plaisir de retrouver son nouvel ami un peu plus tard.

Les grandes avenues du VIIe arrondissement étaient désertes. Elle marcha longtemps à la recherche d'un café ouvert et en profita pour appeler chez son oncle. Les jérémiades de sa mère (j'ai trop mangé, etc.) furent diluées dans la bienveillance lointaine des effusions familiales.

Beaucoup de sapins étaient déjà sur le trottoir...

Elle resta un moment à regarder les acrobates à roulettes du Trocadéro et regretta de n'avoir pas pris son carnet. Plus encore que leurs cabrioles, souvent laborieuses et sans grand intérêt, elle aimait leurs ingénieux bricolages : tremplins branlants, petits cônes fluo, canettes en lignes, palettes retournées et mille autres manières de se casser la gueule en perdant son pantalon...

Elle pensait à Philibert... Qu'était-il en train de faire à ce moment précis ?

Bientôt le soleil disparut et le froid lui tomba d'un coup sur les épaules. Elle commanda un club sandwich dans l'une de ces grandes brasseries cossues qui bordent la place et dessina sur la nappe en papier les visages blasés des minets du quartier qui comparaient les chèques de leurs bonnes mamans en retenant par la taille des filles ravissantes, léchées comme des poupées Barbie.

Elle lut encore cinq millimètres d'Edgar Mint et retraversa la Seine en frissonnant.
Elle crevait de solitude.

Je crève de solitude, se répétait-elle tout bas, je crève de solitude...

Aller au cinéma peut-être ? Pff... Et avec qui parler du film ensuite ? À quoi ça sert les émotions pour soi tout seul ? Elle s'affala sur la porte cochère pour l'ouvrir et fut bien déçue de retrouver l'appartement vide.

Elle fit un peu de ménage pour changer et reprit son livre. Il n'est pas de chagrin qu'un livre ne puisse consoler, disait le grand homme. Allons voir...
Quand elle entendit le cliquetis de la serrure, elle fit celle qui s'en fichait et rassembla ses jambes sous elle en se tortillant sur le canapé.

Il était avec une fille. Une autre. Moins voyante.

Ils passèrent rapidement dans le couloir et s'enfermèrent dans sa chambre.

Camille remit de la musique pour couvrir leurs ébats.

Hum…

Les boules. C'est comme ça qu'on dit, non? Les boules.

Finalement, elle prit son bouquin et migra dans la cuisine tout au bout de l'appartement.

Un peu plus tard, elle surprit leur conversation dans l'entrée :

– Ben tu viens pas avec moi? s'étonnait-elle.

– Nan, je suis crevé, j'ai pas envie de sortir…

– Attends, t'es chié… Moi j'ai planté toute ma famille pour être avec toi… Tu m'avais promis qu'on irait dîner quelque part…

– Je suis crevé, je te dis…

– Au moins prendre un pot…

– T'as soif? Tu veux une bière?

– Pas ici…

– Oh… mais tout est fermé aujourd'hui… Et puis je bosse demain, moi!

– J'y crois pas… J'ai plus qu'à me casser, c'est ça?

– Allez, ajouta-t-il plus doucement, tu vas pas me faire une scène… Passe demain soir au resto…

– Quand?

– Vers minuit…

– Vers minuit… N'importe quoi… Allez salut, va…

– Tu fais la gueule?

– Salut.

Il ne s'attendait pas à la trouver dans la cuisine enroulée dans son édredon :

– T'étais là, toi?

Elle leva les yeux sans répondre.

– Pourquoi tu me regardes comme ça?

– Pardon?

– Comme une merde.

– Pas du tout !

– Si, si, je le vois bien, s'énerva-t-il. Y a un problème ? Y a un truc qui te défrise, là ?

– Hé, c'est bon... Lâche-moi... Je t'ai rien dit. Je m'en tape de ta vie. Tu fais ce que tu veux ! Je suis pas ta mère !

– Bien. J'aime mieux ça...

– Qu'est-ce qu'on bouffe ? demanda-t-il en inspectant l'intérieur du Frigidaire, rien bien sûr... Y a jamais rien ici... Vous vous nourrissez de quoi avec Philibert ? De vos bouquins ? Des mouches que vous avez enculées ?

Camille soupira et rassembla les coins de son gros châle.

– Tu te barres ? T'as mangé, toi ?

– Oui.

– Ah ouais c'est vrai, t'as un peu grossi on dirait...

– Hé, lâcha-t-elle en se retournant, je juge pas ta vie et tu juges pas la mienne, OK ? Au fait, tu devais pas aller vivre chez un pote après les fêtes ? Si, c'est ça, hein ? Bon, alors y nous reste qu'une semaine à tenir... On devrait pouvoir y arriver, non ? Alors, écoute, le plus simple, ce serait que tu ne m'adresses plus la parole...

Un peu plus tard, il frappa à la porte de sa chambre.

– Oui ?

Il balança un paquet sur son lit.

– C'est quoi ?

Il était déjà ressorti.

C'était un carré mou. Le papier était affreux, tout chiffonné, comme s'il avait déjà servi plusieurs fois et ça sentait bizarre. Une odeur de renfermé. De plateau de cantine...

Camille l'ouvrit précautionneusement et crut d'abord que c'était une serpillière. Cadeau douteux du bellâtre d'à côté. Mais, non, c'était une écharpe, très longue, très lâche et plutôt mal tricotée : un trou, un fil, deux mailles, un trou, un fil, etc. Un nouveau point peut-être ? Les couleurs étaient euh... spéciales...

Il y avait un petit mot.
Une écriture d'institutrice du début du siècle, bleu pâle, tremblante et toute en boucles, s'excusait :
Mademoiselle,
Franck n'a pas su me dire de quelle couleur étaient vos yeux alors j'ai mis un peu de tout. Je vous souhaite un Joyeux Noël.
Paulette Lestafier.

Camille se mordit la lèvre. Avec le livre des Kessler, qui comptait pour du beurre puisqu'il sous-entendait encore quelque chose du genre «Eh, oui, il y en a qui font une œuvre...», c'était son seul cadeau.
Ouh qu'elle était laide... Oh qu'elle était belle...
Elle se mit debout sur son lit et la titilla autour de son cou à la manière d'un boa pour amuser le marquis.
Pou pou pi dou wouaaah...

C'était qui Paulette ? Sa maman ?

Elle termina son livre au milieu de la nuit.

Bon. Noël était passé.

14

De nouveau le même ronron : dodo, métro, boulot.
Franck ne lui adressait plus la parole et elle l'évitait autant
que possible. La nuit, il était rarement là.

Camille se bougea un peu. Elle alla voir Botticelli au
Luxembourg, Zao Wou-Ki au Jeu de paume mais leva les
yeux au ciel quand elle vit la file d'attente pour Vuillard. Et
puis, il y avait Gauguin en face ! Quel dilemme ! Vuillard,
c'était bien, mais Gauguin... Un géant ! Elle était là,
comme l'ânesse de Buridan, prise entre Pont-Aven, les
Marquises et la place Vintimille... C'était affreux...

Finalement elle dessina les gens dans la queue, le toit du
Grand Palais et l'escalier du Petit. Une Japonaise l'aborda
en la suppliant d'aller lui acheter un sac chez Vuitton. Elle
lui tendait quatre billets de cinq cents euros et se trémoussait comme si c'était une question de vie ou de mort.
Camille écarta les bras :
« *Look... Look at me... I am too dirty...* » Elle lui désignait
ses croquenots, son jean trop large, son gros pull de
camionneur, son écharpe insensée et la capote militaire que
Philibert lui avait prêtée... « *They won't let me go in the
shop...* » La fille grimaça, remballa ses billets et accosta
quelqu'un d'autre dix mètres plus loin.

Du coup, elle fit un détour par l'avenue Montaigne. Pour
voir.

Les vigiles étaient vraiment impressionnants... Elle détestait ce quartier où l'argent proposait ce qu'il avait de moins amusant à offrir : le mauvais goût, le pouvoir et l'arrogance. Elle pressa le pas devant la vitrine de chez Malo : trop de souvenirs, et rentra par les quais.

Au boulot, rien à signaler. Le froid, quand elle avait fini de pointer, était encore ce qu'il y avait de plus dur à supporter.

Elle rentrait seule, mangeait seule, dormait seule et écoutait Vivaldi en serrant ses bras autour de ses genoux.

Carine avait un plan pour le Réveillon. Elle n'avait pas du tout envie d'y aller, mais avait déjà payé ses trente euros de participation pour avoir la paix et se retrouver au pied du mur.

– Il faut sortir, se sermonnait-elle.

– Mais je n'aime pas ça...

– Pourquoi tu n'aimes pas ça ?

– Je ne sais pas...

– Tu as peur ?

– Oui.

– De quoi ?

– J'ai peur qu'on me secoue la pulpe... Et puis... J'ai aussi l'impression de sortir quand je me perds à l'intérieur de moi-même... Je me balade... C'est grand quand même...

– Tu veux rire ? C'est tout petit ! Allez, viens, elle sent le ranci ta pulpe...

Ce genre de conversation entre elle et sa pauvre conscience lui grignotait le cerveau des heures durant...

Quand elle rentra, ce soir-là, elle le trouva sur le palier :

– T'as oublié tes clefs ?

– …

– Ça fait longtemps que tu es là ?

Il fit un geste agacé devant sa bouche pour lui rappeler qu'il ne pouvait pas parler. Elle haussa les épaules. Elle n'avait plus l'âge de jouer à ce genre de conneries.

Il alla se coucher sans prendre une douche, sans fumer, sans chercher à l'emmerder. Il était explosé.

Il sortit de sa chambre vers dix heures et demie le lendemain matin, il n'avait pas entendu son réveil et n'eut même pas l'énergie de râler. Elle était dans la cuisine, il s'assit en face d'elle, se servit un litre de café et mit un moment avant de se décider à le boire.

– Ça va ?

– Fatigué.

– Tu ne prends jamais de vacances ?

– Si. Les premiers jours de janvier… Pour mon déménagement…

Elle regarda par la fenêtre.

– Tu seras là vers quinze heures ?

– Pour t'ouvrir ?

– Oui.

– Oui.

– Tu sors jamais ?

– Si, ça m'arrive, mais là je ne vais pas sortir puisque tu ne peux pas rentrer…

Il hocha la tête comme un zombi :

– Bon, il faut que j'y aille, là, sinon je vais me faire décalquer…

Il se leva pour rincer son bol.

– C'est quoi l'adresse de ta mère ?

Il s'immobilisa devant l'évier.

– Pourquoi tu me demandes ça?

– Pour la remercier…

– La… rrrre…, il avait un chat dans la gorge, la remercier de quoi?

– Ben… pour l'écharpe.

– Aaaah… Mais c'est pas ma mère qui te l'a faite, c'est ma mémé! rectifia-t-il soulagé, y a que ma mémé pour tricoter aussi bien!

Camille souriait.

– Hé, t'es pas obligée de la mettre, tu sais…

– Je l'aime bien…

– J'ai pas pu m'empêcher de sursauter quand elle me l'a montrée…

Il riait.

– Et attends, toi c'est rien… Tu verrais celle de Philibert…

– Elle est comment?

– Orange et verte.

– Je suis sûre qu'il la mettra… Il regrettera simplement de ne pas pouvoir lui faire un baisemain pour la remercier…

– Ouais, c'est ce que je me suis dit en repartant… Une chance que ce soit vous deux… Vous êtes les deux seules personnes au monde que je connaisse qui soient capables de porter ces horreurs sans avoir l'air ridicule…

Elle le dévisagea :

– Hé, tu t'en rends compte que tu viens de dire quelque chose de gentil, là?

– C'est gentil de vous traiter de clowns?

– Ah pardon… Je croyais que tu parlais de notre classe naturelle…

Il mit un moment avant de lui répondre :

– Nan, je parlais de…de votre liberté, je crois… De cette chance que vous avez de vivre en vous en foutant complète…

À ce moment-là, son portable sonna. Pas de chance, pour une fois qu'il essayait de dire un truc philosophique...

«J'arrive chef, j'arrive... Mais c'est bon, là, je suis prêt... Eh ben, Jean-Luc il a qu'à les faire, lui ... Attendez, chef, je suis en train d'essayer d'emballer une fille qu'est vachement plus intelligente que moi, alors, c'est sûr, ça prend plus de temps que d'habitude... De quoi? Nan, je l'ai pas appelé encore... De toute façon, je vous l'ai dit qu'il pourrait pas... Je le sais qu'ils sont tous débordés, je le sais... OK, je m'en occupe... Je l'appelle tout de suite... De quoi?... De laisser tomber avec la fille? Ouais, vous avez sûrement raison, chef...»

– C'était mon chef, lui annonça-t-il en lui adressant un sourire niais.
– Ah bon? s'étonna-t-elle.
Il essuya son bol, quitta les lieux et retint la porte de justesse pour l'empêcher de claquer.

D'accord cette fille était conne mais elle était loin d'être bête et c'est ça qui était bien.

Avec n'importe quelle autre nana, il aurait raccroché et puis voilà. Alors que là, il lui a dit c'était mon chef pour la faire rire, et elle, elle était tellement maligne qu'elle avait mimé l'étonnée pour lui retourner sa blague. De parler avec elle, c'était comme de jouer au ping-pong : elle tenait la cadence et t'envoyait des smashs dans les coins au moment où tu t'y attendais le moins, du coup, t'avais l'impression d'être moins con.

Il descendait les escaliers en se tenant à la rampe et entendait le cric-cric des pignons et des engrenages au-dessus de sa tête. Avec Philibert, c'était pareil, il aimait bien discuter avec lui à cause de ça...

Parce que lui, il le savait qu'il n'était pas aussi bourrin qu'il en avait l'air, mais son problème, c'était les mots justement... Il lui manquait toujours des mots alors il était obligé de s'énerver pour se faire comprendre... C'est vrai, c'était vraiment gonflant à la fin, merde!

C'était pour toutes ces raisons que ça l'ennuyait de partir... Qu'est-ce qu'il allait foutre quand il serait chez Kermadec? Picoler, fumer, mater des DVD et feuilleter des magazines de tuning dans les chiottes?

Super.

Retour à la case vingt ans.

Il assura son service distraitement.

La seule fille de l'univers capable de porter une écharpe tricotée par sa mémé tout en restant jolie, ne serait jamais pour lui.

C'était bête la vie...

Il fit un détour par la pâtisserie avant de partir, se fit engueuler parce qu'il n'avait toujours pas appelé son ancien apprenti et rentra se coucher.

Il ne dormit qu'une heure parce qu'il devait se rendre à la laverie. Il ramassa toutes ses fringues et les rassembla dans la housse de sa couette.

15

Décidément…
Elle était encore, là. Assise près de la machine numéro
sept avec son sac de linge mouillé entre les jambes. Elle
lisait.

Il s'installa en face d'elle sans qu'elle l'eût remarqué. Ça
le fascinait toujours ce truc-là… Comment elle et Philibert
étaient capables de se concentrer… Ça lui rappelait une
pub, un type qui mangeait tranquillement son Boursin
pendant que le monde s'écroulait autour de lui. Beaucoup
de choses lui rappelaient une pub d'ailleurs… C'était sûrement parce qu'il avait beaucoup regardé la télé quand il
était petit…

Il joua à un petit jeu : imagine que tu viens de rentrer dans
cette Lavomatic pourrie de l'avenue de La Bourdonnais un
29 décembre à cinq heures de l'après-midi et que tu aperçois
cette silhouette pour la première fois de ta vie, qu'est-ce que
tu te dirais ?

Il se cala dans son siège en plastique, enfonça ses mains
dans son blouson et plissa les yeux.

D'abord, tu penserais que c'est un mec. Comme la
première fois. Peut-être pas une folle, mais un type vachement efféminé quand même… Donc t'arrêterais de mater.
Quoique… Tu aurais des doutes malgré tout… À cause de

ses mains, de son cou, de cette façon qu'il avait de promener l'ongle de son pouce sur sa lèvre inférieure... Oui, tu hésiterais... C'était peut-être une fille finalement? Une fille habillée en sac. Comme si elle cherchait à cacher son corps? Tu essayerais de regarder ailleurs mais tu ne pourrais pas t'empêcher d'y revenir. Parce qu'il y avait un truc, là... L'air était spécial autour de cette personne. Ou la lumière peut-être?

Voilà. C'était ça.

Si tu venais d'entrer dans cette Lavomatic pourrie de l'avenue de La Bourdonnais un 29 décembre à cinq heures de l'après-midi et que tu apercevais cette silhouette sous la lumière triste des néons, tu te dirais exactement ceci : ben merde... Un ange...

Elle leva la tête à ce moment-là, le vit, resta un moment sans réagir comme si elle ne l'avait pas reconnu et finit par lui sourire. Oh, presque rien, un léger éclat, petit signe de reconnaissance entre habitués...

– C'est tes ailes? lui demanda-t-il en désignant son sac.

– Pardon?

– Nan, rien...

Une des sécheuses s'arrêta de tourner et elle soupira en jetant un coup d'œil à la pendule. Un clodo s'approcha de la machine, il en sortit un blouson et un sac de couchage tout effiloché.

Voilà qui était intéressant... Sa théorie mise à l'épreuve des faits... Aucune fille normalement constituée ne mettrait ses affaires à sécher après celles d'un clochard et il savait de quoi il parlait : il avait presque quinze ans de laveries automatiques dans les pattes...

Il scruta son visage.

Pas le moindre mouvement de recul ou d'hésitation, pas

l'ombre d'une grimace. Elle se leva, chargea ses vêtements en vitesse et lui demanda s'il pouvait lui faire de la monnaie.

Puis elle retourna à sa place et reprit son livre.

Il était un peu déçu.

C'était chiant les gens parfaits...

Avant de se replonger dans sa lecture, elle l'interpella :

– Dis-moi...

– Oui.

– Si j'offre une machine à laver qui fait aussi séchoir à Philibert pour Noël, tu crois que tu pourras l'installer avant de partir?

– ...

– Pourquoi tu souris, là? J'ai dit une bêtise?

– Non, non...

Il fit un geste de la main :

– Tu peux pas comprendre...

– Hé, fit-elle en tapotant son majeur et son index contre sa bouche, tu fumes trop en ce moment, toi, non?

– En fait, t'es une fille normale...

– Pourquoi tu me dis ça? Bien sûr que je suis une fille normale...

– ...

– Tu es déçu?

– Non.

– C'est quoi ce que tu lis?

– Un carnet de voyage...

– C'est bien?

– Super...

– Ça raconte quoi?

– Oh... Je ne sais pas si ça t'intéresserait...

238

— Nan, je te le dis carrément, ça m'intéresse pas du tout, ricana-t-il, mais j'aime bien quand tu racontes... Tu sais, je l'ai réécouté le disque de Marvin hier...

— Ah bon?

— Ouais...

— Et alors?

— Ben le problème, c'est que je comprends rien... C'est pour ça que je vais aller bosser à Londres d'ailleurs... Pour apprendre l'anglais...

— Tu pars quand?

— Normalement, je devais prendre une place après l'été, mais là, c'est le bordel... À cause de ma grand-mère justement... À cause de Paulette...

— Qu'est-ce qu'elle a?

— Pff... j'ai pas très envie d'en parler... Raconte-moi ton livre de voyages plutôt...

Il approcha sa chaise.

— Tu connais Albrecht Dürer?

— L'écrivain?

— Non. Le peintre.

— Jamais entendu parler...

— Si, je suis sûre que tu as vu certains de ses dessins... Il y en a qui sont très célèbres... Un lièvre... Des herbes folles... Des pissenlits...

— ...

— Moi, c'est mon dieu. Enfin... j'en ai plusieurs, mais lui c'est mon dieu numéro un... T'en as des dieux, toi?

— Euh...

— Dans ton travail? Je sais pas, moi... Escoffier, Carême, Curnonsky?

— Euh...

— Bocuse, Robuchon, Ducasse?

— Ah, tu veux dire des modèles! Oui, j'en ai mais ils ne

sont pas connus... enfin moins connus... Moins bruyants, quoi... Tu connais Chapel?

– Non.

– Pacaud?

– Non.

– Senderens?

– Le type de Lucas Carton?

– Oui... C'est dingue tout ce que tu connais... Comment tu fais?

– Attends, je le connais, comme ça, de nom, mais je n'y suis jamais allée...

– Lui, c'est un bon... J'ai même un livre dans ma chambre... Je te montrerai... Lui ou Pacaud, pour moi, ce sont des maîtres... Et s'ils sont moins connus que les autres, c'est parce qu'ils sont dans leur cuisine, justement... Enfin, je te dis ça, j'en sais rien... C'est l'idée que je m'en fais... Peut-être que je me goure complètement...

– Mais entre cuisiniers, vous parlez quand même? Vous vous racontez vos expériences?

– Pas tellement... On est pas très bavards, tu sais... On est trop crevés pour jacter. On se montre des trucs, des tours de mains, on échange des idées, des morceaux de recettes qu'on a piquées ici ou là, mais ça va rarement plus loin...

– C'est dommage...

– Si on savait s'exprimer, faire des belles phrases et tout ça, on ferait pas ce boulot-là, c'est clair. Enfin moi en tout cas, j'arrêterai tout de suite.

– Pourquoi?

– Parce que... Ça rime à rien... C'est de l'esclavage... T'as vu ma vie? C'est n'importe quoi. Bon... euh... j'aime pas du tout parler de moi... Alors, ton livre, là?

– Oui, mon livre... Justement, c'est le journal tenu par Dürer pendant son voyage aux Pays-Bas entre 1520 et

1521... Une espèce de carnet ou d'agenda... C'est surtout la preuve que j'ai bien tort de le considérer comme un dieu. La preuve que c'était un type normal lui aussi. Qui comptait ses sous, qui enrageait quand il réalisait qu'il venait de se faire rouler par les douaniers, qui laissait toujours tomber sa femme, qui ne pouvait pas s'empêcher de perdre de l'argent au jeu, qui était naïf, gourmand, macho et un peu orgueilleux aussi... Mais bon, ce n'est pas très important tout ça, au contraire, ça le rend plus humain... Et... Euh... Je continue ?

– Oui.

– Au départ, c'est un voyage qu'il a entrepris pour un motif grave, à savoir sa survie, celle de sa famille et des gens qui travaillaient avec lui dans son atelier... Jusqu'à présent, il était sous la protection de l'Empereur Maximilien Ier. Un type complètement mégalo qui lui avait passé une commande de folie : le représenter en tête d'un cortège extraordinaire pour l'immortaliser à tout jamais... Une œuvre qui sera finalement imprimée quelques années plus tard et qui fera plus de cinquante-quatre mètres de long... T'imagines le truc ?

« Pour Dürer, c'était du pain bénit... Des années de boulot assuré... Manque de bol, le Maximilien cane peu de temps après, et du coup, sa rente annuelle est compromise... Le drame... Donc, voilà notre homme qui part sur les routes avec sa femme et sa servante sous le bras pour aller faire des risettes à Charles Quint, le futur empereur, et à Marguerite d'Autriche, la fille de son ancien protecteur, parce qu'il faut *absolument* que cette rente officielle soit reconduite...

« Voilà pour les circonstances... Il est donc un peu stressé au début mais ça ne l'empêche pas d'être un touriste parfait. S'émerveillant de tout, des visages, des coutumes, des vêtements, rendant visite à ses pairs, aux artisans, admirant leur travail, visitant toutes les églises, achetant tout un tas de babioles fraîchement débarquées du Nouveau Monde : un perroquet, un babouin, une écaille de tortue, des branches de corail, de la cannelle, un sabot d'élan, etc. Il est comme un gamin avec ça... Il va même faire un détour pour aller voir une baleine échouée qui se décompose au bord de la Mer du Nord... Et, bien sûr, il dessine. Comme un fou. Il a cinquante ans, il est au summum de son art et quoi qu'il fasse : un perroquet, un lion, un morse, un chandelier ou le portrait de son aubergiste, c'est... C'est...»

– C'est quoi?

– Ben tiens, regarde...

– Non, non, j'y connais rien!

– Mais y a pas besoin de s'y connaître! Regarde ce vieillard, là, comme il en impose... Et ce beau jeune homme, tu vois comme il est fier? Comme il a l'air sûr de lui? On dirait toi, tiens... La même morgue, les mêmes narines dilatées...

– Ah, ouais? Tu le trouves beau?

– Un peu tête à claques, non?

– C'est le chapeau qui fait ça...

– Ah, ouais... T'as raison, sourit-elle, ça doit être le chapeau...

– Et ce crâne, là? Est-ce qu'il n'est pas incroyable? On dirait qu'il nous nargue, qu'il nous provoque : «Eh... Mais vous aussi, les gars... C'est ça qui vous attend...»

– Montre.

– Là. Mais ce que je préfère, ce sont ses portraits et ce qui me tue, c'est la désinvolture avec laquelle il les réalise. Ici, au cours de ce voyage, c'est surtout une monnaie d'échange, rien de plus que du troc : ton savoir-faire contre le mien, ton portrait contre un dîner, un chapelet, un colifichet pour ma femme ou un manteau en peau de lapin...

Moi, j'aurais adoré vivre à cette époque... Je trouve que le troc, c'est une économie géniale...

– Et ça se termine comment? Il le récupère, son fric?

– Oui, mais à quel prix... La grosse Marguerite le dédaigne, elle ira même jusqu'à refuser le portrait de son père qu'il avait fait exprès pour elle, cette conne... Du coup, il le troquera contre un drap! En plus, il est revenu malade, une saloperie qu'il a chopée en allant voir la baleine justement... La fièvre des marais, je crois... Tiens, regarde, il y a une machine de libre, là...

Il se releva en soupirant.

– Retourne-toi, j'ai pas envie que tu voies mes dessous...

– Oh, j'ai pas besoin de les voir pour les imaginer... Philibert, lui, il doit être plutôt caleçons rayés, mais toi, je suis sûre que tu portes ces petits boxer shorts de chez Hom bien moulants, avec des trucs écrits sur la ceinture...

– Que tu es forte... Allez, baisse les yeux quand même...

Il s'activa, alla chercher sa demi-bouteille de poudre et s'accouda sur la machine :

– Enfin, non, t'es pas si forte que ça... Sinon tu ferais pas des ménages, tu ferais comme ce mec, là... Tu bosserais...

Silence.

– T'as raison... Je ne suis forte qu'en slips...

– Eh, c'est déjà pas mal, hein?! Y a peut-être un créneau à prendre... Au fait, t'es libre le 31?

– T'as une fête à me proposer?

– Non. Du boulot.

– Pourquoi, non?

– Parce que je suis nulle!

– Attends, mais on va pas te demander de faire la cuisine! Juste donner un coup de main pour la mise en place...

– C'est quoi la mise en place?

– C'est tout ce que tu prépares à l'avance pour gagner du temps au moment du coup de feu...

– Et là, il faudra que je fasse quoi?

– Éplucher des châtaignes, nettoyer des girolles, dépiauter et épépiner des grains de raisins, laver la salade... Enfin, plein de trucs sans intérêt...

– Je suis même pas sûre d'y arriver...

– Je te montrerai tout, je t'expliquerai bien...

– T'auras pas le temps...

– Non. C'est pour ça que je te brieferai avant. Je rapporterai de la came à l'appart demain et je te formerai pendant ma pause...

– ...

– Allez... Ça te fera du bien de voir du monde... Toi tu vis qu'avec des morts, tu causes qu'avec des mecs qui sont plus là pour te répondre... T'es tout le temps toute seule... C'est normal que tu tournes pas rond...

– Je tourne pas rond?

– Non.

– Écoute. Je te le demande comme un service... J'ai promis à mon chef que je lui trouverai quelqu'un pour nous aider, et je trouve personne... Je suis dans la merde, là...

– ...

– Allez... Un dernier effort... Après je me casse et tu ne me verras plus jamais de ta vie...

– J'avais une fête de prévue...

– Tu dois y être à quelle heure?

– Je sais pas, vers dix heures...

– Pas de problème. Tu y seras. Je te payerai le taxi...

– Bon...

– Merci. Retourne-toi encore, mon linge est sec.

– Il faut que je m'en aille de toute façon... Je suis déjà en retard...

– OK à demain...

– Tu dors là ce soir?

– Non.

– T'es déçue?

– Oh, mais que tu es looouurd comme garçon...

– Attends, je dis ça, c'est pour toi, hein! Parce que pour les slips, c'est pas sûr que t'aies raison, tu sais?

– Attends, mais si tu savais comme je m'en fous de tes slips!

– Tant pis pour toi...

17

– On y va?
– Je t'écoute. C'est quoi ça?
– De quoi?
– La mallette?
– Ah ça? C'est ma boîte à couteaux. Mes pinceaux à moi
si tu préfères... Si je l'avais plus, je serais plus bon à rien,
soupira-t-il. Tu vois à quoi ça tient ma vie? À une vieille
boîte qui ferme mal...
– Tu l'as depuis quand?
– Pff... Depuis que je suis tout minot... C'était ma mémé
qui me l'avait payée pour mon entrée au CAP...
– Je peux regarder?
– Vas-y.
– Raconte-moi...
– De quoi?
– À quoi ils servent... J'aime bien apprendre...
– Alors... Le gros, c'est le couteau de cuisine ou le couteau de chef, y sert à tout, le carré, c'est pour les os, les articulations ou pour aplatir la viande, le tout petit, c'est le
couteau d'office comme on en trouve dans toutes les
cuisines, prends-le d'ailleurs, tu vas en avoir besoin... Le
long, c'est l'éminceur pour tailler les légumes et les couper
fin, le petit, là, c'est le couteau à dénerver pour parer et
dégraisser la barbaque et son jumeau avec la lame rigide,
c'est pour la désosser, le très fin, c'est pour lever les filets de
poissons et le dernier, c'est pour trancher le jambon...
– Et ça c'est pour les affûter...

– Yes.

– Et ça?

– Ça, c'est rien… C'est pour la déco, mais je m'en sers plus depuis longtemps…

– On fait quoi avec?

– Des merveilles… Je te montrerai un autre jour… Bon, t'es prête là?

– Oui.

– Tu regardes bien, hein? Les châtaignes, je te préviens tout de suite, c'est très chiant… Là, elles ont déjà été plongées dans une eau bouillante donc elles sont plus faciles à éplucher… Enfin, normalement… Tu dois surtout pas les abîmer… Il faut que leurs petites veines restent intactes et bien visibles… Après l'écorce, y a ce machin cotonneux, là, et tu dois le retirer le plus délicatement possible…

– Mais c'est vachement long!

– Hé! C'est la raison pour laquelle on a besoin de toi…

Il fut patient. Il lui expliqua ensuite comment nettoyer les girolles avec un torchon humide et comment gratter la terre sans les abîmer.

Elle s'amusait. Elle était douée de ses mains. Elle enrageait d'être si lente par rapport à lui, mais elle s'amusait. Les grains de raisin roulaient entre ses doigts et elle avait vite attrapé le truc pour les épépiner de la pointe du couteau.

– Bon, pour le reste, on verra demain… La salade et tout ça, ça devrait aller…

– Ton chef, il va tout de suite s'en rendre compte que je suis nulle…

– Ça c'est sûr! Mais il a pas trop le choix de toute façon… C'est quoi ta taille?

– Je sais pas.

– Je te trouverai un fute et une veste… Et ta pointure ?

– 40.

– T'as des baskets ?

– Oui.

– C'est pas l'idéal, mais ça fera l'affaire pour une fois…

Elle se roula une cigarette pendant qu'il rangeait la cuisine.

– C'est où ta fête ?

– À Bobigny… Chez une fille qui bosse avec moi…

– Ça te fait pas peur de commencer à neuf heures demain matin ?

– Non.

– Je te préviens, y aura qu'une petite pause… Une heure maxi… Y a pas de service à midi mais on fera plus de soixante couverts le soir. Menu dégustation pour tout le monde… Ça va être quelque chose… Deux cent vingt euros par tête de pipe, je crois… J'essaierai de te libérer le plus tôt possible, mais à mon avis, t'es là jusqu'à huit heures du soir au moins…

– Et toi ?

– Pff… Moi, je préfère même pas y penser… Les réveillons, c'est toujours galère… Mais bon, c'est bien payé… D'ailleurs, pour toi aussi, je demanderai un bon ticket…

– Oh, c'est pas le problème…

– Si, si, c'est le problème. Tu verras demain soir…

18

– Faut y aller, là… On boira un café là-bas.
– Mais je flotte complètement dans ce pantalon !
– C'est pas grave.

Ils traversèrent le Champ-de-Mars au pas de course.

Camille fut surprise par l'agitation et la concentration qui régnaient déjà dans la cuisine.
Il faisait si chaud tout à coup…
– Voilà, chef. Un petit commis tout frais…
L'autre grommela et les chassa d'un revers de la main. Franck la présenta à un grand type encore mal réveillé :
– Alors, lui, c'est Sébastien. C'est le garde-manger. C'est aussi ton chef de partie aujourd'hui et ton big boss, OK ?
– Enchantée.
– Mmmm…
– Mais c'est pas à lui que t'auras affaire, c'est à son commis…
S'adressant au garçon :
– Il s'appelle comment déjà ?
– Marc.
– Il est là ?
– Dans les chambres froides…
– Bon, je te la confie…
– Qu'est-ce qu'elle sait faire ?
– Rien. Mais, tu verras, elle le fait bien.
Et il partit se changer aux vestiaires.

– Il t'a montré pour les châtaignes?

– Oui.

– Ben, les v'là, ajouta-t-il en lui indiquant un tas énorme.

– Je peux m'asseoir?

– Non.

– Pourquoi?

– On pose pas de questions dans une cuisine, on dit «oui monsieur» ou «oui, chef».

– Oui, chef.

Oui gros con. Mais pourquoi elle avait accepté ce boulot? Elle irait beaucoup plus vite, si elle était assise...

Heureusement, une cafetière tournait déjà. Elle posa son gobelet sur une étagère et se mit au travail.

Un quart d'heure plus tard – elle avait déjà mal aux mains – on s'adressa à elle :

– Ça va?

Elle leva la tête et resta interdite.

Elle ne le reconnut pas. Pantalon nickel, veste impeccablement repassée avec sa double rangée de boutons ronds et son nom brodé en lettres bleues, petit foulard en pointe, tablier et torchon immaculés, toque bien vissée sur la tête. Elle qui ne l'avait jamais vu habillé autrement qu'en traîne-savates, elle le trouva très beau.

– Qu'est-ce qu'il y a?

– Rien. Je te trouve très beau.

Et lui, là, ce grand crétin, ce péteux, ce vantard, ce petit matador de province avec sa grande gueule, sa grosse moto et son millier de bimbos cochées sur la crosse de son pétard, oui, lui, là, ne put s'empêcher de rougir.

– C'est sûrement le prestige de l'uniforme, ajouta-t-elle en souriant pour le dépêtrer de son trouble.

– Ouais, c'est... c'est sûrement ça...

Il s'éloigna en bousculant un type et en l'insultant au passage.

Personne ne parlait. On entendait seulement le tchac-tchac des couteaux, le glop-glop des gamelles, le blam-blom des portes battantes et le téléphone qui sonnait toutes les cinq minutes dans le bureau du chef.

Fascinée, Camille était partagée entre se concentrer pour ne pas se faire engueuler et lever la tête pour ne pas en perdre une miette. Elle apercevait Franck de loin et de dos. Il lui sembla plus grand et beaucoup plus calme que d'habitude. Il lui sembla qu'elle ne le connaissait pas.

À voix basse, elle demanda à son compagnon d'épluchures :

– Il fait quoi, Franck ?

– De qui ?

– Lestafier.

– Il est saucier et il supervise les viandes...

– C'est dur ?

Le boutonneux leva les yeux au ciel :

– Carrément. C'est le plus dur. Après le chef et le second, c'est lui le numéro trois dans la brigade...

– Il est bon ?

– Ouais. Il est con mais il est bon. Je dirais même qu'il est super bon. D'ailleurs, tu verras, le chef c'est toujours à lui qu'il s'adresse plutôt qu'à son second... Le second, il le surveille alors que Lestafier, il le regarde faire...

– Mais...

– Chut...

Quand le chef tapa dans ses mains pour annoncer l'heure de la pause, elle releva la tête en grimaçant. Elle avait mal à la nuque, au dos, aux poignets, aux mains, aux jambes, aux pieds et encore ailleurs mais elle ne se souvenait plus où.

– Tu manges avec nous ? lui demanda Franck.

– Je suis obligée ?

– Non.

– Alors, je préfère sortir et marcher un peu…

– Comme tu voudras…

– Ça va ?

– Oui. C'est chaud quand même… Vous bossez vachement…

– Tu veux rire ? On fait rien, là ! Y a même pas de clients !

– Eh ben…

– Tu reviens dans une heure ?

– OK.

– Sors pas tout de suite, laisse-toi refroidir un peu sinon tu vas attraper la crève…

– D'accord.

– Tu veux que je vienne avec toi ?

– Non, non. J'ai envie d'être seule…

– Il faut que tu manges quelque chose, hein ?

– Oui papa.

Il leva les épaules :

– Tsss…

Elle commanda un panini dégueulasse dans une baraque à touristes et s'assit sur un banc au pied de la tour Eiffel.

Philibert lui manquait.

Elle composa le numéro du château sur son portable.

– Bonjour, Aliénor de la Durbellière à l'appareil, fit une voix d'enfant. À qui ai-je l'honneur ?

Camille était déroutée.

– Euh... De... Pourrais-je parler à Philibert, s'il vous plaît?

– Nous sommes à table. Puis-je prendre un message?

– Il n'est pas là?

– Si, mais nous sommes à table. Je viens de vous le dire...

– Ah... Bon, ben... Non, rien, vous lui dites que je l'embrasse et que je lui souhaite une bonne année...

– Pouvez-vous me rappeler votre nom?

– Camille.

– Camille tout court?

– Oui.

– Très bien. Au revoir madame Toucourt.

Au revoir petite merdeuse.

Mais qu'est-ce que ça voulait dire? C'était quoi ce binz?

Pauvre Philibert...

– Dans cinq eaux différentes?

– Oui.

– Eh ben, elle va être propre!

– C'est comme ça...

Camille passa un temps fou à trier et à nettoyer la salade. Chaque feuille devait être retournée, calibrée et inspectée à la loupe. Elle n'en n'avait jamais vu de semblables, il y en avait de toutes les tailles, de toutes les formes et de toutes les couleurs.

– C'est quoi, ça?

– Du pourpier.

– Et ça?

– Des pousses d'épinards.

– Et ça?

– De la roquette.

– Et ça?

– De la ficoïde glaciale.

– Oh, c'est joli comme nom...

– Tu sors d'où, toi ? lui demanda son voisin.

Elle n'insista pas.

Ensuite elle nettoya des fines herbes et les sécha une par une dans du papier absorbant. Elle devait les déposer dans des ramequins en inox et les filmer consciencieusement avant de les disperser dans différents meubles froids. Elle cassa des noix, des noisettes, éplucha des figues, titilla une grande quantité de girolles et roula des petites mottes de beurre entre deux spatules striées. Il ne fallait pas se tromper et déposer, sur chaque soucoupe, une boulette de beurre doux et une autre de beurre salé. Elle avait eu un doute, à un moment et avait été obligée d'en goûter une de la pointe de son couteau. Hirk, elle n'aimait pas du tout le beurre et redoubla d'attention par la suite. Les serveurs continuaient de servir des expresso à ceux qui en réclamaient et l'on sentait la pression monter d'un cran à chaque minute.

Certains n'ouvraient plus la bouche, d'autres juraient dans leurs barbes et le chef faisait office d'horloge parlante :

– Dix-sept heures vingt-huit, messieurs… Dix-huit heures trois, messieurs… Dix-huit heures dix-sept, messieurs… Comme s'il avait à cœur de les stresser au maximum.

Elle n'avait plus rien à faire et s'appuyait à sa table de travail en soulevant un pied puis l'autre pour soulager ses jambes. Le type à côté d'elle s'entraînait à faire des arabesques de sauce autour d'une tranche de foie gras sur des assiettes rectangulaires. D'un geste aérien, il secouait une petite cuillère et soupirait en avisant ses zigzags. Ça n'allait jamais. C'était beau pourtant…

– Qu'est-ce que tu veux faire ?

– Je ne sais pas… Un truc un peu original…

– Je peux essayer ?

– Vas-y.

– J'ai peur de gâcher...

– Non, non, tu peux y aller, c'est un vieux fond, c'est juste pour m'entraîner...

Les quatre premières tentatives furent lamentables, à la cinquième, elle avait attrapé le coup de main...

– Ah, mais c'est très bien ça... Tu pourrais le refaire?

– Non, rit-elle, j'ai bien peur que non... Mais... Vous avez pas des seringues ou quelque chose dans le genre?

– Euh...

– Des petites poches à douille?

– Si. Regarde dans le tiroir...

– Tu me la remplis?

– Pour quoi faire?

– Juste une idée, comme ça...

Elle se pencha, tira la langue et dessina trois petites oies. L'autre appela le chef pour lui montrer.

– Qu'est-ce que c'est que ces conneries? Allons... On n'est pas chez Disney, les enfants!

Il s'éloigna en secouant la tête.

Camille haussa les épaules, penaude, et retourna s'occuper de ses salades.

– C'est pas de la cuisine, ça... C'est du gadget... continua-t-il de ronchonner depuis l'autre bout de la pièce, et vous savez le pire? Vous savez ce qui me tue? C'est que ces couillons-là, ils vont adorer... Aujourd'hui, c'est ça qui veulent les gens : du gadget! Oh, et puis c'est jour de fête après tout... Allez mademoiselle vous allez me faire le plaisir de me barbouiller votre basse-cour sur une soixantaine d'assiettes... Au galop, mon petit!

– Réponds «oui, chef», lui chuchota-t-il.

– Oui, chef!

255

– Je vais jamais y arriver… se lamenta Camille.

– Tu n'as qu'à en faire qu'une à chaque fois…

– À gauche ou à droite ?

– À gauche, ça sera plus logique…

– Ça fait un peu morbide, non ?

– Nan, c'est marrant… De toute façon, t'as plus le choix maintenant…

– J'aurais mieux fait de me taire…

– Principe numéro un. T'auras au moins appris ça… Tiens, voilà le bon jus…

– Pourquoi il est rouge ?

– Il est à base de betterave… Vas-y, je te passe les assiettes…

Ils échangèrent leur place. Elle dessinait, il tranchait le bloc de foie gras, le disposait, le saupoudrait de fleur de sel et de poivre grossièrement concassé puis passait l'assiette à un troisième larron qui disposait la salade avec des gestes d'orfèvre.

– Qu'est-ce qu'ils font, tous ?

– Ils vont manger… On ira plus tard… C'est nous qui ouvrons le bal, on descendra quand ce sera leur tour… Tu m'aideras pour les huîtres aussi ?

– Il faut les ouvrir ?!

– Non, non, juste les faire belles… Au fait, c'est toi qui as pelé les pommes vertes ?

– Oui. Elles sont là… Oh, merde ! On dirait plutôt un dindon, mon truc…

– Pardon. J'arrête de te parler.

Franck passa près d'eux en fronçant les sourcils. Il les trouva bien dissipés. Ou bien gais.

Ça ne lui plaisait pas trop cette affaire-là…

– On s'amuse bien? demanda-t-il, moqueur.

– On fait ce qu'on peut...

– Rassure-moi... ça se réchauffe pas au moins?

– Pourquoi il t'a dit ça?

– Laisse, c'est un truc entre nous... Ceux qui font le chaud se sentent investis d'une mission suprême, alors que nous, là, même si on se donne un mal de chien, ils nous mépriseront toujours. On ne touche pas au feu, nous... Tu le connais bien, Lestafier?

– Non.

– Ah ouais, ça m'étonnait aussi...

– De quoi?

– Nan, rien...

Pendant que les autres étaient partis dîner, deux Blacks nettoyèrent le sol à grande eau et passèrent plusieurs coups de raclette pour le faire sécher plus vite. Le chef discutait avec un type super élégant dans son bureau.

– C'est déjà un client?

– Non, c'est le maître d'hôtel...

– Eh ben... Il est drôlement classe...

– En salle, ils sont tous beaux... Au début du service, c'est nous qui sommes propres et eux qui passent l'aspirateur en tee-shirt et plus le temps passe, plus la tendance s'inverse : on pue, on devient crades et eux, ils passent devant nous, frais comme des gardons, avec leurs brushings et leurs costumes impeccables...

Franck vint la voir alors qu'elle finissait sa dernière rangée d'assiettes :

– Tu peux y aller si tu veux...

– Ben, non... Je n'ai plus envie de partir maintenant... J'aurais l'impression de louper le spectacle...

– T'as encore du taf pour elle?

– Tu parles! Autant qu'elle veut! Elle peut prendre la salamandre...

– C'est quoi? demanda Camille.

– C'est ce truc-là, cette espèce de gril qui monte et qui descend... Tu veux t'occuper des toasts?

– Pas de problème... Euh... à propos, j'ai le temps de m'en griller une?

– Vas-y, descends.

Franck l'accompagna.

– Ça va?

– Super. Il est très gentil ce Sébastien finalement...

– Ouaif...

– ...

– Pourquoi tu fais cette tête, là?

– Parce que... J'ai voulu parler à Philibert tout à l'heure pour lui souhaiter la bonne année et je me suis fait jeter par une petite morveuse...

– Attends, je vais l'appeler, moi...

– Non. Ils seront de nouveau à table à cette heure-là...

– Laisse-moi faire...

– Allô... Excusez-moi de vous déranger, Franck de Lestafier à l'appareil, le colocataire de Philibert... Oui... C'est celâ même... Bônjôur mâdâme... Pourrais-je lui parler, je vous prie, c'est à propos du chauffe-eau... Oui... Voilà... âu revôir mâdâme...

Il adressa un clin d'œil à Camille qui souriait en recrachant sa fumée.

– Philou! C'est toi mon gros lapin? Bonne année mon trésor! Je t'embrasse pas mais je te passe ta petite princesse. De quoi? Mais on en a rien à foutre du chauffe-eau!

Allez, bonne année, bonne santé et plein de bisous à tes sœurs. Enfin… Seulement celles qui ont des gros nichons, hein !

Camille prit l'appareil en plissant les yeux. Non, le chauffe-eau n'avait rien. Oui, moi aussi je vous embrasse. Non, Franck ne l'avait pas enfermée dans un placard. Oui, elle aussi, elle pensait souvent à lui. Non, elle n'était pas encore allée faire ses prises de sang. Oui, vous aussi Philibert, je vous souhaite une bonne santé…

– Il avait une bonne voix, non ? ajouta Franck.

– Il n'a bégayé que huit fois.

– C'est bien ce que je dis.

Quand ils revinrent prendre leurs postes, le vent tourna. Ceux qui n'avaient pas mis leur toque l'ajustèrent et le chef posa son ventre sur le passe et croisa ses bras par-dessus. On n'entendait plus une mouche voler.

– Messieurs, au travail…

C'était comme si la pièce prenait un degré Celsius par seconde. Chacun s'agitait en prenant soin de ne pas gêner le voisin. Les visages étaient contractés. Des jurons mal étouffés fusaient ici ou là. Certains restaient assez calmes, d'autres, comme ce Japonais, là, semblaient au bord de l'implosion.

Des serveurs attendaient à la queue leu leu devant le passe pendant que le chef se penchait sur chaque assiette en l'inspectant furieusement. Le garçon qui se tenait en face de lui se servait d'une minuscule éponge pour nettoyer d'éventuelles traces de doigts ou de sauce sur les rebords et, quand le gros hochait la tête, un serveur soulevait le grand plateau argenté en serrant les dents.

Camille s'occupait des amuse-bouches avec Marc. Elle déposait des trucs sur une assiette, des espèces de chips ou d'écorces de quelque chose un peu roux. Elle n'osait plus poser de questions. Ensuite elle arrangeait des brins de ciboulette.

– Va plus vite, on n'a pas le temps de fignoler ce soir...

Elle trouva un morceau de ficelle pour retenir son pantalon et pestait parce que sa toque en papier ne cessait de lui tomber sur les yeux. Son voisin sortit une petite agrafeuse de sa boîte à couteaux :

– Tiens...

– Merci.

Elle écouta ensuite l'un des serveurs qui lui expliquait comment préparer les tranches de pain de mie brioché en triangles en coupant les bords :

– Tu les veux grillés comment ?

– Ben... Bien dorés, quoi...

– Vas-y, fais-moi un modèle. Montre-moi exactement la couleur que tu veux...

– La couleur, la couleur... On voit pas ça à la couleur, c'est une question de feeling...

– Ben, moi, je marche à la couleur, alors fais-moi un modèle sinon je vais être trop stressée.

Elle prit sa mission très à cœur et ne fut jamais prise au dépourvu. Les serveurs attrapaient ses toasts en les glissant dans les plis d'une serviette. Elle aurait bien aimé un petit compliment : «Oh! Camille, quels merveilleux toasts, tu nous fais là!» mais bon...

Elle apercevait Franck, toujours de dos, il s'agitait au-dessus de ses fourneaux comme un batteur devant son instrument : un coup de couvercle par ci, un coup de couvercle par là, une cuillerée par ci, une cuillerée par là. Le grand maigre, le second à ce qu'elle avait pu comprendre, ne cessait de lui poser des questions auxquelles il répondait rarement et par onomatopées. Toutes ses casseroles étaient en cuivre et il était obligé de s'aider d'un torchon pour les attraper. Il devait se brûler quelquefois car elle le voyait secouer sa main avant de la porter à sa bouche.

Le chef s'énervait. Ça n'allait pas assez vite. Ça allait trop vite. Ce n'était pas assez chaud. C'était trop cuit. « On se concentre, messieurs, on se concentre ! » ne cessait-il de répéter.

Plus son poste se détendait, plus ça s'agitait en face. C'était impressionnant. Elle les voyait transpirer et se frotter la tête dans l'épaule à la manière des chats pour s'éponger le front. Le gars qui s'occupait de la rôtissoire surtout, était rouge écarlate et tétait une bouteille d'eau entre chaque aller retour à ses volailles. (Des trucs avec des ailes, certains beaucoup plus petits qu'un poulet et d'autres, deux fois plus gros...)

– On crève... Il fait combien, là, tu crois ?
– J'en sais rien... Là-bas, au-dessus des fourneaux, il doit faire au moins quarante... Cinquante peut-être ? Physiquement, ce sont les postes les plus durs... Tiens, va porter ça à la plonge... Fais bien attention de déranger personne...

Elle écarquilla les yeux en avisant la montagne de casseroles, de plaques, de faitouts, de bols en inox, de passoires et de poêles en équilibre dans les énormes bacs à vaisselle. Il n'y avait plus un seul Blanc à l'horizon et le petit gars à qui elle s'adressa lui prit son matos des mains en hochant la tête. Manifestement, il ne comprenait pas un mot de français. Camille resta un moment à l'observer, et comme à chaque fois qu'elle se trouvait en face d'un déraciné du bout du monde, ses petites loupiotes de Mère Teresa de pacotille se mirent à clignoter fébrilement : d'où venait-il ? d'Inde ? du Pakistan ? et quelle avait été sa vie pour qu'il se retrouve là ? aujourd'hui ? quels bateaux ? quels trafics ? quels espoirs ? à quel prix ? quels renoncements et quelles angoisses ? quel avenir ? où vivait-il ? avec combien de personnes ? et où étaient ses enfants ?

Quand elle comprit que sa présence le rendait nerveux, elle repartit en secouant la tête.

– Il vient d'où le mec de la plonge ?
– De Madagascar.
Premier bide.
– Il parle français ?
– Bien sûr ! Ça fait vingt ans qu'il est là !
Allez, va te coucher la sainte-nitouche...

Elle était fatiguée. Il y avait toujours quelque chose de nouveau à décortiquer, à découper, à nettoyer ou à ranger. Quel bordel... Mais comment faisaient-ils pour avaler tout ça ? À quoi ça rimait de se remplir la panse à ce point ? Ils allaient exploser ! 220 euros, ça faisait combien ? Presque 1 500 francs... Pff... Tout ce qu'on pouvait s'offrir pour ce prix-là... En se débrouillant bien, on pouvait même envisager un petit voyage... En Italie par exemple... S'attabler à la terrasse d'un café et se laisser bercer par la conversation de jolies filles qui se racontaient sûrement les mêmes bêtises que toutes les filles du monde en portant à leurs lèvres des petites tasses de café très épaisses où le café était toujours trop sucré...

Tous ces croquis, toutes ces places, tous ces visages, tous ces chats indolents, toutes les merveilles que l'on pouvait engranger pour ce prix-là... Des livres, des disques, des vêtements même, qui pouvaient nous durer toute une vie alors que là... Dans quelques heures, tout serait terminé, consigné, digéré et évacué...

Elle avait tort de raisonner ainsi, elle le savait. Elle était lucide. Elle avait commencé à se désintéresser de la nourriture quand elle était enfant parce que l'heure des repas était synonyme de trop de souffrances. Moments trop pesants pour une petite fille unique et sensible. Petite fille seule avec une mère qui fumait comme un pompier et balançait sur la table une assiette cuisinée sans tendresse : «Mange! C'est bon pour la santé!» affirmait-elle en se rallumant une cigarette. Ou seule, avec ses parents, en piquant du nez le plus possible pour ne pas être prise dans leurs filets : «Hein Camille, qu'il te manque papa quand il n'est pas là? Hein, c'est vrai?»

Après, c'était trop tard... Elle avait perdu le plaisir... De toute façon, à une époque sa mère ne préparait plus rien... Elle avait attrapé son appétit d'oiseau comme d'autres se couvrent d'acné. Tout le monde l'avait emmerdée avec ça, mais elle s'en était toujours bien sortie. Ils n'avaient jamais réussi à la coincer parce qu'elle était pleine de bon sens, cette gamine-là... Elle ne voulait plus de leur monde lamentable, mais quand elle avait faim, elle mangeait. Bien sûr qu'elle mangeait, sinon elle ne serait plus là aujourd'hui! Mais sans eux. Dans sa chambre. Des yaourts, des fruits ou des Granola en faisant autre chose... En lisant, en rêvant, en dessinant des chevaux ou en reco-

piant les paroles des chansons de Jean-Jacques Goldman.
Envole-moi.

Oui, elle connaissait ses faiblesses et elle était bien conne de juger ceux qui avaient la chance d'être heureux autour d'une table. Mais quand même... 220 euros pour un seul repas et sans compter les vins, c'était vraiment débile, non?

À minuit, le chef leur souhaita une bonne année et vint leur servir à tous une coupe de champagne :
– Bonne année, mademoiselle et merci pour vos canards... Charles m'a dit que les clients étaient enchantés avec ça... Je le savais, hélas... Bonne année monsieur Lestafier... Perdez un peu votre caractère de cochon en 2004 et je vous augmenterai...
– De combien, chef?
– Ah! Comme vous y allez! C'est mon estime pour vous qui augmentera!

– Bonne année Camille... On... Tu... On s'embrasse pas?
– Si, si, on s'embrasse bien sûr!
– Et moi, fit Sébastien?
– Et moi, ajouta Marc... Hé, Lestafier! cours vite à ton piano, y a un truc qui déborde!
– C'est ça Ducon. Bon, euh... Elle a fini, là, non? Elle peut peut-être s'asseoir?
– Très bonne idée, venez dans mon bureau mon petit, ajouta le chef...
– Non, non, je veux rester avec vous jusqu'au bout. Donnez-moi quelque chose à faire...
– Ben, là, on va attendre le pâtissier maintenant... Tu l'aideras pour ses garnitures...

Elle assembla des tuiles aussi fines que du papier à cigarette, figées, fripées, chiffonnées de mille façons, joua avec des copeaux de chocolat, des écorces d'oranges, des fruits confits, des arabesques de coulis et des marrons glacés. Le commis pâtissier la regardait faire en joignant ses mains. Il répétait : «Mais vous êtes une artiste! Mais c'est une artiste!» Le chef considérait ces extravagances d'un autre œil : «Bon, ça va parce que c'est ce soir, mais c'est pas le tout d'être joli... On cuisine pas pour faire du joli, bon sang!»

Camille souriait en griffant la crème anglaise de coulis rouge.

Hé, non... C'était pas le tout de faire du joli! Elle ne le savait que trop bien...

Vers deux heures, la mer devint plus calme. Le chef ne lâchait plus sa bouteille de champ' et certains cuisiniers avaient enlevé leur toque. Ils étaient tous épuisés mais donnaient un dernier coup de collier pour nettoyer leur poste et se tirer de là le plus vite possible. On déroulait des kilomètres de papier-film pour tout emballer et l'on se bousculait devant les chambres froides. Beaucoup commentaient le service et analysaient leurs performances : ce qu'ils avaient loupé et pourquoi, à qui c'était la faute et comment étaient les produits... Comme des athlètes encore fumants, ils n'arrivaient pas à décrocher et s'acharnaient sur leur poste pour le briquer le mieux possible. Il lui sembla que c'était un moyen d'évacuer leur stress et de finir de se tuer complètement...

Camille les aida jusqu'au bout. Elle était accroupie et nettoyait l'intérieur d'un placard réfrigéré.

Ensuite elle s'adossa contre le mur et observa le manège des garçons autour des machines à café. Il y en avait un qui poussait un énorme chariot recouvert de mignardises, de chocolats, de guimauves, de confitures, de mini-cannelés, de financiers et tout ça... hum... Elle avait aussi envie d'une cigarette...

— Tu vas être en retard à ta fête...
Elle se retourna et vit un vieillard.
Franck faisait un effort pour garder son teint de kakou mais il était exténué, trempé, voûté, livide, les yeux rouges et les traits tirés.
— On dirait que tu as dix ans de plus...
— Possible. Je suis crevé, là... J'ai mal dormi et puis j'aime pas faire ce genre de banquet... C'est toujours la même assiette... Tu veux que je te dépose à Bobigny? J'ai un deuxième casque... J'ai juste mes commandes à préparer et on y va.
— Non... Ça me dit plus rien, maintenant... Ils seront tous faits quand j'arriverai... Ce qui est amusant, c'est de s'enivrer en même temps que les autres, sinon c'est un peu déprimant...
— Bon, moi aussi, je vais rentrer, je tiens plus debout...

Sébastien les coupa :
— On attend Marco et Kermadec et on se retrouve après?
— Non, je suis naze, moi... Je rentre...
— Et toi, Camille?
— Elle est naze aus...
— Pas du tout, l'interrompit-elle, enfin, si, mais j'ai quand même envie de faire la fête !
— T'es sûre? demanda Franck.
— Ben oui, il faut bien accueillir la nouvelle année... Pour qu'elle soit meilleure que l'autre, non?

– Je croyais que tu détestais ça, les fêtes...

– C'est vrai, mais c'est ma première bonne résolution figure-toi : «En 2003, je n'y croyais pas, en 2004, je suis folâtre!»

– Vous allez où? ajouta Franck en soupirant.

– Chez Ketty...

– Oh, non, pas là... Tu sais bien...

– Bon, eh ben à La Vigie alors...

– Non plus.

– Oh, t'es chiant Lestafier... Sous prétexte que tu t'es tapé toutes les serveuses du périmètre, on peut plus aller nulle part! C'était laquelle chez Ketty? La grosse qui zozotait?

– Elle zozotait pas! s'indigna Franck.

– Non, saoule, elle parlait normalement, mais à jeun, elle zozotait, je te signale... Bon, ben de toute façon, elle bosse plus là...

– T'es sûr?

– Ouais.

– Et la rousse?

– La rousse non plus. Hé, mais tu t'en fous, t'es avec elle, non?

– Mais non, il est pas avec moi! s'indigna Camille.

– Bon... euh... Vous vous démerdez tous les deux, mais nous on s'y retrouve quand ils auront fini...

– Tu veux y aller?

– Oui. Mais je voudrais prendre une douche d'abord...

– OK. Je t'attends. Moi, je retourne pas à l'appart sinon, je vais m'écrouler...

– Hé?

– Quoi?

– Tout à l'heure, tu m'as pas embrassé finalement...

– Tiens, voilà... fit-elle en lui déposant un petit bécot sur le front.

– C'est tout ? Je croyais qu'en 2004, t'étais folâtre ?
– T'as déjà tenu une seule de tes résolutions, toi ?
– Non.
– Moi non plus.

19

Parce qu'elle était moins fatiguée qu'eux ou parce qu'elle tenait mieux l'alcool, elle fut vite obligée de commander autre chose que de la bière pour rire en cadence. Elle avait l'impression de se retrouver dix ans en arrière, à une époque où certaines choses lui semblaient encore évidentes... L'art, la vie, l'avenir, son talent, son amoureux, sa place, son rond de serviette ici-bas et toutes ces foutaises...

Ma foi, ce n'était pas si désagréable...

– Hé, Franck, tu bois pas ce soir ou quoi ?
– Je suis mort...
– Allons, pas toi... T'es pas en vacances en plus ?
– Si.
– Alors ?
– Je vieillis...
– Allez, bois un coup... Tu dormiras demain...

Il tendit son verre sans conviction : non, il ne dormirait pas demain. Demain il irait au *Temps retrouvé*, la SPA des vieux, manger des chocolats dégueulasses avec deux ou trois mémés abandonnées qui joueraient avec leurs dentiers pendant que la sienne regarderait par la fenêtre en soupirant.

Maintenant, il avait mal au bide dès le péage...

Il préférait ne pas y penser et vida son verre d'une traite.

Il regardait Camille en douce. Ses taches de rousseur apparaissaient ou disparaissaient selon les heures, c'était très étrange comme phénomène...

Elle lui avait dit qu'il était beau et maintenant elle était en train de bader ce grand dadais, pff...toutes les mêmes...

Franck Lestafier n'avait pas le moral.

Légère envie de pleurer, même...

Eh ben, alors ? Qu'est-ce qui ne va pas, mon grand ?

Euh... Je commence par où ?

Un boulot de merde, une vie de merde, une mémé à l'ouest et un déménagement en perspective. Redormir sur un clic-clac pourri, perdre une heure à chaque pause. Ne plus jamais voir Philibert. Ne plus jamais le titiller pour lui apprendre à se défendre, à répondre, à s'énerver, à s'imposer enfin. Ne plus l'appeler mon gros minet en sucre. Ne plus penser à lui mettre une bonne gamelle de côté. Ne plus épater les filles avec son lit de roi de France et sa salle de bains de princesse. Ne plus les entendre, lui et Camille parler de la guerre de 14 comme s'ils l'avaient vécue, ou de Louis XI comme s'il venait de boire un godet avec eux. Ne plus la guetter, ne plus lever le nez en ouvrant la porte pour savoir, à l'odeur de sa cigarette, si elle était déjà là. Ne plus se précipiter sur son carnet dès qu'elle avait le dos tourné pour voir les dessins du jour. Ne plus se coucher et avoir la tour Eiffel illuminée pour veilleuse. Et puis rester en France, continuer de perdre un kilo par service et de le reprendre en bières juste après. Continuer d'obéir. Toujours. Tout le temps. Il avait fait que ça : obéir. Et maintenant, il était coincé jusqu'à... Vas-y, dis-le jusqu'à quand, dis-le ! Eh ben, ouais, c'est ça... Jusqu'à ce qu'elle claque... Comme si sa vie ne pouvait s'arranger qu'à la seule condition de le faire souffrir encore...

Putain, mais c'est bon, là ! Vous pouvez pas vous exciter sur un autre que moi, maintenant ? C'est vrai, quoi, j'ai eu ma dose...

Elles sont pleines de merde mes bottes, les gars, alors allez voir ailleurs si j'y suis... Moi, c'est bon. J'ai raqué.

Elle lui donna un coup de pied sous la table :
– Hé... Ça va ?
– Bonne année, lâcha-t-il.
– Ça va pas ?
– Je vais me coucher. Salut.

Elle ne s'attarda pas. Ce n'était pas non plus la bande à Foucault, ces gars-là... Ils étaient tous toujours en train de répéter qu'ils faisaient un boulot de cons... euh... et pour cause... Et puis le Sébastien commençait à la chauffer... Pour avoir une chance de coucher avec elle, il aurait dû être gentil dès le matin, ce crétin. C'est à ça qu'on reconnaît les bons coups : aux garçons qui sont gentils avant même de songer à vous étendre...

Elle le trouva recroquevillé sur le canapé.
– Tu dors ?
– Non.
– Ça va pas ?
– En 2004, je me laisse abattre, gémit-il.
Elle sourit :
– Bravo...
– Tu parles, ça fait trois plombes que je cherche une rime convenable... J'ai bien pensé à : en 2004, je suis verdâtre, mais t'aurais pensé que j'allais te dégueuler dessus...
– Quel merveilleux poète, tu fais...
Il se tut. Il était trop fatigué pour jouer.

– Mets-nous un peu de belle musique comme celle que t'écoutais l'autre jour...
– Non. Si tu es déjà triste, ça ne va pas t'arranger...
– Si tu mets ta Castafiore, tu resteras encore un peu ?
– Le temps d'une cigarette...

– Je prends.

Et Camille, pour la cent vingt-huitième fois de la semaine, remit le *Nisi Dominus* de Vivaldi...

– Qu'est-ce que ça raconte ?

– Attends, je vais te dire... Le Seigneur comble ses amis dans leur sommeil...

– Génial.

– C'est beau, non ?

– Je sais paaas... bâilla-t-il. J'y connais rien...

– C'est drôle, c'est déjà ce que tu m'avais dit pour Dürer l'autre jour... Mais ça s'apprend pas, ça ! C'est beau, c'est tout.

– Si, quand même. Que tu le veuilles ou non, ça s'apprend...

– ...

– T'es croyante ?

– Non. Enfin, si... Quand j'écoute ce genre de musique, quand j'entre dans une très belle église ou quand je vois un tableau qui m'émeut, une Annonciation par exemple, mon cœur enfle tellement que j'ai l'impression de croire en Dieu, mais je me trompe : c'est en Vivaldi que je crois... En Vivaldi, en Bach, en Haendel ou en Fra Angelico... Ce sont eux les dieux... L'autre, le Vieux, c'est un prétexte... C'est d'ailleurs la seule qualité que je lui trouve : d'avoir été assez fort pour leur avoir inspiré à tous, tous ces chefs-d'œuvre...

– J'aime bien quand tu me parles... J'ai l'impression de devenir plus intelligent...

– Arrête...

– Si, c'est vrai...

– Tu as trop bu.

– Non. Pas assez justement...

– Tiens écoute... Là, c'est beau aussi... C'est beaucoup

plus gai... C'est d'ailleurs ce que j'aime dans les messes : les moments joyeux, comme les Gloria et tout ça, viennent toujours te repêcher après un moment plombant... Comme dans la vie...

Long silence.

– Tu dors, maintenant?
– Non, je guette le bout de ta cigarette...
– Tu sais, je...
– Tu quoi?
– Je pense que tu devrais rester. Je pense que tout ce que tu m'as dit sur Philibert à propos de mon départ est aussi valable pour toi... Je pense qu'il serait très malheureux si tu t'en allais et que tu es garant de son fragile équilibre au même titre que moi...
– Euh... la dernière phrase, tu peux la redire en français?
– Reste.
– Non... Je... je suis trop différent de vous deux... On mélange pas les torchons et les serviettes comme dirait ma mémé...
– On est différents, c'est vrai, mais jusqu'où? Peut-être que je me trompe, mais il me semble qu'on forme une belle équipe de bras cassés tous les trois, non?
– Tu l'as dit...
– Et puis, qu'est-ce que ça veut dire, différents? Moi qui ne sais pas me faire cuire un œuf, j'ai passé la journée en cuisine et toi qui n'écoutes que de la techno, tu t'endors avec Vivaldi... C'est de la foutaise, ton histoire de torchons et de serviettes... Ce qui empêche les gens de vivre ensemble, c'est leur connerie, pas leurs différences... Au contraire, sans toi je n'aurais jamais su reconnaître une feuille de pourpier...
– Pour ce que ça va te servir...

– Ça aussi de la connerie. Pourquoi «me servir»? Pourquoi toujours cette notion de rentabilité? Je m'en tape que ça me serve ou pas, ce qui m'amuse, c'est de savoir que ça existe...

– Tu vois qu'on est différents... Que ce soit toi ou Philou, vous êtes pas dans le vrai monde, vous avez aucune idée de la vie, de comment y faut se battre pour survivre et tout ça... Moi j'en avais jamais vu des intellos avant vous deux, mais vous êtes bien comme l'idée que je m'en faisais...

– Et c'était quoi ton idée?

Il agita les mains :

– C'était : Piou, piou... Oh, les petits oiseaux et les jolis papillons! Piou, piou qu'ils sont mignons... Vous reprendrez un chapitre mon cher? Mais oui, mon cher, deux, même! Ça m'évitera de redescendre... Oh! non! ne redescendez pas, ça pue trop en bas!

Elle se leva et éteignit la musique.

– Tu as raison, on ne va pas y arriver... Il vaut mieux que tu te casses... Mais laisse-moi te dire deux choses avant de te souhaiter bonne route : La première, c'est à propos des intellectuels justement... C'est facile de se foutre de leur gueule... Ouais, c'est vachement facile... Souvent, ils sont pas très musclés et en plus, ils n'aiment pas ça, se battre... Ça ne les excite pas plus que ça les bruits de bottes, les médailles et les grosses limousines, alors oui, c'est pas très dur... Il suffit de leur arracher leur livre des mains, leur guitare, leur crayon ou leur appareil photo et déjà, ils ne sont plus bons à rien ces empotés... D'ailleurs, les dictateurs, c'est souvent la première chose qu'ils font : casser les lunettes, brûler les livres ou interdire les concerts, ça leur coûte pas cher et ça peut leur éviter bien des contrariétés par la suite... Mais tu vois, si être intello ça veut dire aimer s'instruire, être curieux, attentif, admirer, s'émouvoir, essayer de comprendre comment tout ça tient debout et tenter de se coucher un peu moins con que la veille, alors oui, je le revendique totalement : non seulement je suis une intello, mais en plus je suis fière de l'être... Vachement fière, même... Et parce que je suis une intello comme tu dis, je ne peux pas m'empêcher de lire tes journaux de moto qui traînent aux chiottes et je sais que la nouvelle béhème R 1200 GS a un petit bidule électronique pour rouler avec de l'essence pourrie... Ah !

– Qu'est-ce que tu me chantes encore ?

– Et toute intello que je suis j'ai été te piquer tes BD de *Joe Bar Team* l'autre jour et ça m'a fait glousser tout l'après-midi... La deuxième chose, c'est que t'es vraiment mal placé pour nous faire la morale, mon gars... Tu crois que c'est le vrai monde, ta cuisine ? Bien sûr que non. C'est tout le contraire. Vous sortez jamais, vous êtes toujours entre vous. Qu'est-ce que tu connais du monde, toi ? Rien. Ça fait plus de quinze ans que tu vis enfermé avec tes horaires inamovibles, ta petite hiérarchie d'opérette et ton ronron quotidien. Peut-être même que t'as choisi ce boulot-là pour ça d'ailleurs ? Pour ne jamais quitter le ventre de ta mère et pour avoir la certitude que tu seras toujours bien au chaud avec plein de bouffe autour de toi... Va savoir... Tu travailles plus et plus dur que nous, ça c'est une évidence, mais nous, tout intellos qu'on est, on se le coltine le monde. Piou, piou, on descend tous les matins. Philibert dans sa boutique et moi dans mes étages, et t'inquiète pas que pour s'y frotter, on s'y frotte. Et ton truc de survie, là... *Life is a jungle, struggle for life* et tout ce merdier, on le connaît par cœur... On pourrait même te donner des cours si tu voulais... Sur ce, bonsoir, bonne nuit et bonne année.

– Pardon?

– Rien. Je disais que tu n'étais pas très folâtre...

– Non, je suis acariâtre.

– Qu'est-ce que ça veut dire?

– Ouvre un dico et tu trouveras...

– Camille?

– Oui.

– Dis-moi quelque chose de gentil...

– Pourquoi?

– Pour bien commencer l'année...

– Non. Je suis pas un juke-box.

– Allez...

Elle se retourna :

– Laisse donc les torchons et les serviettes dans le même tiroir, la vie est plus amusante quand il y a un peu de bordel...

– Et moi? Tu veux pas que je te dise quelque chose de gentil pour bien commencer l'année?

– Non. Si... Vas-y.

– Tu sais... Ils étaient magnifiques tes toasts...

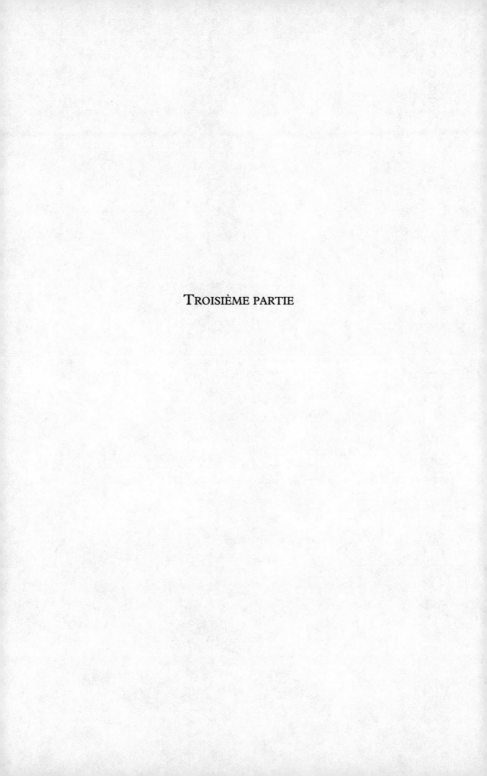

TROISIÈME PARTIE

1

Il était un peu plus de onze heures quand il entra dans sa chambre le lendemain matin. Elle lui tournait le dos. Elle était encore en kimono, assise devant la fenêtre.

– Qu'est-ce tu fais? Tu dessines?

– Oui.

– Tu dessines quoi?

– Le premier jour de l'année...

– Montre.

Elle releva la tête et se mordit l'intérieur des joues pour ne pas rire.

Il était vêtu d'un costume super ringue, genre Hugo Boss des années 80, un peu trop grand et un peu trop brillant, avec des épaulettes à la Goldorak, une chemise en viscose jaune moutarde et une cravate bariolée. Les chaussettes étaient assorties à la chemise et ses chaussures, en croûte de porc ammoniaquée, le faisaient atrocement souffrir.

– Ben quoi? grogna-t-il.

– Non, rien, t'es... T'es vachement élégant...

– C'est malin... C'est parce que j'invite ma grand-mère à déjeuner au restaurant...

– Eh ben... pouffa-t-elle, elle va être drôlement fière de sortir avec un beau garçon comme toi...

– Très drôle. Si tu savais comme ça me prend la tête... Enfin, ce sera fait...

– C'est Paulette? Celle de l'écharpe?

– Oui. C'est pour ça que je suis là d'ailleurs… Tu m'avais pas dit que t'avais quelque chose pour elle ?

– Si. Parfaitement.

Elle se leva, déplaça le fauteuil et alla farfouiller dans sa petite valise.

– Assieds-toi là.

– Pour quoi faire ?

– Un cadeau.

– Tu vas me dessiner ?

– Oui.

– Je ne veux pas.

– Pourquoi ?

– …

– Tu ne sais pas ?

– J'aime pas qu'on me regarde.

– J'irai très vite.

– Non.

– Comme tu voudras… J'avais pensé qu'un petit portrait de toi, ça lui ferait plaisir… Toujours cette histoire de troc, tu sais ? Mais je n'insisterai pas. Je n'insiste jamais. C'est pas mon genre…

– Bon alors vite fait, hein ?

– Ça ne va pas…

– Quoi encore ?

– Le costume, là… La cravate et tout, ça ne va pas. Ce n'est pas toi.

– Tu veux que je me foute à poil ? ricana-t-il.

– Oh, oui, ce serait bien ! Un beau nu… répondit-elle sans ciller.

– Tu plaisantes, là ?

Il était paniqué.

– Mais oui, je plaisante… Tu es beaucoup trop vieux ! Et puis tu dois être trop poilu…

– Pas du tout! Pas du tout! Je suis juste poilu comme il faut!

Elle riait.

– Allez. Tombe au moins la veste et desserre ta cravate...

– Pff, j'ai mis trois plombes à faire le nœud...

– Regarde-moi. Nan, pas comme ça... On dirait que t'as un balai dans le cul, détends-toi... Je ne vais pas te manger, idiot, je vais te croquer.

– Oh, oui... fit-il suppliant, croque-moi, Camille, croque-moi...

– Parfait. Garde ce sourire niais. Pour le coup, c'est tout à fait ça...

– C'est bientôt fini?

– Presque.

– J'en ai marre. Parle-moi. Raconte-moi une histoire pour faire passer le temps...

– De qui tu veux que je te parle, cette fois?

– De toi...

– ...

– Qu'est-ce que tu vas faire aujourd'hui?

– Du rangement... Un peu de repassage aussi... Et puis je vais aller me promener... La lumière est belle... Je finirai sûrement dans un café ou un salon de thé... Manger des scones à la gelée de myrtilles... Miam... Et avec un peu de chance, il y aura un chien... Je collectionne les chiens des salons de thé en ce moment... J'ai un carnet spécial pour eux, un petit Moleskine super beau... Avant j'en avais un pour les pigeons... Je suis incollable en pigeons. Ceux de Montmartre, ceux de Trafalgar Square à Londres ou de Venise, sur la place Saint-Marc, je les ai tous attrapés...

– Dis-moi...

– Oui...

– Pourquoi t'es toujours toute seule?

– Je ne sais pas.

– Tu n'aimes pas les hommes?

– Nous y voilà… Une fille qui n'est pas sensible à ton irrésistible charme est forcément lesbienne, c'est ça?

– Non, non, je me demandais, c'est tout… T'es toujours habillée en moche, t'as la boule à zéro, tout ça…

Silence.

– Si, si, j'aime bien les garçons… Les filles aussi, note bien, mais je préfère les garçons…

– T'as déjà couché avec des filles?

– Oh là, là… Plein de fois!

– Tu rigoles?

– Oui. Allez, c'est bon. Tu peux te rhabiller.

– Montre-moi.

– Tu ne vas pas te reconnaître. Les gens ne se reconnaissent jamais…

– Pourquoi t'as fait une grosse tache, là?

– C'est l'ombre.

– Ah?

– Ça s'appelle un lavis…

– Ah? Et ça, c'est quoi?

– Tes rouflaquettes.

– Ah?

– Tu es déçu, hein? Tiens, prends celui-là aussi… C'est un croquis que j'ai fait l'autre jour quand tu jouais à la Play Station…

Grand sourire :

– Alors, là d'accord! Là c'est moi!

– Moi j'aime mieux le premier, mais bon… Tu n'as qu'à les glisser dans une BD pour les transporter…

– Donne-moi une feuille.

– Pourquoi?

– Parce que. Moi aussi, je peux faire ton portrait si je veux...

Il la dévisagea un moment, se pencha sur ses genoux en tirant la langue et lui tendit son gribouillis.
– Alors ? fit-elle curieuse.

Il avait dessiné une spirale. Une coquille d'escargot avec un petit point noir tout au fond.
Elle ne réagissait pas.
– Le petit point, c'est toi.
– Je... J'avais compris...
Ses lèvres tremblaient.
Il lui arracha le papier des mains :
– Hé ! Ho ! Camille, c'était pour rire ! C'est n'importe quoi, ça ! C'est rien du tout !
– Oui, oui, confirma-t-elle en portant la main à son front. C'est rien du tout, j'en suis bien consciente... Allez, vas-y maintenant, tu vas être en retard...

Il enfila sa combinaison dans l'entrée et tira la porte en se donnant un grand coup de casque sur la tête.
Le petit point, c'est toi...
Trop con, le mec.

2

Pour une fois qu'il ne trimballait pas un sac à dos plein de ravitaillement, il se coucha sur son réservoir et laissa la vitesse faire son merveilleux travail de désencrassement : jambes plaquées, bras tendus, poitrine au chaud et casque prêt à se fissurer, il tordait son poignet au maximum pour planter là ses emmerdes et ne plus penser à rien.

Il allait vite. Beaucoup trop vite. C'était exprès. C'était pour voir.

D'aussi loin qu'il se souvienne, il avait toujours eu un moteur entre les jambes et une espèce de démangeaison au creux de la main et, d'aussi loin qu'il se souvienne, il n'avait jamais envisagé la mort comme un problème bien sérieux. Une contrariété supplémentaire tout au plus... Et encore... Puisqu'il ne serait plus là pour en pâtir, quelle importance, vraiment?

Dès qu'il avait eu trois sous, il s'était endetté pour s'offrir des engins beaucoup trop gros pour sa petite cervelle et dès qu'il avait trois potes un peu débrouillards, il avait payé plus cher encore pour gagner quelques millimètres au compteur. Il était calme aux feux rouges, ne laissait jamais de gomme sur le bitume, ne se la mesurait pas avec d'autres et ne voyait aucun intérêt à prendre un risque idiot. Simplement, dès qu'il en avait l'occasion, il s'échappait, partait seul essorer les gaz et accabler son ange gardien.

Il aimait la vitesse. Il aimait vraiment ça. Plus que tout au monde. Plus que les filles, même. Elle lui avait offert les seuls moments heureux de sa vie : calmes, apaisants, libres... Quand il avait quatorze ans, couché sur sa meule comme un crapaud sur une boîte d'allumettes (c'était une expression de l'époque...), il était le roi des petites départementales de Touraine, à vingt ans, il s'était payé sa première grosse cylindrée d'occasion après avoir sué sang et eau tout l'été dans un mauvais bouiboui près de Saumur, et aujourd'hui, c'était devenu son seul passe-temps entre deux services : rêver d'une bécane, l'acheter, la briquer, la fatiguer, rêver d'une autre bécane, traîner chez un concessionnaire, revendre la précédente, l'acheter, la briquer, etc.

Sans la moto, il se serait probablement contenté de téléphoner plus souvent à sa vieille en priant le ciel pour qu'elle ne lui raconte pas sa vie à chaque fois...

Le problème, c'était que ça n'était plus si efficace cette affaire... Même à 200, la légèreté ne venait plus.

Même à 210, même à 220, son cerveau continuait d'usiner. Il avait beau se faufiler, biaiser, godiller, s'arracher, certaines évidences restaient collées à son blouson et continuaient de lui bouffer la tête entre deux stations d'essence.

Et aujourd'hui encore, un 1er janvier sec et brillant comme un sou neuf, sans sacoche, sans sac à dos et avec rien d'autre au programme qu'un bon gueuleton avec deux petites grands-mères adorables, il s'était finalement relevé et n'avait plus eu besoin d'ouvrir la jambe pour les remercier quand des automobilistes prévenants s'écartaient en sursaut.

Il avait rendu les armes et se contentait d'aller d'un point à un autre en se repassant toujours le même vieux disque rayé : Pourquoi cette vie ? Jusqu'à quand ? Et comment faire pour en réchapper ? Pourquoi cette vie ? Jusqu'à quand ? Et comment faire pour en réchapper ? Pourquoi cette vie ? Jusqu...

Il était mort de fatigue et plutôt de bonne humeur. Il avait invité Yvonne pour la remercier et, il faut bien l'avouer, pour qu'elle se cogne la conversation à sa place. Grâce à elle, il allait pouvoir se mettre en pilotage automatique. Un petit sourire à droite, un petit sourire à gauche, quelques jurons pour leur faire plaisir et ce serait déjà l'heure du café... Le pied...

Elle passait prendre Paulette dans sa cage et ils avaient rendez-vous tous les trois à l'Hôtel des Voyageurs, un petit gastro plein de napperons et de fleurs séchées où il avait fait son apprentissage puis travaillé autrefois et où il avait laissé quelques bons souvenirs... C'était en 1990. Autant dire à mille millions d'années-lumière...

Qu'est-ce qu'il avait à l'époque ? Un Fazer Yamaha, non ?

Il zigzaguait entre les lignes blanches et avait relevé sa visière pour sentir le piquant du soleil. Il n'allait pas déménager. Pas tout de suite. Il allait pouvoir rester là, dans cet appartement trop grand où la vie était revenue un matin avec une fille de l'espace en chemise de nuit. Elle ne parlait pas beaucoup et pourtant, depuis qu'elle était là, il y avait de nouveau du bruit. Philibert sortait enfin de sa chambre et ils prenaient leur chocolat ensemble tous les matins. Il ne claquait plus les portes pour ne pas la réveiller et s'endormait plus facilement quand il l'entendait bouger dans la pièce d'à côté.

Au début, il ne pouvait pas la saquer, mais maintenant, c'était bien. Il l'avait matée…

Hé? T'as entendu ce que tu viens de dire?

De quoi?

Attends, fais pas l'innocent, là… Franchement Lestafier, regarde-moi dans les yeux, t'as l'impression de l'avoir matée, celle-ci?

Euh… non…

Ah, d'accord! Je préfère ça… Je sais que t'es pas très futé comme garçon mais quand même… Tu m'as fait peur, là!

Oh, ça va… Si on peut même plus rigoler maintenant…

3

Il se dézippa sous un arrêt d'autocar et resserra le nœud de sa cravate en passant la porte.

La patronne ouvrit grand ses bras :

– Mais qu'il est beau ! Ah ! on voit que tu t'habilles à Paris, toi ! René t'embrasse. Il passera après le service…

Yvonne se leva et sa mémé lui sourit tendrement.

– Alors les filles ? On a passé la journée chez le coiffeur à ce que je vois ?

Elles gloussèrent au-dessus de leurs kirs et s'écartèrent pour lui laisser la vue sur la Loire.

Sa mémé avait ressorti son tailleur des grands jours avec sa broche en toc et son col en poil. Le coiffeur de la maison de retraite ne l'avait pas loupée et elle était aussi saumonée que la nappe.

– Dis donc, y t'a drôlement coloriée ton coiffeur…

– C'est exactement ce que je disais, coupa Yvonne, c'est très bien cette couleur, hein, Paulette ?

Paulette hochait la tête et buvait du petit-lait en se tamponnant le coin des lèvres avec sa serviette damassée, elle mangeait son grand du regard et minaudait derrière la carte.

Tout se passa exactement comme il l'avait prévu : «oui», «non», «ah bon ?», «c'est pas vrai ?», «ben merde…», «pardon…», «putain», «oups…» et «saperlotte» furent les seuls mots qu'il prononça, Yvonne assurant les intervalles à la perfection…

Paulette ne parlait pas beaucoup.
Elle regardait le fleuve.

Le chef vint leur tenir la jambe un moment et leur servit un vieil armagnac que ces dames refusèrent d'abord avant de le siffler comme un petit vin de messe. Il raconta à Franck des histoires de cuisiniers et lui demanda quand il reviendrait travailler par ici...
– Les Parigots, y savent pas manger... Les femmes elles font du régime et les hommes y pensent qu'à leurs notes de frais... Je suis sûr que t'as jamais d'amoureux... À midi, t'as que des hommes d'affaires qui se foutent bien de ce qu'y mangent et le soir, t'as que des couples qui fêtent leurs vingt ans de mariage en se faisant la gueule parce que leur voiture est mal garée et qu'ils ont peur de la retrouver à la fourrière... Je me trompe ?
– Oh, vous savez, moi je m'en fous... Je fais mon boulot...
– Eh ben, c'est ce que je dis ! Là-haut, tu cuisines pour ta feuille de paye... Reviens donc par ici, on ira à la pêche avec les amis...
– Vous voulez vendre, René ?
– Pff... À qui ?

Pendant qu'Yvonne allait chercher sa voiture, Franck aida sa grand-mère à trouver la manche de son imper :
– Tiens, elle m'a donné ça pour toi...
Silence.
– Ben quoi, ça te plaît pas ?
– Si...si...
Elle se remit à pleurer :
– T'es si beau, là...

291

Elle lui désignait le dessin qu'il n'aimait pas.

– Tu sais, elle la met tous les jours, ton écharpe...

– Menteur...

– Je te jure !

– Alors t'as raison... Elle est pas normale cette petite, ajouta-t-elle en mouchant son sourire.

– Mémé... Faut pas pleurer... On va s'en sortir...

– Oui... Les pieds devant...

– ...

– Tu sais, quelquefois je me dis que je suis prête et d'autres fois, je... Je...

– Oh... ma petite Mémé...

Et pour la première fois de sa vie, il la serra dans ses bras.

Ils se quittèrent sur le parking et il fut soulagé de n'être pas obligé de la remettre dans son trou lui-même.

Quand il remonta la béquille, sa moto lui parut plus lourde que d'habitude.

Il avait rendez-vous avec sa copine, il avait de la tune, un toit, du boulot, il venait même de trouver sa Ribouldingue et son Filochard et pourtant, il crevait de solitude.

Quelle merde, murmura-t-il dans son casque, quelle merde... Il ne le répéta pas une troisième fois parce que ça ne servait à rien et, qu'en plus, ça mettait de la buée plein sa visière.

Quelle merde...

– T'as encore oublié tes cl...

Camille ne termina pas sa phrase parce qu'elle s'était trompée d'abonné. Ce n'était pas Franck, c'était la fille de l'autre jour. Celle qu'il avait jetée le soir de Noël après l'avoir sautée...

– Franck n'est pas là?

– Non. Il est parti voir sa grand-mère...

– Il est quelle heure?

– Euh... dans les sept heures, je crois...

– Ça t'ennuie si je l'attends ici?

– Bien sûr que non... Entre...

– Je te dérange?

– Pas du tout! J'étais en train de comater devant la télé...

– Tu regardes la télé, toi?

– Ben oui, pourquoi?

– Je te préviens, j'ai choisi ce qu'il y avait de plus débile... Que des filles habillées en putes et des animateurs en costumes cintrés qui lisent des fiches en écartant virilement les jambes... Je crois que c'est une espèce de karaoké avec des gens célèbres mais je reconnais personne...

– Si, lui, tu le connais, c'est le mec de *Star Academy*...

– C'est quoi, *Star Academy*?

– Ah, ouais, j'avais raison... C'est bien ce que Franck m'a dit, tu regardes jamais la télé...

– Pas tellement, non... Mais là, j'adore... J'ai l'impression de me vautrer dans une bauge bien chaude... Mmm...

Ils sont tous beaux, ils arrêtent pas de se faire des bisous et les filles sont toujours en train de retenir leur rimmel quand elles chialent. Tu vas voir c'est vachement émouvant...

– Tu me fais une place?

– Tiens... fit Camille en se poussant et en lui tendant l'autre bout de sa couette. Tu veux boire quelque chose?

– Tu carbures à quoi, toi?

– Bourgogne aligoté...

– Attends, je vais me chercher un verre...

– Qu'est-ce qui se passe, là?

– Je comprends rien...

– Sers-moi un coup, je vais te dire.

Elles se racontèrent des trucs pendant les pubs. Elle s'appelait Myriam, elle venait de Chartres, elle travaillait dans un salon de coiffure rue Saint-Dominique et sous-louait un studio dans le XVe. Elles se firent du souci pour Franck, lui laissèrent un message et remontèrent le son quand l'émission reprit. À la fin de la troisième coupure, elles étaient copines.

– Tu le connais depuis quand?

– Je sais pas... Un mois peut-être...

– C'est sérieux?

– Non.

– Pourquoi?

– Parce qu'il fait que de parler de toi! Nan, je plaisante... Il m'a juste dit que tu dessinais super bien... Dis, tu veux pas que je t'arrange pendant que je suis là?

– Pardon?

– Tes cheveux?

– Maintenant?

– Ben ouais parce qu'après je serai trop saoule et je risque de te couper une oreille avec!

– Mais t'as rien, là, t'as même pas de ciseaux...

– Y a pas des lames de rasoir dans la salle de bains ?

– Euh... si. Il me semble que Philibert utilise encore une espèce de coupe-chou paléolithique...

– Tu vas faire quoi exactement ?

– T'adoucir...

– Ça t'ennuie si on se met devant un miroir ?

– T'as peur ? Tu veux me surveiller ?

– Non, te regarder...

Myriam l'effila et Camille les dessina.

– Tu me le donnes ?

– Non, tout ce que tu veux mais pas ça... Les autoportraits, même tronqués comme celui-là, je les garde...

– Pourquoi ?

– Je sais pas... J'ai l'impression qu'à force de me dessiner, un jour je finirai par me reconnaître...

– Quand tu te vois dans une glace, tu te reconnais pas ?

– Je me trouve toujours moche.

– Et dans tes dessins ?

– Dans mes dessins pas toujours...

– C'est mieux comme ça, non ?

– Tu m'as fait des pattes, comme à Franck...

– Ça te va bien.

– Tu connais Jean Seberg ?

– Non, c'est qui ?

– C'est une actrice. Elle était coiffée exactement comme ça, mais en blonde...

– Oh, si c'est que ça, je peux te faire blonde la prochaine fois !

– C'était une fille super mignonne... Elle vivait avec un de mes écrivains préférés... Et puis on l'a retrouvée morte dans sa voiture un matin... Comment une fille aussi jolie a-t-elle trouvé le courage de se détruire ? C'est injuste, non ?

– T'aurais peut-être dû la dessiner avant... Pour qu'elle se voie...

– J'avais deux ans...

– Ça aussi, c'est un truc que Franck m'a dit...

– Qu'elle s'était suicidée ?

– Non, que tu racontais plein d'histoires...

– C'est parce que j'aime bien les gens... Euh... je te dois combien ?

– Arrête...

– Je vais te faire un cadeau à la place...

Elle revint en lui tendant un livre.

– *L'Angoisse du roi Salomon*... C'est bien ?

– Mieux que ça encore... Tu ne veux pas réessayer de l'appeler, ça m'inquiète quand même... Il a peut-être eu un accident ?

– Pff... T'as tort de te biler... C'est juste qu'il m'a oubliée... Je commence à avoir l'habitude...

– Pourquoi tu restes avec lui, alors ?

– Pour pas être toute seule...

Elles avaient entamé une deuxième bouteille quand il enleva son casque.

– Ben qu'est-ce que vous foutez là ?

– On mate un film de cul, ricanèrent-elles. On l'a trouvé dans ta chambre... On a eu du mal à choisir, hein Mimi ? Il s'appelle comment celui-là, déjà ?

– *Enlève ta langue que je pète.*

– Ah, ouais c'est ça... Il est super...

– Mais qu'est-ce que c'est que ces conneries ? J'ai pas de films de cul, moi !

– Ah bon ? C'est bizarre... Quelqu'un l'aura oublié dans ta chambre peut-être ? ironisa Camille.

– Ou alors, tu t'es trompé, ajouta Myriam, tu croyais prendre *Amélie Poulain* et puis tu te retrouves avec *Enlève ta...*

– Mais qu'est-ce que c'est que... il regarda l'écran pendant qu'elles pouffèrent de plus belle. Vous êtes complètement bourrées, oui !

– Oui... firent-elles penaudes.

– Hé ? fit Camille alors qu'il quittait le salon en bougonnant.

– Quoi encore ?

– Tu montres pas à ta fiancée comme t'étais beau aujourd'hui ?

– Non. Faites pas chier.

– Oh si, supplia Myriam, montre-moi, mon chou !

– Un strip-tease, lâcha Camille.

– À poil, renchérit l'autre.

– Un strip-tease ! Un strip-tease ! Un strip-tease ! reprirent-elles en chœur.

Il secoua la tête en levant les yeux au ciel. Il essayait de prendre un air outré, mais n'y arrivait pas. Il était mort. Il avait envie de s'écrouler sur son lit et de dormir pendant une semaine.

– Un strip-tease ! Un strip-tease ! Un strip-tease !

– Très bien. Vous l'aurez voulu... Éteignez la télé et préparez les petites coupures, mes cocottes...

Il mit *Sexual Healing* – enfin – et commença par ses gants de motard.

Et quand revint le refrain,
get up, get up, get up, let's make love tonight
wake up, wake up, wake up, cause you dôû it right,

il arracha d'un coup les trois derniers boutons de sa chemise jaune et la fit tournoyer au-dessus de sa tête dans un superbe et travoltesque déhanché.

Les filles tapaient du pied en se tenant les côtes.

Il ne lui restait plus que le pantalon, il se retourna et le fit glisser lentement, en donnant un petit coup de reins vers l'une puis vers l'autre et, quand apparut le haut de son slip, une large bande élastique sur laquelle on pouvait lire DIM DIM DIM, il se retourna vers Camille pour lui adresser un clin d'œil. À ce moment-là, la chanson cessa et il remonta son froc à toute vitesse.

– Bon, allez, c'est bien gentil vos bêtises, mais je vais me pieuter, moi...

– Oh...

– Quelle misère...

– J'ai faim, dit Camille.

– Moi aussi.

– Franck, on a faim...

– Eh ben la cuisine, c'est par là, tout droit puis à gauche...

Il réapparut quelques instants plus tard dans la robe de chambre écossaise de Philibert.

– Alors ? Vous mangez pas ?

– Non, tant pis. On se laisse mourir... Un Chippendale qui se rhabille, un cuisinier qui ne cuisine pas, on n'a vraiment pas de chance ce soir...

– Bon, soupira-t-il, qu'est-ce que vous voulez ? Du salé ou du sucré ?

– Mmmm… C'est bon…

– Ce ne sont que quelques pâtes… répondit-il, modeste, en prenant la voix de Don Patillo.

– Mais qu'est-ce que t'as mis dedans?

– Ma foi, des petites choses…

– C'est délicieux, répéta Camille. Et comme dessert?

– Des bananes flambées… Vous m'excuserez, mesdemoiselles, mais je fais avec les moyens du bord… Enfin, vous verrez… Le rhum, c'est pas du Old Nick de Monoprix, hein!

– Mmmm, répétèrent-elles encore en léchant leurs assiettes, et après?

– Après c'est dodo et, pour celles que ça intéresse, ma chambre, c'est par là-bas, tout au fond à droite.

À la place, elles prirent une tisane et fumèrent une dernière cigarette pendant que Franck piquait du nez sur le canapé.

– Ah, il est beau notre Don Juan avec son *healing*, son baume sexuel… grinça Camille.

– Ouais, t'as raison, il est chouette…

Il souriait dans son demi-coma et mit un doigt devant sa bouche pour les prier de se taire.

Quand Camille entra dans la salle de bains, Franck et Myriam s'y trouvaient déjà. Ils étaient trop fatigués pour se la jouer après-vous-ma-chère et Camille attrapa sa brosse à dents alors que Myriam remballait la sienne en lui souhaitant bonne nuit.

Franck était penché au-dessus du lavabo en train de cracher son dentifrice, quand il se releva, leurs regards se croisèrent.

– C'est elle qui t'a fait ça?

– Oui.
– C'est bien…

Ils sourirent à leurs reflets et cette demi-seconde-là dura plus longtemps qu'une demi-seconde normale.

– Je peux mettre ton marcel gris? demanda Myriam depuis sa chambre.

Il se frotta énergiquement les dents et s'adressa de nouveau à la fille du miroir en se mettant du dentifrice plein le menton :
– Chegidiotchméjechegblutotjavectoigjjequegchavaisge-lenviejedormirj…
– Pardon? fit-elle en fronçant les sourcils.
Il recracha :
– Je disais : c'est plutôt idiot quand on n'a pas de toit pour dormir…
– Ah oui, fit-elle en souriant, oui c'est idiot. Vraiment…

Elle se retourna vers lui :
– Écoute-moi, Franck, j'ai un truc important à te dire… Hier je t'ai avoué que je ne tenais jamais mes résolutions, mais là, il y en a une que je voudrais qu'on prenne ensemble et qu'on respecte…
– Tu veux qu'on arrête de boire?!
– Non.
– De fumer?
– Non.
– Qu'est-ce que tu veux, alors?
– Je voudrais que tu arrêtes ce petit jeu-là avec moi…
– Quel jeu?
– Tu le sais très bien…Ton sexual planning, là, toutes tes petites allusions bien lourdes… Je… j'ai pas envie de te

perdre, j'ai pas envie qu'on se fâche. J'ai envie que ça se passe bien, ici, maintenant... Que ça reste un endroit... Enfin, tu vois, un endroit où l'on soit bien tous les trois... Un lieu calme, sans embrouilles... Je... Tu... On... on ira nulle part tous les deux, tu t'en rends bien compte, non? Enfin, je veux dire, on... Bien sûr, on pourrait coucher ensemble, oui, bon, mais après? Nous deux, ce serait n'importe quoi et je... Enfin, ce serait dommage de tout gâcher, quoi...

Il était dans les cordes et mit plusieurs secondes avant de lui chiquer le mollet :
– Attends, de quoi tu me causes, là? Je t'ai jamais dit que je voulais coucher avec toi! Même si je voulais, je pourrais jamais! T'es beaucoup trop maigre! Comment tu veux qu'un mec ait envie de te caresser? Touche-toi, ma vieille! Touche-toi! Tu délires complètement...
– Tu vois comme j'ai raison de te mettre en garde? Tu vois comme je suis lucide? Ça ne pourrait jamais marcher entre nous... J'essaye de te dire les choses avec le plus de tact possible et toi, tu n'as rien d'autre à me proposer en échange que ta petite agressivité de merde, ta bêtise, ta mauvaise foi et ta méchanceté. Heureusement que tu pourrais jamais me caresser! Heureusement! J'en veux pas de tes sales pattes rougeaudes et de tes ongles tout rongés! Garde-les donc pour tes serveuses!

Elle se retenait à la poignée de la porte :
– Bon, ben c'est raté mon truc... J'aurais mieux fait de me taire... Oh! je suis con... Je suis trop con... En plus, d'habitude je ne suis pas comme ça. Pas du tout... Je suis plutôt du genre à faire le gros dos et à partir sur la pointe des pieds quand ça sent le roussi...
Il s'était assis sur le bord de la baignoire.

– Oui, c'est comme ça que j'agis d'habitude… Mais, là, comme une idiote, je me suis fait violence pour te parler parce que…

Il releva la tête.

– Parce que quoi?

– Parce que… je te l'ai dit, ça me semble important que cet appart reste un lieu paisible… Je vais avoir vingt-sept ans et pour la première fois de ma vie, j'habite un endroit où je me sens bien, où je suis heureuse de rentrer le soir et même si je n'y suis pas depuis très longtemps, tu vois, malgré toutes les horreurs que tu viens de me balancer à la gueule, je suis encore là, à piétiner mon amour-propre pour ne pas risquer de le perdre… Euh… tu comprends ce que je te dis, là, ou c'est du charabia?

– …

– Bon, ben… Je vais me toucher euh… me coucher…

Il ne put s'empêcher de sourire :

– Excuse-moi, Camille… Je m'y prends comme un manche avec toi…

– Oui.

– Pourquoi je suis comme ça?

– Bonne question… Bon alors? On l'enterre cette hache?

– Vas-y. Je creuse déjà…

– Super. Bon, on se la fait cette bise, alors?

– Non. Coucher avec toi à la rigueur, mais t'embrasser sur la joue, surtout pas. Pour le coup, ce serait beaucoup trop dur…

– Tu es bête…

Il mit un moment avant de se relever, se recroquevilla, regarda longtemps ses doigts de pieds, ses mains, ses ongles, éteignit la lumière et prit Myriam distraitement en la plaquant sur l'oreiller pour que l'autre n'entende pas.

5

Même si cette conversation lui avait beaucoup coûté, même si elle s'était déshabillée ce soir-là en frôlant son corps avec plus de défiance encore, impuissante et découragée par tous ces os qui saillaient aux endroits les plus stratégiques de la féminité, les genoux, les hanches, les épaules, même si elle avait mis du temps à s'endormir en comptant ses mauvais points, elle ne la regretta pas. Dès le lendemain, à la façon dont il bougeait, dont il plaisantait, dont il était attentif sans en faire des tonnes et égoïste sans même s'en rendre compte, elle comprit que le message était passé.

La présence de Myriam dans sa vie facilita les choses, et même s'il la traitait toujours par-dessus la jambe, il découchait souvent et revenait plus détendu.

Quelquefois Camille regrettait leur petit badinage... Quelle bécasse, se disait-elle, c'était bien agréable... Mais ces accès de faiblesse ne duraient jamais longtemps. Pour avoir beaucoup craché au bassinet, elle connaissait le prix exact de la sérénité : exorbitant. Et puis qu'en était-il vraiment ? Où s'arrêtait la sincérité et où commençait le jeu avec lui ? Elle en était là de ces divagations, attablée seule devant un gratin mal décongelé quand elle aperçut un truc bizarre sur le rebord de la fenêtre...

C'était le portrait qu'il avait fait d'elle hier.

Un cœur de laitue fraîche était posé à l'entrée de la coquille...

Elle se rassit et donna des petits coups de fourchette dans ses courgettes froides en souriant bêtement.

6

Ensemble, ils allèrent acheter un lave-linge ultra-perfectionné et se partagèrent la note. Franck bicha quand le vendeur lui rétorqua «Mais madame a entièrement raison...» et l'appela chérie pendant toute la durée de la démonstration.

– L'avantage de ces appareils combinés, pérorait le camelot, des deux en un, si vous préférez, c'est le gain de place évidemment... Hélas, on sait bien comment ça se passe pour les jeunes couples qui s'installent aujourd'hui...
– On lui dit qu'on s'est pacsé à trois dans un quatre cents mètres carrés? murmura Camille en lui attrapant le bras.
– Chérie, je t'en prie... répondit-il agacé, laisse-moi écouter le monsieur, voyons...

Elle insista pour qu'il le branche avant le retour de Philibert, «Sinon ça va trop le stresser» et passa une après-midi entière à nettoyer une petite pièce près de la cuisine que l'on devait appeler «buanderie» autrefois...

Elle découvrit des piles et des piles de draps, de torchons brodés, de nappes, de tabliers et de serviettes en nid-d'abeilles... De vieux morceaux de savons racornis et des produits tout craquelés dans des boîtes ravissantes : cristaux de soude, huile de lin, blanc d'Espagne, alcool à nettoyer les pipes, cire Saint-Wandrille, amidon Rémy, doux au toucher comme des morceaux de puzzle en velours... Une impressionnante collection de brosses de toutes tailles et de tous poils, un plumeau aussi joli qu'une ombrelle, une pince en buis pour redonner leur forme aux gants et une espèce de raquette en osier tressé pour battre les tapis.

Consciencieusement, elle alignait tous ces trésors et les consignait dans un grand cahier.

Elle s'était mis en tête de tout dessiner pour pouvoir l'offrir à Philibert le jour où il serait obligé de partir...

À chaque fois qu'elle se lançait dans un peu de rangement, elle se retrouvait assise en tailleur, plongée dans d'énormes cartons à chapeaux remplis de lettres et de photos et elle passait des heures entières avec de beaux moustachus en uniformes, de grandes dames tout juste sorties d'un tableau de Renoir et des petits garçons habillés en petites filles, posant la main droite sur un cheval à bascule à cinq ans, sur un cerceau à sept et sur une bible à douze, l'épaule un peu de biais pour montrer leurs beaux brassards de petits communiants touchés par la grâce...

Oui, elle adorait cet endroit et il n'était pas rare qu'elle sursaute en regardant sa montre, qu'elle cavale dans les couloirs du métro et qu'elle se fasse engueuler par Super Josy quand celle-ci lui indiquait le cadran de la sienne... Bah...

– Où tu vas, là?
– Bosser, je suis super en retard...
– Couvre-toi, y pèle...
– Oui papa... Au fait... ajouta-t-elle.
– Oui?
– C'est demain que Philou revient...
– Ah?

– J'ai pris ma soirée... Tu seras là?

– Je sais pas...

– Bon...

– Mets au moins une échar...

La porte avait déjà claqué...

Faudrait savoir, scrogneugna-t-il, quand je la chauffe, ça va pas, quand je lui dis de se couvrir, elle se fout de ma gueule. Elle me tue, celle-là...

Nouvelle année, mêmes corvées. Mêmes cireuses trop lourdes, mêmes aspirateurs toujours bouchés, mêmes seaux numérotés («plus d'histoires, les filles!»), mêmes produits âprement négociés, mêmes lavabos bouchés, même Mamadou adorable, mêmes collègues fatiguées, même Jojo survoltée... Tout pareil.

Plus en forme, Camille était moins zélée. Elle avait déposé ses pierres à l'entrée, s'était remise à travailler, traquait la lumière du jour et ne voyait plus tellement de raisons de vivre à l'envers... C'était le matin qu'elle était le plus productive et comment travailler le matin quand on ne se couchait jamais avant deux ou trois heures, épuisée par un boulot aussi physique que débilitant?

Les mains lui picotaient, son cerveau cliquetait : Philibert allait revenir, Franck était vivable, les attraits de l'appartement inestimables... Une idée lui trottait dans la tête... Une espèce de fresque... Oh, non, pas une fresque, le mot était trop gros... Mais une évocation... Oui, voilà, une évocation. Une chronique, une biographie imaginaire de l'endroit où elle vivait... Il y avait là tant de matière, tant de souvenirs... Pas seulement les objets. Pas seulement les photos mais une ambiance. Une *atmosphairre* comme dirait l'autre... Des murmures, quelques palpitations encore... Ces volumes, ces toiles peintes, ces moulures arrogantes, ces interrupteurs en porcelaine, ces fils dénudés, ces bouillottes en métal, ces petits pots à cataplasmes, ces embauchoirs sur mesure et toutes ces étiquettes jaunies...

La fin d'un monde...

Philibert les avait prévenus : un jour, demain peut-être ?, il faudrait partir, attraper leurs vêtements, leurs livres, leurs disques, leurs souvenirs, leurs deux Tupperware jaunes et tout abandonner.

Après ? Qui sait ? Au mieux le partage, au pire les monstres, les brocs ou Emmaüs... Bien sûr, le cartel et les hauts-de-forme trouveraient preneur, mais l'alcool à nettoyer les pipes, le tombé du rideau, la queue du cheval avec son petit ex-voto *In memoriam Vénus, 1887-1912, fière alezane au nez moucheté* et le fond de quinine dans son flacon bleu sur la tablette de la salle de bains, qui s'en soucierait ?

Convalescence ? Somnolence ? Douce démence ? Camille ne savait ni quand, ni comment cette idée lui était venue, mais voilà, elle s'était traficoté cette petite conviction de poche – et peut-être même était-ce le vieux Marquis qui la lui avait soufflée ? – que tout cela, cette élégance, ce monde à l'agonie, ce petit musée des arts et traditions bourgeoises, n'attendait que sa venue, son regard, sa douceur et sa plume émerveillée pour se résoudre à disparaître enfin...

Cette idée saugrenue allait et venait, disparaissait dans la journée, souvent chassée par une avalanche de rictus moqueurs : Mais ma pauvre fille... Où vas-tu, là ? Et qui es-tu, toi? Et qui donc pourrait s'intéresser à tout cela, dis-le moi?

Mais la nuit... Ah! la nuit! Quand elle revenait de ses tours affreuses où elle avait passé le plus clair de son temps accroupie devant un seau à éponger sa goutte au nez dans une manche en nylon, quand elle s'était baissée, dix fois, cent fois, pour jeter des gobelets en plastique et des papiers sans intérêt, quand elle avait suivi des kilomètres de souterrains blafards où des tags insipides ne parvenaient pas à recouvrir ce genre de choses : *Et lui? Qu'est-ce qu'il sent quand il est en vous?*, quand elle posait ses clefs sur la console de l'entrée et qu'elle traversait ce grand appartement sur la pointe des pieds, elle ne pouvait pas ne pas les entendre : «Camille... Camille...» grinçait le parquet, «Retiens-nous...» suppliaient les vieilleries, «Morbleu! pourquoi les Tupperware et pas nous?» s'indignait le vieux général photographié sur son lit de mort. «C'est vrai ça! reprenaient en chœur les boutons de cuivre et le gros-grain miteux, pourquoi?»

Alors elle s'asseyait dans le noir et se roulait lentement une cigarette pour les apaiser. Premièrement, je m'en tape de vos Tupperware, deuxièmement je suis là, vous n'avez qu'à me réveiller avant midi, bande de gros malins...

Et elle songeait au prince Salina, rentrant seul, à pied, après le bal... Le prince qui venait d'assister, impuissant, au déclin de son monde et qui, avisant une carcasse de bœuf sanguinolente et des épluchures le long de la chaussée, implorait le Ciel de ne pas trop tarder...

Le type du cinquième avait laissé un paquet de chocolats Mon Chéri à son attention. Grand fou, ricana Camille qui les offrit à sa chef préférée et laissa Pat Hibulaire le remercier pour elle : «Ben merci, mais dites voir... Vous en auriez pas des fourrés à la liqueur à tout hasard?»

Que je suis drôle, soupira-t-elle en reposant son dessin, que je suis drôle...

Et c'est dans cet état d'esprit, rêveuse, moqueuse, un pied dans *Le Guépard* et l'autre dans la crasse, qu'elle poussa la porte du local situé derrière les ascenseurs où ils entreposaient leurs bidons de Javel et tout leur merdier.

Elle était la dernière à partir et commença à se déshabiller dans la pénombre quand elle comprit qu'elle n'était pas seule...

Son cœur s'arrêta de battre et elle sentit quelque chose de chaud filer le long de ses cuisses : elle venait de se pisser dessus.

– Y a... Y a quelqu'un? articula-t-elle en tâtonnant le mur à la recherche de l'interrupteur.

Il était là, assis par terre, paniqué, le regard fou, les yeux creusés par la came ou par le manque, ces visages-là, elle les connaissait par cœur. Il ne bougeait pas, ne respirait plus et muselait la gueule de son chien entre ses deux mains.

Ils restèrent ainsi quelques secondes, se dévisagèrent en silence, le temps de comprendre qu'aucun des deux n'allait mourir par la faute de l'autre et quand il écarta sa main droite pour poser un doigt sur sa bouche, Camille le replongea dans le noir.

Son cœur s'était remis à battre. N'importe comment. Elle attrapa son manteau et sortit à reculons.

– Le code? gémit-il.

– P...pardon?

– Le code de l'immeuble?

Elle ne savait plus, bredouilla, le lui donna, chercha la sortie en se tenant aux murs et se retrouva dans la rue, pantelante et couverte de sueur.

Elle croisa le vigile :
– Pas chaud ce soir, hein ?
– …
– Ça va ? On dirait que t'as vu un fantôme…
– Fatiguée…

Elle était gelée, croisa les pans de son manteau sur son bas de survêtement trempé et partit dans la mauvaise direction. Quand elle réalisa enfin où elle se trouvait, elle longea la ligne blanche pour attraper un taxi.

C'était un break luxueux qui indiquait les températures intérieures et extérieures (+ 21°, - 3°). Elle écarta les cuisses, posa son front sur la vitre et passa le restant du trajet à observer les petits tas d'humains recroquevillés sur des grilles d'aération et dans les recoins des portes cochères.

Les entêtés, les cabochards, ceux qui refusaient les couvertures en aluminium pour ne pas être pris dans le faisceau de leurs phares et qui préféraient encore le bitume tiède à la faïence de Nanterre.

Elle grimaçait.

De méchants souvenirs lui remontaient à la gorge…

Et son fantôme halluciné, alors ? Il avait l'air si jeune… Et son chien ? C'était une connerie, ça… Il ne pouvait aller nulle part avec lui… Elle aurait dû lui parler, le mettre en garde contre le gros Matrix et lui demander s'il avait faim… Non, c'était sa dope qu'il voulait… Et son clebs ? Quand est-ce qu'il l'avait eue sa dernière ration de Canigou, lui ? Elle soupira. Quelle conne… S'inquiéter d'un corniaud quand la moitié de l'humanité rêvait d'une place sur une bouche d'aération, quelle conne… Allez, va te coucher, mémère, tu me fais honte. À quoi ça rime tout ça ? Tu éteins la lumière pour ne plus le voir et après tu te morfonds à l'arrière d'une grosse berline en mâchouillant ton mouchoir en dentelle...

Va te coucher, va...

L'appartement était vide, elle chercha de l'alcool, n'importe lequel, en but suffisamment pour trouver le chemin de son oreiller et se releva dans la nuit pour aller vomir.

7

Les mains dans les poches et le nez en l'air elle sautillait sous le panneau d'affichage quand une voix familière lui donna le renseignement qu'elle cherchait :

– Train en provenance de Nantes. Arrivée quai 9 à 20 h 35. Retard de 15 minutes environ... Comme d'habitude...

– Ah! Ben t'es là, toi?

– Eh oui... ajouta Franck. Je suis venu tenir la chandelle... Dis donc, tu t'es faite belle! C'est quoi ça? c'est du rouge à lèvres ou je me trompe?

Elle cacha son sourire derrière les trous de son écharpe.

– Tu es bête...

– Non, je suis jaloux. T'en mets jamais du rouge à lèvres pour moi...

– C'est pas du rouge, c'est un truc pour les lèvres gercées...

– Menteuse. Montre...

– Non. Tu es toujours en vacances?

– Je recommence demain soir...

– Ah?

– Elle va bien ta grand-mère?

– Oui.

– Tu lui as donné mon cadeau?

– Oui.

– Et alors?

– Alors elle a dit que pour me dessiner aussi bien, c'est que tu devais être folle de moi...

– Ben voyons...

– On va boire quelque chose ?

– Non. Je suis restée enfermée toute la journée... Je vais m'asseoir là, à regarder les gens...

– Je peux mater avec toi ?

Ils se pelotonnèrent donc sur un banc entre un kiosque à journaux et un composteur et observèrent le Grand Carrousel des usagers affolés.

– Allez ! Cours mon gars ! Cours ! Hop... Trop taaard...

– Un euro ? Non. Une clope si tu veux...

– Est-ce que tu pourrais m'expliquer pourquoi c'est toujours les filles les plus mal foutues qui portent des pantalons taille basse ? Je comprends pas, là...

– Un euro ? Hé, mais tu m'as déjà tapé tout à l'heure, vieux !

– Avise la petite mamie avec sa coiffe bigoudène, t'as ton carnet, là ? Non ? C'est dommage... Et lui ? Regarde comme il a l'air content de retrouver sa femme...

– C'est louche, fit Camille, ça doit être sa maîtresse...

– Pourquoi tu dis ça ?

– Un homme qui déboule en ville avec son baise-en-ville et qui se précipite sur une femme en manteau de fourrure en l'embrassant dans le cou... Euh, crois-moi, c'est louche...

– Pff... C'est peut-être sa femme ?

– Meuh non ! Sa femme, elle est à Quimper et elle couche les mômes à l'heure qu'il est ! Tiens, en voilà un de couple, ricana-t-elle en lui indiquant deux beaufs qui s'engueulaient devant une borne à TGV...

Il secoua la tête :

– T'es nulle...

– T'es trop sentimental...

Deux petits vieux passèrent ensuite devant eux à deux à l'heure, voûtés, tendres, précautionneux et se tenant par le bras. Franck lui donna un coup de coude :

– Ah !

– Je m'incline...

– J'adore les gares.

– Moi aussi, répondit Camille.

– Pour connaître un pays, t'as pas besoin de faire le couillon dans un autocar, y suffit de visiter les gares et les marchés et t'as tout compris...

– Tout à fait d'accord avec toi... T'es allé où déjà ?

– Nulle part...

– Tu n'as jamais quitté la France ?

– J'ai passé deux mois en Suède... Cuisinier à l'ambassade... Mais c'était pendant l'hiver et j'ai rien vu. Tu peux pas boire là-bas... Y a pas de bars, y a rien...

– Ben... et la gare ? Et les marchés ?

– J'ai pas vu le jour...

– C'était bien ? Pourquoi tu te marres ?

– Pour rien...

– Raconte-moi.

– Non.

– Pourquoi ?

– Parce que...

– Oh, oh... Il y a une histoire de femme derrière tout ça...

– Non.

– Menteur, je le vois à ta... à ton nez qui s'allonge...

– Bon, on s'arrache ? fit-il en lui indiquant les quais.

– Raconte-moi d'abord...

– Mais c'est rien… Des conneries…

– Tu as couché avec la femme de l'ambassadeur, c'est ça?

– Non.

– Avec sa fille?

– Oui! Là! Voilà! T'es contente?

– Très contente, acquiesça-t-elle en minaudant, elle était mignonne?

– Un vrai cageot.

– Nooon?

– Si. Même un Suédois ravitaillé au Danemark un samedi soir et pété comme un coing n'en aurait pas voulu…

– C'était quoi? De la charité? De l'hygiène?

– De la cruauté…

– Raconte.

– Non. Sauf si tu me dis que tu t'es trompée et que la blonde de tout à l'heure, c'était bien sa femme…

– Je me suis trompée : la pute avec son manteau en peau de loutre, c'était bien sa femme. Ils sont mariés depuis seize ans, ils ont quatre gamins, ils s'adorent et là elle est en train de se jeter sur sa braguette dans l'ascenseur du parking en gardant un œil sur sa montre parce qu'elle a mis une blanquette à réchauffer avant de partir et qu'elle aimerait le faire jouir avant que les poireaux soient brûlés…

– Peuh… Y a pas de poireaux dans une blanquette!

– Ah bon?

– Tu confonds avec le pot-au-feu…

– Et ta Suédoise alors?

– Elle était pas suédoise, elle était française, je te dis… En fait, c'était sa sœur qui me chauffait… Une princesse trop gâtée… Petite péronnelle fringuée en Spice Girl et chaude comme les braises… Elle aussi, elle se faisait chier, j'imagine… Et pour passer le temps, elle venait poser son petit cul sur nos fourneaux. Elle aguichait tout le monde, trempait son doigt dans mes casseroles et le léchait lentement en me regardant par en dessous... Tu me connais, je ne suis pas compliqué comme garçon, alors un jour je te l'ai chopée à l'entresol et la voilà qui se met à couiner, cette conne. Qu'elle allait le dire à son père et tout ça... Oh là, là, je suis pas compliqué mais j'aime pas les allumeuses, moi... Alors je me suis tapé sa grande sœur pour lui apprendre la vie...

– C'est dégueulasse pour la moche !

– Tout est dégueulasse pour les moches, tu le sais bien...

– Et après ?

– Après je suis parti...

– Pourquoi ?

– ...

– Incident diplomatique ?

– On peut dire ça comme ça... Allez, on y va maintenant...

– Moi aussi, j'aime bien quand tu me racontes des histoires...

– Tu parles d'une histoire...

– T'en as beaucoup des comme ça ?

– Non. En général, je préfère me donner du mal pour toper les mignonnes !

– On devrait aller plus loin, gémit-elle, s'il prend les escaliers là-bas et qu'il monte vers les taxis, on va le rater...

– T'inquiète... Je le connais mon Philou... Il marche toujours tout droit jusqu'à ce qu'il se cogne dans un poteau, après il s'excuse et il lève la tête pour comprendre où est la sortie...

– T'es sûr ?

– Mais oui... Hé, c'est bon, là... T'es amoureuse ou quoi ?

– Nan, mais tu sais ce que c'est... Tu sors de ton wagon

avec tout ton barda. T'es un peu groggy, un peu découragé... T'espères personne et toc, y a quelqu'un qu'est là, au bout du quai, et qui t'attend... T'as jamais rêvé de ça, toi?

– Je rêve pas, moi...

– Je rêve pas, moi, répéta-t-elle en imitant la gouaille d'un marlou, je rêve pas et j'aime pas les allumeuses. Te v'là prévenue, fillette...

Il était accablé.

– Tiens, regarde, ajouta-t-elle, je crois que c'est lui, là-bas...

Il était tout au bout du quai et Franck avait raison : c'était le seul qui n'avait ni jean, ni baskets, ni sac, ni bagage à roulettes. Il se tenait droit comme un i, marchait lentement, tenait d'une main une grosse valise en cuir entourée d'une sangle militaire et de l'autre un livre encore ouvert...

Camille souriait :

– Non, je ne suis pas amoureuse de lui, mais tu vois, c'est le grand frère que j'aurais rêvé avoir...

– T'es fille unique?

– Je... Je ne sais plus... murmura-t-elle en se précipitant vers son zombi bigleux et adoré.

Bien sûr il était confus, bien sûr il bégaya, bien sûr il lâcha sa valise qui tomba sur les pieds de Camille, bien sûr il se confondit en excuses et perdit ses lunettes du même coup. Bien sûr.

– Oh, mais Camille, comme vous y allez... On croirait un petit chiot, mais, mais, mais...

– M'en parle pas, on peut plus la tenir... bougonna Franck.

– Tiens, prends sa valise, lui ordonna-t-elle pendant qu'elle se pendait à son cou, tu sais, on a une surprise pour toi...

– Une surprise, mais mon Dieu, non... Je... Je n'aime pas pas tellement les surprises, il ne fal...fallait pas...

– Hé, les tourtereaux ! Ça vous gênerait pas de marcher moins vite ? Y a votre boy qu'est fatigué, là... Putain, mais qu'est-ce que t'as mis là-dedans ? Une armure ou quoi ?

– Oh, quelques livres... Rien de plus...

– Putain, Philou, t'en as déjà des milliers, merde... Ceux-là, tu pouvais pas les laisser au château ?

– Mais, il est très en forme, notre ami... glissa-t-il à l'oreille de Camille, ça va, vous ?

– Qui ça, nous ?

– Euh... eh bien, vous...

– Pardon ?

– T...toi ?

– Moi ? reprit-elle en souriant, très bien. Je suis contente que tu sois là...

– Moi aussi... Tout s'est bien passé ? Pas de tranchées dans l'appartement ? Pas de barbelés ? Pas de sacs de sable ?

– Aucun problème. Il a une petite amie en ce moment...

– Ah, très bien... Et les fêtes ?

– Quelles fêtes ? C'est ce soir la fête ! D'ailleurs, on va dîner quelque part... Je vous invite !

– Où ça ? ronchonna Franck.

– À La Coupole !

– Oh, non... C'est pas un restaurant, ça, c'est une usine à bouffe...

Camille fronça les sourcils :

– Si. À La Coupole. Moi, j'adore cet endroit... On n'y va pas pour manger, on y va pour le décor, pour l'ambiance, pour les gens et pour être ensemble...

– Ça veut dire quoi «on n'y va pas pour manger» ? C'est la meilleure, ça !

– Eh ben si tu ne veux pas nous accompagner, tant pis,

mais moi j'invite Philibert. Considérez tous les deux que c'est mon premier caprice de l'année!

– On n'aura pas de place…

– Mais si! On attendra au bar sinon…

– Et la bibliothèque de Monsieur le Marquis? C'est moi qui me la fade jusque là-bas?

– On n'a qu'à la laisser à la consigne et on la récupérera au retour…

– Ben voyons… Merde, Philou! Dis quelque chose!

– Franck?

– Oui.

– J'ai six sœurs…

– Et alors?

– Alors je te le dis le plus simplement du monde : abandonne. Ce que femme veut, Dieu le veut…

– Qui c'est qui dit ça?

– La sagesse populaire…

– Et voilà! Ça recommence! Vous faites chier tous les deux avec vos citations…

Il se calma quand elle cala son autre bras sous le sien et, sur le boulevard Montparnasse, les badauds s'écartèrent pour les laisser passer.

De dos, ils étaient très mignons…

À gauche, le grand maigre avec sa pelisse *Retraite de Russie*, à droite, le petit râblé avec son blouson *Lucky Strike* et au milieu, une jeune fille qui pépiait, riait, sautillait et rêvait en secret d'être soulevée du sol et de les entendre dire : «À la une! À la deux! À la trois! Yooouuuh…»

Elle les serrait le plus fort possible. Tout son équilibre était là aujourd'hui. Ni devant, ni derrière, mais là. Juste là. Entre ces deux coudes débonnaires…

Le grand maigre penchait légèrement la tête et le petit râblé enfonçait ses poings dans ses poches usées.

Tous les deux, et sans en être aussi conscients, pensaient exactement la même chose : nous trois, ici, maintenant, affamés, ensemble, et que vogue la galère...

Pendant les dix premières minutes, Franck fut exécrable, critiquant tour à tour, la carte, les prix, le service, le bruit, les touristes, les Parisiens, les Américains, les fumeurs, les non-fumeurs, les tableaux, les homards, sa voisine, son couteau et la statue immonde qui allait sûrement lui couper l'appétit.

Camille et Philibert se marraient.

Après une coupe de champagne, deux verres de chablis et six huîtres, il la boucla enfin.

Philibert, qui n'avait pas l'habitude de boire, riait bêtement et sans raison. À chaque fois qu'il reposait son verre, il s'essuyait la bouche et imitait le curé de son village en se lançant dans des sermons mystiques et torturés avant de conclure : «Aaa-men, aaah que je suis heureux d'être avec vous...» Pressé par les deux autres, il leur donna des nouvelles de son petit royaume humide, de sa famille, des inondations, du réveillon chez les cousins intégristes et leur expliqua, au passage nombre d'usages et coutumes hallucinantes avec un humour pince-sans-rire qui les enchanta.

Franck, surtout, écarquillait les yeux et répétait «non?» «non!» «non...» toutes les dix secondes :

– Tu dis qu'ils sont fiancés depuis deux ans et qu'ils n'ont jamais... Arrête... J'y crois pas...

– Tu devrais faire du théâtre, le pressait Camille, je suis sûr que tu serais un excellent show man... Tu connais tellement de mots et tu racontes les choses avec tellement d'esprit... Tellement de distance... Tu devrais raconter le charme azimuté de vieille noblesse française ou quelque chose dans ce goût-là...

– Tu... tu crois?

– J'en suis sûre! Hein Franck? Mais... tu ne m'avais pas parlé d'une fille au musée qui voulait t'emmener à ses cours?

– C'est... c'est exact... mais, mais je bé... bégaye trop...

– Non, quand tu racontes, tu parles normalement...

– Vou... vous croyez?

– Oui. Allez! C'est ta bonne résolution de l'année! trinqua Franck. Sur les planches, Monseigneur! Et te plains pas, hein, parce que la tienne, elle est pas difficile à tenir...

Camille décortiquait leurs crabes, brisait pattes, pinces et carapaces et leur préparait de merveilleuses tartines. Depuis toute petite, elle adorait les plateaux de fruits de mer parce qu'il y avait toujours beaucoup à s'occuper et peu à manger. Avec une montagne de glace pilée entre elle et ses interlocuteurs, elle pouvait donner le change pendant tout un repas sans qu'on s'en mêle ou qu'on l'embête. Et, ce soir encore, alors qu'elle était déjà en train de héler le garçon pour une autre bouteille, elle était loin d'avoir honoré sa part. Elle s'était rincé les doigts, avait attrapé une tartine de pain de seigle et s'était adossée contre la banquette en fermant les yeux.

Clic clac.
Plus personne ne bouge.
Moment suspendu.
Bonheur.

Franck racontait des histoires de carburateur à Philibert qui l'écoutait patiemment prouvant, une fois encore, son éducation parfaite et sa grande bonté d'âme :

– Certes, 89 euros c'est une somme, opinait-il gravement, et... qu'en pense ton ami le... Le gros...

– Le gros Titi ?

– Oui !

– Oh ben, tu sais Titi, il s'en fout, lui... Des joints de culasses comme ça, il en a tant qu'il veut...

– Évidemment, répondit-il, sincèrement désolé, le gros Titi, c'est le gros Titi...

Il ne se moquait pas. Pas la moindre ironie là-dessous. Le gros Titi, c'était le gros Titi et puis voilà.

Camille demanda qui voulait bien partager des crêpes flambées avec elle. Philibert préférait un sorbet et Franck prit ses précautions :

– Attends... T'es quel genre de nana, toi ? Celles qui disent on partage et qui se goinfrent tout en papillotant des cils ? Celles qui disent on partage et qui chipotent le nez du gâteau ? Ou celles qui disent on partage et qui partagent vraiment ?

– Commande et tu le sauras...

– Mmmm, c'est délicieux...

– Nan, elles sont réchauffées, trop épaisses et y a trop de beurre... Je t'en ferai un jour et tu verras la différence...

– Quand tu veux...

– Quand tu seras sage.

Philibert sentait bien que le vent avait tourné, mais il ne voyait pas trop dans quel sens.

Il n'était pas le seul.

Et c'était ça qui était amusant...

Puisque Camille insistait et que ce que femme veut, etc., ils parlèrent d'argent : Qui payerait quoi, quand et comment? Qui ferait les courses? Combien d'étrennes pour la concierge? Quels noms sur la boîte aux lettres? Est-ce qu'on installait une ligne de téléphone et est-ce qu'on se laissait impressionner par les lettres excédées du Trésor Public à propos de la redevance? Et le ménage? chacun sa chambre, OK, mais pourquoi c'était toujours elle ou Philou qui se tapaient la cuisine et la salle de bains? À propos de la salle de bains, il faudrait une poubelle, je m'en charge... Toi Franck, pense à recycler tes canettes et ouvre la fenêtre de ta chambre de temps en temps sinon on va tous attraper des bêtes... Les chiottes idem. Prière de baisser la lunette et quand y a plus de PQ, dites-le. Et puis on pourrait se payer un aspirateur potable quand même... Le balai Bissel de la guerre de 14, ça va un moment... Euh... Quoi encore?

– Alors mon Philou, tu comprends maintenant quand je te disais de ne pas laisser une fille s'installer chez toi? Tu vois ce que je voulais dire? Tu vois un peu le bordel? Et attends, c'est qu'un début...

Philibert Marquet de La Durbellière souriait. Non, il ne voyait pas. Il venait de passer quinze jours humiliants sous le regard exaspéré de son père qui n'arrivait plus à cacher son désaveu. Un premier né qui ne s'intéressait ni aux fermages, ni aux bois, ni aux filles, ni à la finance et encore moins à son rang social. Un incapable, un grand bêta qui vendait des cartes postales pour l'État et bégayait quand sa petite sœur lui demandait de lui passer le sel. Le seul héritier du nom et même pas fichu de garder un peu de prestance quand il s'adressait au garde-chasse. Non, il n'avait pas mérité ça, grinçait-il chaque matin en le surprenant à quatre pattes dans la chambre de Blanche en train de jouer au baigneur avec elle...

– Vous n'avez rien de mieux à faire, mon fils ?

– Non père, mais je...je... dites-moi, si vous avez be...besoin de moi, je...

Mais la porte avait claqué avant qu'il ait terminé sa phrase.

– Toi, on dira que tu feras à manger et moi j'irai chercher les courses et après on dira que tu feras des gaufres et après on ira au parc pour promener les bébés...

– D'accord, ma puce, d'accord. On dira tout ce que tu voudras...

Blanche ou Camille pour lui, c'était la même chose : des petits bouts de filles qui l'aimaient bien et lui faisaient des bisous quelquefois. Et pour ça, il était prêt à encaisser le mépris de son père et à acheter cinquante aspirateurs s'il le fallait.

Pas de problème.

Comme il appréciait les manuscrits, serments, parchemins, cartes et autres traités, c'est lui qui poussa les tasses à café sur la table d'à côté et sortit une feuille de son cartable sur laquelle il écrivit cérémonieusement : «Charte de l'avenue Émile-Deschanel à l'usage de ses occupants et autres visit...»

Il s'interrompit :

– Et qui était ce Émile Deschanel, les enfants ?

– Un président de la République !

– Non, celui-là, c'était Paul. Émile Deschanel était un homme de lettres, professeur à la Sorbonne et limogé à cause de son ouvrage *Catholicisme et socialisme*... Ou le contraire, je ne sais plus... D'ailleurs ma grand-mère, ça la chiffonnait un peu le nom de cette canaille sur sa carte de visite... Bon, euh... Où en étais-je, moi ?

Il reprit point par point tout ce qui venait d'être conclu, y compris le papier-toilette et les sacs-poubelle et fit tourner leur nouveau protocole afin que chacun puisse y ajouter ses propres conventions.

– Me voilà bien jacobin… soupira-t-il.

Franck et Camille lâchèrent leurs verres à contrecœur et écrivirent beaucoup de bêtises…

Imperturbable, il sortit son bâton de cire à cacheter et apposa sa chevalière en bas du papelard sous le regard ahuri des deux autres puis le plia en trois et le glissa négligemment dans la poche de sa veste.

– Euh… Tu te balades toujours avec ton attirail de Louis XIV sur toi? finit par demander Franck en secouant la tête.

– Ma cire, mon sceau, mes sels, mes écus d'or, mon blason et mes poisons… Certainement, mon cher…

Franck, qui avait reconnu un serveur, fit un tour en cuisine.

– Je maintiens, une usine à bouffe. Mais une belle usine…

Camille prit l'addition si, si, j'insiste, vous, vous passerez l'aspirateur, ils récupérèrent la valise en enjambant encore quelques clochards ici et là, Lucky Strike enfourcha sa moto et les deux autres appelèrent un taxi.

8

Elle le guetta en vain le lendemain, le surlendemain et les jours suivants. Pas de nouvelles. Le vigile, avec lequel elle entretenait désormais un brin de causette (la couille droite de Matrix n'était pas descendue, un drame...), ne lui en apprit pas davantage. Pourtant, elle savait qu'il était dans les parages. Quand elle déposait un filet garni derrière les bidons de détergents, pain, fromage, salades Saupiquet, bananes et pâtée Fido, celui-ci disparaissait systématiquement. Jamais un poil de chien, jamais une miette et pas la moindre odeur... Pour un junkie, elle le trouvait drôlement bien organisé, à tel point qu'elle eut même un doute sur le destinataire de ses bontés... Ça se trouve, c'était l'autre taré qui nourrissait son unicouilliste à l'œil... Elle tâta un peu le terrain, mais non, Matrix ne mangeait que des croquettes enrichies à la vitamine B12 avec une cuillerée d'huile de ricin pour le poil. Les boîtes, c'était de la merde. Pourquoi qu'on donnerait à son chien un truc qu'on voudrait pas soi-même?

Ben, oui, pourquoi?

– Et les croquettes, c'est pareil, alors? T'en mangerais pas...

– Bien sûr que si, j'en mange!

– C'est ça...

– Je te jure!

Le pire c'est qu'elle le croyait. Na-qu'une-couille et Na-qu'un-cervelet en train de grignoter des croquettes au poulet devant un porno dans leur cahute surchauffée au milieu de la nuit, ça pouvait le faire... Très bien, même.

Plusieurs jours s'écoulèrent ainsi. Quelquefois, il ne venait pas. La baguette avait durci et les cigarettes étaient encore là. Quelquefois, il passait et ne prenait rien d'autre que la bouffe de son chien... Trop de dope ou pas assez pour faire bombance... Quelquefois, c'est elle qui n'assurait pas... Camille ne se prenait plus la tête avec ça. Un coup d'œil rapide au fond du local pour savoir si elle devait vider sa musette et basta.

Elle avait d'autres soucis...

À l'appart, pas de problème, ça roulait, charte ou pas charte, Myriam ou pas Myriam, TOC ou pas TOC, chacun menait son petit bonhomme de chemin sans ennuyer le voisin. On se saluait chaque matin et l'on se droguait gentiment en rentrant le soir. Shit, herbe, pinard, incunables, Marie-Antoinette ou Heineken, c'était chacun son trip et Marvin pour tous.

Dans la journée, elle dessinait et, quand il était là, Philibert lui faisait la lecture ou commentait les albums de famille :
– Là c'est mon arrière-grand-père... Le jeune homme à côté, c'est son frère, l'oncle Élie, et devant ce sont leurs fox... Ils organisaient des courses de chiens et c'était monsieur le curé, là tu le vois assis devant la ligne d'arrivée, qui désignait le vainqueur.
– Ils ne s'embêtaient pas dis donc...
– Ils avaient bien raison... Deux ans plus tard ils partiront sur le front des Ardennes et six mois après ils seront morts tous les deux...

Non, c'était au boulot que ça n'allait plus... D'abord le mec du cinquième l'avait accostée un soir en lui demandant où elle avait mis son plumeau. Wouarf, wouarf, il était super content de sa blague et l'avait poursuivie à travers tout l'étage en répétant «Je suis sûr que c'est vous! Je suis sûr que c'est vous!» Dégage gros con, tu me gênes, là.

Non, c'est ma collègue, finit-elle par lâcher en lui indiquant Super Josy qui était en train de compter ses varices.

Game over.

Deuxièmement, elle ne pouvait plus supporter la Bredart justement...

Elle était bête comme ses pieds, avait un peu de pouvoir et en abusait sans modération (chef de chantier, chez Touclean, ce n'était pas le Pentagone tout de même!), transpirait, postillonnait, était toujours en train de piquer des capuchons de Bic pour récupérer des bouts de barbaque coincés entre ses dents du fond et glissait une blague raciste à chaque étage en prenant Camille à partie puisque c'était la seule autre Blanche de l'équipe.

Camille qui se retenait souvent à sa serpillière pour ne pas la lui envoyer dans la gueule et l'avait priée l'autre jour de garder pour elle ses conneries parce qu'elle commençait à fatiguer tout le monde.

– Non, mais l'autre... Mais comment qu'ème cause celle-ci? Qu'est-ce tu fous là d'abord, toi? Qu'est-ce tu fous avec nous? Tu nous espionnes ou quoi? C'est une question que je me suis posée l'autre jour, tins... Que p'tête bien que t'étais envoyée par les patrons pour nous espionner ou queque chose dans le genre... Je l'ai vu sur ta feuille de paye où qu'tu logeais et comment que tu parles et tout ça... T'es pas des nôtres, toi ? Tu pues la bourgeoise, tu pues le fric. Matonne, va !

Les autres filles ne réagissaient pas. Camille poussa son chariot et s'éloigna.

Elle se retourna :

– Ce qu'elle me dit, elle, j'en ai rien à foutre parce que je la méprise... Mais, vous, vous êtes vraiment nazes... C'est pour vous que j'ai ouvert ma gueule, pour qu'elle arrête de vous humilier et j'attends pas que vous me remerciiez, ça aussi j'en ai rien à foutre, mais au moins, vous pourriez venir faire les chiottes avec moi... Parce que toute bourgeoise que je suis, c'est toujours moi qui me les cogne, je vous ferai remarquer...

Mamadou fit un drôle de bruit avec sa bouche et lâcha un énorme mollard aux pieds de Josy, un truc monstrueux vraiment. Ensuite elle attrapa son seau, le balança devant elle et donna un coup dans les fesses de Camille :

– Comment une fille qui a un si petit cul peut avoir une si grande bouche ? Tu m'étonneuras toujours, toi...

Les autres ronchonnèrent à tort et à travers et se dispersèrent mollement. Pour Samia, elle s'en fichait. Pour Carine, c'était plus dur... Elle l'aimait bien, elle... Carine qui s'appelait Rachida en vrai, qui n'aimait pas son prénom et léchait le cul d'une facho. Elle irait loin, cette petite...

À partir de ce jour, la donne changea. Le travail était toujours aussi con et l'ambiance devint nauséabonde. Ça faisait beaucoup, tout ça...

Camille avait perdu des relations de travail mais était peut-être en train de gagner une amie... Mamadou l'attendait devant la bouche de métro et faisait équipe avec elle. Elle lui tenait le manche pendant qu'elle bossait pour deux. Non pas que l'autre y mît de la mauvaise volonté, mais vraiment, sincèrement, tout bêtement, elle était beaucoup trop grosse pour être efficace. Ce qui lui prenait un quart d'heure, Camille le torchait en deux minutes, et en plus, elle avait mal partout. Sans chiqué. Sa pauvre carcasse n'en pouvait plus de supporter tout ça : des cuisses monstrueuses, des seins énormes et un cœur plus gros encore. Ça regimbait là-dessous et c'était bien normal.

– Il faut que tu maigrisses Mamadou...

– C'est ça... Et toi ? Quand est-ce que tu viens manger le mafé poulet à la maison ? lui rétorquait-elle à chaque fois.

Camille lui avait proposé un marché : je bosse mais tu me fais la conversation.

Elle était loin de se douter que cette petite phrase la mènerait si loin... L'enfance au Sénégal, la mer, la poussière, les petites chèvres, les oiseaux, la misère, ses neuf frères et sœurs, le vieux Père blanc qui sortait son œil de verre pour les faire rire, l'arrivée en France en 72 avec son frère Léopold, les poubelles, son mariage raté, son mari gentil quand même, ses gosses, sa belle-sœur qui passait ses après-midi à Tati pendant qu'elle se tapait tout le boulot, l'autre qui avait encore fait caca, mais dans l'escalier cette fois, la fête souvent, les emmerdes, sa cousine germaine qui s'appelait Germaine et qui s'était pendue l'année dernière en laissant deux petites jumelles adorables, les dimanches après-midi dans la cabine téléphonique, les pagnes hollandais, les recettes de cuisine et un million d'autres images dont Camille ne se lassait jamais. Plus besoin de lire *Courrier International*, Senghor ou l'édition Seine-Saint-Denis du *Parisien*, il suffisait de frotter un peu plus fort et d'ouvrir grand les oreilles. Et quand Josy passait – c'était rare – Mamadou se baissait, donnait un petit coup de chiffon sur le sol et attendait que l'odeur soit repartie pour se relever.

Confidence après confidence, Camille osa des questions plus indiscrètes. Sa collègue lui racontait des choses affreuses, ou du moins qui *lui* semblaient affreuses, avec une nonchalance désarmante.

– Mais comment tu t'organises? Comment tu tiens? Comment tu y arrives? C'est l'enfer ces horaires...

– Ta ta ta... Parle pas deu ce que tu connais pas. L'Enfer, c'est bien pire que ça, va... L'Enfer, c'est quand tu peux plus voir les gens que t'aimes... Tout le reste ça compte pas... Dis tu veux pas que j'aille te chercher des chiffons propres?

– Tu peux sûrement trouver un boulot plus près... Faut pas que tes gamins y restent tout seuls le soir, on ne sait jamais ce qui peut arriver...

– Y a ma belle-sœur.

– Mais tu me dis que tu peux pas compter sur elle...

– Des fois si...

– C'est une grosse boîte Touclean, je suis sûre que tu pourrais trouver des chantiers plus près de chez toi... Tu veux que je t'aide? Que je demande pour toi? Que j'écrive à la direction du personnel? fit Camille en se relevant.

– Non. Touche à rien, malheureuse! La Josy, elle est comme elle est, mais elle ferme les yeux sur beaucoup deu choses, tu sais... Bavarde et grosse comme je suis, j'ai déjà deu la chance d'avoir du travail... Tu te souviens deu la visite médicale à la rentrée? L'autre imbécile, le petit docteur... Il a voulu me chicaner parce que mon cœur il était trop noyé sous trop deu graisse ou je ne sais pas quoi...

Eh ben, c'est elle qui m'a arrangé mon affaire, alors faut toucher à rien, je teu dis…

– Attends… On parle bien de la même, là? De l'abrutie qu'est toujours en train de te traiter comme si t'étais la dernière des merdes?

– Mais oui, on parle deu la même! fit Mamadou en riant. J'en connais qu'une. Et heureusement dis donc!

– Mais tu viens de lui cracher dessus!

– Où t'as vu ça, toi? se fâcha-t-elle, j'ai pas craché sur elle! Je me permettrais pas dis donc…

Camille vida la déchiqueteuse en silence. La vie était un drôle de nuancier quand même…

– En tout cas, c'est gentil. T'es une gentille, toi… Il faut que tu viennes à la maison un soir pour que mon frère te fasse venir une belle vie avec un amour définitif et beaucoup d'enfants.

– Pff…

– Quoi, «pff»? T'en voudrais pas des enfants?

– Non.

– Dis pas ça, Camille. Tu vas faire venir le mauvais sort…

– Il est déjà venu…

Elle la dévisagea méchamment :

– Tu devrais avoir honte deu parler comme ça… T'as du travail, une maison, deux bras, deux jambes, un pays, un amoureux…

– Pardon?

– Ah! Ah! exulta-t-elle, tu crois que je t'ai pas vue avec Nourdine en bas? Toujours à lui flatter son gros chien, là… Tu crois que mes yeux y sont noyés dans deu la graisse aussi?

Et Camille se mit à rougir.

Pour lui faire plaisir.

Nourdine qui était survolté ce soir-là et encore plus boudiné que d'habitude dans sa combinaison de justicier. Nourdine qui excitait son chien et se prenait pour l'inspecteur Harry...

— Ben qu'est-ce qui se passe, lui demanda Mamadou, pourquoi qu'y grogne comme ça ton veau?

— Je sais pas ce que c'est, mais y a quequechose qui tourne pas rond... Restez pas là, les filles. Restez pas par ici...

Ah! Il était heureux là... Il ne lui manquait plus que les Ray-Ban et la kalachnikov...

— Restez pas là, je vous dis!

— Hé, calme-toi, lui répondit-elle, te mets pas dans des états pareils...

— Laisse-moi faire mon travail, la grosse! Je viens pas te dire comment tenir ton balai, moi!

Hum... Chassez le naturel...

Camille fit semblant de prendre le métro avec elle puis remonta les marches en empruntant l'autre sortie. Elle fit deux fois le tour du pâté de maisons et finit par les trouver dans le renfoncement d'un magasin de chaussures. Il était assis, dos à la vitrine et son chien dormait sur ses jambes.

— Ça va? demanda-t-elle désinvolte.

Il leva les yeux et mit un moment avant de la reconnaître :

— C'est toi?

— Oui.

— Les provisions aussi?

— Oui.

— Ben merci...

— ...

– Il est armé l'autre dingue?

– J'en sais rien...

– Bon, ben... Salut...

– Je peux te montrer un endroit pour dormir si tu veux...

– Un squat?

– Un genre...

– Y a qui dedans?

– Personne...

– C'est loin?

– Près de la tour Eiffel...

– Non.

– Comme tu voudras...

Elle n'avait pas avancé de trois pas qu'on entendit la sirène des flics qui s'arrêtaient devant un Nourdine surexcité. Il la rattrapa à la hauteur du boulevard :

– Tu demandes quoi en échange?

– Rien.

Plus de métro. Ils marchèrent jusqu'à l'arrêt du Noctambus.

– Passe devant et laisse-moi ton chien... Toi, il te laissera pas monter avec... Comment il s'appelle?

– Barbès...

– C'est là que je l'ai trouvé...

– Ah, ouais, comme Paddington...

Elle le prit dans ses bras et fit un grand sourire au chauffeur qui n'en avait rien à carrer.

Ils se rejoignirent au fond :

– C'est quoi comme race?

– On est obligé de faire la conversation aussi?

– Non.

– J'ai remis un cadenas mais c'est symbolique… Tiens, prends la clef. La perds pas surtout, j'en ai qu'une…

Elle poussa la porte et ajouta calmement :

– Y a encore des réserves dans les cartons… Du riz, de la sauce tomate et des gâteaux secs, je crois… Là tu trouveras des couvertures… Ici le radiateur électrique… Ne le mets pas trop fort sinon il saute… Il y a un chiotte à la turque sur le palier. Normalement, t'es tout seul à l'utiliser… Je dis normalement parce que j'ai déjà entendu du bruit en face, mais je n'ai jamais vu personne… Euh… Quoi encore ? Ah si ! J'ai vécu avec un toxico autrefois donc je sais exactement comment ça va se passer. Je sais qu'un jour, demain peut-être, tu auras disparu et vidé tout ce qu'il y a ici. Je sais que tu vas essayer de tout fourguer pour te payer du bon temps. Le radiateur, les plaques, le matelas, le paquet de sucre, les serviettes, tout… Bon… Je le sais. La seule chose que je te demande, c'est d'être discret. C'est pas vraiment chez moi non plus, ici… Donc je te prie de ne pas me mettre dans la merde… Si t'es encore là demain, j'irai voir la gardienne pour t'éviter des embrouilles. Voilà.

– C'est qui qui a dessiné ça ? demanda-t-il en désignant le trompe-l'œil. Une immense fenêtre ouverte sur la Seine avec une mouette perchée sur le balcon…

– Moi…

– T'as vécu là ?

– Oui.

Barbès inspecta les lieux avec défiance puis se roula en boule sur le matelas.

– J'y vais…

– Hé ?

– Oui.

– Pourquoi ?

– Parce qu'il m'est arrivé exactement la même chose… J'étais dehors et quelqu'un m'a amenée ici…

– Je resterai pas longtemps…

– Je m'en fous. Ne dis rien. Vous ne dites jamais la vérité de toute façon…

– Je suis suivi à Marmottan…

– C'est ça… Allez… Fais de beaux rêves…

9

Trois jours plus tard, madame Perreira souleva ses sublimes voilages et l'interpella dans le hall :

– Dites, mademoiselle…

Merde, ça n'avait pas traîné. Fait chier… Ils lui avaient filé cinquante euros quand même…

– Bonjour.

– Oui bonjour, dites voir…

Elle grimaçait.

– C'est bien votre ami, l'autre goret ?

– Pardon ?

– Le motard, là ?

– Euh… Oui, répondit-elle soulagée. Il y a un problème ?

– Pas un ! Cinq ! Y commence à me chauffer ce garçon ! Ah ça, oui ! Y commence à me plaire ! Venez plutôt voir par là !

Elle la suivit dans la cour.

– Alors ?

– Je… Je ne vois pas…

– Les taches d'huile…

En effet, avec une bonne loupe on pouvait distinguer très nettement cinq petits points noirs sur les pavés…

– La mécanique c'est bien joli mais ça salit, alors vous lui direz de ma part que les journaux, c'est pas fait pour les chiens, compris ?

Ce problème réglé, elle se radoucit. Un petit commentaire sur le temps : « C'est très bien. Ça nous débarrasse de la vermine.» Sur le brillant des poignées en laiton : «Ça c'est sûr que pour les ravoir... Faut y aller hein?». Sur les roues des poussettes pleines de crottes de chien. Sur la dame du cinquième qui venait de perdre son mari, la pauvre. Et elle était tout à fait calmée.

– Madame Perreira...

– C'est moi.

– Je ne sais pas si vous l'avez vu, mais j'héberge un ami au septième...

– Oh! Je me mêle pas de vos affaires, moi! Ça va, ça vient... Je dis pas que je comprends tout, mais enfin...

– Je vous parle de celui qui a un chien...

– Vincent?

– Euh...

– Si, Vincent! Le sidatique avec son petit griffon?

Camille ne savait plus quoi dire.

– Il est venu me voir hier parce que mon Pikou gueulait comme un furieux derrière la porte alors on s'est présenté nos bêtes... Comme ça c'est plus simple... Vous savez comment ça se passe... Ils se reniflent le derrière une bonne fois pour toutes et puis nous voilà tranquilles... Ben pourquoi vous me regardez comme ça?

– Pourquoi vous dites qu'il a le sida?

– Doux Jésus, parce que c'est lui qui me l'a dit! On a bu un verre de porto... Vous en voulez un, d'ailleurs?

– Non, non... Je... je vous remercie...

– Ben, oui, c'est malheureux, mais comme j'lui disais, ça se soigne bien, maintenant... Ils ont trouvé les bons médicaments...

Elle était si perplexe qu'elle en oublia de prendre l'ascenseur. C'était quoi, ce bordel? Pourquoi les torchons étaient pas avec les torchons et les serviettes avec les serviettes?

On allait où, là?

La vie était moins compliquée quand elle n'avait que ses cailloux à empiler... Allons, ne dis pas ça, idiote...

Non, t'as raison. Je ne dis pas ça.

– Qu'est-ce qui se passe ?

– Pff... Regarde mon pull... fulmina Franck. C'est cette connerie de machine, là ! Putain, je l'aimais bien celui-là en plus... Regarde ! Mais regarde ! Il est minuscule maintenant !

– Attends, je vais couper les manches et tu vas l'offrir à la concierge pour son rat...

– C'est ça, marre-toi. Un Ralph Lauren tout neuf...

– Eh ben, justement, elle sera contente ! En plus elle t'adore...

– Ah bon ?

– Elle vient encore de me le répéter à l'instant : «Ah ! Il a fière allure votre ami sur sa belle moto ! »

– Nan ?

– Je te jure.

– Bon, ben, allons-y... Je lui descendrai en partant...

Camille se mordit les joues et customisa un chic manchon pour Pikou.

– Tu sais que tu vas avoir droit à la bise, gros veinard...

– Arrête, j'ai peur...

– Et Philou ?

– Tu veux dire Cyrano ? À son cours de théâtre...

– C'est vrai ?

– Tu l'aurais vu partir... Encore déguisé en je-ne-sais-quoi... Avec une grande cape et tout...

Ils riaient.

– Je l'adore...

– Moi aussi.

Elle alla se préparer un thé.

– T'en veux?

– Non, merci, répliqua-t-il, il faut que j'y aille. Dis...

– Quoi?

– T'as pas envie d'aller te promener?

– Pardon?

– Depuis quand t'as pas quitté Paris?

– Une éternité...

– Dimanche on tue le cochon, tu veux pas venir? Je suis sûr que ça t'intéresserait... Je dis ça, c'est rapport au dessin, hein?

– C'est où?

– Chez des amis, dans le Cher...

– Je ne sais pas...

– Mais si! Viens... Il faut voir ça une fois dans sa vie... Un jour ça n'existera plus, tu sais...

– Je vais réfléchir.

– C'est ça, réfléchis. C'est ta spécialité de réfléchir. Il est où mon pull?

– Là, fit Camille en lui désignant un magnifique étui à roquétos vert pâle.

– Putain... Un Ralph Lauren en plus... Ça me tue, je te jure...

– Allez... Tu vas te faire deux amis pour la vie...

– 'Tain il a plus intérêt à pisser sur ma moto, l'autre globuleux, là!

– T'inquiète, ça va marcher, pouffa-t-elle en lui tenant la porte... Chi, chi, ch'vous l'achure, il a oune fière allurche chur cha motobécane votre amich...

Elle courut éteindre la bouilloire, prit son bloc et s'assit près du miroir. Elle se mit à rire enfin. À rire comme une

341

folle. Une vraie gamine. Elle imaginait la scène : l'autre zozo, toujours si content de lui, en train de toquer négligemment au carreau de la loge avec son bout de feutrine et sa paire de balloches sur un plateau d'argent... Ah! que c'était bon de rire! Que c'était bon... Elle n'était pas coiffée, dessina ses épis, ses fossettes, sa bêtise et écrivit : *Camille, Janvier 2004*, prit sa douche et décida que, oui, elle irait se promener avec lui.

Elle lui devait bien ça...

Un message sur son portable. C'était sa mère... Oh, non, pas aujourd'hui... Pour effacer votre message, appuyez sur la touche étoile.

Eh ben voilà. Hop. Étoile.

Elle passa le reste de la journée en musique, avec ses trésors et sa boîte d'aquarelles. Fumait, grignotait, léchait ses poils de martre, riait toute seule et grimaça quand ce fut l'heure de la blouse.

Tu as déjà bien déblayé le terrain, songeait-elle en trottinant jusqu'à la station de métro, mais y a encore du boulot, hein? Tu ne vas pas t'arrêter là quand même?

Je fais ce que je peux, je fais ce que je peux...

Vas-y, on te fait confiance.

Non, non, ne me faites pas confiance, ça me stresse.

Ttt tt, allez... Dépêche-toi. Tu es déjà très en retard...

10

Philibert était malheureux. Il poursuivait Franck à travers tout l'appartement :

– Ce n'est pas raisonnable. Vous partez trop tard… Dans une heure il fera nuit… Il va geler… Non, ce n'est pas raisonnable… Partez de…demain matin…

– Demain matin, on tue le cochon.

– Mais que…quelle idée aussi ! Ca…Camille, il se tordait les mains, res…reste avec moi, je t'emmènerai au Pa…Palais des Thés…

– Ça va, bougonna Franck en glissant sa brosse à dents dans une paire de chaussettes, c'est pas le bout du monde quand même… On y sera dans une heure…

– Oh, ne…ne dis pas…pas ça… Tu…tu vas encore rou… rouler co…comme un fou…

– Mais non…

– Mais si, je…je te co…connais…

– Philou, arrête ! Je vais pas te l'abîmer, je te le jure… Tu viens, la miss ?

– Oh… Je… Je…

– Tu quoi ? fit-il excédé.

– Je n'ai que…que vous au monde…

Silence.

– Oh là là… J'y crois pas… Les violons maintenant…

Camille se mit sur la pointe des pieds pour l'embrasser :

– Moi aussi, je n'ai que toi au monde… Ne t'inquiète pas…

Franck soupira.

– Mais qui c'est qui m'a foutu une équipe de branqui-
gnols pareils! On nage en plein mélo, là! On va pas à la
guerre, putain! On part quarante-huit heures!

– Je te ramènerai un bon steak, lui lança Camille en s'en-
gouffrant dans l'ascenseur.

Les portes se refermèrent sur eux.

– Hé?
– Quoi?
– Y a pas de steaks dans le cochon...
– Ah bon?
– Ben non.
– Ben y a quoi alors?

Il leva les yeux au ciel.

11

Ils n'étaient pas encore à la porte d'Orléans, qu'il s'arrêta sur le bas-côté et lui fit signe de descendre :

– Attends, y a un truc qui va pas du tout, là...

– Quoi?

– Quand je me penche, tu dois te pencher avec moi.

– Tu es sûr?

– Mais oui, je suis sûr! Tu vas nous foutre dans le décor avec tes conneries!

– Mais... Je croyais qu'en me penchant dans l'autre sens, je nous équilibrais...

– Putain, Camille... Je saurais pas te faire un cours de physique mais c'est une question d'axe de gravité, tu comprends? Si on se penche ensemble, les pneus adhèrent mieux...

– T'es sûr?

– Certain. Penche-toi avec moi. Fais-moi confiance...

– Franck?

– Quoi encore? T'as peur? Il est encore temps de reprendre le métro, tu sais?

– J'ai froid.

– Déjà?

– Oui...

– Bon... Lâche les poignées et colle-toi contre moi... Colle-toi le plus possible et passe tes mains sous mon blouson...

– D'accord.

– Hé?

– Quoi?

– T'en profites pas, hein? ajouta-t-il goguenard, en lui rabattant sa visière d'un coup sec.

Cent mètres plus loin, elle était de nouveau frigorifiée, au péage elle était congelée et dans la cour de la ferme, elle fut incapable de récupérer ses bras.

Il l'aida à descendre et la soutint jusqu'à la porte.

– Ah ben, te v'là, toi... Ben qu'est-ce tu nous amènes là?

– Une fille panée.

– Entrez donc, mais entrez, je vous dis!... Jeannine! V'là le Franck avec sa copine...

– Oh la petiote... se lamenta la bonne femme, ben qu'est-ce tu lui as fait? Oh... C'est pas malheureux ça... Elle est toute bleue, la gamine... Poussez-vous, vous autres... Jean-Pierre! Mets-y donc une chaise dans la cheminée!

Franck s'agenouilla devant elle :

– Hé, il faut que tu enlèves ton manteau maintenant...

Elle ne réagissait pas.

– Attends, je vais t'aider... Tiens, donne-moi tes pieds...

Il lui ôta ses chaussures et ses trois paires de chaussettes.

– Là... c'est bien... Allez... Le haut maintenant...

Elle était si contractée qu'il eut toutes les peines du monde à sortir ses bras des emmanchures... Voilà... Laisse-toi faire, mon petit glaçon...

– Bon Dieu! mais donnez-lui queque chose de chaud! cria-t-on dans l'assemblée...

Elle était le nouveau centre d'attraction.

Ou comment décongeler une Parisienne sans la casser...

– J'ai des rognons tout chauds! tonna Jeannine.

Vent de panique dans la cheminée. Franck lui sauva la mise :

– Non, non, laissez-moi faire... Y a bien du bouillon qui traîne, par là... demanda-t-il en soulevant tous les couvercles.

– C'est la poule d'hier...

– Parfait. Je m'en occupe... Servez-lui un coup à boire pendant ce temps-là.

Au fur et à mesure qu'elle lapait son bol, ses joues reprirent des couleurs.

– Ça va mieux?

Elle acquiesça.

– De quoi?

– Je disais que c'était la deuxième fois que tu me préparais le meilleur bouillon du monde...

– Je t'en ferai d'autres, va... Tu viens t'asseoir à table avec nous?

– Je peux rester encore un peu dans la cheminée?

– Mais oui! gueulèrent les autres, laisse-la donc! On va la fumer comme les jambons!

Franck se releva à contrecœur...

– Tu peux bouger tes doigts?

– Euh... oui...

– Y faut que tu dessines, hein? Moi je veux bien te faire à manger, mais toi, tu dois dessiner... Tu dois jamais t'arrêter de dessiner, compris?

– Maintenant?

– Nan, pas maintenant, mais toujours...

Elle ferma les yeux.

– D'accord.

– Bon... j'y vais. Donne-moi ton verre, je vais te resservir...

Et Camille fondit peu à peu. Quand elle vint les rejoindre, ses joues étaient en feu.

Elle assista à leur conversation sans rien y comprendre et regardait leurs trognes admirables en souriant aux anges.

– Allez... Le dernier coup de gnôle et au plume! Parce que demain, on se lève tôt les enfants! Y a le Gaston qui sera là à sept heures...
Tout le monde se leva.
– C'est qui le Gaston?
– C'est le tueur, murmura Franck, tu vas voir le personnage... C'est quelque chose...

– Bon ben, c'est là... ajouta Jeannine, la salle de bains est en face et je vous ai mis des serviettes propres sur la table... Ça ira?
– Super, répondit Franck, super... Merci...
– Dis pas ça, mon grand, on est drôlement content de te voir, tu le sais bien... Et la Paulette?
Il piqua du nez.
– Allez, allez... On n'en parle pas, fit-elle en lui serrant le bras, ça s'arrangera, va...
– Vous la reconnaîtriez pas, Jeannine...
– Parlons pas de ça, je te dis... T'es en vacances, là...

Quand elle eut refermé la porte, Camille s'inquiéta :
– Hé! Mais y a qu'un lit...
– Bien sûr que y a qu'un lit. C'est la campagne ici, pas l'hôtel Ibis!
– Tu leur as dit qu'on était ensemble? fulmina-t-elle.
– Mais non! J'ai juste dit que je venais avec une copine, c'est tout!
– Ben voyons...

– Ben voyons quoi? s'énerva-t-il.

– Une copine, ça veut dire une fille que tu sautes. Où donc avais-je la tête, moi?

– Putain, t'es vraiment casse-couilles dans ton genre, hein?

Il s'assit au bord du lit pendant qu'elle sortait ses affaires.

– C'est la première fois…

– Pardon?

– C'est la première fois que j'amène quelqu'un ici.

– C'est sûr… Tuer le cochon c'est pas ce qu'il y a de plus glamour pour emballer…

– Ça n'a rien à voir avec le cochon. Ça n'a rien à voir avec toi. C'est…

– C'est quoi?

Franck s'allongea en travers du lit et s'adressa au plafond :

– Jeannine et Jean-Pierre, y z'avaient un fils… Frédéric… Un mec super… C'était mon pote… Le seul que j'aie jamais eu d'ailleurs… On a fait l'école hôtelière ensemble et s'il avait pas été là, je serais pas là, moi non plus… Je sais pas où je serais, mais… Enfin, bref… Il est mort y a dix ans… Accident de voiture… Même pas de sa faute… Un connard qui s'est pas arrêté au stop… Alors, voilà, moi, je suis pas Fred bien sûr, mais ça y ressemble… Je viens tous les ans… Le cochon c'est prétexte… Y me regardent et puis qu'est-ce qu'y voient? Des souvenirs, des paroles et le visage de leur gamin quand il avait même pas vingt ans… La Jeannine, elle est toujours en train de me toucher, de me peloter… Pourquoi elle fait ça, à ton avis? Parce que je suis la preuve qu'il est encore là… Je suis sûr qu'elle nous a mis ses plus beaux draps et qu'elle est en train de se retenir à la rampe d'escalier, à l'heure qu'il est…

– C'est sa chambre ici?

– Non. La sienne elle est fermée…

– Pourquoi tu m'as amenée alors?

– Je te dis, pour que tu dessines et puis…

– Et puis quoi?

– Je sais pas, j'avais envie…

Il s'ébroua.

– Et pour le pieu, c'est pas un problème… On va mettre le matelas par terre et je dormirai sur le sommier… Ça ira princesse?

– Ça ira.

– T'as vu *Shrek*? Le dessin animé?

– Non, pourquoi?

– Parce que tu me fais penser à la princesse Fiona… En moins bien roulée bien sûr…

– Bien sûr.

– Allez… Tu m'aides? Y pèsent une tonne ces matelas-là…

– T'as raison, gémit-elle. Y a quoi là-dedans?

– Des générations de paysans morts de fatigue.

– C'est gai…

– Tu te déshabilles pas?

– Ben si… Je suis en pyjama, là!

– Tu gardes ton pull et tes chaussettes?

– Oui.

– J'éteins alors?

– Ben oui!

– Tu dors? demanda-t-elle au bout d'un moment.

– Non.

– À quoi tu penses?

– À rien.

– À ta jeunesse?

– Peut-être... À rien, donc. C'est bien ce que je dis...

– C'était rien ta jeunesse?

– Pas grand-chose en tout cas...

– Pourquoi?

– Putain... Si on commence là-dessus, on y est encore demain matin...

– Franck?

– Oui.

– Qu'est-ce qu'elle a ta grand-mère?

– Elle est vieille... Elle est toute seule... Toute sa vie elle a dormi dans un bon gros lit comme celui-ci avec un matelas en laine et un crucifix au-dessus de la tête et maintenant elle est en train de se laisser mourir dans une espèce de caisson en fer merdique...

– Elle est à l'hôpital?

– Nan, dans une maison de retraite...

– Camille?

– Oui?

– T'as les yeux ouverts, là?

– Oui.

– Tu sens comme la nuit est bien noire ici? Comme la lune est belle? Comme les étoiles brillent? T'entends la maison? Les tuyaux, le bois, les armoires, l'horloge, le feu en bas, les oiseaux, les bêtes, le vent... T'entends tout ça?

– Oui.

– Ben elle, elle les entend plus... Sa chambre donne sur un parking toujours éclairé, elle guette le bruit métallique des chariots, les conversations des aides-soignantes, ses voisins qui râlent et leurs télés qui jacassent toute la nuit. Et... Et elle en crève...

– Mais tes parents ? Y peuvent pas s'en occuper, eux ?

– Oh Camille...

– Quoi ?

– Ne m'emmène pas par là... Dors maintenant.

– J'ai pas sommeil.

– Franck,

– Quoi encore ?

– Y sont où tes parents ?

– J'en sais rien.

– Comment ça, t'en sais rien ?

– J'en ai pas.

– ...

– Mon père, je l'ai jamais connu... Un inconnu qui s'est vidé les burnes à l'arrière d'une bagnole... Et ma mère, euh...

– Quoi ?

– Ben ma mère, elle était pas très contente qu'un connard dont elle arrivait même pu à se souvenir le nom se soit vidé les burnes comme ça...alors euh...

– Quoi ?

– Ben rien...

– Rien quoi ?

– Ben elle en voulait pas...

– Du mec ?

– Nan, du petit garçon.

– C'est ta grand-mère qui t'a élevé ?

– Ma grand-mère et mon grand-père...

– Et lui, il est mort ?

– Oui.

– Tu l'as jamais revue ?

– Camille, je te jure, arrête. Sinon, tu vas te sentir obligée de me prendre dans tes bras après...

– Si. Vas-y. C'est un risque que je veux bien prendre…
– Menteuse.
– Tu l'as jamais revue ?
– …
– Excuse-moi. J'arrête.

Elle l'entendit qui se retournait :
– Je… Jusqu'à l'âge de dix ans, j'ai jamais eu de ses nouvelles… Enfin, si, je recevais toujours un cadeau pour mon anniversaire et pour Noël, mais j'ai appris plus tard que c'était du pipeau. Encore une combine pour m'embrouiller la tête… Une gentille combine, mais une combine quand même… Elle ne nous écrivait jamais mais je sais que ma mémé lui envoyait ma photo d'école tous les ans… Et, une année, va savoir… Je devais être plus mignon que d'habitude… Peut-être que ce jour-là, l'instituteur m'avait repeigné ? Ou que le photographe avait sorti un Mickey en plastique pour me faire sourire ? Toujours est-il que le petit gars sur la photo lui a donné des regrets et qu'elle s'est annoncée pour venir me reprendre avec elle… Je te raconte pas le bordel… Moi qui hurlais pour rester, ma mémé qui me consolait en me répétant que c'était formidable, que j'allais enfin avoir une vraie famille et qui pouvait pas s'empêcher de chialer encore plus fort que moi en m'étouffant contre ses gros seins… Mon pépé qui ne parlait plus… Nan, je te raconte pas… T'es assez maligne pour comprendre tout ça, toi, hein ? Mais crois-moi, c'était chaud…
« Après nous avoir posé quelques lapins, elle a fini par venir. Je suis monté dans sa voiture. Elle m'a montré son mari, son autre gamin et mon nouveau lit…
« Au début, ça me plaisait vachement, ce truc-là, de dormir dans un lit superposé, et puis le soir, j'ai chialé. Je lui ai dit que je voulais retourner chez moi. Elle m'a

répondu que c'était ici chez moi et qu'il fallait que je me taise sinon j'allais réveiller le petit. Cette nuit-là, et toutes les autres, j'ai pissé dans mon lit. Ça l'énervait. Elle disait : je suis sûre que tu le fais exprès, tu resteras mouillé, tant pis pour toi. C'est ta grand-mère. Elle t'a pourri le caractère. Et après je suis devenu fou.

« Jusqu'à présent, j'avais vécu dans les champs, j'allais à la pêche tous les soirs après l'école, l'hiver mon pépé m'emmenait aux champignons, à la chasse, au café... J'étais toujours dehors, toujours en bottes, toujours en train de jeter mon vélo dans les buissons pour aller apprendre le métier avec les braconniers et puis me voilà dans un HLM pourri dans une banlieue de merde, coincé entre quatre murs, une télé et un autre môme qui se récoltait toutes les douceurs... Alors j'ai pété les plombs. J'ai... Non... Peu importe... Trois mois plus tard, elle m'a remis dans le train en me répétant que j'avais tout gâché...

« *T'as tout gâché, t'as tout gâché...* Quand je suis monté dans la Simca de mon pépé, ça résonnait encore dans ma petite tête. Et le pire, tu vois, c'est que... »

– C'est que quoi ?

– C'est qu'elle m'a pété en mille morceaux, cette conne... Après ça n'a plus jamais été comme avant... J'étais plus dans l'enfance, j'en voulais plus de leurs câlins et de toute cette merde... Parce que le pire qu'elle ait fait, c'était pas tellement de revenir me prendre, le pire, c'est toutes les horreurs qu'elle m'a dit sur ma grand-mère avant de me jeter encore une fois. Comment elle m'a flingué la tête avec ses bobards... Que c'était sa mère qui l'avait forcée à m'abandonner avant de la mettre à la porte. Que elle, elle avait tout fait pour m'emmener avec elle mais qu'ils avaient sorti le fusil et tout ça...

– C'était des conneries ?

– Bien sûr... Mais je le savais pas, moi, à ce moment-là... Je ne comprenais plus rien et puis, peut-être que j'avais envie de la croire aussi ? Peut-être bien que ça m'arrangeait de penser qu'on nous avait séparés de force et que si mon pépé n'avait pas sorti son tromblon, j'aurais eu la même vie que tout le monde et que personne ne m'aurait traité de fils de pute derrière l'église... Ta mère, c'est une putain qu'y disaient et toi, t'es qu'un bâtard. Des mots que je ne comprenais même pas... Pour moi, un bâtard, c'était du pain... Un vrai couillon, je te dis...

– Et après ?

– Après je suis devenu un sale con... J'ai fait tout ce que j'ai pu pour me venger... Pour les faire payer de m'avoir privé d'une maman si gentille...

Il ricanait.

– J'ai bien réussi... J'ai fumé les gauloises de mon pépé, volé dans le porte-monnaie des courses, foutu le bordel au collège, je me suis fait renvoyer et j'ai passé le plus clair de mon temps assis sur une mob ou dans les arrière-salles des cafés à monter des coups et tripoter les filles... De ces mochetés... T'aurais même pas idée... J'étais le caïd. Le meilleur. Le roi des merdeux...

– Et après ?

– Après dodo. La suite au prochain épisode...

– Alors ? T'as pas envie de me prendre dans tes bras maintenant ?

– J'hésite... T'as pas été violé quand même...

Il se pencha vers elle :

– Tant mieux. Parce que moi j'en voudrais pas de tes bras. Enfin pas comme ça... Plus comme ça... J'y ai longtemps joué à ce petit jeu-là, mais plus maintenant... Ça ne m'amuse plus. Ça marche jamais... 'Tain, mais t'as combien de couvertures, là ?

– Euh… Trois plus l'édredon…

– C'est pas normal, ça… C'est pas normal que t'aies toujours froid, que tu mettes deux heures à te remettre d'un trajet en moto… Il faut que tu grossisses, Camille…

– …

– Toi aussi, tu… J'ai pas vraiment l'impression que t'aies un bel album de photos avec ta famille qui rigole autour de toi, si?

– Non.

– Tu le raconteras un jour?

– Peut-être…

– Tu sais je… je te ferai plus jamais chier avec ça…

– Avec quoi?

– Je te parlais de Fred tout à l'heure en te disant que c'était mon seul pote, mais j'ai tort. J'en ai un autre… Pascal Lechampy, le meilleur pâtissier du monde… Retiens bien son nom, tu verras… Ce mec, c'est un dieu. Du simple sablé au saint-honoré en passant par les tartes, le chocolat, les mille-feuilles, le nougat, les choux ou n'importe quoi, tout ce qu'il touche se transforme en inoubliable. C'est bon, c'est beau, c'est fin, c'est étonnant et c'est hyper maîtrisé. J'en ai croisé des bons ouvriers dans ma vie, mais lui c'est autre chose encore… C'est la perfection. Un type adorable en plus de ça… Une crème, un Jésus, une vraie tarte au sucre… Eh ben, y se trouve que ce mec était énorme. Énormissime. Jusque-là, pas de problème… On en a vu d'autres… Le problème, c'est qu'il fouettait affreusement… Tu pouvais pas te tenir à côté de lui un moment sans avoir la gerbe. Bon, je te passe les détails, les moqueries, les réflexions, les savons déposés dans son casier et tout le bazar… Un jour on s'est retrouvés dans la même chambre d'hôtel parce que je l'avais accompagné à un concours pour lui servir d'assistant… La démonstration a lieu, bien sûr il la gagne, mais moi, à la fin de la journée, je te dis pas dans quel état j'étais... Je pouvais même plus respirer et j'avais l'intention de passer la nuit dans un bar plutôt que de rester une minute de plus dans son sillage... Ce qui m'étonnait quand même, c'est qu'il avait pris une douche le matin, je le savais : j'y étais. Finalement on rentre à l'hôtel, je picole pour m'anesthésier et finis par lui en parler... T'es toujours là?

– Oui, oui, je t'écoute...

– Je lui dis : Merde Pascal, tu pues. Tu pues la mort, vieux. C'est quoi ce bordel? Tu te laves pas ou quoi? Et là, t'as ce gros nounours, ce mec monstrueux, ce pur génie avec son gros rire et sa montagne de graisse qui se met à pleurer, à pleurer, à pleurer... Comme une fontaine... Un truc affreux, des gros sanglots de bébé et tout... Il était inconsolable, ce crétin... Putain, j'étais mal... Au bout d'un moment, le voilà qui se fout à poil, comme ça, sans prévenir... Alors, je me retourne, je vais pour aller dans la salle de bains et y m'attrape par le bras. Y me dit : «Regarde-moi, Lestaf, regarde-moi cette merde...» Putain, je... J'ai failli tourner de l'œil dis donc!

– Pourquoi?

– D'abord son corps... C'était carrément ragoûtant. Mais surtout, et c'est ce qu'il voulait me montrer, c'était...ah...rien que d'y penser, ça me débecte encore... C'étaient des espèces de plaques, de croûtes, de ce je sais pas quoi qu'il avait entre ses plis de peau... Et c'était ça qui puait, cette espèce de gale sanguinolente... Putain, je te jure, j'ai picolé toute la nuit pour m'en remettre... En plus, il me racontait qu'il avait super mal quand il se lavait mais qu'il frottait comme un dingue pour faire partir l'odeur et qu'il s'aspergeait de parfum en serrant les dents pour ne pas pleurer... Quelle nuit, quelle angoisse, quand j'y repense...

– Et après?

– Le lendemain, je l'ai traîné à l'hosto, aux urgences... C'était à Lyon, je me souviens... Et même le mec, il a chancelé quand il a vu ça. Il lui a nettoyé ses plaies, il lui a filé plein de trucs, une super ordonnance avec des pommades et des cachets dans tous les sens. Il lui a fait la leçon pour qu'il maigrisse et à la fin quand même, il lui a dit : «Mais pourquoi vous avez attendu si longtemps?» Pas de réponse. Et moi, sur le quai de la gare, je suis revenu à la charge : «C'est vrai, bordel, pourquoi t'as attendu si longtemps?» «Parce que j'avais trop honte...», il a répondu en baissant la tête. Et là, je me suis juré que c'était la dernière fois.

– La dernière fois que quoi?

– Que j'emmerdais les gros... Que je les méprisais, que... Enfin, tu vois quoi, que je jugeais les gens à leur physique... Donc, et on en revient à toi... Pas de jaloux, c'est pareil pour les maigres. Et même si j'en pense pas moins, même si j'ai la certitude qu'avec quelques kilos en plus, t'aurais moins froid et que tu serais plus appétissante, je t'en parlerai plus. Parole d'ivrogne.

– Franck?

– Hé! On a dit qu'on dormait maintenant!

– Tu vas m'aider?

– À quoi? À avoir moins froid et à devenir plus appétissante?

– Oui...

– Pas question. Pour que tu te fasses enlever par le premier blaireau qui passe... Ttt tt... Je te préfère racho et avec nous... Et je suis sûr que Philou serait bien d'accord là-dessus...

Silence.

– Un petit peu alors… Dès que je vois tes seins qui poussent trop, j'arrête.

– D'accord.

– Bon, me v'là transformé en Rika Zaraï, maintenant… Putain tu m'auras tout fait, toi… Comment on va faire ? Premièrement, tu ne fais plus les courses parce que t'achètes que des conneries. Les barres de céréales, les gâteaux secs, les Flanby, tout ça, c'est terminé. Je sais pas à quelle heure tu te lèves le matin, mais à partir de mardi, tu te souviens que c'est moi qui te nourris, vu ? Tous les jours, à trois heures quand je rentrerai, je te ramènerai une assiette… T'inquiète pas, je connais les filles, je te donnerai pas du confit de canard ou des tripoux… Je te préparerai un bon frichti rien que pour toi… Du poisson, des viandes grillées, des bons petits légumes, que des choses que t'aimeras… Je te ferai des petites quantités mais tu seras obligée de tout manger sinon j'arrête. Et le soir, je serai pas là donc je t'embêterai pas, mais je t'interdis de grignoter. Je continuerai de faire une grande gamelle de soupe en début de semaine pour Philou comme j'ai toujours fait et basta. Le but, c'est que tu deviennes accro à mon picotin. Que tous les matins tu te lèves en te demandant ce qu'il y aura au menu. Bon, euh… Je te promets pas du grandiose à chaque fois, mais ce sera bien, tu verras… Et quand tu commenceras à te remplumer, je…

– Tu quoi ?

– Je te mangerai !

– Comme la sorcière dans Hansel et Gretel ?

– Exactement. Et ce sera pas la peine de me tendre un os quand je voudrais palper ton bras parce que je suis pas miro, moi ! Maintenant, je veux plus t'entendre… Il est presque deux heures et on a une longue journée demain…

– En fait, tu te donnes des airs comme ça mais t'es un gentil, toi…

– Ta gueule.

12

– Debout le bibendum !
Il posa le plateau au pied du matelas.
– Oh ! le petit déjeuner au l...
– T'emballe pas. C'est pas moi, c'est Jeannine. Allez,
grouille, on est en retard... Et mange au moins une tartine,
leste-toi un peu, sinon tu vas douiller...

À peine avait-elle mis un pied dehors, encore toute bar-
bouillée de café au lait, qu'on lui tendit un verre de blanc.
– Allez, la petite dame ! On se donne du courage !

Ils étaient tous là, ceux d'hier soir et tous les gens du
hameau, une quinzaine de personnes environ. Tous exactement comme on les imagine, entre les Deschiens et le catalogue de la Camif. Les plus vieilles en blouse et les plus
jeunes en survêtement. Tapant du pied, serrant leurs verres,
s'interpellant, rigolant et se taisant soudain : le Gaston
venait d'arriver avec son grand couteau.
Franck assura les commentaires :
– C'est lui le tueur.
– Je m'en serais doutée...
– T'as vu ses mains ?
– Impressionnant...
– On tue deux cochons aujourd'hui. Ils sont pas cons, on
les a pas nourris ce matin, donc, y savent qu'y vont y
passer... Ils le sentent... Tiens, ben voilà le premier justement... T'as ton carnet ?

– Oui, oui...

Camille ne put s'empêcher de sursauter. Elle ne voyait pas ça si gros...

Ils le tirèrent jusque dans la cour, le Gaston l'assomma avec un gourdin, ils le couchèrent sur un banc et le ligotèrent à toute vitesse en laissant la tête pendouiller. Jusque-là, ça allait parce qu'il était un peu stone, mais quand l'autre lui enfonça sa lame dans la carotide, l'horreur. Au lieu de le tuer, c'était comme s'il venait de le réveiller. Tous les bonshommes sur lui, le sang qui giclait, la mémé qui te fout une cocotte là-dessous et qui remonte sa manche pour le touiller. Sans cuillère, sans rien, à main nue. Burp. Mais ça encore ça allait, ce qui était insupportable, c'était de l'entendre... Comment il continuait de gueuler et de gueuler toujours... Plus il se vidait, plus il gueulait et plus il gueulait, moins ça ressemblait au cri d'une bête... C'était humain presque. Des râles, des supplications... Camille serrait son carnet et les autres, ceux qui connaissaient tout ça par cœur, n'étaient pas beaucoup plus fiers... Allez! encore un godet pour se donner du courage...

– Sans façon, merci.

– Ça va?

– Oui.

– Tu dessines pas?

– Non.

Camille, qui n'était pas la première bécasse venue, se raisonnait et ne fit aucun commentaire débile. Pour elle, le pire était à venir. Pour elle, le pire ce n'était pas la mort en soi. Non, ça c'était la vie après tout, mais ce qui lui parut le plus cruel, c'est quand on amena le second... Anthropomorphisme ou pas, chochotterie ou pas, on pouvait dire ce qu'on voulait, elle s'en foutait, elle eut vraiment du mal à contenir son émotion. Parce que l'autre, qui avait tout entendu, savait ce que son pote venait de subir et n'a pas attendu d'être transpercé pour gueuler comme un âne. Enfin... «comme un âne», c'est con comme expression, comme un cochon qu'on égorge plutôt...

– Merde, ils auraient pu lui boucher les oreilles quand même!

– Avec du persil? demanda Franck en se marrant.

Et là, oui, elle dessina pour ne plus voir. Elle se concentra sur les mains du Gaston pour ne plus entendre.

Ce n'était pas bon. Elle tremblait.

Quand la sirène fut éteinte, elle mit son carnet dans sa poche et s'approcha. Ça y est, c'était fini, elle était curieuse et tendit son verre à la bouteille.

Ils les passèrent au chalumeau, odeur de cochon grillé. Là aussi, expression parfaite, au poil si j'ose dire. Puis les grattèrent avec une brosse étonnante : une planche en bois sur laquelle on avait cloué des capsules de bière retournées.

Camille la dessina.

Le boucher commença son travail de découpe et elle passa derrière le banc pour ne rater aucun de ses gestes. Franck se régalait.

– C'est quoi, ça?

– De quoi?

– L'espèce de boule transparente et toute visqueuse, là?

– La vessie... D'ailleurs, c'est pas normal qu'elle soit si pleine... Lui, ça le gêne dans son travail...

– Mais, ça me gêne pas! Tiens la v'là! ajouta-t-il en donnant un coup de couteau.

Camille s'accroupit pour la regarder. Elle était fascinée.

Des gamins armés de plateaux assuraient la navette entre le cochon encore fumant et la cuisine.

– Arrête de boire.

– Oui m'dame Rika.

– Je suis content. Tu t'es bien tenue.

– T'avais peur?

– J'étais curieux... Bon c'est pas le tout mais j'ai du boulot...

– Où tu vas?

– Chercher mon matos... Va te mettre au chaud, si tu veux...

Elle les trouva toutes dans la cuisine. Une rangée de ménagères guillerettes avec leurs planches en bois et leurs couteaux.

– Viens par là! cria Jeannine. Tenez Lucienne, faites-lui une place près du poêle... Mesdames, je vous présente la copine à Franck, vous savez, c'est la gamine que je vous disais tout à l'heure... Celle qu'on a ressuscitée hier soir... Viens donc t'asseoir avec nous...

L'odeur du café se mêlait à celle de la tripaille chaude et ça rigolait là-dedans... Ça tchatchait... Un vrai poulailler.

Franck arriva. Ah! ben le v'là! V'là le cuistot! Elles se mirent à glousser de plus belle. Quand elle le vit, vêtu de sa veste blanche, Jeannine se troubla.

En passant derrière elle pour aller rejoindre les fourneaux, il lui pressa l'épaule. Elle se moucha dans son torchon et se remit à rire avec les autres.

À cet instant précis de l'histoire, Camille se demanda si elle n'était pas en train de tomber amoureuse de lui...

Merde. Ce n'était pas prévu, ça... Non, non, fit-elle en attrapant une planche. Non, non, c'est parce qu'il lui avait fait son Dickens, là... Elle allait quand même pas tomber dans le panneau...

– Vous me donnez du travail? demanda-t-elle.
Elles lui expliquèrent comment couper la viande en tout petits morceaux.
– C'est pour quoi faire?
Les réponses fusèrent de toutes parts :
– Du saucisson! Des saucisses! Des andouilles! Des pâtés! Des rillettes!
– Et vous, vous faites quoi avec votre brosse à dents? en se penchant vers sa voisine.
– Je lave les boyaux...
Hirk.
– Et Franck?
– Franck y va nous faire les cuissons... Le boudin, po-cher les andouilles et les friandises...
– C'est quoi les friandises?
– La tête, la queue, les oreilles, les pieds...
Re-hirk.
Euh... Son truc de nutritionniste, on est bien d'accord que ça ne commence pas avant mardi, hein?

Quand il remonta de la cave avec ses patates et ses oignons et qu'il la vit en train de lorgner sur ses voisines pour comprendre comment on tenait un couteau, il vint lui arracher des mains :
– Tu touches pas à ça, toi. Chacun son métier. Si tu te coupais un doigt, tu serais pas dans la merde... Chacun son métier, je te dis. Il est où ton carnet?
Puis, s'adressant aux commères :
– Dites... Ça vous ennuie pas si elle vous dessine?

– Ben non.

– Ben si, j'ai ma permanente qu'est toute en vrac…

– Allons, Lucienne, fais pas ta coquette ! On le sait bien que t'as une perruque !

Voilà pour l'ambiance : Club Med à la ferme…

Camille se lava donc les mains et dessina jusqu'au soir. Dedans, dehors. Le sang, l'aquarelle. Les chiens, les chats. Les gosses, les vieux. Le feu, les bouteilles. Les blouses, les gilets. Sous la table, les chaussons fourrés. Sur la table, les mains usées. Franck de dos et elle, dans le convexe flou d'une marmite en inox.

Elle offrit à chacune son portrait, petits frissons, puis demanda aux enfants de lui montrer la ferme pour prendre un peu l'air. Et dessaouler aussi…

Des mômes en sweat-shirt Batman et bottes Le Chameau couraient dans tous les sens, attrapaient des poules en se marrant et asticotaient les chiens en traînant devant eux de longs morceaux de boyaux…

– Bradley, t'es ouf ! Démarre pas le tracteur, tu vas te faire tuer !

– Ben, c'est pour lui montrer…

– Tu t'appelles Bradley ?

– Ben oui !

Bradley, c'était le dur à cuire de la bande visiblement. Il se désapa à moitié pour lui montrer ses cicatrices.

– Si on les mettait toutes à côté, crâna-t-il, ça ferait 18 cm de couture…

Camille hocha gravement la tête et lui dessina deux Batman : Batman s'envole et Batman contre la pieuvre géante.

– Comment tu fais pour dessiner si bien ?

– Toi aussi tu dessines bien. Tout le monde dessine bien...

Le soir, banquet. Vingt-deux autour de la table et du cochon à tous les étages. Les queues et les oreilles grillaient dans la cheminée et l'on tira au sort dans quelles assiettes elles allaient tomber. Franck s'était défoncé, il commença par poser sur la table une espèce de soupe gélatineuse et très parfumée. Camille y trempa son pain, mais n'alla guère plus profond, puis ce fut le boudin, les pieds, la langue, j'en passe et des meilleures... Elle recula sa chaise de quelques centimètres et donna le change en tendant son verre au plus offrant. Après ce fut le tour des desserts, chacune ayant apporté une tarte ou un gâteau et enfin, la goutte...
– Ah... ça ma petite demoiselle, y faut goûter à ça... Les pimprenelles qui s'y refusent, elles restent vierges...
– Bon, ben... Une toute petite goutte, alors...
Camille assura son dépucelage sous le regard matois de son voisin, celui qui n'avait qu'une dent et demie, et profita de la confusion générale pour aller se coucher.

Elle tomba comme une masse et s'endormit bercée par le brouhaha joyeux qui montait entre les lattes du parquet.

Elle dormait profondément quand il vint se caler contre elle. Elle grogna.
– T'inquiète pas, je suis trop saoul, je te ferai rien... murmura-t-il.

Comme elle lui tournait le dos, il posa son nez sur sa nuque et glissa un bras sous elle pour l'épouser le mieux possible. Ses petits cheveux lui chatouillaient les narines.
– Camille ?

Dormait-elle? Faisait-elle semblant? Pas de réponse en tout cas.

– J'aime bien être avec toi...

Petit sourire.

Rêvait-elle? Dormait-elle? On ne sait pas...

À midi, quand ils se réveillèrent enfin, chacun était dans son lit. Ni l'un, ni l'autre ne fit le moindre commentaire.

Gueule de bois, confusion, fatigue, ils replacèrent le matelas, plièrent les draps, se succédèrent dans la salle de bains et s'habillèrent en silence.

L'escalier leur sembla bien casse-gueule et Jeannine leur tendit à chacun un gros bol de café noir sans leur adresser la parole. Deux autres dames étaient déjà au bout de la table à barboter dans la chair à saucisse. Camille tourna sa chaise devant la cheminée et but son café sans penser à rien. Manifestement, la goutte était de trop et elle fermait les yeux entre chaque gorgée. Bah... C'était le prix à payer pour ne plus être une jeune fille...

Les odeurs de cuisine lui soulevaient le cœur. Elle se releva, se servit un autre bol, prit son tabac dans la poche de son manteau et alla s'asseoir dans la cour sur le banc des cochons.

Franck vint la rejoindre au bout d'un moment.

– Je peux.

Elle se poussa.

– Mal au crâne?

Elle acquiesça.

– Tu sais, je... Il faudrait que j'aille voir ma grand-mère maintenant... Donc, il y a trois solutions : soit je te laisse ici et je repasse te prendre dans l'après-midi, soit je t'emmène et tu m'attends quelque part, le temps de lui tenir un peu la jambe, soit je te dépose à la gare en passant et tu rentres à Paris toute seule...

Elle ne répondit pas tout de suite. Posa son bol, se roula une cigarette, l'alluma et recracha une longue taffe apaisante.

– T'en penses quoi, toi?

– Je ne sais pas, mentit-il.

– J'ai pas très envie de rester là sans toi...

– Bon, je vais te poser à la gare, alors... Parce que vu ton état, tu vas pas supporter le trajet... On a encore plus froid quand on est fatigué...

– Très bien, répondit-elle.

Et merde...

Jeannine insista. Si, si, un morceau dans le filet, je vous l'emballe. Elle les accompagna jusqu'au bout du chemin, prit Franck dans ses bras et lui glissa quelques mots à l'oreille que Camille n'entendit pas.

Et lorsqu'il posa un pied à terre, au premier stop avant la nationale, elle remonta leurs visières :

– Je viens avec toi...

– T'es sûre?

Elle hocha du casque et fut projetée en arrière. Oups. La vie s'accélérait d'un coup. Bon... Tant pis.

Elle se coucha sur lui en serrant les dents.

13

– Tu veux m'attendre dans un café ?

– Non, non, je vais m'installer en bas…

Ils n'avaient pas fait trois pas dans le hall, qu'une dame en blouse bleu ciel se précipita sur lui. Elle le dévisagea en secouant la tête tristement :

– Elle recommence…

Franck soupira.

– Elle est dans sa chambre ?

– Oui, mais elle a encore tout empaqueté et elle refuse qu'on la touche. Elle est prostrée avec son manteau sur les genoux depuis hier soir…

– Elle a mangé ?

– Non.

– Merci.

Il se tourna vers Camille :

– Je peux te laisser mes affaires ?

– Qu'est-ce qui se passe ?

– Y se passe que la Paulette, elle commence à me gonfler avec ses conneries !

Il était blanc comme un linge.

– Je sais même plus si c'est une bonne idée d'y aller… Je suis perdu, là… Complètement paumé…

– Pourquoi elle refuse de manger ?

– Parce qu'elle croit que je vais l'emmener cette bourrique ! Elle me fait le coup à chaque fois maintenant… Oh, j'ai envie de me casser, tiens…

– Tu veux que je vienne avec toi ?

– Ça changera rien.

– Nan, ça ne changera rien mais ça fera diversion...

– Tu crois ?

– Mais, oui, allez... Viens.

Franck entra le premier et annonça d'une voix flûtée :

– Mémé... C'est moi... Je t'ai amené une surpr...

Il n'eut pas le courage de finir.

La vieille dame était assise sur son lit et regardait fixement la porte. Elle avait mis son manteau, ses souliers, son foulard et même son petit bibi noir. Une valise mal fermée était posée à ses pieds.

« Ça me fend le cœur... » Encore une expression impeccable songea Camille qui sentit le sien s'effriter soudain.

Elle était si mignonne avec ses yeux clairs et son visage pointu... Une petite souris... Une petite Célestine aux abois...

Franck fit comme si de rien n'était :

– Ben alors ! T'es encore trop couverte, toi ! plaisantait-il en la déshabillant vite fait. Pourtant c'est pas faute de chauffer... Combien y fait là-dedans ? Au moins vingt-cinq... Je leur ai dit pourtant en bas, je leur ai dit qu'y chauffaient trop, mais y m'écoutent jamais... On revient de la tue-cochon chez Jeannine et je peux te dire que même dans la pièce où y fument leurs saucisses, y fait moins chaud qu'ici... Ça va, toi ? Ben dis donc, t'en as un beau dessus de lit ! Ça veut dire que t'as enfin reçu ton colis de la Redoute, ça ? C'est pas trop tôt... Et pour les bas, c'est bon ? Je m'étais pas trompé ? Faut dire, t'écris si mal aussi... Moi, j'avais pas l'air d'un con quand j'ai demandé à la vendeuse de l'Eau de toilette de Monsieur Michel... La bonne femme, elle m'a regardé de travers, alors je lui ai montré ton papier. Il a fallu qu'elle aille chercher ses lunettes et tout... Oh, je te dis pas le bazar, et puis elle a trouvé finalement : c'était *Mont*-Saint-Michel... Fallait comprendre, hein? Tiens la v'là d'ailleurs... Une chance qu'elle soit pas cassée...

Il lui remettait ses chaussons, racontait n'importe quoi, se saoulait de paroles pour ne pas la regarder.

– C'est vous la petite Camille? lui demanda-t-elle dans un merveilleux sourire.

– Euh...oui...

– Venez par là que je vous regarde...

Camille s'assit près d'elle.

Elle lui prit les mains :

– Mais vous êtes gelée...

– C'est la moto...

– Franck?

– Oui.

– Ben, prépare-nous un thé, voyons! Faut la réchauffer, cette petite!

Il souffla. Merci mon Dieu. Le plus dur était passé... Il planqua ses affaires dans l'armoire et chercha la bouilloire.

– Prends des biscuits à la cuillère dans ma table de nuit... Puis se retournant : Alors, c'est vous... C'est vous, Camille... Oh, que je suis contente de vous voir...

– Moi aussi... Merci pour l'écharpe...

– Ah ben, justement, tenez...

Elle se leva et revint avec un sac plein de vieux catalogues Phildar.

– C'est Yvonne, une amie, qui me les a amenés pour vous... Dites-moi ce qui vous ferait plaisir... Mais pas de point de riz, hein? Celui-là, je sais pas le faire...

Mars 1984. D'accord...

Camille tourna lentement les pages défraîchies.

– Celui-là, il est plaisant, non?

Elle lui indiquait un cardigan mochissime avec des torsades et des boutons dorés.

– Euh... Je préférerais un gros pull plutôt...

– Un gros pull?

– Oui.

– Mais gros comment?

– Ben vous savez, un genre de col roulé...

– Tournez, allez chez les hommes alors!

– Celui-là...

– Franck, mon lapin, mes lunettes...

Qu'est-ce qu'il était heureux de l'entendre parler comme ça. C'est bien, mémé, continue. Donne-moi des ordres, ridiculise-moi devant elle en me traitant comme un bébé mais ne chiale pas. Je t'en supplie. Ne chiale plus.

– Tiens... Bon ben... Je vous laisse. Je vais pisser...

– C'est ça, c'est ça, laisse-nous.

Il souriait.

Quel bonheur, mais quel bonheur...

Il referma la porte et fit des bonds dans le couloir. Il aurait embrassé la première grabataire venue. Quel pied, putain! Il n'était plus tout seul. Il n'était plus tout seul! «Laisse-nous», qu'elle avait dit. Mais oui, les filles je vous laisse! Putain, je demande que ça, moi! Je demande que ça!

Merci Camille, merci. Même si tu ne viens plus, on a trois mois de sursis avec ton putain de pull! La laine, les couleurs, les essayages... Conversations assurées pour un bon bout de temps... Bon, c'est par où les chiottes déjà?

Paulette s'installa dans son fauteuil et Camille se mit dos au radiateur.

– Vous êtes bien par terre?

– Oui.

– Franck aussi, il s'installe toujours là...

– Vous avez pris un biscuit?

– Quatre!

– C'est bien...

Elles se dévisagèrent et se dirent une foule de choses en silence. Elles se parlèrent de Franck bien sûr, des distances, de la jeunesse, de certains paysages, de la mort, de la solitude, du temps qui passe, du bonheur d'être ensemble et du cahin-caha de la vie sans prononcer la moindre parole.

Camille avait très envie de la dessiner. Son visage lui évoquait les petites herbes des talus, les violettes sauvages, les myosotis, les boutons d'or... Son visage était ouvert, doux, lumineux, fin comme du papier japonais. Les rides du chagrin disparaissaient dans les volutes du thé et laissaient place à des milliers de petites bontés au coin des yeux.

Elle la trouvait belle.

Paulette pensait exactement la même chose. Elle était si gracieuse, cette petite, si calme, si élégante dans son accoutrement de vagabonde. Elle avait envie d'être au printemps pour lui montrer son jardin, les branches du cognassier en fleurs et l'odeur du seringa. Non, elle n'était pas comme les autres.

Un ange tombé du ciel qui était obligé de porter de gros souliers de maçon pour pouvoir rester parmi nous...

– Elle est partie? s'inquiéta Franck.

– Non, non, je suis là! répondit Camille en levant un bras au-dessus du lit.

Paulette sourit. Pas besoin de lunettes pour voir certaines choses... Un grand apaisement lui tomba sur la poitrine. Elle devait se résigner. Elle allait se résigner. Elle devait l'accepter enfin. Pour lui. Pour elle. Pour tout le monde. Plus de saisons, bon... Allez... C'était comme ça. C'était chacun son tour. Elle ne l'embêterait plus. Elle ne penserait plus à son jardin chaque matin, elle... Elle essayerait de ne plus penser à rien. À lui de vivre maintenant.

À lui de vivre...

Franck lui raconta la journée de la veille avec une gaieté toute neuve et Camille lui montra ses croquis.

– C'est quoi ça?
– Une vessie de porc.
– Et ça?
– Des bottes-chaussons-sabots révolutionnaires!
– Et ce petit?
– Euh... je me souviens plus de son nom...
– Et ça?
– Ça, c'est Spiderman... À ne pas confondre avec Batman surtout!
– C'est merveilleux d'être aussi douée...
– Oh, ce n'est rien...
– Je ne parlais pas de vos dessins, ma petite, je parlais de votre regard... Ah! Voilà mon dîner! Il faudrait songer à rentrer mes petits enfants... Il fait déjà bien noir...

Attends... C'est elle qui nous dit de partir? Franck en était sur le cul. Il était si troublé qu'il dut se tenir au rideau pour se relever et arracha la tringle.

– Merde !

– Laisse, va, et arrête de parler comme un voyou, enfin !

– J'arrête.

Il piqua du nez en souriant. Vas-y ma Paulette. Vas-y. Te gêne pas surtout. Gueule. Râle. Rouspète. Reviens par ici.

– Camille ?

– Oui ?

– Je peux vous demander une faveur ?

– Bien sûr !

– Appelez-moi quand vous êtes arrivés pour me rassurer... Lui, il m'appelle jamais et je... Ou si vous préférez, vous laissez juste sonner une fois et vous raccrochez, je comprendrai et je pourrai m'endormir...

– Promis.

Ils étaient encore dans le couloir quand Camille réalisa qu'elle avait oublié ses gants. Elle se précipita dans la chambre et vit qu'elle était déjà devant sa fenêtre à les guetter.

– Je...mes gants...

La vieille dame aux cheveux roses n'eut pas la cruauté de se retourner. Elle se contenta de lever la main en hochant la tête.

– C'est affreux... lâcha-t-elle pendant qu'il s'agenouillait au pied de son antivol.

– Non, dis pas ça... Elle était super bien aujourd'hui ! Grâce à toi, d'ailleurs... Merci...

– Non, c'était affreux...

Ils firent coucou à la minuscule silhouette du troisième étage et reprirent leur file d'attente dans la fourmilière. Franck se sentait plus léger. Camille, au contraire, ne trouvait plus les mots pour penser.

Il s'arrêta devant leur porte cochère sans couper le moteur.

– Tu… Tu ne rentres pas ?

– Non, fit le casque.

– Bon, ben… Salut.

14

Il devait être un peu moins de neuf heures et l'appartement était plongé dans l'obscurité.

– Philou? T'es là?

Elle le trouva assis dans son lit. Complètement prostré. Une couverture sur les épaules et la main prise dans un livre.

– Ça va?

– ...

– T'es malade?

– Je me suis fait un sang d'en...d'encre... Je vous a...attendais beau...beaucoup plu...plus tôt.

Camille soupira. Putain... Quand c'est pas l'un, c'est l'autre...

Elle s'accouda contre la cheminée, lui tourna le dos et posa son front dans ses paumes:

– Philibert, arrête s'il te plaît. Arrête de bégayer. Ne me fais pas ça. Ne gâche pas tout. C'est la première fois que je partais depuis des années... Redresse-toi, vire ce poncho mité, pose ton livre, prends un ton détaché et dis-moi: «Alors, Camille? Ça s'est bien passé cette petite virée?»

– A...alors, Ca...Camille? Ça s'est bien passé cette petite virée?

– Très bien, je te remercie! Et toi? Quelle bataille aujourd'hui?

– Pavie...

– Ah... très bien...

– Non, un désastre.

– C'est qui celle-ci ?

– Les Valois contre les Habsbourg... François Ier contre Charles Quint...

– Mais oui ! Charles Quint, je le connais ! C'est celui qui vient après Maximilien Ier dans l'Empire germanique !

– Et diantre, comment sais-tu cela, toi ?

– Ah ! ah ! Je t'en bouche un coin, pas vrai ?

Il retira ses lunettes pour se frotter les paupières.

– Ça c'est bien passé votre petite virée ?

– Haute en couleur...

– Tu me montres ton carnet ?

– Si tu te lèves... Il reste de la soupe ?

– Je crois...

– Je t'attends dans la cuisine.

– Et Franck ?

– Envolé...

– Tu le savais qu'il était orphelin ? Enfin... que sa mère l'avait abandonné ?

– J'avais cru comprendre...

Camille était trop fatiguée pour s'endormir. Elle fit rouler sa cheminée jusque dans le salon et fuma des cigarettes avec Schubert.

Le Voyage d'Hiver.

Elle se mit à pleurer et retrouvait soudain le méchant goût des cailloux au fond de sa gorge.

Papa...

Camille, stop. Va te coucher. Cette dégoulinade romantique, le froid, la fatigue, l'autre, là, qui joue avec tes nerfs... Arrête ça tout de suite. C'est n'importe quoi.

Oh, merde !

Quoi ?

J'ai oublié d'appeler Paulette...

Eh ben, vas-y !

Mais il est tard, là...

Raison de plus ! Dépêche-toi !

– C'est moi. C'est Camille... Je vous réveille ?

– Non, non...

– Je vous avais oubliée...

Silence.

– Camille ?

– Oui.

– Il faut faire attention à vous, mon petit, n'est-ce pas ?

– ...

– Camille ?

– D'a...d'accord...

Le lendemain, elle resta dans son lit jusqu'à l'heure des ménages. Quand elle se leva, elle vit l'assiette que Franck lui avait préparée sur la table avec un petit mot : «Filet mignon d'hier aux pruneaux et tagliatelles fraîches. Micro-ondes trois minutes».

Et sans fautes dis donc...

Elle mangea debout et se sentit tout de suite mieux.

Elle gagna sa vie en silence.

Essora des serpillières, vida des cendriers et noua des sacs-poubelle.

Revint à pied.

Tapait dans ses mains pour les réchauffer.

Relevait la tête.

Réfléchissait.

Et plus elle réfléchissait, plus elle marchait vite.

Courait presque.

Il était deux heures du matin quand elle secoua Philibert :

– Il faut que je te parle.

– Maintenant?
– Oui.
– M...mais, il est quelle heure, là?
– On s'en fout, écoute-moi!
– Passe-moi mes lunettes, je te prie...
– T'as pas besoin de lunettes, on est dans le noir...
– Camille... S'il te plaît.

– Ah, merci... Avec mes lorgnons, j'entends mieux... Alors soldat? Que me vaut cette embuscade?
Camille prit sa respiration et vida son sac. Elle parla pendant un très long moment.

– Fin du rapport mon colonel...
Philibert resta coi.
– Tu ne dis rien?
– Ma foi, pour une offensive, c'est une offensive...
– Tu ne veux pas?
– Attends, laisse-moi réfléchir...
– Un café?
– Bonne idée. Va te faire un café que je retrouve mes esprits...
– Et pour toi?
Il ferma les yeux en lui faisant signe de lever le camp.

– Alors ?

– Je… Je te le dis franchement : je ne pense pas que ce soit une bonne idée…

– Ah ? fit Camille en se mordant la lèvre.

– Non.

– Pourquoi ?

– Parce que c'est trop de responsabilités.

– Trouve autre chose. J'en veux pas de cette réponse. Elle est nulle. On en crève des gens qui ne veulent pas prendre leurs responsabilités… On en crève, Philibert… Toi, tu te l'es pas posée cette question quand t'es venu me chercher là-haut alors que j'avais rien mangé depuis trois jours…

– Si. Je me la suis posée, figure-toi…

– Et alors ? Tu regrettes ?

– Non. Mais ne compare pas. Là, c'est pas du tout le même cas de figure…

– Si ! C'est exactement le même !

Silence.

– Tu sais bien que je ne suis pas chez moi, ici… On vit en sursis… Je peux recevoir une lettre recommandée demain matin me sommant de quitter les lieux dans la semaine qui suit…

– Pff… Tu sais bien comment ça se passe ces histoires de succession… Ça se trouve, t'es encore là pour dix ans…

– Pour dix ans ou pour un mois… Va savoir… Quand il y a beaucoup d'argent en jeu, même les plus grands procéduriers finissent par trouver un terrain d'entente, tu sais…

– Philou…

– Ne me regarde pas comme ça. Tu m'en demandes trop…

– Non, je te demande rien. Je te demande juste de me faire confiance…

– Camille…

– Je… Je ne vous en ai jamais parlé mais je… J'ai vraiment eu une vie de merde jusqu'à ce que je vous rencontre. Bien sûr, comparé à l'enfance de Franck, c'est peut-être pas grand-chose, mais quand même, j'ai l'impression que ça se vaut bien… Que c'était plus insidieux peut-être… Comme un goutte-à-goutte… Et puis je… Je ne sais pas comment j'ai fait… Je m'y suis prise comme une idiote probablement, mais je…

– Mais tu…

– Je… J'ai perdu tous les gens que j'aimais en cours de route et…

– Et ?

– Et quand je te disais l'autre jour que je n'avais que toi au monde, ce n'était… Oh et puis, merde ! Tu vois, hier c'était mon anniversaire. J'ai eu vingt-sept ans et la seule personne qui se soit manifestée, c'est ma mère hélas. Et tu sais ce qu'elle m'a offert ? Un livre pour maigrir. C'est drôle, non ? Peut-on avoir plus d'esprit, je te le demande ? Je suis désolée de t'emmerder avec ça, mais il faut encore que tu m'aides Philibert… Encore une fois… Après je ne te demanderai plus rien, c'est promis.

– C'était ton anniversaire hier ? se lamenta-t-il, pourquoi tu ne nous as pas prévenus ?

– On s'en fout de mon anniversaire ! Je t'ai raconté cette anecdote, c'était pour faire pleurer Margot mais en réalité, ça n'a aucune importance…

– Mais si ! Moi j'aurais bien aimé t'offrir un cadeau…

– Eh ben, vas-y : offre-le moi maintenant.

– Si j'accepte, tu me laisseras me rendormir ?

– Oui.

– Eh bien oui, alors…

Bien sûr, il ne se rendormit pas.

16

À sept heures, le lendemain, elle était déjà sur le pied de guerre. Elle était allée à la boulangerie et avait ramené une ficelle pour son gradé préféré.

Quand celui-ci entra dans la cuisine, il la trouva accroupie sous l'évier.

– Bouh… gémit-il, les grandes manœuvres… déjà ?

– Je voulais t'apporter ton petit déjeuner au lit, mais je n'ai pas osé…

– Tu as bien fait. Je suis le seul à savoir doser mon chocolat.

– Oh, Camille… assieds-toi, tu me donnes le tournis…

– Si je m'assois, je vais encore t'annoncer quelque chose de grave…

– Misère… Reste debout, alors…

Elle s'assit en face de lui, posa ses mains sur la table et le regarda droit dans les yeux :

– Je vais me remettre au travail.

– Pardon ?

– J'ai posté ma lettre de démission tout à l'heure en descendant…

Silence.

– Philibert ?

– Oui.

– Parle. Dis-moi quelque chose...

Il abaissa son bol et se lécha les moustaches :

– Non. Là je ne peux pas. Là, tu es toute seule, ma belle...

– Je voudrais m'installer dans la chambre du fond...

– Mais Camille... C'est un vrai capharnaüm, là-dedans !

– Avec un milliard de mouches crevées, je sais. Mais c'est la pièce la plus lumineuse aussi, celle qui fait l'angle avec une fenêtre à l'est et l'autre au sud...

– Et le bazar ?

– Je m'en occupe...

Il soupira :

– Ce que femme veut...

– Tu verras, tu seras fier de moi...

– J'y compte bien. Et moi ?

– Quoi ?

– J'ai le droit de te demander quelque chose aussi ?

– Ben oui...

Il se mit à rosir :

– I...imagine que tu...tu veuilles o...offrir un ca...cadeau à une jeune fille que tu...tu ne co...connais pas, tu...tu fais qu...quoi ?

Camille le regarda par en dessous :

– Pardon ?

– Ne...ne fais pas...pas l'idiote, tu...tu m'as très bien en...entendu...

– Je sais pas, moi, c'est pour quelle occasion ?

– Pas...pas d'occasion pa...particulière...

– C'est pour quand ?

– Sa...samedi.

– Offre-lui du Guerlain.

– Pa...pardon ?

– Du parfum...

386

– Je… Je ne saurai jamais choi…choisir…

– Tu veux que je vienne avec toi?

– Si…s'il te plaît…

– Pas de problème! On ira pendant ta pause déjeuner…

– Me…merci…

– Ca…Camille?

– Oui?

– C'est…c'est juste une a…une amie, hein?

Elle se leva en riant.

– Bien sûr…

Puis, avisant les chatons du calendrier des Postes:

– Oh, ben ça par exemple! C'est la Saint-Valentin samedi. Tu le savais, toi?

Il replongea au fond de son bol.

– Allez, je te laisse, j'ai du boulot… Je passerai te prendre au musée à midi…

Il n'était pas encore remonté à la surface et glougloutait encore dans son marc de Nesquick quand elle quitta la cuisine avec son Ajax et sa batterie d'éponges.

Quand Franck revint pour sa sieste en début d'après-midi, il trouva l'appartement désert et sens dessus dessous:

– Mais qu'est-ce que c'est que ce bordel encore?

Il émergea vers cinq heures. Camille était en train de se battre avec un pied de lampe:

– Qu'est-ce qui se passe ici?

– Je déménage…

– Tu vas où? pâlit-il

– Ici, fit-elle en lui indiquant la montagne de meubles cassés et le tapis de mouches mortes, puis écartant le bras: je te présente mon nouvel atelier…

– Nan?

– Si!

– Et ton boulot?

– On verra…

– Et Philou?

– Oh… Philou…

– Quoi?

– Il est dans l'heure bleue, lui…

– Hein?

– Non, rien.

– Tu veux un coup de main?

– Et comment!

Avec un garçon c'était beaucoup plus facile. En une heure, il avait transporté tout le bordel dans la pièce d'à côté. Une chambre dont les fenêtres étaient condamnées pour cause de «jambages défectueux»…

Elle profita d'un moment calme – il buvait une bière fraîche en mesurant l'ampleur du travail accompli – pour envoyer sa dernière salve :

– Lundi prochain, à l'heure du déjeuner, je voudrais fêter mon anniversaire avec Philibert et toi…

– Euh… Tu veux pas faire ça le soir, plutôt?

– Pourquoi?

– Ben tu sais bien… Le lundi, c'est mon jour de corvée…

– Ah, oui, pardon, je me suis mal exprimée : lundi prochain, à l'heure du déjeuner, je voudrais fêter mon anniversaire avec Philibert et toi *et* Paulette.

– Là-bas? À l'hospice?

– Ben non! Tu vas nous dégoter une petite auberge sympathique quand même!

– Et comment on y va?

– Je m'étais dit qu'on pourrait louer une voiture…

Il se tut et réfléchit jusqu'à la dernière gorgée.

– Très bien, fit-il en pliant sa canette, le truc c'est qu'après elle sera toujours déçue quand je viendrai tout seul...

– Ça... Y a des chances...

– Faut pas te sentir obligée de faire ça pour elle, hein ?

– Non, non, c'est pour moi.

– Bon... Pour la caisse, je m'arrangerai... J'ai un pote qui sera trop content de me l'échanger contre ma bécane... C'est vraiment dégueulasse toutes ces mouches...

– J'attendais que tu sois réveillé pour passer l'aspirateur...

– Ça va, toi ?

– Ça va. Tu l'as vu ton Ralph Lauren ?

– Non.

– Ch'est choublime, lé petit chiench, elle est très countente...

– Tu vas avoir quel âge ?

– Vingt-sept ans ?

– T'étais où avant ?

– Pardon ?

– Avant d'être ici, t'étais où ?

– Ben là-haut !

– Et avant ?

– On n'a pas le temps, là... Une nuit où tu seras là, je te raconterai...

– Tu dis ça et puis...

– Si, si, je me sens mieux, là... Je te raconterai la vie édifiante de Camille Fauque...

– Ça veut dire quoi, édifiante ?

– Bonne question...

– Ça veut dire « comme un édifice » ?

– Non. Ça veut dire « exemplaire » mais c'est ironique...

– Ah ?

– Comme un édifice qui serait en train de se casser la gueule si tu préfères...

– Comme la tour de Pise ?

– Exactement !

– Putain, c'est chaud de vivre avec une intello…

– Mais, non ! Au contraire ! c'est très agréable !

– Nan, c'est chaud. J'ai toujours peur de faire des fautes d'orthographe… Qu'est-ce que t'as mangé à midi ?

– Un sandwich avec Philou… Mais j'ai vu que tu m'avais mis quelque chose dans le four, je le prendrai tout à l'heure… Merci au fait… C'est super bon.

– De rien. Allez, j'y vais…

– Et toi, ça va ?

– Fatigué…

– Ben dors !

– Je dors pourtant, mais je sais pas… J'ai plus la niaque… Allez… J'y retourne.

17

– Alors ça… On ne te voit plus pendant quinze ans et maintenant t'es fourré là presque tous les jours!

– Bonjour Odette.

Baisers sonores.

– Elle est là?

– Non pas encore…

– Bon, ben on va s'installer en l'attendant… Tenez, je vous présente des amis : Camille…

– Bonjour.

– … et Philibert.

– Enchanté. C'est raviss…

– Ça va! ça va! Tu feras tes salamalecs plus tard…

– Oh, ne sois pas si nerveux!

– Je suis pas nerveux, j'ai faim. Ah, ben tiens, la voilà, justement… Bonjour mémé, bonjour Yvonne. Vous trinquez avec nous?

– Bonjour mon petit Franck. Non je te remercie, mais j'ai du monde à la maison. Je repasse vers quelle heure?

– On la ramènera…

– Pas trop tard, hein? Parce que la dernière fois je me suis fait enguirlander… Faut qu'elle soit rentrée avant cinq heures et demie par…

– Oui, oui, c'est bon Yvonne, c'est bon. Bonjour chez vous…

Franck souffla.

– Bon, ben mémé, voilà. Je te présente Philibert…

– Mes hommages…

Il se pencha pour lui faire le baisemain.

– Allez, on s'assoit. Mais non, Odette! Pas de menu! Laissez faire le chef!

– Un petit apéritif?

– Champagne! répondit Philibert puis, se tournant vers sa voisine : vous aimez le champagne, Madame?

– Oui, oui… fit Paulette intimidée par tant de manières.

– Tenez, voilà des rillons pour patienter…

Tout le monde était un peu coincé. Heureusement les petits vins de Loire, le brochet au beurre blanc et les fromages de chèvre délièrent vite les langues. Philibert était aux petits soins pour sa voisine et Camille riait en écoutant les bêtises de Franck :

– J'avais… Pff… Quel âge j'avais, mémé?

– Mon Dieu, c'est si vieux… Treize? Quatorze ans?

– C'était ma première année d'apprentissage… À l'époque, je me rappelle, y me faisait peur le René. J'en menais pas large. Mais bon… Y m'en a appris des choses… Y me faisait tourner bourrique aussi… Je sais plus ce qui m'avait montré… Des spatules, je crois, et il m'avait dit :

«Celle-là, on l'appelle la grosse chatte et l'autre, c'est la petite chatte. Tu t'en souviendras, hein, quand le prof y te demandera… Parce qu'y a les bouquins d'accord, mais ça c'est les vrais termes de cuisine. C'est le vrai jargon. C'est à ça qu'on reconnaît les bons apprentis. Alors? T'as retenu?

– Oui, chef.

– Comment qu'elle s'appelle celle-ci?

– La grosse chatte, chef.

– Et l'autre?

– Ben…la petite…

– La petite quoi, Lestafier?

– La petite chatte, chef!

– C'est bien, mon gars, c'est bien... T'iras loin....» Ah! qu'est-ce que j'étais niais à cette époque! Qu'est-ce qu'ils ont pu se foutre de ma gueule... Mais on rigolait pas tous les jours, pas vrai Odette? Ça y allait les coups de pied au cul...

Odette, qui s'était assise avec eux, hochait la tête.

– Oh maintenant il est calmé, tu sais...

– C'est sûr! Les gamins d'aujourd'hui, ils se laissent plus faire!

– M'en parle pas des gamins d'aujourd'hui... C'est pas difficile, on ne peut plus rien leur dire... Y boudent. Y savent faire que ça : bouder. Ça me fatigue, tiens... Ça me fatigue plus que vous quand vous aviez mis le feu aux poubelles...

– C'est vrai! Je m'en souvenais plus du tout...

– Ben moi, je m'en souviens, je te prie de me croire!

La lumière s'éteignit. Camille souffla ses bougies et toute la salle applaudit.

Philibert s'éclipsa et revint avec un gros paquet :

– C'est de notre part à tous les deux...

– Ouais, mais son idée, précisa Franck. Si ça te plaît pas, je suis pas responsable. Moi je voulais te louer un strip-teaseur, mais il a pas voulu...

– Oh, merci! C'est gentil!

C'était une table d'aquarelliste dite «de campagne».

Philibert lut le papier avec des trémolos dans la gorge :

– *Pliante et inclinable à double plateau, stable, avec une grande surface de travail et deux tiroirs de rangement. Elle est étudiée pour travailler assis. Elle est composée de quatre pieds, on est content... en hêtre repliables assemblés deux à deux par*

*une traverse donnant ouvert une grande stabilité. Fermés ils
assurent le blocage des tiroirs. Plateau inclinable grâce à une
double crémaillère. Il est possible de ranger un bloc de papier de
format maxi 68 x 52 cm.* Il y a déjà quelques feuilles au cas
où... *Une poignée intégrée permet le transport de l'ensemble
replié.* Et ce n'est pas fini, Camille... *un emplacement pour
une petite bouteille d'eau est prévu sous la poignée!*

– On peut mettre que de l'eau? s'inquiéta Franck.

– Mais ce n'est pas pour boire, idiot, se moquait Paulette,
c'est pour mélanger les couleurs!

– Ah ben ouais, je suis con, moi...

– Ça... Ça te plaît? s'inquiéta Philibert.

– C'est magnifique!

– Tu...tu pré...préférais pas un ga... un garçon tout nu?

– J'ai le temps de l'essayer tout de suite?

– Vas-y, vas-y, on attend René de toute façon...

Camille chercha sa minuscule boîte d'aquarelles dans
son sac, desserra les vis et s'installa devant la baie vitrée.

Elle dessina la Loire. Lente, large, calme, imperturbable.
Ses bancs de sables nonchalants, ses piquets et ses barques
moisies. Un cormoran là-bas. Les joncs pâles et le bleu du
ciel. Un bleu d'hiver, métallique, éclatant, frimeur, caboti-
nant entre deux gros nuages fatigués.

Odette était hypnotisée :

– Mais comment qu'elle fait? Elle n'a que huit couleurs
dans son petit machin!

– Je triche mais chut... Tenez. C'est pour vous.

– Oh, ben merci! Merci! René! Viens voir par ici!

– Je vous offre le repas, moi!

– Oh, mais non...

– Mais si, mais si ! J'y tiens...

Quand elle se rassit avec eux, Paulette lui glissa un paquet sous la table : c'était un bonnet assorti à l'écharpe. Les mêmes trous et les mêmes couleurs. La classe.

Des chasseurs arrivèrent, Franck les suivit en cuisine avec le maître de maison et l'on tira sur la fine en commentant les gibecières. Camille s'amusait avec son cadeau et Paulette racontait sa guerre à Philibert qui avait allongé ses longues jambes et l'écoutait passionnément.

Puis ce fut la mauvaise heure, entre chien et loup et Paulette s'assit à la place du mort.
Personne ne parlait.
Le paysage devint de plus en plus laid.
Ils contournèrent la ville et traversèrent des zones commerciales sans surprise : le supermarché, les hôtels à 29 euros avec le câble, les hangars et les garde-meubles. Enfin Franck se gara.
Tout au bout de la zone.

Philibert se leva pour lui ouvrir la porte et Camille retira son bonnet.
Paulette lui caressa la joue.
– Allez, allez... bougonna Franck, on abrège. J'ai pas envie de me faire engueuler par la mère sup, moi !

Quand il revint, la silhouette avait déjà écarté les voilages.
Il se rassit, grimaça et souffla un bon coup avant d'embrayer.

Il n'était pas encore sorti du parking que Camille lui tapa sur l'épaule :

– Arrête-toi.
– Qu'est-ce que t'as oublié encore ?
– Arrête-toi, je te dis.

18

Il se retourna.
– Et maintenant ?

– Combien ça vous coûte ?
– Pardon ?
– Ce truc, là ? Cette maison ?
– Pourquoi tu me demandes ça ?
– Combien ?
– Dans les dix mille balles…
– Qui paye ?
– La retraite de mon pépé, sept mille cent douze francs et le Conseil général ou je ne sais plus quoi…
– Pour moi je te demande deux mille balles comme argent de poche et le reste, tu te le gardes et t'arrêtes de travailler le dimanche pour me soulager…
– Attends, de quoi tu me parles, là ?
– Philou ?
– Ah non, c'est ton idée, ma chère, minauda-t-il
– Oui, mais c'est ta maison, mon ami…
– Hé ! Qu'est-ce qui se passe, là ? C'est quoi l'embrouille ?
Philibert alluma le plafonnier :
– Si tu veux…
– Et si *elle*, elle veut, précisa Camille.
– … on l'emmène avec nous, sourit Philibert
– A…avec vous, où ? bredouilla Franck.
– Chez nous… à la maison…
– Quand…quand ça ?

– Maintenant.

– Main…maintenant?

– Dis-moi, Camille, j'ai l'air aussi ahuri que ça quand je bégaye?

– Non, non, le rassura-t-elle, tu n'as pas *du tout* ce regard idiot…

– Et qui c'est qui va s'en occuper?

– Moi. Mais je viens de te soumettre mes conditions…

– Et ton boulot?

– Plus de boulot! Fini!

– Mais euh…

– Quoi?

– Ses médicaments et tout ça…

– Ben je lui donnerai! C'est pas dur de compter des pilules, si?

– Et si elle tombe?

– Ben elle tombera pas puisque je suis là!

– Mais euh… Elle…elle dormira où?

– Je lui laisse ma chambre. Tout est prévu…

Il posa son front sur le volant.

– Et toi Philou, qu'est-ce que t'en penses?

– Du mal au début et puis du bien. Je pense que ta vie sera beaucoup plus simple si on l'emmène…

– Mais c'est lourd un vieux!

– Tu crois? Combien elle pèse ta petite grand-mère? Cinquante kilos? Même pas…

– On peut pas l'enlever comme ça?

– Ah bon?

– Ben non…

– S'il faut payer des dommages, on payera…

– Je peux faire un tour?

– Vas-y.

– Tu m'en roules une, Camille?

– Tiens.
Il claqua la porte.

– C'est une connerie, conclut-il en revenant s'asseoir.
– Ça, on n'a jamais dit le contraire... Hein Philou?
– Jamais. On est lucides quand même!
– Ça vous fait pas peur?
– Non.
– On en a vu d'autres, pas vrai?
– Oh là!
– Vous croyez qu'elle va se plaire à Paris?
– On ne l'emmène pas à Paris, on l'emmène chez nous!
– On lui montrera la tour Eiffel!
– Non. On lui montrera plein de choses beaucoup plus belles que la tour Eiffel...
Il soupira
– Bon, ben, on fait comment maintenant?
– Je m'en occupe, dit Camille.

Quand ils revinrent se garer sous ses fenêtres, elle était toujours là.

Camille partit en courant. Depuis la voiture, Franck et Philibert assistèrent à un numéro d'ombres chinoises : petite silhouette se retournant, silhouette plus grande à ses côtés, gestes, hochement de têtes, mouvements d'épaules, Franck ne cessait de répéter : «C'est une connerie, c'est une connerie, je vous dis que c'est une connerie... Une énorme connerie...»
Philibert souriait.
Les silhouettes changèrent de place.

– Philou?
– Mmm...

– C'est quoi cette fille ?

– Pardon ?

– Cette fille, que tu nous as trouvée, là... C'est quoi exactement ? Un extraterrestre ?

Philibert souriait.

– Une fée...

– Ouais, c'est ça... Une fée... T'as raison.

Et... euh... Elles... elles ont une sexualité, les fées ou euh...

– Mais qu'est-ce qu'elles foutent, merde ?

La lumière s'éteignit enfin.

Camille ouvrit la fenêtre et balança une grosse valise pardessus bord. Franck, qui était en train de se manger les doigts, sursauta :

– Putain, mais c'est une manie chez elle de jeter les trucs par la fenêtre ou quoi ?

Il riait. Il pleurait.

– Putain, mon Philou... de grosses larmes coulaient sur ses joues. Ça faisait des mois que j'arrivais plus à me regarder dans une glace... T'y crois à ça ? Putain, t'y crois ? tremblait-il.

Philibert lui tendit son mouchoir.

– Tout va bien. Tout va bien. On va te la chouchouter, nous... T'inquiète pas...

Franck se moucha et avança la voiture, il se précipita vers les filles pendant que Philibert récupérait la valise.

– Non, non, restez devant jeune homme ! Vous avez des grandes jambes, vous...

Silence de mort pendant quelques kilomètres. Chacun se demandant s'il ne venait pas de faire une énorme bêtise juste-

ment… Puis, tout à coup, ingénue, Paulette chassa les nuées :
– Dites… Vous m'emmènerez au spectacle ? On ira voir des opérettes ?

Philibert se retourna en chantonnant : «*Jé souis Brésilien, jé de l'ol, Et j'allive dé Rio Janèl, Plous liche aujould'houi qué naguel, Palis, Palis, jé té léviens encol !*»

Camille lui prit la main et Franck sourit à Camille dans le rétroviseur.
Nous quatre, ici, maintenant, dans cette Clio pourrie, libérés, ensemble, et que vogue la galère…

Tou cé qué là-baaas jééé voléééééé ! reprirent-ils tous en chœur.

QUATRIÈME PARTIE

1

C'est une hypothèse. L'histoire n'ira pas assez loin pour le confirmer. Et puis nos certitudes ne tiennent jamais debout. Un jour on voudrait mourir et le lendemain on réalise qu'il suffisait de descendre quelques marches pour trouver le commutateur et y voir un peu plus clair... Pourtant ces quatre-là s'apprêtaient à vivre ce qui allait rester, peut-être, comme les plus beaux jours de leurs vies.

À partir de ce moment précis où ils sont en train de lui montrer sa nouvelle maison en guettant, mi-émus, mi-inquiets, ses réactions et ses commentaires (elle n'en fera pas) et jusqu'au prochain badaboum du destin – ce plaisantin – un vent tiède soufflera sur leurs visages fatigués.

Une caresse, une trêve, un baume.

Sentimental healing comme dirait l'autre...

Dans la famille Bras Cassés, nous avions désormais la grand-mère et même si la tribu n'était pas complète, elle ne le serait jamais, ils n'avaient pas l'intention de se laisser abattre.

Aux sept familles, ils étaient dans les choux? Eh bien parlons poker! Là, ils étaient servis et l'on appelait cela un carré. Bon, un carré d'as, peut-être pas... Trop de bosses, de bafouillages et de coutures dans tous les sens pour y prétendre mais... Hé! Un carré!

Ce n'étaient pas de très bons joueurs, hélas...

Même concentrés. Même déterminés à garder la main pour une fois, comment demander à un chouan désarmé, à une fée fragile, à un garçon taillé dans l'échine et à une vieille dame couverte de bleus de savoir bluffer?

Impossible.

Bah… tant pis… Une petite mise et des gains ridicules valaient toujours mieux que de se coucher…

2

Camille n'alla pas jusqu'au bout de son préavis : Josy B. sentait décidément trop mauvais. Elle devait passer au siège (ce mot...) pour négocier son départ et pouvoir toucher son... Comment disaient-ils déjà ?... Son solde de tout compte. Elle avait travaillé plus d'un an et n'avait jamais pris de vacances. Elle soupesa le pour et le contre et décida de s'asseoir dessus.

Mamadou lui en voulait :
– Alors toi... Alors toi... ne cessa-t-elle de répéter le dernier soir en lui donnant des coups de balai dans les jambes. Alors toi...
– Alors moi, quoi ? s'énerva Camille au bout de la centième fois. Finis ta phrase, merde ! Moi quoi ?
L'autre secoua la tête tristement :
– Alors toi... rien.
Camille changea de pièce.

Elle habitait dans la direction opposée, mais monta dans la même rame déserte qu'elle et la força à se pousser un peu pour partager la même banquette. Elles étaient comme Astérix et Obélix quand ils sont fâchés. Elle lui donna un petit coup de coude dans le gras et l'autre l'envoya presque dinguer par terre.
Elles recommencèrent plusieurs fois.
– Hé Mamadou... Fais pas la gueule...
– Je fais pas la gueule et je t'interdis deu m'appeler

Mamadou encore une fois. Je m'appelle pas Mamadou! Je déteste ce nom! C'est les filles du boulot qui me traitent comme ça mais je m'appelle pas du tout Mamadou. Et comme tu n'es plus une fille du boulot que je sache, je t'interdis deu me traiter comme ça une seule fois deu plus, tu as compris?

– Ah bon? Ben tu t'appelles comment alors?

– Je te le dirai pas.

– Écoute Mam… euh ma chère… à toi, je vais dire la vérité : je ne pars pas à cause de Josy. Je ne pars pas à cause du boulot. Je ne pars pas pour le plaisir de partir. Je ne pars pas à cause de l'argent. La vérité c'est… que je pars parce que j'ai un autre métier… Un métier que… enfin, je crois… je… Je ne suis pas sûre hein… mais un métier où je suis meilleure qu'ici et… où je crois que je pourrais être plus heureuse…
Silence.

– Et puis ce n'est pas la seule raison… Je m'occupe d'une vieille dame maintenant et je ne veux plus partir le soir, tu comprends? J'ai peur qu'elle tombe…
Silence.

– Bon, ben je vais descendre, hein… Parce que sinon je serai encore bonne pour payer le tacos…

L'autre lui tira sur le bras et la rassit de force.

– Reste encore je te dis. Il est que minuit trente-quatre…

– C'est quoi?

– Pardon?

– Ton autre métier, c'est quoi?
Camille lui tendit son carnet.

– Tiens, lâcha-t-elle en le lui rendant, c'est bien. Je suis d'accord alors. Tu peux y aller maintenant mais quand même… J'étais bien contente deu te connaître, petite sauterelle, ajouta-t-elle en se retournant.

– J'ai encore un service à te demander, Mama…

– Tu veux que mon Léopold, il te fasse le succès garanti et l'attraction de clientèle aussi?

– Non. Je voudrais que tu poses pour moi…

– Que je pose quoi?

– Ben, toi! Que tu me serves de modèle…

– Moi?

– Oui.

– Tu te moques ou quoi dis donc?

– Depuis le premier jour où je t'ai vue, à l'époque on travaillait à Neuilly, je me souviens… J'ai envie de faire ton portrait…

– Arrête Camille! Je ne suis même pas belle, moi!

– Pour moi si.

Silence.

– Pour toi si?

– Pour moi si…

– Qu'est-ce qui est beau là-deudans? demanda-t-elle en avisant du doigt son reflet dans la vitre noire, hein? Où c'est ce que tu dis?

– Si j'arrive à faire ton portrait, si je le réussis, on verra dedans tout ce que tu m'as raconté depuis qu'on se connaît… Tout… On verra ta mère et ton père. Et tes enfants. Et la mer. Et… comment elle s'appelait déjà?

– De qui?

– Ta petite chèvre?

– Bouli…

– On verra Bouli. Et ta cousine qui est morte et… Et tout le reste…

– Tu parles comme mon frère, toi! Tu jacasses des drôles deu fantaisies dis donc!

Silence.

– Mais… je ne suis pas sûre de le réussir…

– Ah bon? Note que si on voit pas ma Bouli sur ma tête

ça m'arrange aussi! rigola-t-elle. Mais... Ce que tu me demandes, là, c'est long, non?

– Oui.

– Alors je peux pas...

– Tu as mon numéro... Dépose un jour ou deux chez Touclean et viens me voir. Je te payerai tes heures... On paye toujours ses modèles... C'est un métier, tu sais... Bon, je te quitte, là. On... on s'embrasse pas?

L'autre l'étouffa sur son cœur.

– Comment tu t'appelles Mamadou?

– Je te le dirai pas. Je l'aime pas mon nom...

Camille courut le long du quai en mimant un téléphone contre son oreille. Son ancienne collègue fit un geste las de la main. Oublie-moi, petite toubab, oublie-moi. Tu m'as déjà oubliée d'ailleurs...

Elle se moucha bruyamment.

Elle aimait lui parler.

C'est vrai, ça...

Personne d'autre au monde ne l'écoutait jamais.

3

Les premiers jours, Paulette ne quitta pas sa chambre. Elle avait peur de déranger, elle avait peur de se perdre, elle avait peur de tomber (ils avaient oublié son déambulateur) et surtout, elle avait peur de regretter son coup de tête.

Souvent, elle s'emmêlait les pinceaux, affirmait qu'elle passait de très bonnes vacances et leur demandait quand ils avaient l'intention de la ramener chez elle...

– C'est où chez toi? s'agaçait Franck

– Voyons tu sais bien... à la maison... chez moi...

Il quittait la pièce en soupirant :

– Je vous l'avais dit que c'était une connerie... En plus, elle perd la boule maintenant...

Camille regardait Philibert et Philibert regardait ailleurs.

– Paulette?

– Ah, c'est toi, mon petit... Tu... comment tu t'appelles déjà?

– Camille...

– C'est ça! Qu'est-ce que tu veux, ma petite fille?

Camille s'adressa à elle sans détour et lui parla assez durement. Lui rappela d'où elle venait, pourquoi elle était avec eux, ce qu'ils avaient et allaient encore changer dans leurs modes de vie pour lui tenir compagnie. Elle ajouta mille autres détails cinglants qui laissèrent la vieille dame totalement démunie :

– Je ne retournerai jamais chez moi, alors ?

– Non.

– Ah ?

– Venez avec moi, Paulette...

Camille la prit par la main et recommença la visite. Plus lentement cette fois. Elle enfonça quelques clous au passage :

– Ici, ce sont les toilettes... Vous voyez, Franck est en train d'installer des poignées sur le mur pour que vous puissiez vous tenir...

– Conneries... grommelait-il.

– Ici, c'est la cuisine... Elle est grande, hein ? Et puis elle est froide... C'est pour ça que j'ai rafistolé la table roulante hier... Pour vous permettre de prendre vos repas dans votre chambre...

– ... ou dans le salon, précisa Philibert, vous n'êtes.pas obligée de rester enfermée toute la journée, vous savez...

– Bon, le couloir... Il est très long mais vous pouvez vous tenir aux boiseries, n'est-ce pas ? Si vous avez besoin d'aide, on ira à la pharmacie louer un autre machin à roulettes...

– Oui, je préfère...

– Pas de problème ! On a déjà un motard dans la maison...

– Ici, la salle de bains... Et c'est là qu'il faut parler sérieusement Paulette... Tenez, asseyez-vous sur la chaise... Levez les yeux... Regardez comme elle est belle...

– Très belle. J'en ai jamais vu des comme ça par chez nous...

– Bon. Eh bien vous savez ce qu'il va faire votre petit-fils demain avec ses amis ?

– Non...

– Ils vont la saccager. Ils vont installer une cabine de douche pour vous parce que la baignoire est trop haute à

412

enjamber. Alors, avant qu'il ne soit trop tard, il faut vous décider pour de bon. Soit vous restez et les garçons se mettent au travail, soit vous n'avez pas très envie de rester, et il n'y a pas de problème, vous faites ce que vous voulez, Paulette, mais il faut nous le dire maintenant, vous comprenez?

– Vous comprenez? répéta Philibert.

La vieille dame soupira, tripota le coin de son gilet pendant quelques secondes qui leur parurent une éternité puis releva la tête et s'inquiéta :

– Vous avez pensé au tabouret?

– Pardon?

– Je suis pas complètement impotente, vous savez… Je peux très bien me doucher toute seule, mais il faut me mettre un tabouret, sans quoi…

Philibert fit mine d'écrire sur sa main :

– Un tabouret pour la petite dame du fond! Je le note! Et quoi d'autre, je vous prie?

Elle sourit :

– Rien d'autre…

– Rien d'autre?

Elle se lâcha enfin :

– Si. J'aimerais bien mon *Télé Star*, mes mots croisés, des aiguilles et de la laine pour la petite, une boîte de Nivéa parce que j'ai oublié la mienne, des bonbons, un petit poste sur ma table de nuit, des choses qui bullent pour mon dentier, des jarretières, des chaussons et une robe de chambre plus chaude parce que c'est plein de courants d'air ici, des garnitures, de la poudre, mon flacon d'eau de Cologne que Franck a oublié l'autre jour, un oreiller supplémentaire, une loupe et aussi que vous me bougiez le fauteuil devant la fenêtre et…

– Et? s'inquiéta Philibert.

– Et c'est tout, ma foi…

413

Franck qui les avait rejoints avec sa boîte à outils tapa sur l'épaule de son collègue :

– Putain mon gars, nous voilà avec deux princesses maintenant...

– Attention! l'engueula Camille, tu mets de la poussière partout, là...

– Et cesse de jurer comme ça s'il te plaît! ajouta sa grand-mère.

Il s'éloigna en traînant les pieds :

– Oooh bônneu mèrrre... Ça va être chaud... On est mal, là, mon pote, on est mal... Moi, je retourne au taf, c'est plus calme. Si y en a qui fait les courses, ramenez-moi des patates que j'aie de quoi vous faire un hachis... Et les bonnes cette fois, hein! Vous regardez... Pommes de terre à purée... C'est pas compliqué, c'est marqué sur le filet...

« On est mal, là, on est mal... » avait-il pressenti et il s'était gouré. Jamais de leurs vies ils n'allèrent aussi bien au contraire.

Dit comme ça, c'est un peu cucul évidemment, mais bon, c'était la vérité et il y avait bien longtemps que le ridicule ne les tuait plus : pour la première fois et tous autant qu'ils étaient, ils eurent l'impression d'avoir une vraie famille.

Mieux qu'une vraie d'ailleurs, une choisie, une voulue, une pour laquelle ils s'étaient battus et qui ne leur demandait rien d'autre en échange que d'être heureux ensemble. Même pas heureux d'ailleurs, ils n'étaient plus si exigeants. D'être ensemble, c'est tout. Et déjà c'était inespéré.

4

Après l'épisode de la salle de bains, Paulette ne fut plus la même. Elle trouva ses marques et se fondit dans le souk ambiant avec une aisance étonnante. Peut-être avait-elle eu besoin d'une preuve justement ? D'une preuve qu'elle était attendue et bienvenue dans cet immense appartement vide où les volets se fermaient de l'intérieur et où personne n'avait touché à la poussière depuis la Restauration. S'ils installaient une douche rien que pour elle alors... Elle avait failli perdre pied parce que deux ou trois objets lui manquaient et Camille repensa souvent à cette scène. Comment les gens allaient mal, souvent à cause de quelques bricoles, et comment tout aurait pu se dégrader à la vitesse grand V s'il n'y avait pas eu là un grand garçon patient qui avait demandé «Quoi d'autre ?» en tenant un calepin imaginaire... À quoi ça tenait finalement ? À un mauvais journal, à une loupe et deux ou trois flacons... C'était vertigineux... Petite philosophie à trois francs six sous qui l'enchantait et s'avéra être autrement plus complexe quand elles se retrouvèrent toutes les deux au rayon dentifrice du Franprix à lire les notices des Stéradent, Polident, Fixadent et autres colles miracles...

– Et... Paulette euh... ce que vous appelez des... des «garnitures», c'est...

– Tu ne vas tout de même pas m'obliger à mettre une couche comme ils donnaient là-bas sous prétexte que c'est moins cher ! s'indigna-t-elle.

– Ah! des garnitures! répéta Camille, soulagée. D'accord... Je n'y étais pas du tout, là...

Le Franprix, parlons-en, elles le connaissaient par cœur aujourd'hui et bientôt il devint ringard, même! C'était au Monoprix qu'elles trottaient à pas menus avec leur Caddie à roulettes et leur liste de courses établie par Franck la veille au soir...
Ah! Le Monop'...
Toute leur vie...

Paulette se réveillait toujours la première et attendait que l'un des deux garçons lui amène son petit déjeuner au lit. Quand c'était Philibert qui s'en chargeait, c'était sur un plateau avec la pince à sucre, une serviette brodée et un petit pot à lait. Il l'aidait ensuite à se relever, lui regonflait ses oreillers et tirait les rideaux en se fendant d'un petit commentaire sur le temps. Jamais un homme n'avait été aussi prévenant avec elle et ce qui devait arriver arriva : elle se mit à l'adorer elle aussi. Quand c'était Franck, c'était euh... plus rustique. Il lui déposait son bol de Ricoré sur sa table de nuit et ripait sur sa joue pour l'embrasser en râlant parce qu'il était déjà en retard.
– T'as pas envie de pisser là?
– J'attends la petite...
– Hé mémé, c'est bon, là! Lâche-la un peu! Ça se trouve elle va dormir encore une heure! Tu vas pas te retenir pendant tout ce temps...
Imperturbable, elle répétait :
– Je l'attends.
Franck s'éloignait en grognonnant.
Eh ben, attends-la, va... Attends-la... C'est dégueulasse y en a plus que pour toi maintenant... Moi aussi, je l'attends, merde! Qu'est-ce qui faut que je fasse? Que je me

pète les deux jambes pour qu'elle me fasse des risettes à moi aussi ? Fait chier la Mary Poppins, fait chier...

Elle sortait justement de sa chambre en s'étirant :
– Qu'est-ce tu ronchonnes encore ?
– Rien. Je vis avec le prince Charles et sœur Emmanuelle et je m'éclate comme une bête. Pousse-toi, je suis en retard... Au fait ?
– Quoi ?
– Donne ton bras voir... Mais c'est très bien ça ! s'égaya-t-il en la palpant. Dis donc, la grosse... Méfie-toi... Tu vas passer à la casserole un de ces jours...
– Même pas en rêve, le cuistot. Même pas en rêve.
– Mais oui ma caille, c'est ça...
C'était vrai, le monde était beaucoup plus gai.

Il revint avec sa veste sous le bras :
– Mercredi prochain...
– Quoi mercredi prochain ?
– Ce sera Mercredi gras parce que mardi j'aurai trop de boulot, et tu m'attends pour dîner...
– À minuit ?
– J'essaierai de rentrer plus tôt et je te ferai des crêpes comme tu n'en as jamais mangées de ta vie...
– Ah ! J'ai eu peur ! j'ai cru que t'avais choisi ce jour-là pour me sauter !
– Je te fais des crêpes et après je te saute.
– Parfait.

Parfait ? Ah, il était mal ce con... Qu'est-ce qu'il allait faire jusqu'à mercredi ? Se cogner dans tous les réverbères, rater ses sauces et s'acheter de nouveaux sous-vêtements ? Putain mais c'était pas vrai, ça ! D'une manière ou d'une autre elle finirait par avoir sa peau, cette saleté !

L'angoisse... Pourvu que ce soit de la bonne... Dans le doute il décida de s'acheter un nouveau caleçon quand même...

Ouais... Eh ben ça va y aller le Grand Marnier, c'est moi qui vous le dis, ça va y aller... Et ce que je flambe pas, je le bois.

Camille venait ensuite la rejoindre avec son bol de thé. Elle s'asseyait sur le lit, tirait l'édredon et elles attendaient que les garçons soient partis pour regarder le *TéléAchat*. Elles s'extasiaient, gloussaient, raillaient les tenues des potiches et Paulette, qui n'avait pas encore imprimé le passage à l'euro, s'étonnait que la vie soit si peu chère à Paris. Le temps n'existait plus, s'étirait mollement de la bouilloire au Monoprix et du Monoprix au marchand de journaux.

Elles avaient l'impression d'être en vacances. Les premières depuis des années pour Camille et depuis toujours pour la vieille dame. Elles s'entendaient bien, se comprenaient à mi-mot et rajeunissaient toutes les deux à mesure que les jours rallongeaient.

Camille était devenue ce que la caisse d'allocations familiales appelle une «auxiliaire de vie». Ces trois mots lui allaient bien et elle compensait son ignorance gériatrique en adoptant un ton direct et des mots crus qui les désinhibaient toutes les deux.

– Allez-y, ma petite Paulette, allez-y... Je vous nettoierai les fesses au jet...

– Tu es sûre?

– Mais oui!

– Ça ne te dégoûte pas?

– Mais non.

L'installation d'une cabine de douche s'étant avérée trop compliquée, Franck avait fabriqué une marche anti-dérapante pour escalader la baignoire et coupé les pieds d'une vieille chaise sur laquelle Camille déposait une serviette-éponge avant d'y asseoir sa protégée.

– Oh... gémissait-elle, mais moi ça me gêne... Tu ne peux pas savoir comme je suis mal à l'aise de t'imposer ça...

– Allons...

– Ce vieux corps, là, ça ne te dégoûte pas? Tu es sûre?

– Vous savez, je... Je crois que je n'ai pas la même approche que vous... Je... J'ai pris des cours d'anatomie, j'ai dessiné des nus au moins aussi âgés que vous et je n'ai pas de problème de pudeur... Enfin, si, mais pas celui-là. Je ne sais pas comment vous l'expliquer... Mais quand je vous regarde, je ne me dis pas : herk, ces rides, ses seins qui pendouillent, ce ventre mou, ces poils blancs, ce zizi flasque ou ces genoux cagneux... Non, pas du tout... Je vais peut-être vous vexer mais votre corps m'intéresse indépendamment de vous. Je pense boulot, technique, lumière, contours, barbaque à circonvenir... Je songe à certains tableaux... Les vieilles folles de Goya, des allégories de la Mort, la mère de Rembrandt ou sa prophétesse Anne... Excusez-moi, Paulette, c'est affreux tout ce que je vous raconte là mais... en vérité, je vous regarde très froidement!

– Comme une bête curieuse?

– Il y a un peu de ça... Comme une curiosité plutôt...

– Et alors?

– Alors rien.

– Tu vas me dessiner moi aussi?

– Oui.

Silence.

– Oui, si vous me le permettez... Je voudrais vous dessiner jusqu'à ce que je vous connaisse par cœur. Jusqu'à ce que vous n'en puissiez plus de me sentir autour de vous...

– Je te le permettrai, mais là, vraiment je... Tu n'es même pas ma fille ni rien et je... Oh, que... comme je suis confuse...

Camille s'était finalement déshabillée et mise à genoux devant elle sur l'émail grisâtre :
– Lavez-moi.
– Pardon ?
– Prenez le savon, le gant et lavez-moi, Paulette.
Elle s'exécuta et, grelottant à moitié sur son prie-dieu aquatique, tendit le bras vers le dos de la jeune fille :
– Hé ! Plus fort que ça !
– Mon Dieu, tu es si jeune... Quand je pense que j'étais comme toi autrefois... Bien sûr, je n'étais pas aussi menue mais...
– Vous voulez dire maigre ? la coupa Camille en se retenant à la robinetterie.
– Non, non, je pensais «menue» vraiment... Quand Franck m'a parlé de toi la première fois, je me rappelle, il n'avait que ce mot-là à la bouche : «Oh, mémé, elle est si maigre... Si tu voyais comme elle est maigre...», mais maintenant que je te vois telle que tu es, là, je ne suis pas d'accord avec lui. Tu n'es pas maigre, tu es fine. Tu me fais penser à cette jeune femme dans le livre du *Grand Meaulnes*... Tu sais ? Comment s'appelait-elle déjà ? Aide-moi...
– Je ne l'ai pas lu.
– Elle avait un nom noble elle aussi... Ah, c'est trop bête...
– On ira voir à la bibliothèque... Allez-y ! Plus bas aussi ! Y a pas de raison ! Et attendez, je vais me retourner maintenant... Voilà... Vous voyez ? On est dans le même bateau, ma vieille ! Pourquoi vous me regardez comme ça ?
– Je... C'est cette cicatrice, là...

420

– Oh, ça? C'est rien...

– Non... Ce n'est pas rien... Qu'est-ce qui t'est arrivé?

– Rien je vous dis.

Et, de ce jour, il ne fut plus jamais question d'épiderme entre elles deux.

Camille l'aidait à s'asseoir sur la lunette puis sous la douche et la savonnait en parlant d'autre chose. Les shampoings s'avérèrent plus délicats. À chaque fois qu'elle fermait les yeux, la vieille dame perdait l'équilibre et partait en arrière. Au bout de quelques essais catastrophiques, elles décidèrent de prendre un abonnement chez un coiffeur. Pas dans le quartier où ils étaient tous hors de prix («Qui c'est ça, Myriam? lui répondit ce crétin de Franck, je connais pas de Myriam, moi...») mais tout au bout d'une ligne d'autobus. Camille étudia son plan, suivit du doigt les parcours de la RATP, visa l'exotisme, éplucha les pages jaunes, demanda des devis pour une mise en plis hebdomadaire et jeta son dévolu sur un petit salon de la rue des Pyrénées, dernière zone de tarification du 69.

En vérité, la différence de prix ne justifiait pas une telle expédition mais c'était une si jolie promenade...

Et tous les vendredis, dès l'aube, à l'heure où blanchit etc., elle installait une Paulette toute fripée près de la vitre et assurait les commentaires de *Paris by day* en attrapant au vol – sur son carnet et selon les embouteillages – un couple de caniches en manteaux Burberry sur le pont Royal, l'espèce de cervelas qui ornait les murs du Louvre, les cages et les buis du quai de la Mégisserie, le socle du génie de la Bastille ou le haut des caveaux du Père-Lachaise, ensuite elle lisait des histoires de princesses enceintes et de chanteurs abandonnés pendant que son amie bichait sous le casque. Elles déjeunaient dans un café de la place Gambetta. Pas dans Le Gambetta justement, un endroit un peu trop branchouille à leur goût mais au Bar du Métro qui sentait bon le tabac froid, les millionnaires perdants et le garçon irritable.

Paulette qui se souvenait de son catéchisme prenait invariablement une truite aux amandes et Camille, qui n'avait aucune morale, mordait dans un croque-monsieur en fermant les yeux. Elles commandaient un pichet, mais oui, et trinquaient de bon cœur. À nous! Au retour, elle s'asseyait en face d'elle et dessinait exactement les mêmes choses mais dans le regard d'une petite dame toute pimpante et trop laquée qui n'osait pas s'appuyer contre la vitre de peur de froisser ses superbes frisettes mauves. (Johanna, la coiffeuse, l'avait convaincue de changer de couleur : «Alors, c'est d'accord? Je vous fais l'Opaline cendrée, hein? Regardez, c'est le numéro 34, là…» Paulette voulait interroger Camille du regard mais celle-ci était plongée dans une affaire de liposuccion ratée. «Ça ne va pas rendre trop triste?» s'inquiéta-t-elle «Triste? Mais non! Ce sera très gai au contraire!»)

En effet, ce… c'était le mot. C'était très gai et ce jour-là, elles descendirent à l'angle du quai Voltaire pour acheter, entre autres, un nouveau demi-godet d'aquarelle chez Sennelier.

Les cheveux de Paulette étaient passés du *Rose Doré* très dilué au *Violet de Windsor*.

Ah! Tout de suite… C'était beaucoup plus chic…

Les autres jours, c'était Monoprix donc. Elles mettaient plus d'une heure à parcourir deux cents mètres, goûtaient la nouvelle Danette, répondaient à des sondages idiots, essayaient des rouges à lèvres ou d'affreux foulards en mousseline. Elles traînaient, jacassaient, s'arrêtaient en chemin, commentaient l'allure des grandes bourgeoises du VIIe et la gaieté des adolescentes. Leurs fous rires, leurs histoires abracadabrantes, les sonneries de leurs portables et leurs sacs à dos tout cliquetant de babioles. Elles s'amusaient, soupiraient, se moquaient et se relevaient précautionneusement. Elles avaient le temps, la vie devant elles...

5

Quand Franck n'assurait pas l'intendance, c'est Camille qui s'y collait. Au bout de quelques assiettes de pâtes trop cuites, de Picard raté et d'omelettes brûlées, Paulette se mit en tête de lui inculquer certaines notions de cuisine. Elle restait assise devant la gazinière et lui apprit des mots aussi simples que : bouquet garni, cocotte en fonte, poêle chaude et court-bouillon. Sa vue était mauvaise, mais, à l'odeur, elle lui indiquait la marche à suivre... Les oignons, les lardons, tes morceaux de viande, là, c'est bien, top. Mouille-moi tout ça... Vas-y, je te dirai...Top!

– C'est bien. Je ne dis pas que je ferai de toi un cordon-bleu, mais enfin...
– Et Franck?
– Franck quoi?
– C'est vous qui lui avez tout appris?
– Pas tout, non! Je lui ai donné le goût, j'imagine... Mais les grandes choses, ce n'est pas moi... Je lui ai appris la cuisine de ménage... Des plats simples, rustiques et bon marché... Quand mon mari a été arrêté à cause de son cœur, je suis entrée dans une maison bourgeoise comme cuisinière...
– Et il venait avec vous?
– Eh oui! Que voulais-tu que j'en fasse quand il était petit? Bon et puis après, il n'est plus venu bien sûr... Après...
– Après quoi?

– Bah, tu sais bien comment ça se passe... Après j'avais du mal à savoir où il traînait... Mais... Il était doué. Il avait le goût à ça. En cuisine, c'était le seul endroit où il était à peu près calme...

– C'est toujours vrai.

– Tu l'as vu?

– Oui. Il m'a prise comme extra l'autre jour et... Je ne l'ai pas reconnu!

– Tu vois... Pourtant si tu savais le drame que ça a été quand on l'a envoyé en apprentissage... Comme il nous en a voulu...

– Qu'est-ce qu'il voulait faire, lui?

– Rien. Des bêtises... Camille, tu bois trop!

– Vous voulez rire! Je ne bois plus rien depuis que vous êtes là! Tenez, un petit coup de jaja, c'est bon pour les artères. C'est pas moi qui le dis, c'est le corps médical...

– Bon... un petit verre alors...

– Eh ben? Ne faites pas cette tête! Vous avez le vin triste?

– Non, les souvenirs...

– C'était dur?

– Par moments, oui...

– C'est lui qui était dur?

– Lui, la vie...

– Il m'a raconté...

– Quoi?

– Sa mère... Le jour où elle est venue le reprendre, tout ça...

– Tu... Tu vois, le pire quand on vieillit, ce... Tiens ressers-moi un verre, va... Ce n'est pas tant le corps qui fiche le camp, non, ce sont les remords... Comment ils reviennent vous hanter, vous torturer... Le jour... La nuit... Tout le temps... Il arrive un moment où tu ne sais plus si tu dois garder les yeux ouverts ou bien les fermer pour les chasser... Il arrive un moment où... Dieu sait que j'ai essayé pourtant… J'ai essayé de comprendre pourquoi ça n'avait pas collé, pourquoi tout était allé de travers, tout… Tout… Et…

– Et?

Elle tremblait :

– Je n'y arrive pas. Je ne comprends pas. Je…

Elle pleurait :

– Par où je commence?

– D'abord, je me suis mariée tard… Oh! Comme les autres, j'ai eu mon histoire d'amour tu sais… Et puis non… Finalement j'ai épousé un gentil garçon pour faire plaisir à tout le monde. Mes sœurs étaient en ménage depuis longtemps et je… Enfin, je me suis mariée moi aussi…

«Mais les enfants ne venaient pas… Tous les mois, je maudissais mon ventre et pleurais en faisant bouillir mon linge. J'ai vu des docteurs, je suis même venue ici, à Paris, pour me laisser examiner… J'ai vu des rebouteux, des sorciers, des vieilles affreuses qui me demandaient des choses impossibles… Des choses que j'ai faites, Camille, que j'ai faites sans broncher… Sacrifier des agnelles à la pleine lune, bu leur sang, avalé des… Oh, non… C'était vraiment barbare, crois-moi… C'était un autre siècle… On disait de moi que j'étais «tachée». Et puis les pèlerinages… Tous les ans, j'allais au Blanc, placer un doigt dans le trou de saint Génitour, après j'allais gratter saint Greluchon à Gargilesse… Tu ris?»

– Ce sont ces noms…

– Et ce n'est pas fini, attends… Il fallait déposer un ex-voto en cire représentant l'enfant désiré au saint Grenouillard de Preuilly…

– Grenouillard?

– Grenouillard, comme je te le dis! Ah! Ils étaient beaux mes bébés de cire, tu peux me croire… De vraies poupées…

Il ne leur manquait plus que la parole... Et puis un jour, alors que je m'étais résignée depuis longtemps, je suis tombée enceinte... J'avais bien plus de trente ans... Tu ne t'en rends pas compte, mais j'étais vieille déjà... C'était Nadine, la mère de Franck... Comme on l'a gâtée, comme on l'a couvée, comme on l'a chouchoutée cette gamine... Cette reine... On lui a gâté le caractère il faut croire... On l'a trop aimée... Ou mal aimée... On lui a passé tous ses caprices... Tous sauf le dernier... J'ai refusé de lui prêter l'argent qu'elle me demandait pour se faire avorter... Je ne pouvais pas tu comprends? Je ne pouvais pas. J'avais trop souffert. Ce n'était pas la religion, ce n'était pas la morale, ce n'était pas les commérages qui me retenaient. C'était la rage. La rage. La tache. J'aurais préféré la tuer elle, plutôt que de l'aider à se crever le ventre... Est-ce que... Est-ce que j'ai eu tort? Réponds-moi, toi. Combien de vies fichues en l'air par ma faute? Combien de souffrances? Combien de...

— Chut.

Camille lui frottait la cuisse.

— Chut...

— Donc elle... Elle l'a eu ce petit et puis elle me l'a laissé... « Tiens, qu'elle m'a dit, puisque tu le voulais, le v'là! T'es contente maintenant? »

Elle avait fermé les yeux et répétait en hoquetant :

— « T'es contente maintenant? » qu'elle me répétait en faisant sa valise, « t'es contente? » Comment on peut dire des choses pareilles? Comment on peut oublier des choses pareilles? Pourquoi est-ce que je dormirais la nuit maintenant que je ne me casse plus les reins et que je ne travaille plus jusqu'au bout de ma fatigue, hein? Dis-le moi. Dis-le moi... Elle l'a laissé, elle est revenue quelques mois plus tard, elle l'a repris et elle l'a ramené encore. On devenait tous fous. Surtout Maurice, mon mari... Je crois qu'elle l'a mené jusqu'au bord de sa patience d'homme… Elle a dû le pousser encore un peu, le reprendre encore une fois, revenir chercher de l'argent pour le nourrir, soi-disant, et s'enfuir dans la nuit en l'oubliant. Un jour, un jour de trop, elle s'est ramenée la bouche en cœur et il l'a reçue avec le fusil. «Je veux plus te voir, qu'il lui a dit, t'es qu'une traînée. Tu nous fais honte et tu le mérites pas ce petit. Tu le verras pas d'abord. Ni aujourd'hui, ni jamais. Allez, disparais maintenant. Laisse-nous en paix.» Camille… C'était ma gamine… Une gamine que j'avais attendue tous les jours pendant plus de dix ans… Une gamine que j'avais adorée. Adorée… Comment je lui avais fricassé le museau à celle-ci… Je l'ai léchée tant que j'ai pu… Une petite à qui on avait tout payé. Tout! Les plus jolies robes. Les vacances à la mer, à la montagne, les meilleures écoles… Tout ce qu'on avait de bon en nous, c'était pour elle. Et ce que je te raconte là, ça se passait dans un village minuscule… Elle est partie mais tous ceux qui l'avaient connue depuis toute minote et qui se cachaient derrière leurs volets pour voir le Maurice en rogne, ils sont restés, eux. Et j'ai continué de les croiser. Le lendemain et le surlendemain et le jour d'après encore… C'était… C'était inhumain… C'était l'Enfer sur la terre. La compassion des bonnes gens il n'y a rien de pire au monde… Celles qui vous disent je prie pour vous en essayant de vous tirer les vers du nez et ceux qui apprennent à votre mari à boire en lui répétant qu'ils auraient agi tout pareil crénom de Dieu! J'ai eu des envies de meurtres, crois-moi… Moi aussi je la voulais la bombe atomique!

Elle riait.

«Et puis quoi? Il était là ce gosse. Il avait rien demandé à personne, lui… On l'a aimé, tiens. On l'a aimé tant qu'on pouvait… Et peut-être même qu'on a été trop durs à certains moments… On voulait pas recommencer les mêmes erreurs alors on en a fait d'autres... Et tu n'as pas honte, toi, de me dessiner, là, maintenant?»

– Non.

– Tu as raison. La honte ça ne mène nulle part, crois-moi... La honte que t'as elle te sert à rien. Elle est juste là pour faire plaisir aux braves gens... Après quand y referment leurs volets ou qu'y reviennent du café, y se sentent bien chez eux. Tout rengorgés, y z'enfilent leurs chaussons et se regardent en souriant. C'est pas dans leur famille que ça serait tombé toute cette chienlit, ça non! Mais... Rassure-moi. Tu ne me fais pas avec le verre à la main, tout de même?

– Non, sourit Camille.

Silence.

– Mais après? Ça s'est bien passé...

– Avec le petit? Oui... C'était un bon gamin ma foi... Bêtiseux mais franc du collier. Quand il était pas en cuisine avec moi, il était au jardin avec son pépé... Ou à la pêche... Il était enragé mais il poussait droit malgré tout. Il poussait droit... Même si la vie ne devait pas être très amusante tous les jours avec deux vieux comme nous qu'avions perdu l'envie de causer depuis si longtemps, mais enfin... On faisait ce qu'on pouvait... On jouait... On ne tuait plus les petits chats... On l'emmenait à la ville... Au cinéma... On lui payait ses autocollants de football et des bicyclettes neuves... Il travaillait bien à l'école, tu sais... Oh! il n'était pas le premier mais il s'appliquait... Et puis elle est revenue encore et là, on a pensé que c'était bien qu'il parte. Qu'une drôle de mère c'était toujours mieux que rien... Qu'il aurait un père, un petit frère, que c'était pas une vie de grandir dans un village à moitié mort et que pour ses études, c'était une chance d'aller à la ville... Comment on est tombés dans le panneau encore une fois... Comme des bleus. Des bégassiaux sans cervelle...

La suite, tu la connais : elle l'a cassé en deux et elle l'a remis dans le direct de 16h12...

– Et vous n'avez plus jamais eu de nouvelles ?

– Non. Sauf en rêve... En rêve, je la vois souvent... Elle rit... Elle est belle... Montre-moi ce que t'as dessiné ?

– Rien. Votre main sur la table...

– Pourquoi tu me laisses radoter ainsi ? Pourquoi tu t'intéresses à tout ça, toi ?

– J'aime bien quand les gens ouvrent leur boîte...

– Pourquoi ?

– Je ne sais pas. C'est comme un autoportrait, non ? Un autoportrait avec des mots...

– Et toi ?

– Moi, je ne sais pas raconter...

– Mais, pour toi non plus, ce n'est pas normal de passer tout son temps avec une vieille femme comme moi...

– Ah bon ? Et vous le savez ce qui est normal, vous ?

– Tu devrais sortir... Voir du monde... Des jeunes de ton âge ! Allez... Soulève-moi donc ce couvercle, là... Tu les as lavés les champignons ?

6

– Elle dort ? demanda Franck.

– Je crois…

– Dis donc, je viens de me faire choper par la gardienne, il faut que t'y ailles…

– On s'est encore planté dans les poubelles ?

– Non. C'est rapport au mec que t'héberges là-haut…

– Oh merde… Il a fait une connerie ?

Il écarta les bras en secouant la tête.

Pikou cracha sa bile et madame Perreira ouvrit sa porte-fenêtre en posant la main sur sa poitrine.

– Entrez, entrez... Assoyez-vous...

– Qu'est-ce qui se passe?

– Assoyez-vous, je vous dis.

Camille écarta les coussins et posa une demi-fesse sur sa banquette à ramages.

– Je le vois plus...

– De qui? Vincent? Mais... Je l'ai croisé l'autre jour, il prenait le métro...

– L'autre jour quand?

– Je ne sais plus... En début de semaine...

– Eh ben moi, je vous dis que je le vois plus! Il a disparu. Avec mon Pikou qui nous réveille toutes les nuits je peux pas le manquer, vous pensez... Et là, plus rien. J'ai peur qu'y lui soit arrivé quelque chose... Faut aller voir, mon petit... Faut monter.

– Bon.

– Doux Jésus. Vous croyez qu'il est mort?

Camille ouvrit la porte.

– Dites... S'il est mort, vous venez me voir de suite, hein? C'est que... ajouta-t-elle en tripotant sa médaille, je voudrais pas de scandale dans l'immeuble, vous comprenez?

– C'est Camille, tu m'ouvres ?
Aboiements et confusions.
– Tu m'ouvres ou je demande qu'on défonce la porte ?
– Nan, là je peux pas… fit une voix rauque. Je suis trop mal… Reviens plus tard…
– Plus tard quand ?
– Ce soir.
– T'as besoin de rien ?
– Nan. Laisse-moi.
Camille revint sur ses pas :
– Tu veux que je te sorte ton chien ?
Pas de réponse.

Elle descendit les escaliers lentement.
Elle était dans la merde.
Elle n'aurait jamais dû le faire venir ici… Être généreuse avec le bien d'autrui, c'était facile… Ah, c'est sûr, elle l'avait sa belle auréole aujourd'hui ! Un camé au septième, une mémé dans son lit, tout ce petit monde sous sa responsabilité et elle qui était toujours obligée de se tenir à la rampe pour ne pas se casser la gueule. Super comme tableau… Clap, clap. Quelle gloire, vraiment. T'es contente de toi, là ? Elles te gênent pas tes ailes quand tu marches ?
Oh, vos gueules… C'est sûr quand on ne fait rien, hein ?
Nan, mais on te dit ça euh… le prends pas mal, mais y en a d'autres des clodos dans la rue… Y en a un juste devant

la boulangerie, tiens... Pourquoi tu le ramasses pas lui? Parce qu'il a pas de chien? Merde, s'il avait su...

Tu me fatigues... répondit Camille à Camille. Tu me fatigues énormément...

Allez, on va lui dire... Mais pas un gros, hein? Un petit. Un petit bichon frisé qui tremble de froid. Ah ouais, ça serait bien ça... Ou un chiot, alors? Un chiot recroquevillé dans son blouson... Alors là, tu craques direct. En plus, il en reste plein des chambres, chez Philibert...

Accablée, Camille s'assit sur une marche et posa sa tête sur ses genoux.

Récapitulons.

Elle avait pas vu sa mère depuis presque un mois. Il fallait qu'elle se bouge sinon l'autre allait encore lui faire une crise de foie chimique avec Samu et sonde gastrique à la clef. Elle avait l'habitude depuis le temps, mais bon, ce n'était jamais une partie de plaisir... Après elle mettait du temps à s'en remettre... Ttt tt... Encore trop sensible cette petite...

Paulette assurait parfaitement entre 1930 et 1990 mais perdait pied entre hier et aujourd'hui et ça n'allait pas en s'arrangeant. Trop de bonheur, peut-être? C'était comme si elle se laissait aller tranquillement vers le fond... En plus, elle n'y voyait vraiment que dalle... Bon. Jusque-là ça allait... Là, elle était en train de faire la sieste et tout à l'heure Philou viendrait regarder *Questions pour un champion* avec elle en donnant toutes les réponses sans se tromper. Ils adoraient ça tous les deux. Parfait.

Philibert, parlons-en, c'était Louis Jouvet et Sacha Guitry dans le même frac. Il écrivait maintenant. Il s'enfermait pour écrire et répétait deux soirs par semaine. Pas de nouvelles sur le front des amours? Bon. Pas de nouvelles, bonnes nouvelles.

Franck... Rien de spécial. Rien de nouveau. Tout allait bien. Sa mémé était au chaud et sa moto aussi. Il ne revenait que l'après-midi pour dormir et continuait de travailler le dimanche. «Encore un peu, tu comprends? Je peux pas les planter comme ça... Faut que je me trouve un remplaçant...»
Ben voyons... Un remplaçant ou une moto encore plus grosse? Très malin, le garçon. Très malin... Pourquoi il se gênerait d'ailleurs? Où était le problème? Il n'avait rien demandé, lui. Et, passé les premiers jours d'euphorie, il était retombé le nez dans sa marmite. La nuit, il devait appuyer sur la tête de sa copine pendant qu'elle se relevait pour éteindre la télé de la vieille. Mais... pas de problème. Pas de problème... Elle préférerait encore ça, les documentaires sur la vessie natatoire des grondins et le dernier pissou de la tisanière à son boulot chez Touclean. Bien sûr, elle aurait pu ne pas travailler du tout, mais elle n'était pas assez forte pour assumer ça... La société l'avait bien dressée... Était-ce parce qu'elle manquait de confiance en elle ou était-ce le contraire, justement? La peur de se retrouver dans une situation où elle pouvait gagner sa vie en la piétinant? Il lui restait quelques contacts... Mais quoi? Se cracher dessus encore une fois? Refermer ses carnets et reprendre une loupe? Elle n'en avait plus le courage. Elle n'était pas devenue meilleure, elle avait vieilli. Ouf.

Non, le problème, il était trois étages plus haut... Pourquoi il avait refusé de lui ouvrir d'abord? Parce qu'il était en transe ou parce qu'il était en manque? Est-ce que c'était vrai cette histoire de cure? À d'autres... Du pipeau pour charmer les petites bourges et leurs concierges, oui!

Pourquoi il ne sortait que la nuit? Pour aller se faire mettre avant de s'en coller une sous le garrot? Tous les mêmes... Des menteurs qui vous jetaient de la poudre aux yeux et festoyaient à genoux pendant que vous vous mordiez les poings jusqu'au sang, ces salauds...

Quand elle avait eu Pierre au téléphone il y a quinze jours, elle avait recommencé ses conneries : elle s'était remise à mentir, elle aussi.

«Camille. Kessler à l'appareil. Qu'est-ce que c'est que cette histoire? Qui c'est ce type qui vit chez moi? Rappelle-moi immédiatement.»

Merci la grosse Perreira, merci.

Notre-Dame de Fatima, priez pour nous.

Elle avait pris les devants :

– C'est un modèle, avait-elle annoncé avant même de le saluer, on travaille ensemble...

Coupée, la chique.

– C'est un modèle?

– Oui.

– Tu vis avec lui?

– Non. Je viens de vous le dire : je travaille.

– Camille... Je... J'ai tellement envie de te faire confiance aujourd'hui... Est-ce que je peux?

– ...

– C'est pour qui?

– Pour vous.

– Ah?

– ...

– Tu... tu...

– Je ne sais pas encore. Sanguine, j'imagine...

– Bon...

– Ben salut...

– Hé!

– Oui?

– Qu'est-ce que t'as comme papier?

– Du bon.

– T'es sûre?

– C'est Daniel qui m'a servie…

– Très bien. Et sinon, ça va, toi?

– Je m'adresse au marchand, là. Pour les risettes, je vous rappellerai sur l'autre ligne.

Clic.

Elle secoua sa boîte d'allumettes en soupirant. Elle n'avait plus le choix.

Ce soir, après avoir bordé une petite vieille qui n'aurait pas sommeil de toute façon, elle remonterait ces marches et viendrait lui parler.

La dernière fois qu'elle avait essayé de retenir un toxico à la tombée de la nuit, elle s'était mangé un coup de couteau dans l'épaule… OK. C'était différent. C'était son mec, elle l'aimait et tout, mais quand même… Ça lui avait fait mal, cette petite faveur…

Merde. Plus d'allumettes. Oh misère… Notre-Dame de Fatima *et* Hans Christian Andersen, restez là, bordel. Restez encore un peu.

Et comme dans l'histoire, elle se releva, tira sur les jambes de son pantalon et alla rejoindre sa grand-mère au paradis…

9

– C'est quoi?

– Oh... dodelina Philibert, presque rien en vérité...

– Un drame antique?

– Nooon...

– Un vaudeville?

Il attrapa son dictionnaire :

– varice... vasouillard... vau... vaudeville... *Comédie légère, fondée sur les rebondissements de l'intrigue, les quiproquos et les bons mots...* Oui. C'est exactement ça, fit-il en le refermant d'un coup sec. Une comédie légère avec des bons mots.

– Ça parle de quoi?

– De moi.

– De toi? s'étrangla Camille, mais je croyais que c'était tabou chez vous de parler de soi?

– Ma foi, je prends du recul, ajouta-t-il en prenant la pause.

– Et... euh... Et la barbichette, là... C'est ... C'est pour le rôle?

– Tu n'aimes pas?

– Si, si... c'est... c'est dandy... On dirait un peu *Les Brigades du Tigre*, non?

– Les quoi?

– C'est vrai que tu découvres la télévision avec Julien Lepers, toi... Dis donc euh... Il faut que je monte là... Je vais voir mon locataire du septième... Je peux te confier Paulette?

Il hocha la tête en lissant ses petites moustaches :

– Va, cours, vole et monte vers ton destin, mon enfant…

– Philou?

– Oui?

– Si je suis pas redescendue dans une heure, tu pourras venir voir?

10

La chambre était impeccablement rangée. Le lit était fait et il avait posé deux tasses et un paquet de sucre sur la table de camping. Il était assis sur une chaise, dos au mur et referma son livre quand elle gratta à la porte.

Il se leva. Ils étaient aussi embarrassés l'un que l'autre. C'était la première fois qu'ils se voyaient finalement... Un ange passa.
– Tu... Tu veux boire quelque chose ?
– Volontiers...
– Thé ? Café ? Coca ?
– Café, c'est parfait.

Camille prit place sur le tabouret et se demanda comment elle avait fait pour vivre ici pendant si longtemps. C'était si humide, si sombre, tellement... inexorable. Le plafond était si bas et les murs si sales... Non, ce n'était pas possible... Ce devait être une autre, alors ?

Il s'activait devant les plaques électriques et lui indiqua le pot de Nescafé.
Barbès dormait sur le lit en ouvrant un œil de temps en temps.

Il finit par tirer la chaise et s'assit en face d'elle :
– Je suis content de te voir... Tu aurais pu venir plus tôt...

– Je n'osais pas.

– Ah?

– Tu regrettes de m'avoir amené ici, n'est-ce pas?

– Non.

– Si. Tu regrettes. Mais ne t'en fais pas... J'attends un feu vert et je partirai... C'est une question de jours maintenant.

– Tu vas où?

– En Bretagne.

– Dans ta famille?

– Non. Dans un centre de... De déchets humains. Nan, je suis con. Dans un centre de vie, c'est comme ça qu'il faut dire...

– ...

– C'est mon toubib qui m'a trouvé ça... Un truc où l'on fabrique de l'engrais avec des algues... Des algues, de la merde et des handicapés mentaux... Génial, non? Je serai le seul ouvrier normal. Enfin «normal», c'est relatif...

Il souriait.

– Tiens, regarde la brochure... Classieux, hein?

Deux gogols avec une fourche à la main se tenaient devant une espèce de puisard.

– Je vais faire de l'Algo-Foresto, un truc avec du compost, des algues et du fumier de cheval... Je sens déjà que je vais adorer... Bon, y paraît qu'au début, c'est dur à cause de l'odeur mais qu'après on s'en rend même plus compte...

Il reposa la photo et s'alluma une cigarette.

– Les grandes vacances, quoi...

– T'y restes combien de temps?

– Le temps qu'il faudra...

– T'es sous méthadone?

– Oui.

– Depuis quand?

Geste vague.

– Ça va ?

– Non.

– Allez... Tu vas voir la mer !

– Super... Et toi ? Pourquoi t'es là ?

– C'est la concierge... Elle pensait que t'étais mort...

– Elle va être déçue...

– C'est clair.

Ils riaient.

– Tu... T'es HIV aussi ?

– Nan. Ça c'était juste pour lui faire plaisir... Pour qu'elle s'attache à mon clebs... Nan, nan... J'ai fait ça bien. Je me suis bousillé proprement.

– C'est ta première cure ?

– Oui.

– Tu vas y arriver ?

– Oui

– ...

– J'ai eu de la chance... Il faut croiser les bonnes personnes, j'imagine... et je... je crois que je les tiens, là...

– Ton médecin ?

– *Ma* médecin ! Oui mais pas seulement... Un psy aussi... Un vieux pépé qui m'a arraché la tête... Tu connais le V33 ?

– C'est quoi ? Un médicament ?

– Non, c'est un produit pour décaper le bois...

– Ah oui ! Une bouteille verte et rouge, non ?

– Si tu le dis... Eh ben ce mec, c'est mon V33. Il met le produit, ça brûle, ça fait des cloques et le coup d'après, il prend sa spatule et décolle toute la merde... Regarde-moi. Sous mon crâne je suis nu comme un ver !

Il n'arrivait plus à sourire, ses mains tremblaient :

– Putain, c'est dur...C'est trop dur... Je pensais pas que...

Il releva la tête.

– Et puis euh... Y a eu quelqu'un d'autre aussi... Une petite nana avec des cuisses de mouches qu'a remonté son fute avant que j'aie eu le temps d'en voir plus, hélas...

– C'est quoi ton nom ?
– Camille.

Il le répéta encore et se tourna vers le mur :
– Camille... Camille... Le jour où t'es apparue, Camille, j'avais un mauvais rencard... Il faisait trop froid et j'avais plus tellement envie de me battre, il me semble... Mais, bon. T'étais là... Alors je t'ai suivie... Je suis galant comme mec...

Silence.
– Je peux te parler encore ou t'en as marre, là ?
– Ressers-moi une tasse...
– Excuse-moi. C'est à cause du vieux... Je suis devenu un vrai moulin à paroles...
– Pas de problème, je te dis.
– Nan, mais c'est important en plus... Enfin, même pour toi, je crois que c'est important...

Elle fronça les sourcils.
– Ton aide, ta piaule, ta bouffe et tout, c'est une chose mais je te dis, j'étais vraiment dans un mauvais trip quand tu m'as trouvé... J'avais le vertige, tu comprends ? Je voulais retourner les voir, je... J'ai... Et c'est ce mec-là qui m'a sauvé. Ce mec, et tes draps.

Il le ramassa et le posa entre eux deux. Camille reconnut son livre. C'était les lettres de Van Gogh à son frère.

Elle avait oublié qu'il était là.

C'était pas faute de se l'avoir trimbalé pourtant...

– Je l'ai ouvert pour me retenir, pour m'empêcher de passer la porte, parce qu'il n'y avait rien d'autre ici et tu sais ce qu'il m'a fait ce bouquin ?

Elle secoua la tête.

– Il m'a fait ça, ça et ça.

Il l'avait repris pour se frapper le crâne et les deux joues.

– C'est la troisième fois que je le relis... Ce... C'est tout pour moi. Y a tout là-dedans... Ce type, je le connais par cœur... C'est moi. C'est mon frère. Tout ce qu'il dit, je le comprends. Comment y pète les plombs. Comment il souffre. Comment il est toujours en train de se répéter, de s'excuser, d'essayer de comprendre les autres, de se remettre en question, comment il s'est fait jeter par sa famille, ses parents qui captent rien, les séjours à l'hosto et tout ça... Je... Je vais pas te raconter ma vie, t'inquiète, mais c'est troublant, tu sais... Comment il est avec les filles, comment il tombe amoureux d'une bêcheuse, comment on l'a méprisé et le jour où il a décidé de se mettre en ménage avec cette pute, là... Celle qui était enceinte... Nan je vais pas te raconter ma vie, mais il y a des coïncidences qui m'ont fait halluciner... À part son frangin, et encore, personne ne croyait en lui. Personne. Mais lui, tout fragile et tout taré qu'il était, il y croyait, lui... Enfin... Il dit ça, qu'il a la foi, qu'il est fort et euh... La première fois que je l'ai lu, presque d'une traite tu vois, j'avais pas compris le truc en italiques à la fin...

Il le rouvrit :

– *Lettre que Vincent van Gogh portait sur lui le 29 juillet 1890*... C'est seulement en lisant la préface le lendemain ou le surlendemain que j'ai compris qu'il s'était suicidé ce con. Que cette lettre il l'avait pas envoyée et je... Putain, ça m'a fait un coup, je te dis pas... Tout ce qu'il dit sur son corps, je le ressens. Toute sa souffrance, c'est pas que des mots, tu comprends ? C'est... Enfin, moi je... je m'en fous de son travail... Enfin, nan, je m'en fous pas mais c'est pas ça que

444

j'ai lu. Ce que j'ai lu, c'est que si t'es pas dans le rang, si t'arrives pas à être ce qu'on attend de toi, tu souffres. Tu souffres comme une bête et à la fin, tu crèves. Eh ben, non. Moi je vais pas crever. Par amitié pour lui, par fraternité, je vais pas crever... Je veux pas.

Camille était scotchée. Pchiii... Sa cendre venait de tomber dans son café.

– C'est n'importe quoi ce que je viens de dire ?
– Nan, nan, au contraire... je...
– Tu l'as lu, toi ?
– Bien sûr.
– Et tu... Ça t'a pas fait souffrir ?
– Je me suis surtout intéressée à son travail... Il s'y est mis tard... C'est un autodidacte... Un... Tu... tu les connais ses toiles ?
– Les tournesols, c'est ça ? Nan... J'y ai pensé pendant un moment, d'aller feuilleter un livre ou quoi, mais j'ai pas envie, je préfère mes images...
– Garde-le. Je te le donne.

– Tu sais... Un jour... si je m'en sors, je te remercierai. Mais là je peux pas... Je te l'ai dit, je suis raboté jusqu'au trognon. À part ce gros sac à puces, j'ai plus rien.
– Tu pars quand ?
– La semaine prochaine normalement...
– Tu veux me remercier ?
– Si je peux...
– Laisse-moi te dessiner...
– C'est tout ?
– Oui.
– Nu ?
– Je préférerais...

– La vache… Tu l'as pas vu mon corps…
– Je l'imagine…

Il nouait ses baskets et son chien sautait dans tous les sens.
– Tu sors?
– Toute la nuit… Toutes les nuits… Je marche jusqu'à épuisement, je passe prendre ma dose quotidienne à l'ouverture du service et je reviens me coucher pour tenir jusqu'au lendemain. J'ai pas encore trouvé mieux pour le moment…

Du bruit dans le couloir. La pile à poils se figea.
– Y a quelqu'un… paniqua-t-il.

– Camille? Tout va bien? C'est… c'est ton preux chevalier, ma chérie…

Philibert se tenait dans l'encadrement de la porte, un sabre à la main.
– Barbès! Couché!

– Je… Je suis ri…ridicule, là, non?
Elle fit les présentations en riant :
– Vincent, voici Philibert Marquet de la Durbellière, général en chef d'une armée en déroute puis, se retournant : Philibert, Vincent… euh… que… comme Van Gogh…
– Enchanté, répondit-il en rengainant son bazar. Ridicule *et* enchanté… Eh bien, je… Je vais me replier n'est-ce pas…
– Je descends avec toi, répondit Camille.
– Moi aussi.

– Tu…Tu viendras me voir?

– Demain.

– Quand?

– Dans l'après-midi. Euh? Avec mon chien?

– Avec Barbès, bien sûr…

– Ah! Barbès… se désola Philibert. Encore un fou furieux de la République, celui-là… J'aurais préféré l'abbesse de Rochechouart, tiens!

Vincent l'interrogea du regard.

Elle leva les épaules, perplexe.

Philibert, qui s'était retourné, s'offusqua :

– Parfaitement! Et que le nom de cette pauvre Marguerite de Rochechouart de Montpipeau soit associé à ce jean-foutre est une aberration!

– De Montpipeau? répéta Camille. Putain mais vous avez de ces noms… Au fait? Pourquoi tu t'inscris pas à *Questions pour un Champion*, toi?

– Ah! Tu ne vas pas t'y mettre aussi! Tu sais bien pourquoi…

– Non. Pourquoi?

– Le temps que j'appuie sur le champignon, ce sera déjà l'heure du journal…

11

Elle ne dormit pas de la nuit. Tourna en rond, gratta la poussière, se cogna dans des fantômes, prit un bain, se leva tard, doucha Paulette, la coiffa n'importe comment, flâna un peu dans la rue de Grenelle avec elle et fut incapable d'avaler quoi que ce soit.

– Tu es bien nerveuse aujourd'hui...

– J'ai un rendez-vous important.

– Avec qui?

– Avec moi.

– Tu vas chez le médecin? s'inquiéta la vieille dame.

Comme à son habitude, cette dernière s'assoupit après le déjeuner. Camille lui retira sa pelote, remonta sa couverture et partit sur la pointe des pieds.

Elle s'enferma dans sa chambre, changea cent fois le tabouret de place et inspecta son matériel avec circonspection. Mal au cœur.

Franck venait de rentrer. Il était en train de vider une machine. Depuis son histoire de pull jivaro, il étendait son linge lui-même et tenait des discours de ménagère affolée à propos des sèche-linge qui usaient les fibres et niquaient les cols.

Palpitant.

C'est lui qui alla ouvrir la porte :

– Je viens pour Camille.

– Au fond du couloir…

Ensuite, il s'enferma dans sa chambre et elle lui sut gré de sa discrétion pour une fois…

Ils étaient tous les deux très mal à l'aise mais pour des raisons différentes.

Faux.

Ils étaient tous les deux mal à l'aise et pour la même raison : leurs tripes.

C'est lui qui les tira d'embarras :

– Bon, ben… On y va ? T'as une cabine ? Un paravent ? Quelque chose ?

Elle le bénit.

– T'as vu ? J'ai chauffé à fond. Tu n'auras pas froid…

– Oh ! Super, ta cheminée !

– Putain, j'ai l'impression d'être encore chez un caducée, ça m'angoisse. Je… J'enlève le slip aussi ?

– Si tu veux le garder, tu le gardes…

– Mais si je l'enlève, c'est mieux…

– Oui. De toute façon, je commence toujours par le dos…

– Merde. Je suis sûr que j'ai plein de boutons…

– T'inquiète, torse nu sous les embruns, ils vont disparaître avant que t'aies fini ton premier chargement de fumier…

– Tu sais que tu ferais une merveilleuse esthéticienne, toi ?

– C'est ça… Allez, sors de là maintenant et va t'asseoir.

– T'aurais pu me mettre devant la fenêtre au moins… Que j'aie de la distraction…

– C'est pas moi qui décide.

– Ah bon ? C'est qui ?

– La lumière. Et te plains pas, après tu seras debout…

– Pendant combien de temps ?

– Jusqu'à ce que tu tombes…

– Tu tomberas avant moi.

– Mmm, fit-elle.

Mmm façon de dire : m'étonnerait…

Elle commença par une série de croquis en lui tournant autour. Son ventre et sa main devinrent plus souples.

Lui, au contraire, se raidissait.

Quand elle était trop près, il fermait les yeux.

Avait-il des boutons ? Elle ne les vit pas. Elle vit ses muscles tendus, ses épaules fatiguées, ses cervicales qui pointaient sous sa nuque quand il baissait la tête, sa colonne vertébrale comme une longue crête érodée, sa nervosité, sa fébrilité, ses maxillaires et ses pommettes saillantes. Les trous autour de ses yeux, la forme de son crâne, son sternum, sa poitrine creuse, ses bras chétifs et tout piquetés de points sombres. L'émouvant dédale des veines sous sa peau claire et le passage de la vie sur son corps. Oui. Surtout cela : l'empreinte du gouffre, les marques de chenilles d'un gros char invisible et son extrême pudeur aussi.

Au bout d'une heure à peu près, il lui demanda s'il pouvait lire.

– Oui. Le temps que je t'apprivoise…

– T'as… t'as pas encore commencé, là ?

– Non.

– Eh ben ! Je lis à haute voix ?

– Si tu veux…

Il malaxa le livre un moment avant de le casser en deux :

– *Je sens que père et mère réagissent instinctivement à mon sujet (je ne dis pas intelligemment).*

« *On hésite à m'accueillir à la maison, comme on hésiterait à recueillir un grand chien hirsute. Il entrera avec ses pattes – et puis, il est très hirsute.*

« *Il gênera tout le monde. Et il aboie bruyamment.*

« *Bref – c'est une sale bête.*

« *Bien – mais l'animal a une histoire humaine et, bien que ce ne soit qu'un chien, une âme humaine. Qui plus est une âme humaine assez sensible pour sentir ce qu'on pense de lui, alors qu'un chien ordinaire en est incapable.*

« *Oh! ce chien est le fils de notre père, mais on l'a laissé courir si souvent dans la rue qu'il a dû nécessairement devenir plus hargneux. Bah! père a oublié ce détail depuis des années, il n'y a donc plus lieu d'en parler...* »

Il se raclait la gorge.

– *Évi...* hum, pardon... *Évidemment, le chien regrette à part lui d'être venu jusqu'ici; la solitude était moins grande dans la bruyère que dans cette maison, en dépit de toutes leurs gentillesses. L'animal est venu en visite dans un accès de faiblesse. J'espère qu'on me pardonnera cette défaillance; quant à moi, j'éviterai d'y ver...*

– Stop, l'interrompit-elle. Arrête, s'il te plaît. Arrête.

– Ça te gêne?

– Oui.

– Pardon.

– Bon. Ça y est. Je te connais à présent...

Elle referma son bloc et ses haut-le-cœur l'assaillirent de nouveau. Elle leva le menton et renversa sa tête en arrière.

– Ça va?

– ...

– Alors... Tu vas te tourner vers moi et t'asseoir en écartant les jambes et en posant tes mains comme ça...

– Il faut que je les écarte, t'es sûre?

– Oui. Et ta main, tu vois, tu... Tu casses ton poignet et tu écartes les doigts... Attends... Bouge pas...

Elle farfouilla dans ses affaires et lui présenta la reproduction d'un tableau d'Ingres.

– Exactement comme ça...

– C'est qui ce gros?

– Louis-François Bertin.

– C'est qui?

– Le Bouddha de la bourgeoisie, repue, cossue et triomphante... C'est pas moi qui le dis, c'est Manet... Sublime, non?

– Et tu veux que je me tienne comme lui?

– Oui.

– Euh... Les... les jambes écartées donc... C'est ça?

– Hé... Arrête avec ta queue... C'est bon... Je m'en fous, tu sais... le rassura-t-elle en feuilletant ses croquis. Tiens, regarde. La voilà...

– Oh!

Petite syllabe déçue et attendrie...

Camille s'assit et posa sa planche sur ses genoux. Elle se releva, essaya sur un chevalet, ça n'allait pas non plus. Elle s'énervait, se maudissait, savait pertinemment que tout ce merdier, c'était du n'importe quoi pour repousser le vide.

Finalement, elle fixa son papier à la verticale et décida de s'asseoir exactement à la même hauteur que son modèle.

Elle inspira une longue goulée de courage et souffla un petit vent défaillant. Elle s'était trompée, pas de sanguine. Mine de plomb, plume et lavis d'encre sépia.

Le modèle avait parlé.

Elle leva le coude. Sa main resta en suspens. Elle tremblait.

– Bouge pas surtout. Je reviens.

Elle courut jusque dans la cuisine, fit tomber des trucs, attrapa la bouteille de gin et noya sa peur. Elle ferma les yeux et se retint au bord de l'évier. Allez... Une deuxième pour la route...

Quand elle revint s'asseoir, il l'observa en souriant.

Il savait.

Quelle que soit leur soumission, ces gens-là se reconnaissent entre eux. Tous.

C'était comme une sonde... Comme un radar.

Complicité confuse et partage de l'indulgence...

– Ça va mieux?

– Oui.

– Alors, vas-y maintenant! On n'a pas que ça à faire, bon sang!

Il se tenait très droit. Légèrement de biais, comme l'autre. Prit sa respiration et soutint le regard de celle qui l'humiliait sans le savoir.

Sombre et lumineux.

Ravagé.

Confiant.

– Combien tu pèses, Vincent?

– Dans les soixante...

Soixante kilos de provocation.

(Même si elle n'était pas très aimable, c'était une question intéressante : Camille Fauque avait-elle tendu la main à ce garçon pour l'aider, comme il en était convaincu, ou pour le disséquer, nu et sans défense sur une chaise de cuisine en formica rouge ?

Compassion ? Amour de l'humanité ? Vraiment ?

Est-ce que tout cela n'avait pas été prémédité ? Son installation là-haut, le Canigou, la confiance, le courroux de Pierre Kessler, la mise à pied et le pied du mur ?

Les artistes sont des monstres.

Allons. Non. Ce serait trop contrariant... Laissons-lui le bénéfice du doute et taisons-nous. Cette fille n'était pas très claire mais quand elle plantait ses crocs dans le vif du sujet, c'était fulgurant. Et peut-être même que sa générosité se manifestait seulement maintenant ? Quand ses pupilles se contractaient et qu'elle devenait impitoyable...)

Il faisait presque nuit à présent. Elle avait allumé la lumière sans s'en rendre compte et transpirait autant que lui.

– On arrête. J'ai des crampes. J'ai mal partout.

– Non ! cria-t-elle.

Sa dureté les surprit tous les deux.

– Excuse-moi... Ne... Ne bouge pas, je t'en supplie...

– Dans mon pantalon... poche de devant... Tranxène...

Elle alla lui chercher un verre d'eau.

– Je t'en supplie... Encore un peu, tu peux t'adosser si tu veux... Je... Je sais pas travailler avec des souvenirs... Si tu pars maintenant, il est mort mon dessin... Excuse-moi, je... J'ai presque fini.

– C'est bon. Tu peux te rhabiller.

– C'est grave, docteur ?

– J'espère... murmura-t-elle.

454

Il revint en s'étirant, frotta son chien et lui dit quelques mots tendres derrière l'oreille. Il alluma une cigarette.

– Tu veux voir ?
– Non.

– Si.

Il resta stupéfait.

– Putain... C'est... C'est dur.
– Non. C'est tendre...
– Pourquoi tu t'es arrêtée aux chevilles ?
– Tu veux la vraie version ou celle que je vais bidouiller ?
– La vraie.
– Parce que je suis nulle en pieds !
– Et l'autre ?
– Parce que... Plus grand-chose te retient, si ?
– Et mon chien alors ?
– Le voilà ton chien. Je l'ai fait par-dessus ton épaule tout à l'heure...
– Oh ! Qu'il est beau ! Qu'il est beau, qu'il est beau, qu'il est beau...
Elle arracha la feuille.

Donnez-vous du mal, ronchonna-t-elle pour de faux, tuez-vous, ressuscitez-les, offrez-leur l'immortalité et tout ce qui les émeut, c'est un crobard de leur corniaud...
Je te jure...

– T'es contente de toi ?
– Oui.
– Il faudra que je revienne ?

455

– Oui... Pour me dire au revoir et me donner ton adresse... Tu veux boire un coup?

– Non. Il faut que j'aille me coucher, je ne suis pas bien, là...

En le précédant dans le couloir Camille se frappa le front :

– Paulette ! Je l'ai oubliée !

Sa chambre était vide.

Merrde...

– Un problème?

– J'ai perdu la mémé de mon coloc...

– Regarde... Y a un mot sur la table...

On voulait pas te dérangé. Elle est avec moi. Viens dés que tu peux. P-S : le chien de ton pote a chié dans l'entrée.

12

Camille étendit les bras et s'envola au-dessus du Champ-de-Mars. Elle frôla la tour Eiffel, chatouilla les étoiles et vint se poser devant l'entrée de service du restaurant.

Paulette était assise dans le bureau du chef.

Dilatée de bonheur.

– Je vous avais oubliée…
– Mais non, idiote, tu travaillais… C'est fini ?
– Oui.
– Ça va ?
– J'ai faim !

– Lestafier !
– Oui, chef…
– Faites-moi un bon gros steak bien saignant pour le bureau.

Franck se retourna. Un steak ? Mais elle n'avait plus de dents…

Quand il comprit que c'était pour Camille, son étonnement fut plus grand encore.

Ils communiquèrent par signes :
– Pour toi ?
– Ouiiii, répondit-elle en secouant la tête.
– Un gros steak ?
– Ouiiiii.
– T'es tombée sur la tête ?

– Ouiiiii.

– Hé! T'es super mignonne quand t'es heureuse, tu sais?
Mais ça, elle ne le comprit pas et acquiesça donc au
hasard.

– Oh, oh… fit le chef, en lui tendant son assiette, j'voudrais pas dire, mais y en a qu'ont de la chance…

La pièce de viande était en forme de cœur.

– Ah qu'il est fort ce Lestafier, soupira-t-il, qu'il est fort…
– Et qu'il est beau… ajouta sa grand-mère qui le dévorait
des yeux depuis deux heures.
– Ouais… J'irai pas jusque-là… Qu'est-ce que je vous
sers avec ça? Allez… Un petit côtes-du-rhône et je trinque
avec vous… Et vous, Mamie? Il est pas encore arrivé votre
dessert?
Le temps d'un coup de gueule et Paulette écornait son
fondant…

– Dis donc, ajouta-t-il en faisant claquer sa langue, y s'est
drôlement arrangé votre petit-fils… Je le reconnais plus…
En s'adressant à Camille :
– Qu'est-ce que vous lui avez fait?
– Rien.
– Eh ben, c'est parfait! Continuez comme ça! Ça lui réussit très bien! Nan, sérieusement… Il est bien ce petit… Il est
bien…
Paulette pleurait.
– Ben quoi? Ben qu'est-ce que j'ai dit? Buvez, nom de
Dieu! Buvez! Maxime…
– Oui, chef?
– Allez me chercher une coupe de champagne, s'il vous
plaît…

– Ça va mieux ?

Paulette se mouchait en s'excusant :

– Si vous saviez le chemin de croix... Il s'est fait renvoyer de son premier collège, puis du deuxième, du CAP, de ses stages, de son apprentissage, de...

– Mais c'est pas important ça ! tonna-t-il. Regardez-le, là ! Comme il maîtrise ! Ils sont tous en train d'essayer de me le débaucher ! Y finira avec un ou deux macarons aux fesses, vot' bichon !

– Pardon ? s'inquiéta Paulette.

– Les étoiles...

– Ah... et pas trois ? demanda-t-elle un peu déçue.

– Non. Trop mauvais caractère pour ça. Et trop... sentimental...

Clin d'œil à Camille.

– Au fait, elle est bonne, cette viande ?

– Délicieuse.

– Forcément... Bon, j'y vais... Si vous avez besoin de quelque chose, vous tapez au carreau.

Quand il revint à l'appartement, Franck s'arrêta d'abord aux pieds de Philibert qui rongeait un crayon sous sa lampe de chevet :

– Je te dérange ?

– Absolument pas !

– On se voit plus...

– Plus beaucoup, c'est exact... Au fait ? Tu travailles toujours le dimanche ?

– Oui.

– Eh bien passe nous voir le lundi si tu t'ennuies...

– Tu lis quoi ?

– J'écris.

– À qui?

– J'écris un texte pour mon théâtre... Hélas, nous sommes tous contraints de monter sur scène à la fin de l'année...

– Tu nous inviteras?

– Je ne sais pas si j'oserai...

– Hé dis-moi, euh... Ça se passe bien?

– Pardon?

– Entre Camille et ma vieille?

– L'entente cordiale.

– Tu crois pas qu'elle en a marre?

– Tu veux que je te dise vraiment?

– Quoi? s'inquiéta Franck.

– Non, elle n'en a pas marre mais ça viendra... Souviens-toi... Tu avais promis de la décharger deux journées par semaine... Tu avais promis de lever le pied...

– Ouais je sais mais je...

– Stop, le coupa-t-il. Épargne-moi tes arguments. Cela ne m'intéresse pas. Tu sais, il faut grandir un peu, mon vieux... C'est comme pour ça... Il lui désignait son cahier tout raturé, qu'on le veuille ou non, un jour on est tous obligés d'y passer...

Franck se leva, pensif.

– Elle le dirait si elle en avait marre, non?

– Tu crois?

Il regardait à travers ses lunettes pour les nettoyer.

– Je ne sais pas... Elle est tellement mystérieuse... Son passé... Sa famille... Ses amis... On ignore tout de cette jeune personne... En ce qui me concerne, à part ses carnets je ne dispose d'aucune pièce me permettant d'émettre la moindre hypothèse sur sa biographie... Pas de courrier, pas de coups de téléphone, jamais d'invités... Imagine que

460

nous la perdions un jour, nous ne saurions même pas vers qui nous tourner...

– Dis pas ça.

– Si je le dis. Penses-y, Franck, elle m'a convaincu, elle est allée la chercher, elle lui a laissé sa chambre, aujourd'hui elle s'en occupe avec une douceur incroyable, même pas d'ailleurs, elle ne s'en occupe pas, elle prend soin d'elle. Elles prennent soin d'elles toutes les deux... Je les entends rire et papoter toute la journée quand je suis là. En plus, elle essaye de travailler l'après-midi et toi tu n'es même pas fichu de tenir tes engagements...

Il remit ses lorgnons et le tint en joue quelques secondes :

– Non, je ne suis pas très fier de vous, mon troufion.

Avec des pieds de plomb, il alla ensuite la border et éteindre sa télévision.

– Viens par là, souffla-t-elle.

Merde. Elle ne dormait pas.

– Je suis fière de toi, mon petit...

Ah ben faudrait savoir, songea-t-il, en posant la télécommande sur sa table de nuit.

– Allez, mémé... Dors maintenant...

– Très fière.

C'est ça, c'est ça...

La porte de la chambre de Camille était entrouverte. Il la poussa un peu et sursauta.

La lumière pâle du couloir éclairait son chevalet.

Il resta un moment immobile.

Stupéfaction, frayeur et éblouissement.

Alors c'est encore elle qui avait raison ?

On pouvait comprendre des choses sans les avoir apprises ?

Alors il n'était pas si bête finalement ? Puisque instinctivement, il avait tendu la main vers ce corps en vrac pour l'aider à se redresser, c'est qu'il n'était pas si bouché que ça, hein ?

Araignée du soir, cafard. Il l'écrasa et prit une bière.

Il la laissa tiédir.

Il n'aurait pas dû traîner dans le couloir.

Toutes ces salades, ça lui brouillait ses instruments de navigation...

Putain...

Enfin, ça allait, là. Pour une fois la vie se tenait bien...

Il éloigna sa main de sa bouche prestement. Il ne se rongeait plus les ongles depuis onze jours. Sauf le petit doigt.

Mais lui ça comptait pas.

Grandir, grandir... Il n'avait fait que ça, grandir...

Qu'est-ce qu'ils deviendraient, tous, si elle disparaissait ?

Il rota. Bon, ben, c'est pas le tout, mais j'ai une pâte à crêpe à préparer, moi...

Comble de la dévotion, il la battit au fouet pour ne pas les déranger, murmura quelques incantations secrètes et la laissa reposer en paix.

Il la couvrit d'un torchon propre et quitta la cuisine en se frottant les mains.

Demain, il lui offrirait des crêpes Suzette pour la retenir à tout jamais.

Hiark, hiark, hiark... Seul devant le miroir de la salle de bains, il imitait le rire démoniaque de Satanas dans *Les Fous du Volant*...

Houh, houh, houh… Ça c'était celui de Diabolo.

Ah là, là… Qu'est-ce qu'on s'amuse…

13

Il n'avait pas passé la nuit avec eux depuis longtemps. Il fit de beaux rêves.

Il alla chercher des croissants le lendemain matin et ils prirent leur petit déjeuner tous ensemble dans la chambre de Paulette. Le ciel était très bleu. Philibert et elle se lançaient mille civilités charmantes tandis que Franck et Camille s'agrippaient à leurs bols en silence.

Franck se demandait s'il devait changer ses draps et Camille se demandait si elle devait changer certains détails. Il essayait de croiser son regard mais elle n'était plus là. Elle était déjà rue Séguier dans le salon de Pierre et Mathilde, prête à défaillir et à s'enfuir en courant.

« Si je les change maintenant, j'oserai plus m'allonger c'taprème et si je les change après ma sieste, ça va faire un peu lourdingue, non ? Je l'entends déjà ricaner... »

« Ou alors je passe à la galerie ? Je dépose mon carton à Sophie et je me casse tout de suite après ? »

« En plus ça se trouve euh... On va même pas s'allonger... On restera debout, comme dans un film tellement on sera euh... »

« Non, ce n'est pas une bonne idée... S'il est là, il va me retenir et me forcer à m'asseoir pour en parler avec lui...

Moi je veux pas parler. Je m'en fous de son blabla. Il le prend ou il le prend pas. Point. Et son blabla, y se le garde pour ses clients…»

«Je prendrai une douche au vestiaire avant de partir…»

«Je prendrai un taxi et je lui demanderai de m'attendre en double file devant la porte…»

Les soucieux, les insouciants, tous secouèrent leurs miettes en soupirant et se dispersèrent sagement.

Philibert était déjà dans l'entrée. D'une main, il tenait la porte à Franck et de l'autre, une valise.
– Tu pars en vacances ?
– Non, ce sont des accessoires.
– Des accessoires pour quoi faire ?
– Pour mon rôle…
– Oh putain… C'est quoi ? C'est un truc de cape et d'épée ? Tu vas courir partout et tout ça ?
– Mais oui, bien sûr… Je vais me pendre au rideau et me jeter dans la foule… Allez… Passe ou je t'embroche…

Azur oblige, Camille et Paulette descendirent «au jardin».
La vieille dame marchait de plus en plus difficilement et elles mettaient presque une heure à parcourir l'allée Adrienne-Lecouvreur. Camille avait des fourmis dans les jambes, lui donnait le bras, se calait sur ses pas menus et ne pouvait s'empêcher de sourire quand elle apercevait le panneau *Réservée aux cavaliers, allure modérée*… Quand elles s'arrêtaient, c'était pour prendre des touristes en photo, laisser passer les joggers ou échanger quelques mots frivoles avec d'autres marathoniens en Méphisto.
– Paulette ?

– Mon petit ?

– Ça vous choque si je vous parle d'un fauteuil roulant ?

– ...

– Bon... Ça vous choque, donc...

– Je suis donc si vieille ? chuchota-t-elle

– Non ! Pas du tout ! Au contraire ! Mais je me disais que... Comme on s'embourbe avec votre déambulateur, vous pourriez le pousser un moment, jusqu'à ce que vous soyez fatiguée, ensuite vous pourriez vous reposer et moi je vous emmènerai au bout du monde !

– ...

– Paulette... J'en ai marre de ce parc... Je ne peux plus le voir. Je crois que j'ai compté tous les cailloux, tous les bancs et toutes les canisettes... Y en a onze en tout... J'en ai marre de ces gros cars affreux, j'en ai marre de ces groupes sans imagination, j'en ai marre de croiser toujours les mêmes gens... La gueule enfarinée des gardiens et l'autre, là... Qui pue la pisse sous sa Légion d'honneur... Il y a tellement d'autres choses à voir dans Paris... Les boutiques, les impasses, les arrière-cours, les passages couverts, le Luxembourg, les bouquinistes, le jardin de Notre-Dame, le marché aux fleurs, les bords de Seine, le... Non, je vous assure, elle est magnifique, cette ville... On pourrait aller au cinéma, au concert, écouter des opérettes, mon joli bouquet de violettes et tout le bazar... Là on est coincées dans ce quartier de vieux où tous les gamins sont habillés pareil, où toutes leurs nounous font la gueule pareil, où tout est si prévisible... C'est nul.

Silence.

Elle pesait de plus en plus lourd sur son avant-bras.

– Bon d'accord... Je vais être franche avec vous... J'essaye de vous entortiller comme je peux mais la vérité, ce n'est pas ça. La vérité, c'est que je vous le demande comme un service... Si on a un fauteuil avec nous et que vous acceptiez de vous y poser de temps en temps, on pourrait griller les queues dans les musées et passer toujours les premières... Et moi, vous comprenez, ça m'arrangerait drôlement... Il y en a plein d'expositions que je rêve de voir mais je n'ai pas le courage de faire la queue...

– Ah ben fallait le dire tout de suite, petite bécasse ! Si c'est pour te rendre service, il n'y a pas de problème ! Moi je ne demande que ça, de te faire plaisir !

Camille se mordit les joues pour ne pas sourire. Elle baissa la tête et articula un petit merci un peu trop solennel pour être honnête.

Vite, vite ! battons le fer tant qu'elle était chaude, elles galopèrent donc jusqu'à la pharmacie la plus proche.

– On travaille beaucoup avec le Classic 160 de chez *Sunrise*... C'est un modèle pliable qui nous donne entière satisfaction... Très léger, facile à manier, quatorze kilos... Neuf sans les roues... Repose-jambes escamotables pour passer en podale... Accoudoirs et hauteur de dossier réglables... Siège inclinable... Ah, non ! ça c'est avec supplément... Roues faciles à enlever... Tient dans un coffre de voiture sans problème... On peut aussi régler la profondeur de... euh...

Paulette, qu'on avait casée entre les shampoings secs et le présentoir Scholl tirait une gueule si longue que la préparatrice n'osa pas aller jusqu'au bout de sa tirade.

– Bon, je vous laisse... J'ai du monde... Tenez, voilà la doc...

Camille s'était agenouillée derrière elle.

– Il est pas mal, non ?

– ...

– Franchement je m'attendais à pire… Il est sport comme modèle… Noir comme ça, c'est chic…

– Ben voyons… Dis-moi qu'il est seyant pendant que t'y es !

– *Sunrise Médical*… Ils ont de ces noms… 37… C'est chez vous ça, non ?

Paulette mit ses lunettes :

– Où ?

– Euh… Chanceaux-sur-Choisille…

– Ah ! Mais oui ! Chanceaux ! Je vois très bien où c'est !

C'était dans la poche.

Merci mon Dieu. À un département près, on repartait avec un kit de pédicure et des chaussons à semelles pré-moulées…

– C'est combien ?

– 558 euros hors taxe…

– Ah quand même… Mais on… on ne peut pas le louer ?

– Pas ce modèle. Pour la location, c'en est un autre. Plus robuste et plus lourd. Mais… Vous êtes à cent pour cent, non ? Madame a une mutuelle, j'imagine…

Elle eut l'impression de s'adresser à deux vieilles filles demeurées.

– Vous n'allez pas le payer, ce fauteuil ! Allez chez votre médecin et demandez-lui une prescription… Vu votre état, cela ne posera aucun problème… Tenez, je vous donne ce petit guide… Toutes les références y sont… Vous allez chez un généraliste ?

– Euh…

– S'il n'a pas l'habitude, montrez-lui ce code-là : 401 A02.1. Pour le reste, vous verrez ça avec votre CNAM, n'est-ce pas ?

– Ah… d'accord… euh… C'est quoi ?

Une fois sur le trottoir, Paulette chancela :

– Si tu me fais voir un docteur, il va me renvoyer à l'hospice...

– Hé! Ma Paulette, du calme... On n'ira jamais, je les déteste autant que vous, on va s'arranger... Ne vous inquiétez pas...

– Ils vont me retrouver... Ils vont me retrouver... pleurait-elle.

Elle n'eut pas d'appétit et resta prostrée sur son lit toute l'après-midi.

– Qu'est-ce qu'elle a? s'inquiéta Franck.

– Rien. On est allées à la pharmacie pour un fauteuil et comme la bonne femme a parlé de voir un médecin, ça l'a traumatisée...

– Un fauteuil de quoi?

– Ben... un fauteuil roulant!

– Pour quoi faire?

– Ben pour rouler, idiot! Pour voir du pays!

– Putain mais qu'est-ce que tu fous aussi? Elle est bien, là! Pourquoi tu veux la secouer comme une bouteille d'Orangina?

– Oh... Tu commences à me gonfler, toi, tu sais? T'as qu'à t'en occuper aussi! T'as qu'à la torcher de temps en temps, ça te remettrait les idées en place, tiens! Pour moi, c'est pas un problème de me la coltiner, elle est adorable ta mémé, mais j'ai besoin de bouger, d'aller me balader, de m'ouvrir la tête, merde! Pour toi, c'est sûr, c'est nickel, ça va en ce moment? Rassure-moi, y a rien qui te contrarie? Que ce soit Philou, Paulette ou toi, le périmètre maison, miam-miam, boulot, dodo, ça vous suffit... Eh ben moi, non! Moi je commence à étouffer, là! En plus j'adore marcher et ça va être les beaux jours… Alors je te le répète : faire la garde-malade, je veux bien, mais avec l'option grand tourisme, sinon vous vous dém…

– Quoi ?

– Rien !

– Te mets pas dans cet état…

– Mais je suis obligée ! T'es tellement égoïste que si je gueule pas, tu feras jamais rien pour m'aider !

Il partit en claquant la porte et elle s'enferma dans sa chambre.

Quand elle en ressortit, ils étaient tous les deux dans l'entrée. Paulette était aux anges : son petit s'occupait d'elle.

– Allez la grosse, assieds-toi. C'est comme avec une bécane, il faut de bons réglages pour aller loin…

Il était accroupi et bidouillait toutes les manettes :

– Ils sont bien là, tes pieds ?

– Oui.

– Et tes bras ?

– Un peu trop hauts…

– Bon Camille, amène-toi. Puisque c'est toi qui vas pousser, viens par là qu'on te règle les poignées…

– Parfait. Allez faut que j'y aille… Accompagnez-moi au taf on va l'essayer…

– Y rentre dans l'ascenseur ?

– Non. Il faut le plier, s'énerva-t-il… Mais tant mieux, elle est pas impotente que je sache ?

– Broum, brrroum… Attache ta ceinture Fangio, je suis à la bourre.

Ils traversèrent le parc à toute allure. Au feu rouge, Paulette avait les cheveux en pagaille et les joues toutes roses.

– Bon allez… Je vous laisse, les filles. Envoyez-moi une carte postale quand vous serez à Katmandou…

Il avait déjà parcouru quelques mètres quand il se retourna :
– Ho! Camille?
– T'oublies pas ce soir?
– De quoi?
– Les crêpes…
– Merde!
Elle avait posé sa main sur sa bouche :
– J'avais oublié… Je suis pas là.
Il venait de perdre quelques centimètres.
– En plus, c'est important… Je peux pas annuler… C'est pour le boulot…
– Et elle?
– J'ai demandé à Philou de prendre la relève…
– Bon, ben… Tant pis, hein? On les mangera sans toi…

Il eut le désespoir stoïque et s'éloigna en se tortillant.
L'étiquette de son nouveau slip le grattait.

14

Mathilde Daens-Kessler était la plus jolie femme que Camille ait jamais rencontrée. Très grande, beaucoup plus grande que son mari, très mince, très gaie, très cultivée. Elle foulait notre petite planète sans y prendre garde, s'intéressait à tout, s'étonnait d'un rien, s'amusait, s'indignait mollement, posait sa main sur la vôtre quelquefois, parlait toujours à voix basse, connaissait parfaitement quatre ou cinq langues et cachait son jeu derrière un sourire décourageant.

Si belle qu'elle n'eut jamais l'idée de la dessiner...

C'était trop risqué. Elle était trop vivante.

Une petite esquisse, une fois. Son profil... Le bas de son chignon et ses boucles d'oreille... Pierre la lui avait volée mais ce n'était pas elle. Manquait sa voix grave, son éclat et le creux de ses fossettes quand elle riait.

Elle avait la bienveillance, l'arrogance et la désinvolture de ceux qui sont nés dans des draps bien tissés. Son père avait été un grand collectionneur, elle avait toujours vécu au milieu des belles choses et n'avait jamais rien compté de sa vie, ni ses biens, ni ses amis et encore moins ses ennemis.

Elle était riche, Pierre était entreprenant.

Elle se taisait quand il parlait et rattrapait ses conneries dès qu'il avait le dos tourné. Il rabattait de jeunes poulains. Il ne se trompait jamais, c'est lui qui avait lancé

Voulys et Barcarès par exemple et elle s'arrangeait pour les retenir.

Elle retenait qui elle voulait.

Leur première rencontre, Camille s'en souvenait très bien, avait eu lieu aux Beaux-Arts lors d'une exposition de travaux de fin d'année. Une espèce d'aura les précédait... Le marchand terrible et la fille de Witold Daens... On espérait leur venue, on les craignait et l'on guettait leurs moindres réactions. Elle s'était sentie misérable lorsqu'ils étaient venus les saluer, elle et sa bande de pouilleux... Elle avait baissé la tête en lui serrant la main, esquivé maladroitement quelques compliments et cherché du regard un trou de souris où disparaître enfin.

C'était en juin, il y a presque dix ans... Des hirondelles donnaient un concert dans la cour de l'école et ils buvaient un mauvais punch en écoutant pieusement les propos de Kessler. Camille n'entendait rien. Elle regardait sa femme. Ce jour-là, elle portait une tunique bleue et une large ceinture en argent où s'affolaient de minuscules grelots lorsqu'elle bougeait.

Le coup de foudre...

Ensuite ils les avaient invités dans un restaurant de la rue Dauphine et, à la fin d'un dîner bien arrosé, son petit ami l'avait sommée d'ouvrir son carton. Elle avait refusé.

Quelques mois plus tard, elle était revenue les voir. Seule.

Pierre et Mathilde possédaient des dessins de Tiepolo, de Degas et de Kandinsky mais n'avaient pas d'enfant. Camille n'osa jamais aborder ce sujet et s'abandonna dans leurs filets sans retenue. Ensuite, elle s'avéra si décevante que les mailles se distendirent...

– C'est n'importe quoi! Tu fais n'importe quoi! l'engueulait Pierre.

– Pourquoi tu ne t'aimes pas? Pourquoi? ajoutait Mathilde plus doucement.

Et elle ne vint plus à leurs vernissages.

Dans l'intimité, il se désolait encore :

– Pourquoi?

– On ne l'a pas assez aimée, répondait sa femme.

– Nous?

– Tout le monde...

Il s'abandonnait sur son épaule en gémissant :

– Oh... Mathilde... Ma toute belle... Pourquoi tu l'as laissée filer, celle-ci?

– Elle reviendra...

– Non. Elle va tout gâcher...

– Elle reviendra.

Elle était revenue.

– Pierre n'est pas là?

– Non, il dîne avec ses Anglais, je ne lui ai pas dit que tu venais, j'avais envie de te voir un peu...

Puis, avisant son carton :

– Mais... Tu... tu as quelque chose là?

– Nan, c'est rien... Un petit truc que je lui avais promis l'autre jour...

– Je peux voir?

Camille ne répondit pas.

– Bon, je l'attendrai...

– C'est de toi?

474

– Hon hon...

– Mon Dieu... Quand il va savoir que tu n'es pas venue toute seule, il va hurler de désespoir... Je vais l'appeler...

– Non, non ! répliqua Camille, laissez ! Ce n'est rien je vous dis... C'est entre nous. Une sorte de quittance de loyer...

– Très bien. Allez... À table.

Tout était beau chez eux, la vue, les objets, les tapis, les tableaux, la vaisselle, leur grille-pain, tout. Même leurs chiottes étaient belles. Sur une reproduction en plâtre, on pouvait y lire le quatrain que Mallarmé avait écrit dans les siennes :

> *Toi qui soulages ta tripe,*
> *Tu peux dans ce gîte obscur,*
> *Chanter ou fumer la pipe,*
> *Sans mettre tes doigts au mur.*

La première fois, ça l'avait tuée, ce truc-là :

– Vous... Vous avez acheté un morceau des gogues de Mallarmé ? !

– Mais non... riait Pierre, c'est parce que je connais le gars qui leur a fait le moulage... Tu connais sa maison ? À Vulaines ?

– Non.

– On t'y emmènera un jour... C'est un endroit que tu vas adorer... A-do-rer...

Et tout était à l'avenant. Même leur PQ était plus doux qu'ailleurs...

Mathilde se réjouissait :

– Que tu es belle ! Que tu as bonne mine ! Comme cela te va bien les cheveux courts ! Tu as grossi, non ? Quel bonheur de te voir comme ça… Oh, quel bonheur, vraiment… Tu m'as tellement manqué, Camille… Si tu savais comme ils me fatiguent parfois, tous ces génies… Moins ils ont de talent et plus ils sont bruyants… Pierre s'en moque, il est dans son sillon, mais moi, Camille, moi… Comme je m'ennuie… Viens, assieds-toi près de moi, raconte-moi…

– Je ne sais pas raconter… Je vais vous montrer mes carnets…

Mathilde tournait les pages et elle les commentait.

Et c'est en présentant ainsi son petit monde qu'elle se rendit vraiment compte à quel point elle tenait à eux.

Philibert, Franck et Paulette étaient devenus les gens les plus importants de sa vie et elle était juste en train de le réaliser, là, maintenant, entre deux coussins persans du XVIIIᵉ. Elle était troublée.

Entre le premier carnet et le dernier dessin qu'elle avait réalisé tout à l'heure, Paulette radieuse sur son fauteuil devant la tour Eiffel, à peine quelques mois s'étaient écoulés et pourtant ce n'était plus la même… Ce n'était plus la même personne qui tenait le crayon… Elle s'était ébrouée, elle avait mué et dynamité les blocs de granit qui l'empêchaient d'avancer depuis tant d'années…

Ce soir, des gens attendaient qu'elle revienne… Des gens qui n'en avaient rien à foutre de savoir ce qu'elle valait… Qui l'aimaient pour autre chose… Pour elle, peut-être…

Pour moi?

Pour toi…

– Eh alors? s'impatientait Mathilde, tu ne dis plus rien… C'est qui, elle?

– Johanna, la coiffeuse de Paulette...

– Et ça ?

– Les bottines de Johanna... Rock'n'roll, non ? Comment une fille qui travaille debout toute la journée peut supporter, ça ? L'abnégation au service de l'élégance, j'imagine...

Mathilde riait. Ces grolles étaient vraiment monstrueuses...

– Et lui, là, il revient souvent, non ?

– C'est Franck, le cuisinier dont je vous parlais tout à l'heure justement...

– Il est beau, non ?

– Vous trouvez ?

– Oui... On dirait le jeune Farnèse peint par Titien avec dix ans de plus...

Camille leva les yeux au ciel :

– N'importe quoi...

– Mais si ! Je t'assure !

Elle s'était levée et revint avec un livre :

– Tiens. Regarde. Le même regard sombre, les mêmes narines frémissantes, le même menton en galoche, les mêmes oreilles légèrement décollées... Le même feu qui couve à l'intérieur...

– N'importe quoi, répétait-elle en louchant sur le portrait, il a des boutons le mien...

– Oh... Tu gâches tout !

– C'est tout ? se désola Mathilde.

– Eh oui...

– C'est bien. C'est très bien. C'est... c'est merveilleux...

– Arrêtez...

– Ne me contredis pas, jeune fille, moi je ne sais pas faire, mais je sais regarder... À l'âge où les enfants vont voir Guignol, mon père me traînait déjà aux quatre coins du monde et me hissait sur ses épaules pour que je sois à la bonne hauteur, alors ne me contredis pas s'il te plaît... Tu me les laisses ?

— ...

— Pour Pierre...

— Bon... Mais attention, hein ? Ce sont mes feuilles de températures, ces petites choses-là...

— J'avais bien compris.

— Tu ne l'attends pas ?

— Non, je dois y aller...

— Il va être déçu...

— Ce ne sera pas la première fois... répondit Camille, fataliste.

— Tu ne m'as pas parlé de ta mère...

— C'est vrai ? s'étonna-t-elle, c'est bon signe, non ?

Mathilde la mit à la porte en l'embrassant :

— Le meilleur... Allez, et n'oublie pas de revenir me voir... Avec votre bergère décapotable, c'est l'affaire de quelques quais...

— Promis.

— Et continue comme ça. Sois légère... Fais-toi plaisir... Pierre te dira sûrement le contraire, mais ne l'écoute pas surtout. Ne les écoute plus, ni lui, ni personne d'autre... Au fait ?

— Oui ?

— Tu as besoin d'argent ?

Camille aurait dû dire non. Depuis vingt-sept ans, elle disait non. Non, ça va. Non, je vous remercie. Non, je n'ai besoin de rien. Non, je ne veux rien vous devoir. Non, non, laissez-moi.

— Oui.

Oui. Oui j'y crois peut-être. Oui, je ne retournerai plus faire le larbin, ni pour les Ritals, ni pour Bredart, ni pour aucun de ces connards. Oui, je voudrais travailler en paix pour la première fois de ma vie. Oui, je n'ai pas envie de me crisper à chaque fois que Franck me tend ses trois billets. Oui, j'ai changé. Oui, j'ai besoin de vous. Oui.

– Parfait. Et profites-en pour t'habiller un peu... Franchement... Cette veste en jean, tu la portais déjà il y a dix ans...

C'était vrai.

15

Elle rentra à pied en regardant les vitrines des antiquaires. Elle était justement devant les Beaux-Arts (ce destin, quel gros malin...) quand son portable sonna. Elle le referma quand elle vit que c'était Pierre qui l'appelait. Elle marcha plus vite. Son cœur perdait les pédales.

Deuxième sonnerie. Mathilde cette fois. Elle ne prit pas non plus.

Elle rebroussa chemin et traversa la Seine. Cette petite avait le sens du romanesque et, que ce soit pour sauter de joie ou dans l'eau, le pont des Arts était encore ce qu'il y avait de mieux à Paris... Elle s'appuya contre le parapet et composa les trois chiffres de son répondeur...
Vous avez deux nouveaux messages, aujourd'hui à vingt-trois heu... Il était encore temps de laisser tomber sans faire exprès... Plouf! Oh... Quel dommage...
«Camille, rappelle-moi immédiatement où je viens te chercher par la peau du cou! beuglait-il. Immédiatement! Tu m'entends?»

Aujourd'hui à vingt-trois heures trente-huit : «C'est Mathilde. Ne le rappelle pas. Ne viens pas. Je ne veux pas que tu voies ça. Il pleure comme une grosse vache, ton marchand... Il n'est pas beau à voir, je te promets... Si, il est beau... Il est très beau, même... Merci Camille, merci... Tu entends ce qu'il dit? Attends, je lui laisse le téléphone sinon il va m'arracher l'oreille...» «Je t'expose en septembre, Fauque, et ne dis pas non parce que les invitations sont déjà part...» Le message avait été coupé.

Elle éteignit son portable, se roula une cigarette et la fuma debout entre le Louvre, l'Académie française, Notre-Dame et la Concorde.
Joli tombé de rideau...

Ensuite elle raccourcit la bandoulière de sa besace et courut à toutes jambes pour ne pas louper le dessert.

16

La cuisine sentait un peu le graillon mais toute la vaisselle avait été rangée.

Pas un bruit, toutes les lampes éteintes, pas même un rai de lumière sous les portes de leurs chambres... Pff... Elle qui était prête à bouffer la poêle pour une fois...

Elle frappa chez Franck.

Il écoutait de la musique.

Elle se posta au bout de son lit et mit ses poings sur ses hanches :

– Ben alors ?! s'indigna-t-elle.

– On t'en a laissé quelques-unes... Je te les flamberai demain...

– Ben alors ?! répéta-t-elle. Tu me sautes pas ?

– Ah ! ah ! Très drôle...

Elle commença à se déshabiller.

– Dis donc, mon petit père... Tu vas pas t'en tirer comme ça ! Chose promise, orgasme dû !

Il s'était redressé pour allumer sa lampe pendant qu'elle jetait ses godasses n'importe où.

– Mais qu'est-ce que tu fous ? Où tu vas, là ?

– Ben... Je me désape !

– Oh non...

– Quoi ?

– Pas comme ça... Attends... Moi ça fait des plombes que j'en rêve de ce moment...

– Éteins la lumière.

– Pourquoi ?

– J'ai peur que t'aies plus envie de moi, si tu me vois…

– Mais Camille, putain ! Arrête ! Arrête ! hurlait-il.

Petite moue contrariée :

– Tu veux plus ?

– …

– Éteins la lumière.

– Non !

– Si !

– Je veux pas que ça se passe comme ça entre nous…

– Tu veux que ça se passe comment ? Tu veux m'emmener canoter au Bois ?

– Pardon ?

– Faire un tour en barque et me dire des poèmes pendant que je laisse traîner ma main dans l'eau…

– Viens t'asseoir à côté de moi…

– Éteins la lumière.

– D'accord…

– Éteins la musique.

– C'est tout ?

– Oui.

– C'est toi ? demanda-t-il intimidé.

– Oui.

– T'es bien là ?

– Non…

– Tiens, prends un de mes oreillers… Comment ça s'est passé ton rendez-vous ?

– Très bien.

– Tu me racontes ?

– De quoi ?

– Tout. Je veux tout savoir, ce soir… Tout. Tout. Tout.

483

– Tu sais, si je commence... Toi aussi, tu vas te sentir obligé de me prendre dans tes bras après...

– Ah merde... Tu t'es fait violer?

– Non plus...

– Bon, ben... Je pourrais t'arranger ça si tu veux...

– Oh merci... C'est gentil... Euh... Je commence par où?

Franck imita la voix de Jacques Martin dans *L'École des Fans* :

– Tu viens d'où ma petite fille?

– De Meudon...

– De Meudon? s'exclama-t-il, mais c'est très bien, ça! Et elle est où, ta maman?

– Elle mange des médicaments.

– Ah bon? Et ton papa, il est où, ton papa?

– Il est mort.

– ...

– Ah! Je t'avais prévenu mon gars! T'as des préservatifs au moins?

– Me secoue pas comme ça, Camille, je suis un peu con-con, moi, tu le sais bien... Il est mort, ton père?

– Oui.

– Comment?

– Il est tombé dans le vide.

– ...

– Bon, je te le refais dans l'ordre... Viens plus près parce que je ne veux pas que les autres entendent...

Il remonta la couette au-dessus de leurs têtes :

– Vas-y. Personne ne peut nous voir, là...

17

Camille croisa les jambes, posa ses mains sur son ventre et entreprit un long voyage.

– J'étais une petite fille sans histoire et très sage... commença-t-elle d'une voix enfantine, je ne mangeais pas beaucoup mais je travaillais bien à l'école et je dessinais tout le temps. Je n'ai pas de frère ni de sœur. Mon papa s'appelait Jean-Louis et ma maman Catherine. Je pense qu'ils s'aimaient quand ils se sont rencontrés... Je ne sais pas, je n'ai jamais osé leur demander... Mais quand je dessinais des chevaux ou le beau visage de Johnny Depp dans *21 Jump Street*, là, ils ne s'aimaient déjà plus. Ça j'en suis sûre parce que mon papa ne vivait plus avec nous. Il ne revenait que le week-end pour me voir. C'était normal qu'il parte et moi j'aurais fait pareil à sa place. D'ailleurs, le dimanche soir j'aurais bien aimé partir avec lui mais je l'aurais jamais fait parce que ma maman se serait encore tuée. Ma maman s'est tuée plein de fois quand j'étais petite... Heureusement, souvent c'était quand j'étais pas là et puis après... Comme j'avais grandi, il y avait moins de gêne alors euh... Une fois j'étais invitée chez une copine pour son anniversaire. Le soir comme ma maman ne venait pas me chercher, une autre maman m'a déposée devant chez moi et quand je suis arrivée dans le salon, je l'ai vue qui était morte sur la moquette. Les pompiers sont venus et je suis allée vivre chez la voisine pendant dix jours. Après mon papa il lui a dit que si elle se tuait encore une fois, il allait lui retirer ma garde alors elle a arrêté. Elle a juste continué de manger des médicaments. Mon papa m'avait dit qu'il était obligé de partir pour son travail mais ma maman, elle m'a interdit de le croire. Tous les jours, elle me répétait que c'était un menteur, un salaud, qu'il avait une autre femme et une autre petite fille à qui il faisait des câlins tous les soirs...

Elle reprit son timbre normal :

– C'est la première fois que j'en parle... Tu vois, la tienne elle t'a dézingué avant de te remettre dans un train, mais la mienne, elle me mangeait la tête tous les jours. Tous les jours... Quelquefois elle était gentille quand même... Elle m'achetait des feutres et me répétait que j'étais son seul bonheur sur cette terre...

«Quand il venait, mon père s'enfermait dans le garage avec sa Jaguar et il écoutait des opéras. C'était une vieille Jaguar qui n'avait plus de roues mais ce n'était pas grave, on allait se promener quand même... Il disait : "Je vous emmène sur la Riviera mademoiselle?" et je m'asseyais à côté de lui. J'adorais cette voiture...»

– C'était quoi comme modèle?

– Une MK quelque chose...

– MKi ou MKii?

– Putain t'es bien un mec, toi... J'essaye de te faire pleurer dans les chaumières et la seule chose qui t'intéresse, c'est la marque de la bagnole!

– Pardon.

– Y a pas de mal...

– Vas-y, continue...

– Pff...

– «Alors mademoiselle? Je vous emmène sur la Riviera?»

– Oui, sourit Camille, je veux bien... «Vous avez pris votre maillot de bain? ajoutait-il, parfait... Et une robe du soir aussi! Nous irons sûrement au casino... N'oubliez pas

votre renard argenté, les nuits sont fraîches à Monte
Carle...» Ça sentait si bon à l'intérieur... L'odeur du cuir
qui avait bien vécu... Tout était joli, je me souviens... Le
cendrier en cristal, le miroir de courtoisie, les minuscules
poignées pour descendre les vitres, l'intérieur de la boîte à
gants, le bois... C'était comme un tapis volant. «Avec un
peu de chance nous arriverons avant la nuit» me promet-
tait-il. Oui, c'était ce genre d'homme mon papa, un grand
rêveur qui pouvait passer les vitesses d'une voiture sur cale
pendant plusieurs heures et m'emmener au bout du monde
dans un garage de banlieue... C'était un fou d'opéra aussi,
alors nous écoutions *Don Carlos*, *La Traviata* ou *Les Noces
de Figaro* pendant le voyage. Il me racontait les histoires : le
chagrin de Madame Butterfly, l'amour impossible de
Pélléas et Mélisande, quand il lui avoue j'ai quelque chose à
vous dire et qu'il n'y arrive pas, les histoires avec la
comtesse et son Chérubin qui se cache tout le temps ou
Alcina, la belle sorcière qui transformait ses prétendants en
bêtes sauvages... J'avais toujours le droit de parler sauf
quand il levait la main et dans Alcina, il la levait souvent...
Tornami a vagheggiar, je n'arrive plus à l'écouter cet air-là...
Il est trop gai... Mais le plus souvent, je me taisais. J'étais
bien. Je pensais à l'autre petite fille. Elle n'avait pas tout ça,
elle... C'était compliqué pour moi... Maintenant, évidemment, j'y vois plus clair : un homme comme lui ne pouvait
pas vivre avec une femme comme ma mère... Une femme
qui débranchait la musique d'un coup sec quand c'était
l'heure de passer à table et éclatait tous nos rêves comme
des bulles de savon... Je ne l'ai jamais vue heureuse, je ne
l'ai jamais vue sourire, je... Mon père, par contre, était la
gentillesse et la bonté même. Un peu comme Philibert...
Trop gentil en tout cas pour assumer ça. L'idée d'être un
salaud aux yeux de sa petite princesse... Alors un jour, il est
revenu vivre avec nous... Il dormait dans son bureau et

partait tous les week-ends… Plus d'escapades à Salzbourg
ou à Rome dans la vieille Jaguar grise, plus de casinos et
plus de pique-niques au bord de la mer… Et puis un matin,
il devait être fatigué, j'imagine… Très, très fatigué, et il est
tombé du haut d'un immeuble…

— Il est tombé ou il a sauté?

— C'était un homme élégant, il est tombé. Il était assureur
et marchait sur le toit d'une tour pour une histoire de
conduits d'aération ou je ne sais quoi, il a ouvert son dossier
et n'a pas regardé où il posait les pieds…

— C'est dingue, ce truc… Qu'est-ce que t'en penses, toi?

— Je ne pense pas. Après il y a eu l'enterrement et ma
mère se retournait tout le temps pour voir si l'autre femme
n'était pas dans le fond de l'église… Ensuite elle a vendu la
Jaguar et j'ai arrêté de parler.

— Pendant combien de temps?

— Des mois…

— Et après? Je peux baisser le drap parce que j'étouffe,
là…

— Moi aussi j'étouffais. Je suis devenue une adolescente
ingrate et solitaire, j'avais mis le numéro de l'hôpital en
mémoire dans le bigophone mais je n'en ai pas eu besoin…
Elle s'était calmée… De suicidaire, elle était passée à
déprimée. C'était un progrès. C'était plus calme. Une mort
lui suffisait, j'imagine… Après, je n'avais qu'une idée en
tête : me tirer. Je suis partie une première fois vivre chez
une copine quand j'avais dix-sept ans… Un soir, boum, ma
mère et les flics devant la porte… Alors qu'elle savait très
bien où j'étais cette garce… C'était relou comme disent les
jeunes. Nous étions en train de dîner avec ses parents et on
parlait de la guerre d'Algérie, je me souviens… Et là, toc,
toc, les flics. J'étais super mal à l'aise vis-à-vis de ces gens,
mais bon, je voulais pas d'histoires alors je l'ai suivie… J'ai eu
dix-huit ans le 17 février 1995, le 16 à minuit une, je me suis

cassée en fermant la porte tout doucement... J'ai eu mon bac et je suis entrée aux Beaux-Arts... Quatrième sur soixante-dix admis... J'avais fait un super beau dossier à partir des opéras de mon enfance... J'avais travaillé comme une bête et j'ai eu les félicitations du jury... À ce moment-là, je n'avais plus aucun contact avec ma mère et j'ai commencé à galérer parce que la vie était trop chère à Paris... Je vivais chez les uns, chez les autres... Je séchais beaucoup de cours... Je séchais la théorie et j'allais aux ateliers et puis j'ai déconné... Premièrement, je m'ennuyais un peu... Il faut dire que je n'ai pas joué le jeu : je ne me prenais pas au sérieux et du coup, je n'étais pas prise au sérieux. J'étais pas une Artiste avec un A majuscule, j'étais une bonne faiseuse... Celle à qui l'on conseillait plutôt la place du Tertre pour barbouiller du Monet et des petites danseuses... Et puis euh... Je ne comprenais rien. Moi j'aimais dessiner alors, au lieu d'écouter le blabla des profs, je faisais leur portrait et cette notion «d'arts plastiques», de happenings, d'installations, ça me gonflait. Je me rendais bien compte que je m'étais trompée de siècle. J'aurais voulu vivre au XVIe ou au XVIIe et faire mon apprentissage dans l'atelier d'un grand maître... Préparer ses fonds, nettoyer ses pinceaux et lui broyer ses couleurs... Peut-être que je n'étais pas assez mûre? Ou que je n'avais pas d'ego? Ou pas le feu sacré tout simplement? Je ne sais pas... Deuxièmement, j'ai fait une mauvaise rencontre... Le truc cousu de fil blanc : la jeune bécasse avec sa boîte de pastels et ses chiffons bien pliés qui tombe amoureuse du génie méconnu. Le maudit, le prince des nuées, le veuf, le ténébreux, l'inconsolable... Une vraie image d'Épinal : chevelu, torturé, génial, souffreteux, assoiffé... Père argentin et mère hongroise, mélange détonant, culture éblouissante, vivant dans un squat et n'attendant que ça : une petite oie gaga pour lui préparer à manger pendant qu'il créait dans d'atroces souffrances... J'ai assuré. Je suis allée au marché Saint-Pierre, j'ai agrafé des mètres de tissu aux murs pour donner un petit aspect «coquet» à notre «chambrette» et j'ai cherché du travail pour faire bouillir la marmite... Enfin la marmite euh... Le Butagaz, on va dire... J'ai laissé tomber l'école et je me suis assise en tailleur pour réfléchir à quel métier je pourrais bien faire... Et le pire, c'est que j'étais fière! Je le regardais peindre et je me sentais importante... J'étais la sœur, la muse, la grande femme derrière le grand homme, celle qui remontait les cubis, nourrissait les disciples et vidait les cendriers...

Elle riait.

– J'étais fière et je suis devenue gardienne de musée, super maligne, non? Bon, là, je te passe les collègues parce que j'ai touché du doigt toute la grandeur de la fonction publique mais... Je m'en foutais à vrai dire... J'étais bien. Finalement, j'y étais dans l'atelier de mon grand maître... Les toiles étaient sèches depuis longtemps mais j'ai sûrement plus appris là que dans toutes les écoles du monde... Et comme je ne dormais pas beaucoup à cette époque, je pouvais comater tranquille... Je me réchauffais... Le problème, c'est que je n'avais pas le droit de dessiner... Même sur un tout petit carnet riquiqui, même s'il n'y avait personne et Dieu sait qu'il n'y avait pas grand monde certains jours, pas question de faire autre chose que de ruminer mon sort, de sursauter quand j'entendais le tchouik tchouik des semelles d'un visiteur égaré ou de ranger mon matos en vitesse quand c'était le gling gling de son trousseau... À la fin, c'était devenu son passe-temps préféré à Séraphin Tico, Séraphin Tico, j'adore ce nom... avancer à pas de loup et me surprendre en plein délit. Ah! Qu'est-ce qu'il était jouasse, ce crétin quand il me forçait à ranger mon crayon! Je le voyais qui s'éloignait en écartant les jambes pour laisser ses couilles se gonfler d'aise... Mais quand je sursautais, ça me faisait bouger et ça, ça me saoulait. Le nombre de croquis gâchés par sa faute... Ah non! C'était plus possible! Du coup, j'ai joué le jeu... L'apprentissage de la vie commençait à porter ses fruits : je l'ai soudoyé.

– Pardon?

– Je l'ai payé. Je lui ai demandé combien y voulait pour me laisser travailler... Trente balles par jour? bon... Le prix d'une heure de coma au chaud? bon... Et je les lui ai données...

– Putain...

– Ouais... Le grand Séraphin Tico... ajouta-t-elle rêveuse, maintenant qu'on a le fauteuil, j'irai lui dire bonjour un de ces jours avec Paulette...

– Pourquoi?

– Parce que je l'aimais bien... C'était un filou honnête, lui. Pas comme l'autre zozo qui m'accueillait en faisant la gueule après une journée de boulot parce que j'avais oublié d'acheter des clopes... Et moi, comme une conne, je redescendais...

– Pourquoi tu restais avec lui?

– Parce que je l'aimais. J'admirais son travail aussi... Il était libre, décomplexé, sûr de lui, exigeant... Tout mon contraire... Il aurait préféré crever la bouche ouverte plutôt que d'accepter le moindre compromis. J'avais à peine vingt ans, c'est moi qui l'entretenais et je le trouvais admirable.

– T'étais godiche...

– Oui... Non... Après l'adolescence que je venais de me cogner, c'était ce qui pouvait m'arriver de mieux... Il y avait tout le temps du monde, on ne parlait que d'art, que de peinture... On était ridicules oui, mais intègres aussi. On bouffait à six sur deux RMI, on pelait de froid et on faisait la queue aux bains publics mais on avait l'impression de vivre mieux que les autres... Et aussi grotesque que cela puisse sembler aujourd'hui, je crois que nous avions raison. Nous avions une passion... Ce luxe... J'étais godiche et heureuse. Quand j'en avais marre d'une salle, j'en changeais et quand je n'oubliais pas les cigarettes, c'était la fête ! On buvait beaucoup aussi... J'ai pris quelques mauvaises habitudes... Et puis j'ai rencontré les Kessler dont je t'ai parlé l'autre jour...

– Je suis sûr que c'était un bon coup... se renfrogna-t-il

Elle roucoula :

– Oh oui... Le meilleur du monde... Oh... Rien que d'y penser, ça me fait des frissons partout, tiens...

– Ça va, ça va... On a compris.

– Nan, soupira-t-elle, pas si terrible que ça... Passés les premiers émois post-virginaux, j'ai... je... enfin... C'était un homme égoïste, quoi...

– Aaah...

– Ouais, euh... T'es pas mal non plus dans le genre...

– Oui, mais moi je ne fume pas !

Ils se sourirent dans le noir...

– Après ça s'est dégradé... Mon amoureux me trompait... Pendant que je me tapais l'humour débile de Séraphin Tico, il se tapait des premières années et quand on a fait la paix, il m'a avoué qu'il se droguait, oh, un peu, juste comme ça... Pour la beauté du geste... Et là, je n'ai pas du tout envie d'en parler...

– Pourquoi ?

– Parce que c'est devenu trop triste... La rapidité avec laquelle cette merde te met à genoux, c'est hallucinant... La beauté du geste, mon cul, j'ai tenu encore quelques mois et je suis retournée vivre chez ma mère. Elle ne m'avait pas vue depuis presque trois ans, elle a ouvert la porte et m'a dit : «Je te préviens, y a rien à manger.» J'ai fondu en larmes et je suis restée couchée pendant deux mois... Là, elle a été clean pour une fois... Elle avait ce qu'il faut pour me soigner, tu me diras... Et quand je me suis relevée, je suis retournée travailler. À cette époque, je ne me nourrissais que de bouillies et de petits pots. Allô! Docteur Freud? Après le cinémascope dolby stéréo, sons, lumières et émotions en tout genre, j'ai repris une vie en minuscule et en noir et blanc. Je regardais la télé et j'avais toujours le vertige au bord des quais...

– T'y as pensé?

– Oui. J'imaginais mon fantôme monter vers le ciel sur l'air de *Tornami a vagheggiar, Te solo vuol amar*... et mon papa qui m'ouvrait les bras en riant : «Ah! vous voilà enfin mademoiselle! Vous allez voir, c'est encore plus joli que la Riviera par ici...»

Elle pleurait.

– Non, pleure pas...

– Si. J'ai envie.

– Bon, alors pleure.

– C'est bien, t'es pas compliqué, toi...

– C'est vrai. J'ai plein de défauts mais je suis pas compliqué... Tu veux qu'on arrête?

– Non.

– Tu veux boire quelque chose? Un petit lait chaud avec de la fleur d'oranger comme me faisait Paulette?

– Non, je te remercie... Où j'en étais?

– Le vertige...

– Oui, le vertige... Honnêtement, il ne m'aurait pas fallu beaucoup plus qu'une pichenette dans le dos pour me faire basculer, mais au lieu de ça le hasard portait des gants noirs en chevreau très doux et m'a tapé sur l'épaule un matin... Ce jour-là je m'amusais avec les personnages de Watteau, j'étais pliée en deux sur ma chaise quand un homme est passé derrière moi... Je le voyais souvent... Il était toujours en train de tourner autour des étudiants et de regarder leurs dessins en douce... Je pensais que c'était un dragueur.

J'avais des doutes sur sa sexualité, je le regardais tchatcher avec la jeunesse flattée et j'admirais son allure... Il avait toujours des manteaux superbes, très longs, des costumes classieux, des foulards et des écharpes en soie... C'était ma petite récré... J'étais donc recroquevillée sur mon carnet et je ne voyais que ses magnifiques chaussures, très fines et impeccablement cirées. «Pouis-je vous poser oune question indiscrète, Mademoiselle? Avez-vous oune moralité à toute épreuve?» Je me demandais bien où il voulait en venir? À l'hôtel? Mais bon... Avais-je une moralité à toute épreuve? Moi qui corrompais Séraphin Tico et rêvais de contrarier l'œuvre du Bon Dieu? «Non» ai-je répondu et à cause de cette petite repartie crâne, je suis repartie dans un autre merdier... Incommensurable cette fois...

– Un quoi?

– Un merdier sans nom.

– Qu'est-ce que t'as fait?

– La même chose qu'avant... Mais au lieu de crécher dans un squat et d'être la bonniche d'un furieux, j'ai vécu dans les plus grands hôtels d'Europe et je suis devenue celle d'un escroc...

– Tu... tu t'es...

– Prostituée? Non. Quoique...

– Qu'est-ce que tu faisais?

– Des faux.

– Des faux billets?

– Non, des faux dessins... Et le pire, c'est que ça m'amusait en plus! Enfin au début... Après ça a tourné limite esclavagisme cette petite blague, mais au début, c'était très rigolo. Pour une fois que je servais à quelque chose! Alors, je te dis, j'ai vécu dans un luxe incroyable... Rien n'était trop beau pour moi. J'avais froid? Il m'offrait les meilleurs cachemires. Tu vois le gros pull bleu avec une capuche que je mets tout le temps?

– Ouais.

– Onze mille balles...

– Nooon?

– Siiii. Et j'en avais une dizaine comme celui-là... J'avais faim? Poï poï, room service et homard à gogo. J'avais soif? Ma qué, champagne! Je m'ennuyais? Spectacles, shopping, musique! Tout cé qué tou veux tou lé dis à Vittorio... La seule chose que je n'avais pas le droit de dire, c'est «J'arrête». Là, il devenait mauvais le beau Vittorio... «Si tou pars, tou plonges...» Mais pourquoi je serais partie? J'étais choyée, je m'amusais, je faisais ce que j'aimais, j'allais dans tous les musées dont j'avais rêvé, je faisais des rencontres, la nuit je me trompais de chambre... J'en suis pas sûre mais je crois même que j'ai couché avec Jeremy Irons...

– Qui c'est?

– Oh... T'es désespérant, toi... Bon, peu importe... Je lisais, j'écoutais de la musique, je gagnais de l'argent... Avec le recul, je me dis que c'était une autre forme de suicide... Plus confortable... Je me suis coupée de la vie et du peu de gens qui m'aimaient. De Pierre et Mathilde Kessler, notamment qui m'en ont voulu à mort, de mes anciens petits camarades, de la réalité, de la moralité, du droit chemin, de moi-même...

– Tu bossais tout le temps?

– Tout le temps. Je n'ai pas tant produit que ça mais il fallait refaire la même chose des milliers de fois à cause de problèmes techniques... La patine, le support et tout ça... Finalement, le dessin c'était peanuts, c'était son vieillissement qui était compliqué. Je travaillais avec Jan, un Hollandais qui nous fournissait en vieux papiers. C'était son métier : parcourir le monde et revenir avec des rouleaux. Il avait un côté petit chimiste fou et cherchait sans relâche un moyen de faire du vieux avec du neuf... Je ne l'ai jamais entendu prononcer la moindre parole, un type fascinant... Et puis, j'ai perdu la notion du temps... D'une certaine manière, je me suis laissée ensuquer dans cette non-vie... Ça ne se voyait pas à l'œil nu, mais j'étais devenue une épave. Une épave chic... Le gosier en pente, des chemises sur mesure et un dégoût de ma petite personne... Je ne sais pas comment tout cela se serait terminé si Léonard ne m'avait pas sauvée...

– Léonard qui?

– Léonard de Vinci. Là, je me suis tout de suite cabrée... Tant qu'on s'en tenait aux petits maîtres, aux esquisses d'esquisses, aux croquis de croquis ou aux repentirs de repentirs, on pouvait faire illusion auprès de marchands peu scrupuleux mais là, c'était n'importe quoi... Je l'ai dit mais on ne m'a pas écoutée... Vittorio était devenu trop gourmand... Je ne sais pas exactement ce qu'il faisait de son fric mais plus il en palpait et plus il en manquait... Il devait avoir ses faiblesses, lui aussi... Alors j'ai fermé ma gueule. Ce n'était pas mon problème après tout... Je suis retournée au Louvre, aux départements des arts graphiques où j'ai pu accéder à certains documents et je les ai appris par cœur... Vittorio voulait oune pétite chose. «Tou vois cette étoude, là? Tou ti inspires d'elle, mais cet personnage-là, tou mé lé gardes...» À cette époque, on ne vivait déjà plus à l'hôtel mais dans un grand appartement meublé. Je me suis exécutée et j'ai attendu... Il était de plus en plus nerveux. Il passait des heures au téléphone, usait la moquette et crachait sur la Madone. Un matin, il est entré dans ma chambre comme un fou : «Jé dois partir, mais toi tou né bouges pas d'ici, d'accord? Tou né sors pas tant que jé té lé pas dit... Tou m'as compris! Tou né bouges pas!» Le soir, j'ai reçu un appel d'un autre mec que je connaissais pas : «Brûle tout» et il a raccroché. Bon... J'ai rassemblé des tas de mensonges et je les ai détruits dans l'évier. Et j'ai attendu encore... Plusieurs jours... Je n'osais pas sortir. Je n'osais pas regarder par la fenêtre. J'étais devenue complètement parano. Mais au bout d'une semaine, je suis partie. J'avais faim, j'avais envie de fumer, je n'avais plus rien à perdre... Je suis retournée à Meudon à pied et j'ai trouvé une maison fermée avec un panneau *à vendre* sur la grille. Est-ce qu'elle était morte ? J'ai escaladé le mur et dormi dans le garage. Je suis revenue à Paris. Tant que je marchais, je tenais debout. J'ai zoné autour de l'immeuble au cas où Vittorio serait revenu... Je n'avais pas de fric, pas de boussole, plus de repères, rien. J'ai passé encore deux nuits dehors dans mon cachemire à dix milles boules, j'ai demandé des clopes et je me suis fait piquer mon manteau. Le troisième soir, j'ai sonné chez Pierre et Mathilde et je me suis écroulée devant leur porte. Ils m'ont retapée et m'ont installée ici, au septième. Une semaine plus tard, j'étais encore assise par terre à me demander quel métier je pourrais bien faire... Tout ce que je savais, c'est que je ne voulais plus jamais dessiner de ma vie. Je n'étais pas non plus prête à retourner dans le monde. Les gens me faisaient peur... Alors je suis devenue technicienne de surface de nuit... J'ai vécu comme ça, un peu plus d'un an. Entretemps, j'ai retrouvé ma mère. Elle ne m'a pas posé de questions... Je n'ai jamais su si c'était de l'indifférence ou simplement de la discrétion... Je n'ai pas creusé, je ne pouvais pas me le permettre : je n'avais plus qu'elle...

« Quelle ironie... J'avais tout fait pour la fuir et voilà... Retour à la case départ, les rêves en moins... J'ai vivoté, je m'interdisais de boire seule et cherchais une issue de secours dans mon dix mètres carrés... Et puis je suis tombée malade au début de l'hiver et Philibert m'a portée dans les escaliers jusque dans la chambre d'à côté... La suite, tu la connais... »

Long silence.

– Eh ben... répéta Franck plusieurs fois. Eh ben...

Il s'était redressé et avait croisé ses bras.

– Eh ben... Tu parles d'une vie... C'est dingue... Et maintenant? Qu'est-ce que tu vas faire, maintenant?

– ...

Elle dormait.

Il remonta la couette jusque sous son nez, prit ses affaires et sortit sur la pointe des pieds. Maintenant qu'il la connaissait, il n'osait plus s'allonger à côté d'elle. En plus elle prenait toute la place...

Toute la place.

18

Il était perdu.

Il erra un moment dans l'appartement, se dirigea vers la cuisine, ouvrit des placards et les referma en secouant la tête.

Sur le rebord de la fenêtre, le cœur de laitue était tout ratatiné. Il le jeta aux ordures et revint s'asseoir avec un crayon pour terminer son dessin. Il hésita pour les yeux... Est-ce qu'il fallait dessiner deux points noirs au bout des cornes ou un seul en dessous?

Putain... Même en escargot, il était nul!

Allez, un. C'était plus mignon.

Il se rhabilla. Poussa sa moto en serrant les fesses devant la loge. Pikouch le regarda passer sans broncher. C'est bien mon gars, c'est bien... Cet été t'auras un petit Lacoste pour tomber les pékinoises... Il parcourut encore plusieurs mètres avant d'oser kicker et s'élança dans la nuit.

Il prit la première à gauche et roula toujours tout droit. Arrivé à la mer, il posa son casque sur son ventre et regarda les manœuvres des marins pêcheurs. Il en profita pour dire deux trois mots à sa moto. Qu'elle comprenne un peu la situation...

Légère envie de craquer.

Trop de vent, peut-être?

Il s'ébroua.

Voilà! C'était ça qu'il cherchait tout à l'heure : un filtre à café! Ses idées se remettaient en place... Il marcha donc le long du port jusqu'au premier troquet ouvert et but un jus au milieu des cirés luisants. En levant les yeux, il découvrit une vieille connaissance dans le reflet du miroir :

– Et alors? Te v'là, toi!

– Hé ouais...

– Qu'est-ce que tu fous là?

– Je suis venu boire un café.

– Dis donc, t'as une sale gueule...

– Fatigué...

– Toujours en train de courir le guilledou?

– Non.

– Allez... T'étais pas avec une fille, cette nuit?

– C'était pas vraiment une fille...

– C'était quoi?

– Je sais pas.

– Ho là, mon gars... Hé patronne! Rincez-lui sa tasse, y a mon pote qui s'écaille, là!

– Non, non... Laisse...

– Laisse quoi?

– Tout.

– Ben qu'est-ce t'as Lestaf?

– Mal au cœur...

– Oooh, t'es amoureux, toi?

– Ça se pourrait...

– Hé ben! C'est une bonne nouvelle, ça! Exulte mon vieux! Exulte! Monte sur le bar! Chante!

– Arrête.

– Mais qu'est-ce t'as?

– Rien... Elle... Elle est bien, celle-ci... Trop bien pour moi en tout cas...

– Meuh non... C'est des conneries, ça! Personne n'est jamais trop bien pour personne... Surtout les gonzesses!

– C'est pas une gonzesse, je te dis...
– C'est un mec?!
– Mais nan...
– C'est un androïde? C'est Lara Croft?
– Mieux que ça...
– Mieux que Lara Croft? Oh poudiou! Y a du monde au balcon, alors?
– 85 A je dirais...

Il lui sourit :

– Ah ben ouais... Si t'en pinces pour une planche à pain, t'es dans la merde, je comprends mieux, là...
– Mais nan, tu comprends rien! s'énerva-t-il. D'façon t'as jamais rien compris! T'es toujours là, à ramener ta grande gueule pour faire oublier que tu comprends rien! Depuis que t'es gamin, tu fais chier ton monde! Tu me fais pitié, tiens... Cette fille, quand elle me parle, y a la moitié des mots que je comprends pas, tu piges? Je me sens comme une merde à côté d'elle. Tu verrais tout ce qu'elle a vécu déjà... Putain, moi j'assure pas, là... Je crois que je vais laisser tomber...

L'autre fit la moue.

– Quoi? grogna Franck.
– Trop teigneux...
– J'ai changé.
– Mais non... T'es juste fatigué...
– Ça fait vingt ans que je suis fatigué...
– Qu'est-ce qu'elle a vécu?
– Que de la daube.
– Hé ben, c'est parfait, ça! T'as qu'à lui proposer aut'chose!
– Quoi?
– Ho! Tu fais exprès ou quoi?
– Non.
– Si. Tu fais exprès pour que je m'apitoie... Réfléchis un peu. Je suis sûr que tu vas trouver...

– J'ai peur.

– C'est bon signe.

– Oui mais si je me...

La patronne s'étira.

– Messieurs, l'pain est arrivé. Qui c'est qui veut un sandwich? Le jeune homme?

– Merci, ça ira.

Oui, ça ira.

Dans le mur ou ailleurs...

On verra.

Ils installaient le marché. Franck acheta des fleurs au cul du camion, t'as l'appoint, mon gars? et les aplatit sous son blouson.

Des fleurs, c'était pas mal pour commencer, non?

T'as l'appoint mon gars? Et comment, la vieille! Et comment!

Et, pour la première fois de sa vie, il roula vers Paris en regardant le soleil se lever.

Philibert prenait sa douche. Il apporta son petit déjeuner à Paulette et l'embrassa en lui frictionnant les bajoues :

– Alors mémé, t'es pas bien, là?

– Mais t'es gelé, toi? D'où c'est que t'arrives encore?

– Oh là... fit-il en se relevant.

Son pull puait le mimosa. Faute de vase, il découpa une bouteille en plastique avec le couteau à pain.

– Hé, Philou?

– Attends une minute, je me dose mon Nesquick... Tu nous prépares la liste des courses?

– Ouais… Comment ça s'écrit la riviéra?

– Avec une majuscule et sans accent.

– Merci.

Du mimosa comme sur la ~~rivié~~ *Riviera*… Il plia son petit mot et le déposa avec le vase près de l'escargotte.

Il se rasa.

– On en était où déjà? demanda l'autre, de nouveau dans le miroir.

– Nan, c'est bon. Je vais me démerder…

– Bon, ben… bonne chance, hein?

Franck grimaça.

C'était l'after-shave.

Il avait dix minutes de retard et la réunion avait déjà commencé.

– V'là not' joli cœur… signala le chef.

Il s'assit en souriant.

19

Comme à chaque fois qu'il était épuisé, il se brûla gravement. Son commis insista pour le soigner et il finit par lui tendre son bras en silence. Pas l'énergie de se plaindre, ni d'avoir mal. Machine explosée. Hors service, hors d'usage, hors d'état de nuire, hors tout...

Il revint en titubant, régla son réveil pour être sûr de ne pas dormir jusqu'au lendemain matin, se déchaussa sans défaire ses lacets et tomba sur son lit les bras en croix. Maintenant oui, sa main le lançait et il réprima un *lllssch* de douleur avant de sombrer.

Il dormait depuis plus d'une heure quand Camille – si légère ce ne pouvait être qu'elle – vint le voir en rêve...

Hélas, il ne vit pas si elle était nue... Elle était allongée sur lui. Cuisses contre cuisses, ventre contre ventre et épaules contre épaules.

Elle avait posé sa bouche sur son oreille et murmurait :
– Lestafier, je vais te violer...

Il souriait dans son sommeil. D'abord parce que c'était un joli délire et ensuite parce que son souffle le chatouillait par-delà les abîmes.

– Oui... Qu'on en finisse... Je vais te violer pour avoir une bonne raison de te prendre dans mes bras... Mais ne bouge pas surtout... Si tu te débats, je t'étouffe mon petit gars...

Il voulut tout rassembler, son corps, ses mains et ses draps pour être sûr de ne pas se réveiller mais quelqu'un le retenait par les poignets.

À la douleur, il réalisa qu'il ne rêvait pas et parce qu'il souffrait, il comprit son bonheur.

En posant ses paumes sur les siennes, Camille sentit le contact de la gaze :
– Tu souffres ?
– Oui.
– Tant mieux.

Et elle commença à bouger.
Lui aussi.
– Ttt ttt, se fâcha-t-elle, laisse-moi faire…
Elle recracha un bout de plastique, le chapeauta, se cala dans son cou, un peu plus bas aussi et passa ses mains sous ses reins.
Au bout de quelques allées et venues silencieuses, elle s'agrippa à ses épaules, se cambra et jouit en moins de temps qu'il ne faut pour l'écrire.
– Déjà ? demanda-t-il un peu déçu.
– Oui…
– Oh…
– J'avais trop faim…
Franck referma ses bras sur son dos.
– Pardon… ajouta-t-elle.
– Pas d'excuse qui tienne, mademoiselle… Je vais porter plainte.
– Avec plaisir…
– Non, pas tout de suite… Je suis trop bien, là… Reste comme ça, je t'en supplie… Oh merde…
– Quoi ?

– Je suis en train de te foutre de la Biafine partout...
– Tant mieux, sourit-elle, ça pourra toujours servir...
Franck ferma les yeux. Il venait de toucher le gros lot.
Une fille douce, intelligente et coquine. Oh... Merci mon
Dieu, merci... C'était trop beau pour être vrai.

Un peu poisseux, un peu graisseux, ils se rendormirent
tous les deux, sous un drap qui sentait le stupre et la cicatri-
sation.

20

En se réveillant pour aller voir Paulette, Camille marcha sur son réveil et le débrancha. Personne n'osa le réveiller. Ni la maisonnée distraite, ni son chef qui prit son poste sans moufter.

Comme il devait souffrir, le pauvre...

Il sortit de sa chambre vers deux heures du matin et frappa à la porte du fond.

Il s'agenouilla au pied de son matelas.

Elle lisait.

– Hum... Hum...

Elle baissa son journal, leva la tête et fit l'étonnée :

– Un problème?

– Euh... M'sieur l'agent, je... Je viens pour une main courante...

– On vous a volé quelque chose?

Hé, ho, ça va! On se calme! Il n'allait pas répondre «mon cœur» ou une connerie dans le genre...

– C'est-à-dire que...euh... On s'est introduit chez moi hier...

– Ah bon?

– Oui.

– Mais vous étiez là?

– Je dormais...

– Vous avez vu quelque chose?

– Non.

– Comme c'est fâcheux… Vous êtes bien assuré au moins?

– Non, répondit-il penaud.

Elle soupira :

– Voilà un témoignage bien vague… Je sais que ces choses-là ne sont jamais très agréables, mais… Vous savez… Le mieux ce serait encore de procéder à une reconstitution des faits…

– Ah?

– Ben oui…

D'un bond, il était sur elle. Elle hurla.

– Moi aussi j'ai la dalle, moi aussi! J'ai rien bouffé depuis hier soir et c'est toi qui vas trinquer Mary Poppins. Putain, depuis le temps que ça gargouille là-dedans… J'vais me gêner, tiens…

Il la dévora de la tête aux pieds.

Il commença par lui picorer les taches de rousseur puis la grignota, la becqueta, la croqua, la lécha, la goba, la pignocha, la chipota, la mordilla et la rongea jusqu'à l'os. Au passage, elle prit du plaisir et le lui rendit bien.

Ils n'osaient plus s'adresser la parole ni même se regarder.

Camille se désola.

– Qu'est-ce qu'il y a? s'inquiéta-t-il.

– Ah monsieur… Je sais, c'est trop bête, mais il m'en fallait un deuxième exemplaire pour nos archives et j'ai oublié de mettre le carbone… Il va falloir tout recommencer depuis le début…

– Maintenant??

– Non. Pas maintenant. Mais il ne faudrait pas trop tarder quand même… Des fois que vous oubliiez certains détails…

– Bon... Et vous, vous... Vous croyez que je serai remboursé ?

– M'étonnerait...

– Il a tout pris, vous savez ?

– Tout ?

– Presque tout...

– Dur...

Camille était allongée sur le ventre et avait posé son menton sur ses mains.

– Tu es belle.

– Arrête... fit-elle en s'enfouissant dans le creux de ses bras.

– Nan, t'as raison, t'es pas belle, t'es... J'sais pas comment dire... T'es vivante... Tout est vivant chez toi : tes cheveux, tes yeux, tes oreilles, ton petit nez, ta grande bouche, tes mains, ton cul adorable, tes longues jambes, tes grimaces, ta voix, ta douceur, tes silences, ton... ta... tes...

– Mon organisme ?

– Ouais...

– Je suis pas belle mais mon organisme est vivant. Super, la déclaration... On me l'avait jamais faite celle-ci...

– Joue pas avec les mots, se rembrunit-il, c'est trop facile pour toi... Euh...

– Quoi ?

– J'ai encore plus faim qu'avant... Il faut vraiment que j'aille manger quelque chose, là...

– Bon eh ben, salut... Au plaisir, comme on dit.

Il paniqua :

– Tu... tu veux pas que je te ramène un truc ?

– Qu'est-ce que tu me proposes ? fit-elle en s'étirant.

– Ce que tu veux...

Puis, après un temps de réflexion :

– ... Rien... Tout...

– OK. Je prends.

Il était adossé contre le mur, son plateau sur les genoux. Il déboucha une bouteille et lui tendit un verre. Elle posa son carnet.

Ils trinquèrent.

– À l'avenir...

– Non. Surtout pas. À maintenant, le corrigea-t-elle.

Aïe.

– L'avenir euh... Tu... tu le...

Elle le regarda droit dans les yeux :

– Rassure-moi, Franck, on va pas tomber amoureux quand même ?

Il fit semblant de s'étrangler.

– Am, orrgl, argh... T'es folle ou quoi ? Bien sûr que non !

– Ah ! Tu m'as fait peur... On a déjà fait tellement de bêtises tous les deux...

– Ouais, tu l'as dit. Note bien, on en est plus à une près maintenant...

– Si. Moi, si.

– Ah ?

– Oui. Baisons, trinquons, allons nous promener, donnons-nous la main, attrape-moi par le cou et laisse-moi te courir si tu veux mais... Ne tombons pas amoureux... S'il te plaît...

– Très bien. Je le note.

– Tu me dessines ?

– Oui.

– Tu me dessines comment ?

– Comme je te vois...

– Je suis bien ?

– Tu me plais.

Il sauça son assiette, posa son verre et se résigna à revenir régler quelques tracasseries administratives…

Ils prirent leur temps cette fois et quand ils eurent roulé chacun de leur côté, rassasiés et au bord du gouffre, Franck s'adressa au plafond :

– D'accord Camille, je ne t'aimerai jamais.

– Merci Franck. Moi non plus.

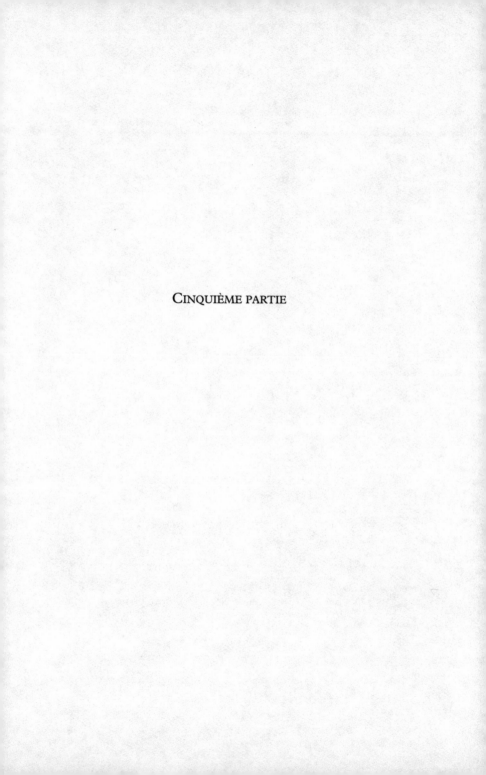

CINQUIÈME PARTIE

1

Rien ne changea, tout changea. Franck perdit l'appétit et Camille reprit des couleurs. Paris devint plus beau, plus lumineux, plus gai. Les gens étaient plus souriants et le bitume plus élastique. Tout semblait à portée de main, les contours du monde étaient plus précis et le monde plus léger.

Microclimat sur le Champ-de-Mars? Réchauffement de leur planète? Fin provisoire de l'apesanteur? Plus rien n'avait de sens et plus rien n'avait d'importance.

Ils naviguaient du lit de l'un au matelas de l'autre, s'allongeaient sur des œufs et se disaient des choses tendres en se caressant le dos. Aucun des deux ne voulant se mettre à nu devant l'autre, ils étaient un peu gauches, un peu bêtas et se sentaient obligés de tirer les draps sur leurs pudeurs avant de sombrer dans la débauche.

Nouvel apprentissage ou premier crayonné? Ils étaient attentifs et s'appliquaient en silence.

Pikou tomba la veste et madame Perreira ressortit ses pots de fleurs. Pour les perruches, c'était encore un peu tôt.

– Hep, hep, hep, fit-elle un matin, j'ai quelque chose pour vous...

La lettre avait été postée dans les Côtes-d'Armor.

10 septembre 1889. Ouvrez les guillemets. *Ce que j'avais dans la gorge tend à disparaître, je mange encore avec quelque difficulté, mais enfin ça a repris.* Fermez les guillemets. *Merci.*

En retournant la carte, Camille découvrit le visage fébrile de Van Gogh.

Elle le glissa dans son carnet.

Le Monop' en avait pris un coup dans l'aile. Grâce aux trois livres que Philibert leur avait offerts, *Paris secret et insolite, Paris 300 façades pour les curieux* et *Le guide des salons de thé à Paris,* roulez jeunesse, Camille leva les yeux et ne dit plus de mal de son quartier où l'Art Nouveau tenait comptoir à ciel ouvert.

Désormais, elles crapahutaient des Isbas russes du boulevard Beauséjour à la Mouzaïa des Buttes-Chaumont en passant par l'Hôtel du Nord et le cimetière Saint-Vincent où elles pique-niquèrent ce jour-là avec Maurice Utrillo et Eugène Boudin sur la tombe de Marcel Aymé.

– *Quant à Théophile Alexandre Steinlen, merveilleux peintre des chats et des misères humaines, il repose sous un arbre, dans le coin sud-est du cimetière.*

Camille reposa le guide sur ses genoux et répéta :

– *Merveilleux peintre des chats et des misères humaines, il repose sous un arbre, dans le coin sud-est du cimetière...* Jolie notice, non ?

– Pourquoi tu m'emmènes toujours chez les morts ?

– Pardon ?

– ...

– Où est-ce que vous voulez aller, ma petite Paulette ? En boîte de nuit ?

– ...

– Youhou ! Paulette ?

– Rentrons. Je suis fatiguée.

Et cette fois encore, elles échouèrent dans un taxi qui tirait la gueule à cause du fauteuil.

Un vrai détecteur à connards ce truc-là...

Elle était fatiguée.

De plus en plus fatiguée et de plus en plus lourde.

Camille ne voulait pas l'admettre mais elle était sans arrêt en train de la retenir et de se battre avec elle pour l'habiller, la nourrir et l'obliger à tenir une conversation. Même pas une conversation d'ailleurs, une réponse. La vieille dame têtue ne voulait pas voir de médecin et la jeune femme tolérante n'essaya pas d'aller contre sa volonté, d'abord ce n'était pas dans ses habitudes et puis c'était à Franck de la convaincre. Mais quand elles allaient à la bibliothèque, elle se plongeait dans des magazines ou des livres médicaux et lisait des trucs déprimants sur la dégénérescence du cervelet et autres folichonneries alzheimeriennes. Ensuite elle rangeait ces boîtes de Pandore en soupirant et prenait de mauvaises bonnes résolutions : si elle ne voulait pas se faire soigner, si elle ne voulait pas s'intéresser au monde d'aujourd'hui, si elle ne voulait pas finir son assiette et si elle préférait enfiler son manteau par-dessus sa robe de chambre pour aller se promener, c'était son droit après tout. Son droit le plus légitime. Elle n'allait pas l'emmerder avec ça et ceux que ça chiffonnait n'avaient qu'à la faire parler de son passé, de sa maman, de soirs de vendanges, du jour où monsieur l'abbé avait failli se noyer dans la Louère parce qu'il avait jeté l'épervier un peu vite et que le machin s'était accroché à l'un des boutons de sa soutane ou encore de son jardin pour retrouver l'étincelle dans ses yeux devenus presque opaques. En tout cas elle, Camille, n'avait rien trouvé de mieux...

– Et comme laitue, vous faisiez quoi ?

– De la Reine de Mai ou de La Grosse Blonde Paresseuse.

– Et les carottes ?

– La Palaiseau, bien sûr...

– Et les épinards?

– Ouh… les épinards… Le Monstrueux de Viroflay. Il donnait bien celui-là…

– Mais comment vous faites pour vous souvenir de tous ces noms?

– Je me souviens encore des paquets… Je feuilletais le catalogue Vilmorin tous les soirs, comme d'autres poissent leurs missels… J'adorais ça… Mon mari rêvait de cartouchières en lisant son Manufrance et moi j'aimais les plantes… Les bonnes gens venaient de loin pour admirer mon jardin, tu sais?

Elle la posait dans la lumière et la dessinait en l'écoutant.
Et plus elle la dessinait, plus elle l'aimait.

Est-ce qu'elle se serait battue davantage pour rester debout s'il n'y avait pas eu le fauteuil roulant? Est-ce qu'elle l'avait infantilisée en la priant de s'asseoir à tout bout de champ pour aller plus vite? Probablement…

Tant pis… Ce qu'elles étaient en train de vivre toutes les deux, tous ces regards échangés et ces mains tenues alors que la vie s'émiettait au moindre souvenir, personne ne le leur reprendrait jamais. Ni Franck, ni Philibert qui étaient à mille lieues de concevoir le déraisonnable de leur amitié, ni les médecins qui n'avaient jamais empêché un vieux de retourner au bord du fleuve, d'avoir huit ans, et de crier «Monsieur l'abbé! Monsieur l'abbé!» en pleurant parce que si l'abbé coulait, c'était l'enfer direct pour tous ses enfants de chœur…

– Moi je lui avais lancé mon chapelet, tu penses comme ça a dû l'aider, le pauvre homme… Je crois que j'ai commencé à perdre la foi ce jour-là parce qu'au lieu de supplier Dieu, il appelait sa mère… J'avais trouvé ça louche…

2

– Franck?

– Mmm...

– Je me fais du souci pour Paulette...

– Je sais.

– Qu'est-ce qu'il faut faire? La forcer à se laisser examiner?

– Je crois que je vais vendre ma moto...

– Bon. Tu t'en contrefous de ce que je raconte...

3

Il ne la vendit pas. Il l'échangea au grillardin contre sa Golf de péteux. Il était au fond du gouffre cette semaine-là mais se garda bien de le montrer et, le dimanche suivant, il se débrouilla pour les réunir tous les trois autour du lit de Paulette.

Coup de chance, il faisait beau.

– Tu ne vas pas travailler ? lui demanda-t-elle.

– Bof... J'ai pas très envie aujourd'hui... Dis donc, euh... C'était pas le printemps hier ?

Les autres s'embrouillèrent, entre celui qui vivait dans ses grimoires et celles qui avaient perdu la notion du temps depuis des semaines, c'était se leurrer que d'espérer le moindre écho...

Il ne se démonta pas :

– Ben si, les Parigots ! C'est le printemps, je vous signale !

– Ah ?

Un peu mou, le public...

– Vous vous en foutez ?

– Non, non...

– Si. Vous vous en foutez, je vois bien...

Il s'était approché de la fenêtre :

– Nan, mais moi, je disais ça comme ça... Je disais juste que c'était dommage de rester là à regarder les Chinois pousser sur le Champ-de-Mars alors qu'on a une belle maison de campagne comme tous les rupins de l'immeuble et que si vous vous dépêchiez un peu, on pourrait s'arrêter au marché d'Azay et acheter de quoi préparer un bon déjeuner... Enfin, moi... C'est ce que j'en dis hein? Si ça vous tente pas, je retourne me coucher...

Pareille à une tortue, Paulette déplia son vieux cou tout fripé et sortit de sous sa carapace :
– Pardon?
– Oh... Quelque chose de simple... Je pensais à des côtes de veau avec une jardinière de légumes... Et peut-être des fraises en dessert... Si elles sont belles, hein? Sinon je ferai une tarte aux pommes... Faut voir... Un petit bourgueil de mon ami Christophe par-dessus tout ça et une bonne sieste au soleil, ça vous dit?
– Et ton travail? demanda Philibert.
– Pff... J'en fais bien assez, non?
– Et on y va comment? ironisa Camille, dans ton top case?

Il but une gorgée de café et lâcha tranquillement :
– J'ai une belle voiture, elle attend devant la porte, ce salaud de Pikou me l'a déjà baptisée deux fois ce matin, le fauteuil est plié à l'arrière et j'ai fait le plein tout à l'heure...
Il reposa sa tasse et souleva le plateau :
– Allez... Grouillez-vous les jeunes. J'ai des petits pois à écosser, moi...
Paulette tomba de son lit. Ce n'était pas le cervelet, c'était la précipitation.

Ce qui fut dit fut fait et ce qui fut fait se renouvela toutes les semaines.
Comme tous les rupins – mais sans eux puisqu'ils étaient décalés d'une journée – ils se levaient très tôt le dimanche et revenaient le lundi soir, les bras chargés de victuailles, de fleurs, de croquis et de bonne fatigue.

Paulette ressuscita.

Quelquefois Camille souffrait d'accès de lucidité et regardait les choses en face. Ce qu'elle vivait avec Franck était bien agréable. Soyons gais, soyons fous, clouons les portes, gravons l'écorce, échangeons nos prises de sang, n'y pensons plus, découvrons-nous, effeuillons-nous, souffrons un peu, cueillons dès aujourd'hui les roses de la vie et gnagnagna, mais ça ne pourrait jamais marcher. Elle n'avait pas envie de s'étendre là-dessus, mais bon, c'était foireux leur affaire. Trop de différences, trop de... Enfin bref. Passons. Elle n'arrivait pas à juxtaposer Camille à l'abandon et Camille aux aguets. Il y en avait toujours une qui regardait l'autre en fronçant le nez.

C'était triste mais c'était ainsi.

Mais quelquefois non. Quelquefois, elle réussissait à faire le point et les deux emmerdeuses se fondaient en une seule, toute bête et désarmée. Quelquefois, il la bluffait.

Ce jour-là par exemple... Le coup de la voiture, de la sieste, du marché bonasse et tout, c'était pas mal, mais le plus fort vint après.

Le plus fort, c'est quand il s'arrêta à l'entrée du village et se retourna :

– Mémé, tu devrais marcher un peu et finir à pied avec Camille... Nous on va ouvrir la maison pendant ce temps-là...

Coup de génie.

Car il fallait la voir, la petite mère en chaussons molletonnés agrippée au bras de sa canne de jeunesse, celle qui s'éloignait du bord depuis des mois en s'enfonçant dans la vase, comme elle avançait tout doucement d'abord, tout doucement pour ne pas glisser, puis relevait la tête, levait les genoux et desserrait son étreinte...

Il fallait voir cela pour peser des mots aussi niais que *bonheur* ou *béatitude*. Ce visage soudain radieux, ce port de reine, ses petits coups de menton aux voilages furtifs et ses commentaires implacables sur l'état des jardinières et des pas de portes...

Comme elle marchait vite tout à coup, comme le sang lui revenait avec les souvenirs et l'odeur du goudron tiède...

– Regarde, Camille, c'est ma maison. C'est elle.

Camille s'immobilisa.

– Ben quoi? Qu'est-ce que tu as?

– C'est... c'est votre maison?

– Pardi oui! Ouh regarde-moi ce fouillis... Rien n'a été taillé... Quelle misère...

– On dirait la mienne...

– Pardon?

La sienne, pas celle de Meudon où ses parents se griffaient le visage, mais celle qu'elle se dessinait depuis qu'elle était en âge de tenir un feutre. Sa petite maison imaginaire, l'endroit où elle se réfugiait avec ses rêves de poules et de boîtes en fer blanc. Sa Polly Pocket, son camping-car de Barbie, son nid des Marsupilamis, sa maison bleue accrochée à la colline, son Tara, sa ferme africaine, son promontoire dans les montagnes...

La maison de Paulette était une petite bonne femme carrée qui se haussait du col et vous accueillait les mains bien calées sur les hanches avec l'air entendu des fausses mijaurées. Celles qui baissent les yeux et font les modestes alors que tout en elles suinte le contentement et la bonne satisfaction.

La maison de Paulette était une grenouille qui avait voulu devenir aussi grosse que le bœuf. Une petite bicoque de garde-barrière qui n'avait pas eu peur de rivaliser avec Chambord et Chenonceaux.

Rêves de grandeur, petite paysanne vaniteuse et fière disant :

– Regardez bien ma sœur. Est-ce assez, dites-moi. Mon toit d'ardoises avec ce tuffeau blanc qui rehausse les encadrements de la porte et des fenêtres, j'y suis, n'est-ce point ?

– Nenni.

– Ah bon ? Et mes deux lucarnes-là ? Elles sont jolies mes lucarnes ouvragées en pierre de taille ?

– Point du tout.

– Point du tout ? Et la corniche ? C'est un compagnon qui me l'a taillée !

– Vous n'en approchez point ma chère.

La chétive pécore se vexa si bien qu'elle se couvrit de treille, se farda de pots de fleurs dépareillés et poussa le dédain jusqu'à se piercer un fer à cheval au-dessus de la porte. Tatata, elles n'avaient pas ça les Agnès Sorel et autres dames de Poitiers !

La maison de Paulette *existait*.

Elle n'avait pas envie d'entrer, elle voulait voir son jardin. Quelle misère... Tout est fichu... Du chiendent partout... Et puis c'est l'époque où il faudrait semer... Les choux, les carottes, les fraises, les poireaux... Toute cette bonne terre aux pissenlits... Quelle misère... Heureusement que j'ai mes fleurs... Enfin, là c'est encore un peu tôt... Où sont les narcisses ? Ah ! les voilà ! Et mes crocus ? Et ça, regarde, Camille, penche-toi comme c'est joli... Je ne les vois pas mais ils doivent être quelque part par là...

– Les petites bleues ?

– Oui.

– Comment elles s'appellent ?

– Muscari... Oh... gémit-elle.

– Quoi ?

– Eh bien, il faudrait les diviser…

– Pas de problème! On s'en occupera demain! Vous m'expliquerez…

– Tu ferais ça?

– Bien sûr! Et vous verrez que je serai plus studieuse qu'en cuisine!

– Et des pois de senteur aussi… Il faudrait en mettre… C'était la fleur préférée de ma mère…

– Tout ce que vous voudrez…

Camille tâta son sac. C'est bon, elle n'avait pas oublié ses couleurs…

On roula le fauteuil au soleil et Philibert l'aida à s'asseoir. Trop d'émotions.

– Regarde, mémé! Regarde qui est là?

Franck se tenait sur le perron, un grand couteau dans une main et un chat dans l'autre.

– Finalement, je crois que je vais vous faire du lapin!

Ils sortirent les sièges et pique-niquèrent en manteau. Au dessert, on se déboutonna et, les yeux clos, la tête en arrière et les jambes loin devant, on inspira du bon soleil de campagne.

Les oiseaux chantaient, Franck et Philibert se chamaillaient :

– Je te dis que c'est un merle…

– Non, un rossignol.

– Un merle!

– Un rossignol! Merde, c'est chez moi ici! Je les connais!

– Arrête, soupira Philibert, tu étais toujours en train de trafiquer des mobylettes, comment pouvais-tu les entendre? Alors que moi, qui lisais en silence, j'ai eu tout le loisir de me familiariser avec leurs dialectes… Le merle roule alors que le chant du rouge-gorge s'apparente à de petites gouttes d'eau qui tombent… Et là, je te promets que c'est un merle… Entends comme ça roule… C'est Pavarotti qui fait ses vocalises…

– Mémé… C'est quoi?

Elle dormait.

– Camille… C'est quoi?

– Deux pingouins qui me gâchent le silence.

– Très bien… Puisque c'est comme ça… Viens mon Philou, je t'emmène à la pêche.

– Ah? Euh… C'est que je… Je ne suis pas très doué, je…je m'emmêle tou…toujours…

Franck riait.

– Viens mon Philou, viens. Viens me parler de ton amoureuse que je t'explique où est le moulinet…

Philibert fit les gros yeux à Camille.

– Hé! J'ai rien dit, moi! se défendit-elle.

– Mais non, c'est pas elle. C'est mon petit doigt…

Le grand Croquignol avec son nœud pap' et son monocle et le petit Filochard avec son bandeau de pirate, s'éloignèrent bras dessus, bras dessous…

– Alors, dis-moi mon gars, dis à tonton Franck ce que t'as comme appât… Très important l'appât, tu sais? Parce que c'est pas con ces bêtes-là… Oooh, nooon… C'est pas con du tout…

Quand Paulette se réveilla, elles firent le tour du hameau en voiture à bras puis Camille la força à prendre un bain pour la réchauffer.

Elle se mordait les joues.

Tout cela n'était pas très raisonnable…

Passons.

Philibert fit du feu et Franck prépara le dîner.

Paulette se coucha tôt et Camille les dessina en train de jouer aux échecs.

– Camille ?

– Mmm...

– Pourquoi tu dessines tout le temps ?

– Parce que je sais rien faire d'autre...

– Et là ? Tu fais qui ?

– Le Fou et le Cavalier.

Il fut décidé que les garçons dormiraient dans le canapé et Camille dans le petit lit de Franck.

– Euh... rétorqua Philibert, ne vaudrait-il pas mieux que Camille, hum, prenne le grand lit, hum...

Ils le regardèrent en souriant.

– Je suis myope certes, mais pas à ce point tout de même...

– Non, non, répliqua Franck, elle va dans ma chambre... On fait comme tes cousins... Jamais avant le mariage...

C'est parce qu'il voulait dormir avec elle dans son lit d'enfant. Sous ses posters de foot et ses coupes de moto-cross. Ce ne serait pas très confortable ni très romantique mais c'était la preuve que la vie était une bonne fille malgré tout.

Il s'était tellement ennuyé dans cette chambre... Tellement ennuyé...

Si on lui avait dit qu'un jour il ramènerait une princesse ici et qu'il s'allongerait, là, à côté d'elle, dans ce petit lit en laiton où il y avait un trou autrefois, où il se perdait enfant et où il se frottait ensuite en rêvant à des créatures tellement moins jolies qu'elle... Il n'y aurait jamais cru... Lui, le boutonneux avec ses grands pieds et sa cassolette de bronze au-dessus de la tête... Non, ce n'était pas gagné d'avance, cette affaire...

Oui, la vie était une drôle de cuisinière... Des années en chambre froide et tac! du jour au lendemain, sur le gril mon gars!

– À quoi tu penses? demanda Camille
– À rien... Des conneries... Ça va, toi?
– J'arrive pas à croire que t'aies grandi ici...
– Pourquoi?
– Pff... C'est tellement paumé... C'est même pas un village, c'est... C'est rien... Que des petites maisons avec des petits vieux aux fenêtres... Et cette baraque, là... Où rien n'a changé depuis les années 50... J'avais jamais vu une cuisinière comme ça... Et le poêle qui prend toute la place! Et les cabinets dans le jardin! Comment un enfant peut-il s'épanouir ici? Comment t'as fait? Comment t'as fait pour t'en sortir?
– Je te cherchais...
– Arrête... Pas de ça, on a dit...
– *Tu* as dit...
– Allez...
– Tu sais bien comment j'ai fait, t'as connu la même chose... Sauf que moi, j'avais la nature... J'ai eu cette chance... J'étais tout le temps dehors... Et Philou a beau dire ce qu'il veut, c'était un rossignol. Je le sais, c'est mon pépé qui me l'a dit et mon pépé c'était la pie qui chante... Il avait pas besoin d'appeaux, lui...
– Et comment tu fais pour vivre à Paris?
– Je ne vis pas...
– Il n'y a pas de travail par ici?

– Non. Rien d'intéressant. Mais si j'ai des gosses un jour, je te jure que je les laisserai pas pousser au milieu des voitures, ça non... Un enfant qu'a pas une paire de bottes, une canne à pêche et un lance-pierre, c'est pas un vrai. Pourquoi tu souris?

– Rien. Je te trouve mignon.

– J'aimerais mieux que tu me trouves autre chose...

– T'es jamais content.

– T'en voudras combien?

– Pardon?

– Des gamins?

– Hé... râla-t-elle. Tu le fais exprès ou quoi?

– Attends, mais je te dis ça, c'est pas forcément avec moi!

– J'en veux pas.

– Ah bon? fit-il déçu.

– Non.

– Pourquoi?

– Parce que.

Il l'attrapa par le cou et la ramena de force tout près de son oreille.

– Dis-moi...

– Non.

– Si. Dis-moi. Je le répéterai à personne...

– Parce que si je meurs, je veux pas qu'il reste tout seul...

– T'as raison. C'est pour ça qu'il faut en faire plein... Et puis tu sais...

Il la serrait encore plus fort.

– Tu vas pas mourir, toi... T'es un ange... et les anges ça meurt jamais...

Elle pleurait.

– Ben alors?

– Nan, rien... C'est parce que je vais avoir mes règles... À chaque fois, c'est pareil... Ça me plombe de partout et je pleure pour un oui ou pour un non...

Elle souriait dans sa morve :
– Tu vois que je suis pas un ange…

5

Ils étaient dans le noir depuis longtemps, inconfortables et enlacés, quand Franck lâcha :

– Y a un truc qui me chiffonne, là...

– Quoi ?

– T'as une sœur, non ?

– Oui...

– Pourquoi tu la vois pas ?

– Je ne sais pas.

– C'est débile, ça ! Il faut que tu la voies !

– Pourquoi ?

– Parce que ! C'est super d'avoir une sœur ! Moi j'aurais tout donné pour avoir un frangin ! Tout ! Même mon biclou ! Même mes coins de pêche top secrets ! Même mes extra balls de flipper ! Comme dans la chanson, tu sais... Les paires de gant, les paires de claques...

– Je sais... J'y ai pensé à un moment mais je n'ai pas osé...

– Pourquoi ?

– À cause de ma mère peut-être...

– Arrête avec ta mère... Elle t'a fait que du mal... Sois pas maso... Tu lui dois rien, tu sais ?

– Bien sûr que si.

– Bien sûr que non. Quand ils se tiennent mal, on n'est pas obligé d'aimer ses parents.

– Bien sûr que si.

– Pourquoi ?

– Ben parce que ce sont tes parents justement...

– Pff... C'est pas dur d'être parents, y suffit de baiser. C'est après que ça se complique... Moi par exemple, je vais pas aimer une femme sous prétexte qu'elle s'est fait mettre dans un parking... J'y peux rien...

– Mais moi, c'est pas pareil...

– Nan, c'est pire. Dans quel état tu reviens à chaque fois que tu la vois... C'est affreux. T'as le visage tout...

– Stop. J'ai pas envie d'en parler.

– OK, OK, juste un dernier truc. T'es pas obligée de l'aimer. C'est tout ce que j'ai à dire. Tu vas me répondre que je suis comme ça à cause de mon malus et t'aurais raison. Mais c'est justement parce que j'ai déjà parcouru ce chemin-là que je te le montre : on n'est pas obligé d'aimer ses parents quand ils se comportent comme des grosses merdes, c'est tout.

– ...

– T'es fâchée?

– Non.

– Excuse-moi.

– ...

– T'as raison. Toi, c'est pas pareil... Elle s'est toujours occupée de toi quand même... Mais elle ne doit pas t'empêcher de voir ta sœur si tu en as une... Franchement, elle ne vaut pas ce sacrifice-là...

– Non...

– Non.

6

Le lendemain, Camille jardina selon les instructions de Paulette, Philibert s'installa au fond du jardin pour écrire et Franck leur prépara une salade délicieuse.

Après le café, c'est lui qui s'endormit sur la chaise longue. Ouh, qu'il avait mal au dos...

Il allait commander un matelas pour la prochaine fois. Pas deux nuits comme ça... Oh non... La vie était bonne fille mais ce n'était pas la peine de prendre des risques idiots... Oh non...

Ils revinrent tous les week-ends. Avec ou sans Philibert. Plutôt avec.

Camille – elle le savait depuis toujours – était en train de devenir une pro du jardinage.

Paulette calmait ses ardeurs :

– Non. On ne peut pas planter ça! Rappelle-toi qu'on ne vient qu'une fois par semaine. Il nous faut du costaud, du vivace... Des lupins si tu veux, des phlox, des cosmos... C'est très joli, ça, les cosmos... Tout légers... Ça te plairait, tiens...

Et Franck, par l'intermédiaire du beau-frère du collègue de la sœur du gros Titi se dégota une vieille moto pour aller au marché ou dire bonjour à René...

Il avait donc tenu trente-deux jours sans bécane et se demandait encore comment il avait fait...

Elle était vieille, elle était moche mais elle pétaradait du tonnerre :

– Écoutez-moi ça, leur criait-il depuis l'appentis où il échouait quand il n'était pas en cuisine, écoutez-moi cette merveille !

Tous levèrent mollement la tête de leurs semis ou de leur livre.

«Pêêêêt pet pet pet pet»

– Alors ? C'est dingue non ? On dirait une Harley !

Mouaif... Ils retournèrent à leurs distractions sans se fendre du moindre commentaire...

– Pff...Vous comprenez rien...

– Qui c'est ça, Arlette ? demanda Paulette à Camille

– Arlette Davidson... Une super chanteuse...

– Connais pas.

Philibert inventa un jeu pour les trajets. Chacun devait apprendre quelque chose aux autres dans l'idée de transmettre un savoir.

Philibert aurait été un excellent professeur...

Un jour, Paulette leur raconta comment prendre des hannetons :

– Au matin, quand ils sont encore engourdis par la froideur de la nuit et qu'ils sont immobiles sur leurs feuilles, on secoue les arbres où ils se tiennent, on remue les branches avec une gaule et on les recueille sur une toile. On les pilonne, on les recouvre de chaux et on les met dans une fosse, ça fait du très bon compost azoté... Et ne pas oublier de se couvrir la tête !

Un autre jour, Franck leur découpa un veau :

– Bon, les morceaux de première catégorie d'abord : la

noix, la sous-noix, la noix pâtissière, la culotte, la longe, le filet mignon, le carré couvert, c'est-à-dire les cinq côtes premières et les trois côtes secondes, le carré découvert et l'épaule. De deuxième catégorie à présent : la poitrine, les tendrons et le flanchet. De troisième catégorie enfin : la crosse, le jarret et… Ah, putain, y m'en manque un…

Philibert, lui, donnait des cours de rattrapage à ces mécréants qui ne savaient rien d'Henri IV à part sa poule au pot, son Ravaillac et sa célèbre bite dont *il ignoroit qu'elle ne fut point un os*…

– Henri IV est né à Pau en 1553 et est mort à Paris en 1610. Il est le fils d'Antoine de Bourbon et de Jeanne d'Albret. Une de mes lointaines cousines entre parenthèses. En 1572, il épouse la fille d'Henri II, Marguerite de Valois, une cousine de ma mère, elle. Chef du parti calviniste, il abjurera le protestantisme pour échapper à la Saint-Barthélemy. En 1594, il se fait sacrer à Chartres et entre dans Paris. Par l'Édit de Nantes en 1598, il rétablit la paix religieuse. Il était très populaire. Je vous passe toutes ses batailles, vous vous en fichez bien, j'imagine… Mais il est important de se souvenir qu'il fut entouré, entre autres, de deux grands hommes : Maximilien de Béthune, duc de Sully, qui assainit les finances du pays et Olivier de Serres qui fut une bénédiction pour l'agriculture de l'époque…

Camille, elle, ne voulait rien raconter.
– Je ne sais rien, disait-elle et ce que je crois, je n'en suis pas sûre…
– Parle-nous de peintres ! l'encouragèrent-ils. De mouvements, de périodes, de tableaux célèbres, ou même de ton matos si tu veux !

– Non, je sais pas dire, tout ça... J'aurais trop peur de vous tromper...

– C'est quoi ta période préférée?

– La Renaissance.

– Pourquoi?

– Parce que... Je ne sais pas... Tout est beau. Partout... Tout...

– Tout quoi?

– Tout.

– Bon... plaisanta Philibert, merci. C'était on ne peut plus concis. Pour ceux qui voudraient en savoir plus, je tiens à signaler que l'*Histoire de l'Art* d'Élie Faure se trouve dans nos water-closets derrière le spécial Enduro 2003.

– Et dis-nous qui tu aimes... ajouta Paulette.

– Comme peintres?

– Oui.

– Euh... Dans n'importe quel ordre, alors... Rembrandt, Dürer, Vinci, Mantegna, Le Tintoret, La Tour, Turner, Bonington, Delacroix, Gauguin, Vallotton, Corot, Bonnard, Cézanne, Chardin, Degas, Bosch, Vélasquez, Goya, Lotto, Hiroshige, Piero della Francesca, Van Eyck, les deux Holbein, Bellini, Tiepolo, Poussin, Monet, Chu Ta, Manet, Constable, Ziem, Vuillard euh... C'est horrible, je dois en oublier plein...

– Et tu ne peux pas nous dire quelque chose sur l'un de ces types?

– Non.

– Au hasard... Bellini... Pourquoi tu l'aimes celui-là?

– À cause de son portrait du doge Leonardo Loredan...

– Pourquoi?

– Je ne sais pas... Il faut aller à Londres, à la National Gallery si je me souviens bien, et regarder ce tableau pour avoir la certitude que l'on est... C'est... C'est... Non, j'ai pas envie de mettre mes grosses paluches là-dessus...

– Bon… se résignèrent-ils, ce n'est qu'un jeu après tout…
On ne va pas t'obliger…

– Ah! Je sais ce qui me manquait! exulta Franck, le
collier bien sûr! Ou collet, c'est comme on veut… On met
ça dans la blanquette…

Là Camille se dédoublait, c'est clair.

Un lundi soir pourtant, dans les embouteillages après le
péage de Saint-Arnoult, alors qu'ils étaient tous fatigués et
ronchons, elle déclara soudain :
– J'ai trouvé!
– Pardon?
– Mon savoir! Mon seul savoir que j'aie! En plus, je le
connais par cœur depuis des années!
– Vas-y, on t'écoute…
– C'est Hokusaï, un dessinateur que j'adore… Vous
savez, la vague? Et les vues du Mont Fuji? Mais siiiii… La
vague turquoise bordée d'écume? Alors lui… Quelle
merveille… Si vous saviez tout ce qu'il a fait, c'est inimagi-
nable…

– C'est tout? À part «Quelle merveille…» T'as rien
d'autre à ajouter?
– Si, si… Je me concentre…

Et dans la pénombre de cette banlieue sans surprise,
entre un Usine Center à gauche et une Foirfouille à droite,
entre le gris de la ville et l'agressivité du troupeau qui rentrait au bercail, Camille prononça lentement ces quelques
mots :

Depuis l'âge de six ans, j'avais la manie de dessiner la forme des objets.

Vers cinquante ans, j'avais publié une infinité de dessins, mais tout ce que j'avais produit avant l'âge de soixante-dix ans ne vaut pas la peine d'être compté.

C'est à l'âge de soixante-trois ans que j'ai compris peu à peu la structure de la nature vraie, des animaux, des arbres, des oiseaux et des insectes.

Par conséquent, à l'âge de quatre-vingts ans, j'aurais fait encore plus de progrès ; à quatre-vingt-dix ans, je pénétrerai le mystère des choses ; à cent ans, je serai décidément parvenu à un degré de merveille et quand j'aurai cent dix ans, chez moi, soit un point, soit une ligne, tout sera vivant.

Je demande à ceux qui vivront autant que moi de voir si je tiens ma parole.

Écrit à l'âge de soixante-quinze ans par moi, Hokusaï, le vieillard fou de peinture.

« *Soit un point, soit une ligne, tout sera vivant...* » répéta-t-elle.

Chacun ayant probablement trouvé là de quoi alimenter son pauvre moulin, la fin du trajet demeura silencieuse.

7

Pour Pâques, ils furent invités au château.
Philibert était nerveux.
Il avait peur de perdre un peu de son prestige…

Il vouvoyait ses parents, ses parents le vouvoyaient et se vouvoyaient entre eux.
– Bonjour, Père.
– Ah, vous voilà, mon fils… Isabelle, allez prévenir votre mère, je vous prie… Marie-Laurence, vous savez où se trouve la bouteille de whisky? Impossible de remettre la main dessus…
– Priez saint Antoine, mon ami!
Au début, ça leur faisait bizarre et puis ils n'y firent plus attention.

Le dîner fut laborieux. Le marquis et la marquise leur posaient des tas de questions mais n'attendaient pas leur réponse pour les juger. En plus, c'était des questions un peu chaudes, du genre :
– Et que fait votre père?
– Il est mort.
– Ah, pardon.
– Je vous en prie…
– Euh… Et le vôtre?
– Je ne l'ai pas connu…
– Très bien… Vous… Vous reprendrez un peu de macédoine peut-être?

– Non merci.

Convoi d'anges dans la salle à manger lambrissée…

– Et donc vous… Vous êtes cuisinier, n'est-ce pas ?
– Eh, oui…
– Et vous ?

Camille se tourna vers Philibert.

– C'est une artiste, répondit-il à sa place.
– Une artiste ? Comme c'est pittoresque ! Et vous… Vous en vivez ?
– Oui. Enfin… Je… Je crois…
– Comme c'est pittoresque… Et vous vivez dans le même immeuble, c'est cela ?
– Oui. Juste au-dessus.
– Juste au-dessus, juste au-dessus…

Il cherchait mentalement dans le disque dur de son bottin mondain.

– … vous êtes donc une petite Roulier de Mortemart !

Camille paniquait.

– Euh… Je m'appelle Fauque…

Elle sortit tout ce qu'elle avait en magasin :

– Camille, Marie, Élisabeth Fauque

– Fauque ? Comme c'est pittoresque… J'ai connu un Fauque autrefois… Un très brave homme, ma foi… Charles, je crois… Un parent à vous, peut-être ?
– Euh… Non…

Paulette n'ouvrit pas la bouche de la soirée. Pendant plus de quarante ans, elle avait servi à table chez des gens de cet acabit et elle était trop mal à l'aise pour mettre son grain de sel sur leur nappe brodée.

Le café fut laborieux lui aussi…

Cette fois, c'est Philou qui prit sa place dans le ball-trap :

– Alors, mon fils? Toujours dans les cartes postales?

– Toujours, père...

– Passionnant, n'est-ce pas?

– Je ne vous le fais pas dire...

– Ne soyez pas ironique, je vous prie... L'ironie est la parade des cancres, ce n'est pas faute de vous l'avoir répété, il me semble...

– Oui, père... *Citadelle* de Saint-Ex...

– Pardon?

– Saint-Exupéry.

L'autre ravala son cachou.

Quand enfin, ils purent quitter cette pièce glauque où tous les animaux du coin étaient empaillés au-dessus de leurs têtes, même un faon putain, même Bambi, Franck porta Paulette jusqu'à sa chambre. «Comme une jeune mariée», lui chuchota-t-il à l'oreille et il secoua tristement la tête quand il comprit qu'il allait dormir à mille milliards de kilomètres de ses princesses, deux étages plus haut.

Il s'était retourné et tripotait une patte de sanglier tressée pendant que Camille la déshabillait.

– Nan, mais j'y crois pas... Vous avez vu comme on a mal bouffé? C'est quoi ce délire? C'était dégueulasse! Jamais j'oserais servir un truc pareil à mes hôtes! Dans ce cas-là, il vaut mieux faire une omelette ou des panzani!

– Ils n'ont peut-être pas les moyens?

– Putain mais tout le monde a les moyens de faire une bonne omelette baveuse, non? Je comprends pas, là... Je comprends pas... Bouffer de la merde avec des couverts en argent massif et servir une infâme piquette dans une carafe en cristal, je dois être con mais y a un truc qui m'échappe... En vendant un seul de leurs quarante-douze chandeliers ils auraient de quoi bouffer convenablement pendant un an...

– Ils ne voient pas les choses de cette manière, j'imagine... L'idée de vendre un seul cure-dent de famille doit leur sembler aussi incongrue que ne le serait pour toi celle de servir de la macédoine en boîte à tes invités...

– Putain, c'était même pas de la bonne en plus ! J'ai vu la boîte vide dans la poubelle... C'était du Leader Price ! T'y crois, toi ? Habiter dans un château pareil avec des douves, des lustres, des milliers d'hectares et tout le bordel et bouffer du Leader Price ! Je comprends pas, là... Se faire appeler *monsieur le marquis* par le garde et te foutre de la mayo en tube sur de la macédoine de pauvre, je te jure, j'imprime pas...

– Allez, calme-toi... C'est pas si grave...

– Si, c'est grave, putain ! Si, c'est grave ! Qu'est-ce que ça veut dire transmettre le patrimoine à tes gamins quand t'es même pas capable de leur parler gentiment ! Nan, mais t'as vu comment il lui parle à mon Philou ? T'as vu sa petite lèvre qui se rebique, là... «Toujours dans les cartes postales, mon fils ?» sous-entendu «mon gros con de fils ?» Je te jure, j'avais trop envie de lui foutre un coup de boule... C'est un dieu mon Philou, c'est le plus merveilleux être humain que j'aie jamais rencontré de ma vie et l'autre qui lui chie dessus, ce crétin...

– Putain, Franck, cesse de jurer bordel, se désola Paulette.

Scotché, le roturier.

– Pff... En plus je dors à Cacahouette-les-Bains... Hé, je vous préviens que j'y vais pas à la messe demain, moi ! Tttt, rendre grâce pour quoi d'abord ? Que ce soit toi, Philou ou moi, on aurait mieux fait de se rencontrer dans un orphelinat, tiens...

– Oh, oui ! Dans la maison de mademoiselle Pony !

– De quoi ?

– Rien.

– T'y vas à la messe, toi?

– Oui, j'aime bien…

– Et toi, mémé?

– …

– Toi tu restes avec moi. On va leur montrer ce que c'est qu'un bon repas à ces ploucs… Puisqu'ils ont pas les moyens, on va les nourrir, nous!

– Je ne suis plus bonne à grand-chose, tu sais…

– La recette de ton pâté de Pâques tu t'en souviens?

– Bien sûr.

– Eh ben, ça va pas traîner, je te le dis! À la lanterne, les aristos! Bon, j'y vais sinon je vais me retrouver au cachot, moi…

Et le lendemain, quelle ne fut pas la surprise de Mârie-Lôrance quand elle descendit dans sa cuisine à huit heures. Franck était déjà revenu du marché et orchestrait son invisible valetaille.

Elle était estomaquée :

– Mon Dieu, mais…

– Tout va très bien Mada-meu la Marquise. Tout va très bien, très bien, trrrès bien! chantait-il en ouvrant tous les placards. Ne vous occupez de rien, je prends le déjeuner en main…

– Et… Et mon gigot?

– Je l'ai mis au congélateur. Dites-moi, vous n'auriez pas un chinois par hasard?

– Pardon?

– Non rien. Une passoire peut-être?

– Euh… Oui, là, dans ce placard…

– Oh! Mais c'est formidable! s'extasia-t-il en soulevant l'engin auquel il manquait un pied. Elle est de quelle époque celle-là? Fin du XIIe je dirais, non?

Ils arrivèrent affamés et de bonne humeur, Jésus était revenu parmi eux, et s'installèrent autour de la table en se léchant les babines. Oups, Franck et Camille se relevèrent prestement. Ils avaient encore oublié le bénédicité...

Le paterfamilias se racla la voix :

– Bénissez-nous, Seigneur, bénissez ce repas et ceux qui l'ont préparé (clin d'œil de Philou à son marmiton) et bla bla bla et procurez du pain à ceux qui n'en ont pas...

– Amen, répondit la brochette d'adolescentes en se trémoussant.

– Puisque c'est comme ça, ajouta-t-il, nous allons faire honneur à ce merveilleux repas... Louis, allez me chercher deux bouteilles de l'oncle Hubert, s'il vous plaît...

– Oh, mon ami, vous êtes sûr ? s'inquiéta sa douce.

– Mais oui, mais oui... Et vous, Blanche, cessez de coiffer votre frère, nous ne sommes pas dans un salon de beauté que je sache...

On leur servit des asperges avec une sauce mousseline à tomber par terre puis vint le pâté de Pâques AOC Paulette Lestafier, puis un carré d'agneau rôti accompagné de tians de tomates et courgettes à la fleur de thym, puis une tarte aux fraises et fraises des bois avec sa chantilly maison.

– Et montée à l'huile de coude, s'il vous plaît...

Rarement on ne fut plus heureux autour de cette table à douze rallonges et jamais on ne rit de si bon cœur. Au bout de quelques verres, le marquis tomba la lavallière et raconta d'abracadabrantes histoires de chasse où il n'avait pas toujours le beau rôle... Franck était souvent en cuisine et Philibert assurait le service. Ils étaient parfaits.

– Ils devraient travailler ensemble… murmura Paulette à Camille, le petit bouillonnant aux fourneaux et le grand courtois en salle, ce serait épatant…

Ils prirent le café sur le perron et Blanche apporta de nouvelles mignardises avant de revenir s'asseoir sur les genoux de Philibert.

Ouf… Franck se posa enfin. Après un service comme celui-ci, il aurait bien aimé s'en rouler un petit mais hum… Il taxa plutôt Camille…

– C'est quoi ça ? lui demanda-t-elle en avisant la corbeille sur laquelle tout le monde se jetait.

– Des pets-de-nonne, ricana-t-il, c'était plus fort que moi, j'ai pas pu m'en empêcher…

Il descendit d'une marche et s'adossa contre les jambes de sa belle.

Elle posa son carnet sur sa tête.

– T'es pas bien là ? lui demanda-t-il.

– Très bien.

– Eh ben, tu devrais y réfléchir ma grosse…

– À quoi ?

– À ça. À comment on est, là maintenant…

– Je comprends rien… Tu veux que je t'épouille ?

– Ouais… Épouille-moi et je te ferai plein de billous.

– Franck… soupira-t-elle.

– Mais nan, c'était un truc symbolique ! Que je me reposais sur toi et que tu pouvais travailler sur moi. Un truc dans le genre, tu vois…

– T'es grave…

– Ouais… Tiens, je vais aiguiser mes couteaux, pour une fois que j'ai le temps… Je suis sûr qu'il y a ce qu'il faut ici…

On fit le tour du domaine en fauteuil roulant et l'on se quitta sans effusions déplacées. Camille leur offrit leur château à l'aquarelle et à Philibert, le profil de Blanche.

– Tu donnes tout, toi… Tu ne seras jamais riche…

– Pas grave.

Tout au bout de l'allée bordée de peupliers, il se frappa le front :

– Caramba ! J'ai oublié de les prévenir…

Pas de réaction dans l'habitacle.

– Caramba ! J'ai oublié de les prévenir… répéta-t-il plus fort.

– Hein ?

– De quoi ?

– Oh, rien… Un petit détail…

Bon.
Re-silence.

– Franck et Camille ?

– On sait, on sait… Tu vas nous remercier parce que t'as vu ton père rigoler pour la première fois depuis la chute du vase de Soissons…

– Pas…pas du tout.

– Qu'est-ce qu'y a ?

– À…acceptez-vous d'ê…d'être mes té…mes té… mes té

– Tes té quoi ? Tes têtards ?

– Non. Mes té…

– Tes teckels ?

– N…non, mes té…té…

– Tes quoi ? Putain !

– Mes té…moinsdemariage ?

La voiture pila et Paulette se mangea l'appuie-tête.

Il ne voulut pas leur en dire davantage.

– Je vous préviendrai quand j'en saurai plus...

– Hein ? Mais euh... Rassure-nous... T'as une copine au moins ?

– Une côpine, s'indigna-t-il, jamais de la vie ! Une côpine... Quel vilain mot... Une fiancée, mon cher...

– Mais euh... Elle le sait, elle ?

– Pardon ?

– Que vous êtes fiancés ?

– Pas encore... avoua-t-il en piquant du nez.

Franck soupira :

– Je vois le travail... Du pur concentré de Philou, ça... Bon, ben... T'attends pas la veille pour nous inviter, hein ? Que j'aie le temps de m'acheter un beau costard quand même...

– Et moi une robe ! ajouta Camille.

– Et moi un chapeau... répliqua Paulette.

Les Kessler vinrent dîner un soir. Ils firent le tour de l'appartement en silence. Deux vieux bobos sur le cul... Un spectacle très jouissif en vérité.

Franck n'était pas là et Philibert fut exquis.

Camille leur montra son atelier. Paulette s'y trouvait dans toutes les positions, toutes les techniques et tous les formats. Un temple à sa gaieté, à sa douceur et aux remords et aux souvenirs qui lui fissuraient le visage quelquefois...

Mathilde était troublée et Pierre confiant :
– C'est bien ça ! C'est très bien ! Avec la canicule de l'été dernier, le vieux est devenu très tendance, tu sais ? Ça va marcher... J'en suis sûr.

Camille était accablée.

A-cca-blée.

– Laisse... ajouta sa femme, c'est de la provocation... Il est ému ce petit bonhomme...
– Oh ! Et ça ! C'est sublime ça !
– Ce n'est pas fini...
– Tu me le gardes hein ? Tu me le réserves ?
Camille acquiesça.

Mais non. Elle ne lui donnerait jamais parce que ce ne serait jamais fini et ce ne serait jamais fini parce que son modèle ne reviendrait jamais... Elle le savait...

Tant pis.

Tant mieux.

Cette esquisse ne la quitterait donc plus... Elle n'était pas finie... Elle resterait en suspens... Comme leur impossible amitié... Comme tout ce qui les séparait ici-bas...

C'était un samedi matin, il y a quelques semaines... Camille travaillait. Elle n'avait même pas entendu le carillon de la sonnette quand Philibert toqua à sa porte :

– Camille ?

– Oui ?

– La... La Reine de Saba est ici... Dans mon salon...

Mamadou était magnifique. Elle avait mis son plus beau boubou et tous ses bijoux. Ses cheveux étaient épilés jusqu'aux deux tiers de son crâne et elle portait un petit fichu assorti à son pagne.

– Je te l'avais dit que je viendrais mais il faut te dépêcher parce que je vais à un mariage dans ma famille à quatre heures... C'est là que tu habites alors ? C'est là que tu travailles ?

– Je suis tellement contente de te revoir !

– Allez... Perds pas deu temps, je te dis...

Camille l'installa bien confortablement.

– Voilà. Tiens-toi droite.

– Mais je me tiens toujours droite d'a-bord !

Au bout de quelques croquis, elle posa son crayon sur son bloc :

– Je ne peux pas te dessiner si je ne sais pas comment tu t'appelles...

L'autre leva la tête et soutint son regard avec un dédain magnifique :

– Je m'appelle Marie-Anastasie Bamundela M'Bayé.

Marie-Anastasie Bamundela M'Bayé ne reviendrait jamais dans ce quartier habillée en reine de Diouloulou, le village de son enfance, Camille en avait la certitude. Son portrait ne serait jamais fini et il ne serait jamais pour Pierre Kessler qui était bien incapable de deviner la petite Bouli dans les bras de cette «belle négresse»...

À part ces deux visites, à part une fête où ils se rendirent tous les trois pour fêter les trente ans d'un collègue de Franck et où Camille se déchaîna en hurlant j'ai plus d'appétiiiiit qu'un barra-couda, ba ra cou daaaa, il ne se passa rien d'extraordinaire.

Les journées s'allongeaient, le Sunrise se culottait, Philibert répétait, Camille travaillait et Franck perdait chaque jour un peu plus confiance en lui. Elle l'aimait bien mais ne l'aimait pas, elle s'offrait mais ne se donnait pas, elle essayait pourtant mais n'y croyait pas.

Un soir, il découcha. Pour voir.
Elle ne fit aucun commentaire.
Puis un deuxième, puis un troisième. Pour boire.
Il dormait chez Kermadec. Seul la plupart du temps, avec une fille un soir de mort subite.
Il la fit jouir et lui tourna le dos.
– Eh ben?
– Laisse-moi.

10

Paulette ne marchait presque plus et Camille évitait désormais de lui poser des questions. Elle la retenait autrement. Dans la lumière du jour ou sous l'auréole des lampes. Certains jours elle n'était pas là et d'autres elle pétait la forme. C'était épuisant.

Où s'arrêtait le respect de l'autre et où commençait la notion de non-assistance à personne en danger? Cette question la taraudait et, à chaque fois qu'elle se relevait la nuit, bien décidée à prendre rendez-vous chez un médecin, la vieille dame se réveillait guillerette et fraîche comme une rose...

Et Franck qui ne parvenait plus à soutirer à l'une de ses anciennes conquêtes laborantine ses médicaments sans ordonnance...

Elle ne prenait plus rien depuis des semaines...

Le soir du spectacle de Philibert par exemple, elle n'était pas vaillante et ils durent demander à madame Perreira de lui tenir compagnie...

– Pas de problème! J'ai eu ma belle-mère pendant douze ans à la maison, alors, vous pensez... Les vieux, je sais ce que c'est!

La représentation avait lieu dans une MJC au fin fond de la ligne A du RER.

Ils prirent le Zeus de 19:34, s'assirent l'un en face de l'autre et réglèrent leurs comptes en silence.

Camille regardait Franck en souriant.

Garde-le ton petit sourire de merde, j'en veux pas. C'est tout ce que tu sais donner, toi... Des petits sourires pour embrouiller les gens... Garde-le va, garde-le. Tu finiras toute seule dans ton donjon avec tes crayons de couleur et ce sera bien fait pour ta gueule. Moi, je sens que je fatigue, là... Le ver de terre amoureux d'une étoile, ça va un moment...

Franck regardait Camille en serrant les dents.

Que t'es mignon, toi, quand t'es en colère... Que tu es beau quand tu perds les pédales... Pourquoi je n'arrive pas à me laisser aller avec toi ? Pourquoi je te fais souffrir ? Pourquoi je porte un corset sous ma cuirasse et deux cartouchières en bandoulière ? Pourquoi je bloque sur des détails débiles ? Prends un ouvre-boîte, merde ! Regarde dans ta mallette, je suis sûre que tu as ce qu'il faut pour me laisser respirer...

– À quoi tu penses ? lui demanda-t-il
– À ton nom... J'ai lu l'autre jour dans un vieux dictionnaire qu'un estafier était un grand valet de pied qui suivait un homme à cheval et qui lui tenait l'étrier...
– Ah ?
– Oui.
– Un larbin, quoi...

– Franck Lestafier ?
– Présent.
– Quand tu ne dors pas avec moi, tu dors avec qui ?
– ...
– Tu leur fais les mêmes choses qu'à moi ? ajouta-t-elle en se mordant la lèvre.
– Non.

Ils se donnèrent la main en remontant à la surface.

La main, c'est bien.

Ça n'engage pas trop celui qui la donne et ça apaise beaucoup celui qui la reçoit...

L'endroit était un peu tristoune.

Ça sentait son collier de barbe, ses Fanta tièdes et ses rêves de gloire mal emboutis. Des affiches jaune fluo annonçaient la tournée triomphale de Ramon Riobambo et son orchestre en peau de lama. Camille et Franck prirent leurs billets et n'eurent que l'embarras du choix pour trouver une place...

Peu à peu la salle se remplit tout de même. Ambiance kermesse et patronage. Les mamans s'étaient faites belles et les papas vérifiaient les piles de leur caméscope.

Comme à chaque fois qu'il était énervé, Franck brandouillait du pied. Camille posa sa main sur son genou pour le calmer.

– Savoir que mon Philou va se retrouver tout seul en face de tous ces gens, ça me tue... Je crois que je vais pas supporter... Imagine qu'il ait un trou de mémoire... Imagine qu'y se mette à bégayer... Pff... Il sera encore bon à ramasser à la petite cuillère...

– Chut... Tout va bien se passer...

– S'il y en a un seul qui ricane, je te jure, je lui saute dessus et je le bute...

– Du calme...

– Du calme, du calme! J'aimerais bien t'y voir, toi! T'irais faire le mariole, là, devant tous ces inconnus?

D'abord, ce fut le tour des enfants. Du Scapin, du Queneau, du Petit Prince et de la rue Broca, en voulais-tu, en voilà.

Camille n'arrivait pas à les dessiner, elle s'amusait trop.

Ensuite une grappe d'ados dégingandés en cours de réinsertion expérimentale vinrent raper leur existentialisme en secouant de lourdes chaînes en plaqué or.

– Yô Men, mais qu'est-ce qu'y z'ont sur la tête? s'inquiéta Franck, des collants ou quoi?

Entracte.

Merde. Le Fanta tiède et toujours pas de Philibert à l'horizon...

Quand l'obscurité revint, une fille insensée fit son apparition.

Haute comme trois pommes, elle portait des Converses roses customisées new look, des collants rayés multicolores, une minijupe en tulle vert et un petit blouson d'aviateur recouvert de perles. La couleur de ses cheveux était assortie à celle de ses chaussures.

Une elfe... Une poignée de confettis... Le genre de fofolle émouvante que l'on aimait du premier coup d'œil ou que l'on ne comprendrait jamais.

Camille se pencha et vit que Franck souriait bêtement.

– Bonsoir... Alors euh... Voilà... Je... J'ai beaucoup réfléchi à la façon dont j'allais pouvoir vous présenter le... Le numéro suivant et finalement, j'ai... J'ai pensé que... Le mieux serait encore de...de vous raconter notre rencontre...

– Oh, oh... ça bégaye. C'est pour nous, ça... murmura-t-il

– Alors euh... C'était l'année dernière à peu près...

Elle agitait ses bras dans tous les sens.

– Vous savez que j'anime des ateliers pour les enfants à Beaubourg et euh... Je l'ai repéré parce qu'il était toujours en train de tourner autour de ses tourniquets pour compter et recompter ses cartes postales... À chaque fois que je passais, je m'arrangeais pour le surprendre et ça ne ratait pas : il était en train de recompter ses cartes en gémissant. Que... Comme Chaplin, vous voyez? Avec cette espèce de grâce qui vous prend à la gorge... Quand vous ne savez plus si vous devez rire ou pleurer... Quand vous ne savez plus rien... Quand vous restez, là, toute bête, avec le cœur en aigre-doux... Un jour, je l'ai aidé et je... Je l'ai bien aimé, quoi... Vous aussi, vous verrez... On ne peut pas ne pas l'aimer... Ce garçon, c'est... C'est toutes les lumières de la ville à lui tout seul...

Camille broyait la main de Franck.

– Ah! Encore une chose encore... Quand il s'est présenté la première fois, il m'a dit : «Philibert de la Durbellière» alors, moi, normale, polie, je lui ai répondu pareil, géographiquement : «Suzy... euh... de Belleville...» «Ah! s'est-il exclamé, vous êtes une descendante de Geoffroy de Lajemme de Belleville qui combattit les Habsbourg en 1672?» Ouh là! «Nan, j'ai bafouillé, de...de Belleville de... de Paris quoi...» Eh bien vous savez le pire? Il n'était même pas déçu...

Elle sautillait.

– Alors voilà, tout est là, tout est dit. Et je vous demande de l'applaudir très fort...

Franck siffla entre ses doigts.

Philibert entra pesamment. En armure. Avec la cotte de mailles, l'aigrette au vent, la grande épée, le bouclier et toute la quincaille.

Frissons dans l'assistance.

Il se mit à parler mais on ne comprenait rien.

Au bout de quelques minutes, un gamin s'est approché avec un tabouret pour lui soulever sa visière.

L'autre, imperturbable, devint enfin audible.

Esquisses de sourires.

On ne savait pas encore si c'était du lard ou du cochon...

Philibert commença alors un strip-tease génial. À chaque fois qu'il retirait un morceau de ferraille, son petit page le nommait bien fort :

– Le casque... Le bassinet... Le gorgerin... Le colletin... Le plastron... La pansière... Les cubitières... Le gantelet... Les cuissards... Les genouillères... Les jambières...

Complètement désossé, notre chevalier finit par s'affaisser et le gosse lui retira ses «chaussures».

– Les solerets, annonça-t-il enfin, en les soulevant au-dessus de sa tête et en se bouchant le nez.

Vrais rires cette fois.

Rien ne vaut un bon gros gag pour chauffer une salle...

Pendant ce temps, Philibert, Jehan, Louis-Marie, Georges Marquet de la Durbellière détaillait, d'une voix monocorde et blasée, les branches de son arbre généalogique en énumérant les faits d'armes de sa prestigieuse lignée.

Son papy Charles contre les Turcs avec Saint Louis en 1271, son pépé Bertrand dans les choux à Azincourt en 1415, son tonton Bidule à la bataille de Fontenoy, son pépé Louis sur les berges de la Moine à Cholet, son grand-oncle Maximilien aux côtés de Napoléon, son arrière-grand-père sur le Chemin des Dames et son grand-père maternel prisonnier des boches en Poméranie.

Avec moult et moult détails. Les gosses ne pipaient pas mot. L'Histoire de France en 3 D. Du grand art.

– Et la dernière feuille de l'arbre, conclut-il, la voilà.

Il se releva. Tout blanc et tout maigrelet, seulement vêtu d'un caleçon imprimé de fleurs de lys.

– C'est moi, vous savez ? Celui qui compte ses cartes postales...

Son page lui apporta une capote militaire.

– Pourquoi ? les interrogea-t-il. Pourquoi, diantre, le dauphin d'un tel convoi compte et recompte des bouts de papier dans un lieu qu'il abhorre ? Eh bien, je vais vous le dire...

Et là, le vent tourna. Il raconta sa naissance cafouilleuse parce qu'il se présentait mal, «déjà...» soupira-t-il, et que sa mère refusait d'aller dans un hôpital où l'on pratiquait des avortements. Il raconta son enfance coupée du monde pendant laquelle on lui apprenait à garder ses distances d'avec le petit peuple. Il raconta ses années de pensionnat avec son Gaffiot comme fer de lance et les innombrables mesquineries dont il fut la victime, lui qui ne connaissait des rapports de force que les mouvements lents de ses soldats de plomb...

Et les gens riaient.

Ils riaient parce que c'était drôle. Le coup du verre de pipi, les railleries, les lunettes jetées dans les cabinets, les provocations à la branlette, la cruauté des petits paysans de Vendée et les consolations douteuses du surveillant. La blanche colombe, les longues prières du soir pour pardonner à ceux qui nous avaient offensés et ne pas nous soumettre à la tentation et son père qui lui demandait chaque samedi s'il avait su tenir son rang et faire honneur à ses ancêtres pendant qu'il se trémoussait parce qu'on lui avait encore passé la bistouquette au savon noir.

Oui, les gens riaient. Parce qu'il en riait, lui, et qu'on était avec lui désormais.

Tous des princes...

Tous derrière son panache blanc...

Tous émus.

Il raconta ses TOC. Troubles obsessionnels compulsifs. Son Lexo, ses feuilles de sécu où son nom ne tenait jamais, ses bégaiements, ses cafouillages, quand sa langue s'embourbait dans son trouble, ses crises d'angoisse dans les lieux publics, ses dents dévitalisées, son crâne dégarni, son dos un peu voûté déjà et tout ce qu'il avait perdu en cours de route pour être né sous un autre siècle. Élevé sans télévision, sans journaux, sans sorties, sans humour et surtout sans la moindre bienveillance pour le monde qui l'entourait.

Il donna des cours de maintien, des règles de savoir-vivre, rappela les bonnes manières et autres usages du monde en récitant par cœur le manuel de sa grand-mère :

«Les personnes généreuses et délicates ne se servent jamais, en présence d'un domestique, d'une comparaison qui peut être injurieuse pour lui. Par exemple : "Untel se conduit comme un laquais." Les grandes dames d'autrefois ne se piquaient pas d'une telle sensibilité, allez-vous dire et je sais en effet, qu'une duchesse du XVIIIe siècle avait coutume d'envoyer ses gens en place de Grève à chaque exécution en leur disant crûment : "Allez à l'école !"

«*Nous ménageons mieux aujourd'hui la dignité humaine et la juste susceptibilité des petits et des humbles; c'est l'honneur de notre temps...*

«*Mais tout de même!* renchérit-il, *la politesse des maîtres envers les serviteurs ne doit pas dégénérer en familiarité basse. Par exemple, rien n'est aussi vulgaire que d'écouter les cancans de ses gens...*»

Et l'on souriait encore. Même si cela ne nous faisait pas rire.

Enfin, il parla le grec ancien, récita des prières en latin à tire-larigot et avoua qu'il n'avait jamais vu *La Grande Vadrouille* car l'on s'y moquait des religieuses...
– Je crois que je suis le seul Français qui n'ait pas vu *La Grande Vadrouille*, non?
Des voix gentilles le rassuraient : Nan, nan... T'es pas le seul...

– Heureusement je... Je vais mieux. Je...j'ai descendu le pont-levis, je crois... Et je... J'ai quitté mes terres pour aimer la vie... J'ai rencontré des gens beaucoup plus nobles que moi et je... Enfin... Certains sont dans la salle et je ne voudrais pas les mettre ma...mal à l'aise mais...

Comme il les regardait, tous se retournèrent vers Franck et Camille qui essayaient désespérément de rrr... hum... de ravaler la boule qu'ils avaient dans la gorge.
Parce que ce type qui parlait, là, ce grand échalas qui les faisait tous marrer en racontant ses misères, c'était leur Philou à eux, leur ange gardien, leur SuperNesquick venu du ciel. Celui qui les avait sauvés en refermant ses grands bras maigrichons sur leurs dos découragés...

Pendant que les gens l'applaudissaient, il finissait de se rhabiller. Il était désormais en queue de pie et chapeau claque.

– Eh bien voilà... Je crois que j'ai tout dit... J'espère ne pas vous avoir trop importunés avec ces breloques poussiéreuses... Si c'était le cas hélas, je vous prie de m'excuser et de présenter vos doléances à cette demoiselle Loyale en cheveux roses car c'est elle qui m'a forcé à me tenir devant vous ce soir... Je vous promets que je ne recommencerai pas, mais euh...

Il agita sa canne en direction des coulisses et son page revint avec une paire de gants et un bouquet de fleurs.

– Notez la couleur... ajouta-t-il en les enfilant, beurre frais... Mon Dieu... Je suis d'un classicisme indécrottable... Ou en étais-je déjà? Ah, oui! Les cheveux roses... Je... Je... sais que monsieur et madame Martin, les parents de mademoiselle de Belleville, sont dans la salle et je... je... je... je...

Il s'agenouilla :

– Je... je bégaye, n'est-ce pas?

Rires.

– Je bégaye et c'est bien normal pour une fois puisque je viens vous demander la main de votre fi...

À ce moment-là, un boulet de canon traversa la scène et vint le faire trébucher. Son visage disparut alors sous une corolle de tulle et l'on entendit :

– Hiiiiiiiiiiiii, je vais être marquiiiiiiiiiiiiiii-seu!!!!

Les lunettes de travers, il se releva en la portant dans ses bras :

– Fameuse conquête, vous ne trouvez pas?

Il souriait.

– Mes ancêtres peuvent être fiers de moi...

11

Camille et Franck n'assistèrent pas au pot de fin d'année de la troupe car ils ne pouvaient se permettre de louper le Zack de 23:58.

Ils étaient assis l'un à côté de l'autre cette fois et ne furent guère plus bavards qu'à l'aller.

Trop d'images, trop de secousses...

– Tu crois qu'il va rentrer ce soir?

– Mmm... N'a pas l'air trop à cheval sur l'étiquette cette jeune fille...

– C'est fou, hein?

– Complètement fou...

– T'imagines la gueule de la Marie-Laurence quand elle va découvrir sa nouvelle belle-fille?

– À mon avis, ce n'est pas pour demain...

– Pourquoi tu dis ça?

– Je ne sais pas... Intuition féminine... L'autre jour, au château, quand on se promenait après le déjeuner avec Paulette, il nous a dit en tremblant de rage : «Vous vous rendez compte? C'est Pâques et ils n'ont même pas caché d'œufs pour Blanche...» Je me trompe peut-être mais j'ai eu l'impression que c'était la goutte d'eau qui venait de couper le cordon... À lui, ils ont tout fait subir sans qu'il n'en prenne ombrage plus que ça, mais là... Ne pas cacher d'œufs pour cette petite fille, c'était trop lamentable... Trop lamentable... J'ai senti qu'il évacuait sa colère en prenant de sombres dispositions... Tant mieux, tu me diras... C'est toi qui as raison : ils ne le méritaient pas...

Franck hocha la tête et ils en restèrent là. En allant plus loin, ils auraient été obligés de parler du futur au conditionnel (Et s'ils se marient, où vont-ils vivre ? Et nous, où allons-nous vivre ? etc.) et ils n'étaient pas prêts pour ce genre de discussion... Trop risquée... Trop casse-gueule...

Franck paya madame Perreira pendant que Camille racontait la nouvelle à Paulette puis ils mangèrent un morceau dans le salon en écoutant de la techno supportable.
– C'est pas de la techno, c'est de l'électro.
– Ah, excuse...

En effet, Philibert ne revint pas cette nuit-là et l'appartement leur sembla affreusement vide... Ils étaient heureux pour lui et malheureux pour eux... Un vieil arrière-goût d'abandon leur remontait en bouche...
Philou...

Ils n'eurent pas besoin de s'épancher pour se dire leur désarroi. Pour le coup, ils se recevaient cinq sur cinq.
Ils prirent le mariage de leur ami comme prétexte pour taper dans les alcools forts et trinquèrent à la santé de tous les orphelins du monde. Il y en avait tant et tellement qu'ils conclurent cette soirée mouvementée par une cuite magistrale.
Magistrale et amère.

12

Marquet de la Durbellière, Philibert, Jehan, Louis-Marie, Georges, né le 27 septembre 1967 à La Roche-sur-Yon (Vendée) épousa Martin, Suzy, née le 5 janvier 1980 à Montreuil (Seine-Saint-Denis) à la mairie du XXe arrondissement de Paris le premier lundi du mois de juin 2004 sous l'œil ému de ses témoins Lestafier, Franck, Germain, Maurice, né le 8 août 1970 à Tours (Indre-et-Loire) et Fauque Camille, Marie, Élisabeth née le 17 février 1977 à Meudon (Hauts-de-Seine) et en présence de Lestafier Paulette qui refuse de dire son âge.

Étaient aussi présents les parents de la mariée ainsi que son meilleur ami, un grand garçon aux cheveux jaunes à peine plus discret qu'elle...

Philibert portait un costume en lin blanc magnifique avec une pochette rose à pois verts.
Suzy portait une minijupe rose à pois verts magnifique avec un faux cul et une traîne de plus de deux mètres de long. «Mon rêve!» répétait-elle en riant.
Elle riait tout le temps.
Franck portait le même costume que Philibert en plus caramel. Paulette portait un chapeau confectionné par Camille. Une sorte de petit bibi-nid avec des oiseaux et des plumes dans tous les sens et Camille portait l'une des chemises de smoking blanches du grand-père de Philibert qui lui descendait jusqu'aux genoux. Elle avait noué une

cravate autour de sa taille et étrennait d'adorables sandales rouges. C'était la première fois qu'elle se mettait en jupe depuis... Pff plus que ça encore...

Ensuite tout ce beau monde alla pique-niquer dans les jardins des Buttes-Chaumont avec le grand panier de la Durbellière comme traiteur et en rusant pour ne pas se faire voir des gardiens.

Philibert déménagea 1/100 000ᵉ de ses livres dans le petit deux pièces de son épouse qui n'imagina pas une seconde quitter son quartier adoré pour un enterrement de première classe de l'autre côté de la Seine...
C'est dire si elle était désintéressée et c'est dire s'il l'aimait...

Il avait gardé sa chambre cependant et ils y dormaient à chaque fois qu'ils venaient dîner. Philibert en profitait pour ramener des livres et en prendre d'autres et Camille en profitait pour continuer le portrait de Suzy.
Elle ne le sentait pas... Encore une qui ne se laisserait pas prendre... Hé! Les risques du métier...

Philibert ne bégayait plus mais cessait de respirer dès qu'elle sortait de son punctum.
Et quand Camille s'étonnait de la rapidité avec laquelle ils s'étaient engagés, ils la regardaient bizarrement. Attendre quoi? Pourquoi perdre du temps sur le bonheur? C'est complètement idiot ce que tu dis là...
Elle secouait la tête, dubitative et attendrie, pendant que Franck la regardait en tapinois...

Laisse tomber, tu peux pas comprendre, toi...Tu peux pas comprendre ça... T'es tout en nœuds... Y a que tes dessins qui sont beaux... T'es toute rétractée à l'intérieur de toi... Quand je pense que j'ai cru que t'étais vivante... Putain, fallait vraiment que je sois accro ce soir-là pour me foutre le doigt dans l'œil à ce point... Je croyais que t'étais venue me faire l'amour alors que t'étais juste affamée... Quel gros niais, je te jure...

Tu sais c'qu'y faudrait? Y faudrait te purger la tête comme on vide un poulet et te sortir toute la merde que t'as là-dedans une bonne fois pour toutes. Y sera fortiche, le mec qu'arrivera à te déplier... Pas sûr qu'il existe d'ailleurs... Philou me dit que c'est parce que t'es comme ça que tu dessines bien, eh ben putain, c'est cher payé...

– Alors mon Franck? le secouait Philibert, tu as l'air tout chose à présent...
– Fatigué...
– Allez... C'est bientôt les vacances...
– Pff... Encore tout le mois de juillet à tirer... D'ailleurs je vais aller me coucher parce que je me lève tôt demain : je mets ces dames au vert...

Aller passer l'été à la campagne... C'était une idée de Camille et Paulette n'y voyait pas d'inconvénients... Pas plus excitée que ça, la mémé... Mais partante. Partante pour tout du moment qu'on ne la forçait à rien...

Quand elle lui annonça son plan, Franck commença enfin à se faire une raison.

Elle pouvait vivre loin de lui. Elle n'était pas amoureuse et ne le serait jamais. Elle l'avait prévenu en plus : «Merci Franck. Moi non plus.» Après c'était son problème s'il s'était cru plus fort qu'elle et plus fort que le monde entier. Eh, non, mon gars, t'es pas le plus fort... Eh non... C'est pas faute de te l'avoir fait comprendre pourtant, hein? Mais t'es tellement têtu, tellement faraud…

T'étais pas encore né que c'était déjà du n'importe quoi ta vie alors pourquoi ça changerait maintenant? Qu'est-ce que tu croyais? Que parce que tu la sautais de tout ton cœur et que t'étais gentil avec elle, ça te tomberait tout cuit dans le bec, le bonheur… Pff… Quelle pitié… Regarde-le un peu, tu l'as vu ton jeu? Où tu comptais aller avec ça, dis-moi? Où tu comptais aller? Franchement?

Elle posa son sac et la valise de Paulette dans l'entrée et vint le rejoindre dans la cuisine.
– J'ai soif.
– …
– Tu fais la gueule? Ça t'ennuie qu'on parte?
– Pas du tout! Je vais pouvoir m'amuser un peu…
Elle se leva et le prit par la main :
– Allez, viens…
– Où ça?
– Te coucher.
– Avec toi?
– Ben oui!
– Non.
– Pourquoi?
– J'ai pu envie… T'es tendre que si t'as un coup dans le nez… Tu fais que tricher avec moi, j'en ai marre…
– Bon…
– Tu souffles le chaud et le froid… C'est dégueulasse comme façon de faire…
– …
– C'est dégueulasse…
– Mais moi je suis bien avec toi…
– «Mais moi je suis bien avec toi…» reprit-il d'une voix

niaiseuse. J'en ai rien à foutre que tu sois bien avec moi. Moi je voulais que tu sois avec moi, point. Le reste, là... Tes nuances, ton flou artistique, tes petits arrangements avec ton cul et ta conscience, tu te les gardes pour un autre nigaud. Cui-ci, il a tout rendu. T'en tireras rien de plus à présent et tu peux laisser tomber l'affaire, princesse...

– T'es tombé amoureux, ç'est ça?

– Oh, tu fais chier, Camille! C'est ça! Parle-moi comme si j'étais un grand malade maintenant! Putain un peu de pudeur, merde! Un peu de décence! Je mérite pas ça quand même! Allez... Tu vas te barrer et ça va me faire du bien... Qu'est-ce que je fous aussi à me laisser emmerder par une nana qui mouille à l'idée de passer deux mois dans un trou paumé toute seule avec une vioque? T'es pas normale comme fille et si t'étais un minimum honnête, t'irais te faire soigner avant d'agripper le premier couillon qui passe.

– Paulette a raison. C'est incroyable ce que tu es grossier...

Le trajet, le lendemain matin, parut hum... assez long.

Il leur laissa la voiture et repartit sur sa vieille pétrolette.

– Tu reviendras samedi prochain?

– Pour quoi faire?

– Euh... Pour te reposer...

– On verra...

– Je te le demande...

– On verra...

– On s'embrasse pas?

– Nan. Je viendrai te baiser samedi prochain si j'ai rien de mieux à faire mais je t'embrasse plus.

– Bon.

Il alla dire au revoir à sa grand-mère et disparut au bout du chemin.

Camille retourna à ses gros pots de peinture. Elle donnait dans la décoration intérieure maintenant...

Elle commença à réfléchir et puis non. Sortit ses pinceaux du white-spirit et les essuya longuement. Il avait raison : on verra.

Et leur petite vie reprit. Comme à Paris mais en plus lente encore. Et au soleil.

Camille fit la connaissance d'un couple d'Anglais qui retapaient la maison d'à côté. On s'échangea des trucs, des astuces, des outils et des verres de gin tonic à l'heure où les martinets mènent la danse.

Elles allèrent au musée des Beaux-Arts de Tours, Paulette attendit sous un cèdre immense (trop d'escaliers) pendant que Camille découvrait le jardin, la très jolie femme et le petit-fils du peintre Édouard Debat-Ponsan. Il n'était pas dans le dictionnaire celui-là... Comme Emmanuel Lansyer dont elles avaient visité le musée à Loches quelques jours plus tôt... Camille aimait beaucoup ces peintres qui n'étaient pas dans le dictionnaire... Ces petits maîtres, comme on disait... Les régionaux de l'étape, ceux qui n'avaient pour cimaise que les villes qui les avaient accueillis. Le premier restera à jamais le grand-père d'Olivier Debré et le second l'élève de Corot... Bah... Sans la chape du génie et de la postérité, leurs tableaux se laissaient aimer plus tranquillement. Et plus sincèrement peut-être...

Camille était sans cesse en train de lui demander si elle ne voulait pas aller aux toilettes. C'était idiot, ce truc d'incontinence mais elle se raccrochait à cette idée fixe pour la garder près du bord... La vieille dame s'était laissée aller une fois ou deux et elle l'avait engueulée copieusement :

«Ah! Non, ma petite Paulette, tout ce que vous voulez mais pas ça! Je suis là rien que pour vous! Demandez-moi! Restez avec moi, bon sang! Qu'est-ce que ça veut dire de se chier dessus comme ça? Vous n'êtes pas enfermée dans une cage que je sache?

– ...

– Hé! Ho! Paulette! Répondez-moi. Vous virez sourde en plus?

– Je voulais pas te déranger...

– Menteuse! Vous ne vouliez pas *vous* déranger!»

Le reste du temps, elle jardinait, bricolait, travaillait pensait à Franck et lisait – enfin – *Le Quatuor d'Alexandrie*. À voix haute quelquefois... Pour la mettre dans l'ambiance... Et puis c'était son tour de raconter les opéras...

«Écoutez, là, c'est très beau... Don Rodrigue propose à son ami d'aller mourir à la guerre avec lui pour lui faire oublier qu'il est amoureux d'Élisabeth...

«Attendez, je monte le son... Écoutez-moi ce duo, Paulette... Dieu, tu semas dans nos â-â-âmes... fredonnait-elle en bougeant ses poignets, na ninana ninana...

«C'est beau, hein?»

Elle s'était assoupie

Franck ne vint pas le week-end suivant mais elles eurent la visite des inséparables monsieur et madame Marquet.

Suzy avait posé son coussin de yoga dans les herbes folles et Philibert lisait dans un transat des guides sur l'Espagne où ils devaient se rendre la semaine suivante pour leur voyage de noces...

– Chez Juan Carlos... Mon cousin par alliance.

– J'aurais dû m'en douter... sourit Camille.

– Mais... Et Franck? Il n'est pas là?

– Non.

– En motocyclette?

– Je ne sais pas...

– Tu veux dire qu'il est resté à Paris?

– J'imagine...

– Oh Camille... se désola-t-il...

– Quoi, Camille? s'énerva-t-elle, Quoi? C'est toi-même qui m'as dit en parlant de lui la première fois qu'il était impossible... Qu'il avait rien lu à part les petites annonces de *Motobeaufeland Magazine,* que... que...

– Chut. Calme-toi. Je ne te reproche rien.

– Non, tu fais pire...

– Vous aviez l'air si heureux...

– Oui. Eh bien justement. Restons-en là. N'abîmons pas tout...

– Tu crois que c'est comme tes mines de crayons? Tu crois que ça s'use quand on s'en sert?

– De quoi?

– Les sentiments.

– De quand date ton dernier autoportrait?

– Pourquoi tu me demandes ça?

– De quand?

– Longtemps...

– C'est bien ce que je pensais...

– Ça n'a rien à voir.

– Non bien sûr...

– Camille?

– Mmm…

– Le 1er octobre 2004 à huit heures du matin…

– Oui?

Il lui tendit la lettre de Maître Buzot, notaire à Paris.

Camille la lut, la lui rendit et s'allongea dans l'herbe à ses pieds.

– Pardon?

– C'était trop beau pour durer…

– Je suis désolé…

– Arrête.

– Suzy regarde les annonces dans notre quartier… C'est bien aussi, tu sais? C'est… c'est pittoresque comme dirait mon père…

– Arrête. Et Franck, il est au courant?

– Pas encore.

Il s'annonça pour la semaine suivante.

– Je te manque trop? lui susurra Camille au téléphone.

– Nan. J'ai des trucs à faire sur ma moto… Philibert t'a montré la lettre?

– Oui.

– …

– Tu penses à Paulette?

– Oui.

– Moi aussi.

– On a joué au yo-yo avec elle… On aurait mieux fait de la laisser là où elle était…

– Tu le penses vraiment? ajouta Camille.

– Non.

13

La semaine passa.

Camille se lava les mains et retourna dans le jardin rejoindre Paulette qui prenait le soleil dans son fauteuil.

Elle avait préparé une quiche… Enfin une espèce de tarte avec des bouts de lardons dedans… Enfin, un truc à manger, quoi…

Une vraie petite femme soumise attendant son homme…

Elle était déjà à genoux en train de gratter la terre quand sa vieille compagne murmura dans son dos :
– Je l'ai tué.
– Pardon ?
Misère.
Elle débloquait de plus en plus ces derniers temps…

– Maurice… Mon mari… Je l'ai tué.

Camille se redressa sans se retourner.

– J'étais dans la cuisine en train de chercher mon porte-monnaie pour aller au pain et je… Je l'ai vu tomber… Il était très malade du cœur, tu sais… Il râlait, il soupirait, son visage était… Je… J'ai mis mon gilet et je suis partie.

« J'ai pris tout mon temps… Je me suis arrêtée devant chaque maison… Et le petit, comment ça va ? Et vos rhumatismes, ça s'arrange? Et cet orage qui se prépare, vous avez vu? Moi qui ne suis pas très causante, j'étais bien aimable ce matin-là... Et le pire de tout c'est que j'ai joué une grille de Loto... Tu te rends compte? Comme si c'était mon jour de chance... Bon et puis je... Je suis rentrée quand même et il était mort.»

Silence.

– J'ai jeté mon billet parce que je n'aurais jamais eu le toupet de vérifier les numéros gagnants et j'ai appelé les pompiers... Ou le Samu... Je ne sais plus... Et c'était trop tard. Et je le savais...

Silence.

– Tu ne dis rien?

– Non.

– Pourquoi tu ne dis rien?

– Parce que je pense que c'était son heure.

– Tu crois? la supplia-t-elle.

– J'en suis sûre. Une crise cardiaque, c'est une crise cardiaque. Vous m'avez dit un jour qu'il avait eu quinze ans de sursis. Eh ben voilà, il les avait eus.

Et pour lui prouver sa bonne foi, elle se remit à travailler comme si de rien n'était.

– Camille?

– Oui.

– Merci.

Quand elle se releva une bonne demi-heure plus tard, l'autre dormait en souriant.

Elle alla lui chercher une couverture.

Ensuite elle se roula une cigarette.

Ensuite elle se nettoya les ongles avec une allumette.

Ensuite elle alla vérifier sa «quiche».

Ensuite elle coupa trois petites salades et quelques brins de ciboulette.

Ensuite elle les lava.

Ensuite elle se servit un verre de blanc.

Ensuite elle prit une douche.

Ensuite elle retourna dans le jardin en enfilant un pull.

Elle posa une main sur son épaule :

– Hé… Vous allez prendre froid ma Paulette…

Elle la secoua doucement :

– Ma Paulette ?

Jamais un dessin ne lui demanda autant de mal.

Elle n'en fit qu'un.

Et peut-être était-ce le plus beau…

14

Il était plus d'une heure quand Franck réveilla tout le village.

Camille était dans la cuisine.

– Encore en train de picoler?

Il posa son blouson sur une chaise et attrapa un verre dans le placard au-dessus de sa tête.
– Bouge pas.

Il s'assit en face d'elle :
– Elle est déjà couchée, ma mémé?
– Elle est dans le jardin...
– Dans le jar...
Et quand Camille leva son visage, il se mit à gémir.
– Oh non, putain... Oh non...

15

– Et pour la musique ? Vous avez une préférence ?
Franck se retourna vers Camille.
Elle pleurait.
– Tu vas nous trouver quelque chose de joli, toi, hein ?
Elle secoua la tête
– Et pour l'urne ? Vous… Vous avez regardé les tarifs ?

16

Camille n'eut pas le courage de retourner à la ville pour trouver un CD correct. En plus elle n'était pas sûre de le trouver... Et puis elle n'avait pas le courage.

Elle sortit la cassette qui était encore dans l'autoradio et la tendit au monsieur du crématorium.
– Il n'y a rien à faire ?
– Non.

Parce que c'était vraiment son chouchou, celui-là... La preuve, il avait même chanté une chanson rien que pour elle, alors...

Camille la lui avait compilée pour la remercier du pull abominable qu'elle lui avait tricoté cet hiver et elles l'avaient encore écoutée religieusement l'autre jour en revenant des jardins de Villandry.
Elle l'avait regardée sourire dans le rétroviseur...

Quand il chantait ce grand jeune homme, elle avait vingt ans, elle aussi.
Elle l'avait vu en 1952 du temps où il y avait un music-hall près des cinémas.
– Ah... Il était si beau... soupirait-elle, si beau...

On confia donc à Monseigneur Montand le soin de se charger de l'oraison funèbre.

Et du Requiem...

Quand on partait de bon matin, quand on partait sur les
chemins,
À bicy-clèèè-teu,
Nous étions quelques bons copains,
Y avait Fernand, y avait Firmin, y avait Francis et Sébastien,
Et puis Pau-lèèè-teu...

On était tous amoureux d'elle, on se sentait pousser des ailes,
À bicy-clèèè-teu...

Et Philou qui n'était même pas là...
Parti dans ses châteaux en Espagne...
Franck se tenait très droit, les mains derrière le dos.
Camille pleurait.

La, la, la... Mine de rien,
La voilà qui revient,
La chanso-nnet-teu...
Elle avait disparu,
Le pavé de ma rue,
Était tout bê-teu...

Les titis, les marquis
C'est parti mon kiki...

Elle souriait... *les titis, les marquis...* Mais c'est nous, ça...

La, la, la, haut les cœurs
Avec moi tous en chœur...
La chanso-nnet-teu...

Madame Carminot tripotait son chapelet en reniflant.

Combien étaient-ils dans cette fausse chapelle en faux marbre?

Une dizaine peut-être?

À part les Anglais, que des vieux...

Surtout des vieilles.

Surtout des vieilles qui hochaient la tête tristement.

Camille s'effondra sur l'épaule de Franck qui continuait de se triturer les phalanges.

Trois petites notes de musique,
Ont plié boutique,
Au creux du souvenir...
C'en est fini d'leur tapage,
Elles tournent la page,
Et vont s'endormir...

Le monsieur moustachu fit un signe à Franck.

Il acquiesça.

La porte du four s'ouvrit, le cercueil roula, la porte se referma et... Pfffouuuuff...

Paulette se consuma une dernière fois en écoutant son crooner adoré.

... Et s'en alla... clopin... clopant... dans le soleil... Et dans... le vent...

Et l'on s'embrassa. Les vieilles rappelèrent à Franck combien elles l'aimaient sa grand-mère. Et il leur souriait. Et il se broyait les molaires pour ne pas pleurer.

Les bonnes gens se dispersèrent. Le monsieur lui fit signer des papiers et un autre lui tendit une petite boîte noire.

Très belle. Très chic.

Qui brillait sous le faux lustre à intensité variable.
À gerber.

Yvonne les invita à prendre un petit remontant.
– Non merci.
– Sûr?
– Sûr, répondit Franck en s'agrippant à son bras.

Et ils se retrouvèrent dans la rue.
Tout seuls.
Tous les deux.

Une dame d'une cinquantaine d'années les aborda.
Elle leur demanda de venir chez elle.
Ils la suivirent en voiture.
Ils auraient suivi n'importe qui.

Elle leur prépara un thé et sortit un quatre-quarts du four.
Elle se présenta. Elle était la fille de Jeanne Louvel.
Il ne voyait pas.

– C'est normal. Quand je suis venue habiter la maison de
ma mère, vous étiez parti depuis longtemps déjà…

Elle les laissa boire et manger tranquillement.
Camille alla fumer dans le jardin. Ses mains tremblaient.
Quand elle revint s'asseoir avec eux, leur hôte alla cher-
cher une grosse boîte.

– Attendez, attendez. Je vais vous la retrouver… Ah! La
voilà! Tenez…

C'était une toute petite photo crantée crème avec une
signature chichiteuse en bas à droite.

Deux jeunes femmes. Celle de droite riait en fixant l'appareil et celle de gauche baissait les yeux sous un chapeau
noir.
Toutes les deux chauves.

– Vous la reconnaissez?
– Pardon?
– Là… C'est votre grand-mère.
– Là?
– Oui. Et à côté c'est ma tante Lucienne… La sœur aînée
de ma mère…
Franck tendit la photo à Camille.

– Ma tante était institutrice. On disait que c'était la plus jolie fille du pays... On disait aussi qu'elle était bien bêcheuse, cette petite... Elle avait de l'instruction et avait refusé plusieurs fois sa main, alors oui, une drôle de petite bêcheuse... Le 3 juillet 1945, Rolande F. couturière de son état, déclare... Ma mère connaissait le procès-verbal par cœur... *Je l'ai vue s'amuser, rire, plaisanter et même un certain jour avec eux (des officiers allemands) jouer à s'arroser en tenue de bain dans la cour de l'école.*

Silence.

– Ils l'ont tondue ? finit par demander Camille.

– Oui. Ma mère m'a raconté qu'elle est restée prostrée pendant des jours et des jours et qu'un matin sa bonne amie Paulette Mauguin est venue la chercher. Elle s'était rasé la tête avec le coupe-chou de son père et riait devant leur porte. Elle l'a prise par la main et l'a forcée à l'accompagner en ville chez un photographe. « Allez, viens... lui disait-elle, ça nous fera un souvenir... Viens, je te dis ! Ne leur fais pas ce plaisir... Allez... Lève la tête, ma Lulu... Tu vaux mieux qu'eux, va... » Ma tante n'osa pas sortir sans chapeau et refusa de l'enlever chez le photographe, mais votre grand-mère... Regardez-moi ça... Cet air espiègle... Quel âge elle avait à l'époque ? Vingt ans ?

– Elle est de novembre 1921.

– Vingt-trois ans... Courageuse petite bonne femme, hein ? Tenez... Je vous la donne...

– Merci répondit Franck, la bouche toute tordue.

Une fois dans la rue, il se tourna vers elle et lui lança crânement :

– C'était quelqu'un ma mémé, hein ?

Et il se mit à pleurer.

Enfin.

– Ma petite vieille… sanglotait-il. Ma petite vieille à moi… La seule que j'avais au monde…

Camille se figea soudain et retourna chercher le carton noir en courant.

Il dormit dans le canapé et se leva très tôt le lendemain.

Depuis la fenêtre de sa chambre, Camille le vit disperser une poudre très fine au-dessus des pavots et des pois de senteur…

Elle n'osa pas sortir tout de suite et quand enfin, elle se décida à lui apporter un bol de café brûlant, elle entendit le vrombissement de sa moto qui s'éloignait.

Le bol se cassa et elle s'effondra sur la table de la cuisine.

Elle se releva plusieurs heures plus tard, se moucha, prit une douche froide et retourna à ses pots de peinture.

Elle avait commencé à repeindre cette putain de maison et elle finirait son boulot.

Elle se brancha sur la FM et passa les journées suivantes en haut d'une échelle.

Elle envoyait un texto à Franck toutes les deux heures environ pour lui raconter où elle en était :

09:13 Indochine, dessus buffet
11:37 Aïcha, Aïcha, écoute-moi, tour fenêtre
13:44 Souchon, clope jardin
16:12 Nougaro, plafond
19:00 infos, jambon beurre
10:15 Beach boys, s. de bains
11:55 Bénabar, c'est moi, c'est Nathalie, pas bougé
15:03 Sardou, rincé pinceaux
21:23 Daho, dodo

Il ne lui répondit qu'une seule fois :
01:16 silence

Voulait-il dire : fin du service, paix, calme ou voulait-il dire : boucle-la ?

Dans le doute, elle éteignit son portable.

Camille ferma les volets, alla dire au revoir à… aux fleurs et caressa le chat en fermant les yeux.

Fin du mois de juillet.
Paris étouffait.

L'appartement était silencieux. C'était comme s'il les avait déjà chassés…
Hep, hep, hep, lui dit-elle, j'ai encore un truc à finir, moi…

Elle acheta un très beau cahier, colla sur la première page la charte idiote qu'ils avaient écrite un soir à La Coupole puis rassembla tous ses dessins, ses plans, ses croquis, etc. pour se souvenir de tout ce qu'ils laissaient derrière eux et qui allait disparaître du même coup…
Il y avait de quoi faire dix cages à lapins de luxe dans ce gros navire…

Ensuite seulement elle s'occuperait de vider la pièce d'à côté.
Ensuite…
Quand les épingles à cheveux et le tube de Polident seraient morts eux aussi…

En triant ses dessins, elle mit de côté les portraits de son amie.

Jusqu'à présent, elle n'était pas très emballée par cette idée d'expo mais à présent, si. À présent, c'était devenu son idée fixe : la faire vivre encore. Penser à elle, parler d'elle, montrer son visage, son dos, son cou, ses mains... Elle regrettait de ne pas l'avoir enregistrée quand elle racontait ses souvenirs d'enfance par exemple... Ou son grand amour.

« Ça reste entre nous, hein ?

– Oui oui...

– Eh bien, il s'appelait Jean-Baptiste... C'est beau comme prénom tu ne trouves pas ? Moi si j'avais eu un fils, je l'aurais appelé Jean-Baptiste... »

Pour le moment, elle entendait encore le son de sa voix mais... Jusqu'à quand ?

Comme elle avait pris l'habitude de bricoler en écoutant de la musique en boîte, elle alla dans la chambre de Franck pour lui emprunter sa chaîne.

Elle ne la trouva pas.
Et pour cause.
Il n'y avait plus rien.
Sauf trois cartons empilés le long du mur.

Elle posa sa tête sur le battant de la porte et le parquet se transforma en sables mouvants...
Oh, non... Pas lui... Pas lui *aussi*...
Elle se mordait les poings.
Oh, non... Ça recommençait... Elle était encore en train de perdre tout le monde...
Oh, non, putain...
Oh, non...

Elle claqua la porte et courut jusqu'au restaurant.

– Franck est là ? demanda-t-elle essoufflée.

– Franck? Nan, je crois pas, lui répondit un grand mou mollement.

Elle était en train de se pincer le nez pour ne pas pleurer.

– Il… Il ne travaille plus ici?

– Nan…

Elle lâcha son nez et…

– Enfin plus à partir de c'soir… Ah ben… Le v'là justement!

Il remontait des vestiaires avec tout son linge plié en boule.

– Tiens, tiens… fit-il en la voyant, revoilà notre belle jardinière…

Elle pleurait.

– Qu'est-ce qu'y a?

– Je croyais que t'étais parti…

– Demain.

– Quoi?

– Je pars demain.

– Où?

– En Angleterre.

– Pour… pourquoi?

– D'abord pour prendre des vacances et ensuite pour bosser… Mon chef m'a trouvé une super place…

– Tu vas nourrir la reine? essaya-t-elle de sourire.

– Nan, mieux que ça… Chef de partie au Westminster…

– Ah?

– Le top du top.

– Ah…

– Ça va, toi?

– …

– Allez, viens prendre un verre… On va pas se quitter comme ça quand même…

20

– À l'intérieur ou en terrasse ?

– À l'intérieur…

Il la regarda, dépité :

– T'as déjà reperdu tous les kilos que je t'avais donnés…

– …

– Pourquoi tu pars ?

– Parce que, je te dis… C'est une super promotion et puis euh… Ben voilà, quoi… J'ai pas les moyens d'habiter Paris, moi… Tu me diras, je pourrais toujours vendre la maison de Paulette mais je peux pas…

– Je comprends…

– Nan, nan, c'est pas ça… Pour les souvenirs que j'y laisse… euh… Nan, c'est juste que… Elle est pas à moi, cette baraque.

– Elle appartient à ta mère ?

– Non. À toi.

– …

– Les dernières volontés de Paulette… ajouta-t-il en sortant une lettre de son portefeuille. Tiens… Tu peux la lire…

Mon petit Franck,

Ne regarde pas mon écriture de souillon, je n'y vois plus rien.

Mais je vois bien que cette petite Camille aime beaucoup mon jardin et c'est la raison pour laquelle j'aimerais bien le lui léguer si tu n'y vois pas d'inconvénients…

Fais bien attention à toi et à elle si tu peux.
Je t'embrasse bien fort,
Mémé

– Tu l'as reçue quand ?

– Quelques jours avant que…qu'elle s'en aille… Je l'ai eue le jour où Philou m'a annoncé la vente de l'appart… Elle… Elle a compris que… Que c'était la merde, quoi…

Houfff… Ça tirait méchamment sur le collier étrangleur, là…

Heureusement un serveur arrivait :

– Monsieur ?

– Un Perrier citron, s'il vous plaît…

– Et la demoiselle ?

– Cognac… Double…

– Elle parle du jardin, pas de la maison…

– Ouais… Euh… On va pas chipoter, hein ?

– Tu vas partir ?

– Je viens de te le dire. J'ai déjà mon billet…

– Tu pars quand ?

– Demain soir…

– Pardon ?

– Je croyais que t'en avais marre de bosser pour les autres…

– Bien sûr que j'en ai marre mais qu'est-ce que tu veux que je fasse d'autre ?

Camille farfouilla dans son sac et sortit son carnet.

– Nan, nan, c'est fini, ça… se défendit-il en croisant ses mains devant son visage. Je suis plus là, je te dis…

Elle tournait les pages.

– Regarde… dit-elle, en le tournant vers lui.

– C'est quoi cette liste ?

– C'est tous les endroits qu'on a repérés, Paulette et moi, pendant nos promenades…

– Les endroits de quoi ?

– Les endroits vides où tu pourrais monter ton affaire… C'est pensé tu sais… Avant de noter les adresses, on en a vachement discuté toutes les deux ! Ceux qui sont soulignés ce sont les mieux… Celui-là là surtout, ce serait super… Une petite place derrière le Panthéon… Un ancien café tout bien dans son jus, je suis sûr que ça te plairait…

Elle goba la fin de son cognac.

– Tu délires complètement… Tu sais combien ça coûte d'ouvrir un resto ?

– Non.

– Tu délires complètement… Bon, allez… Faut que j'aille finir de ranger mes affaires… Je dîne chez Philou et Suzy ce soir, tu viens ?

Elle lui attrapa le bras pour l'empêcher de se relever.

– J'en ai de l'argent, moi…

– Toi ? Tu vis toujours comme une mendigote !

– Oui parce que je veux pas y toucher… Je l'aime pas ce blé-là, mais à toi, je veux bien le donner…

– …

– Tu te souviens quand je t'ai dit que mon père était assureur et qu'il était mort d'un… d'un accident du travail, tu te souviens ?

– Oui.

– Bon, ben, il a bien fait les choses… Comme il savait qu'il allait m'abandonner, au moins il a pensé à me blinder…

– Je comprends pas.

– Assurance vie… À mon nom…

– Et pourquoi tu... Pourquoi tu t'es jamais acheté une paire de pompes convenable alors?

– Parce que je te dis... J'en veux pas de ce fric. Y pue la charogne. Moi, c'est mon papa vivant que je voulais. Pas ça.

– Combien?

– Assez pour qu'un banquier te fasse des risettes et te propose un bon crédit, je pense...

Elle avait repris son carnet.

– Attends, je crois que je l'ai dessiné quelque part...

Il lui arracha des mains.

– Arrête, Camille... Arrête avec ça. Arrête de te cacher derrière ce putain de carnet. Arrête... Juste une fois, je t'en supplie...

Elle regardait le comptoir.

– Hé! Je te parle, là!

Elle regarda son tee-shirt.

– Nan, moi. Regarde-*moi*.

Elle le regarda.

– Pourquoi tu me dis pas simplement : «J'ai pas envie que tu partes»? Je suis comme toi, moi... J'en ai rien à foutre de ce fric si c'est pour le dépenser tout seul... Je... Je sais pas, merde... «J'ai pas envie que tu partes», c'est pas dur à dire comme phrase, si?

– Jetelaidjaahdi.

– Quoi?

– Je te l'ai déjà dit...

– Quand?

– Le soir du 31 décembre...

– Ouais mais ça, ça compte pas... C'était par rapport à Philou...

Silence.

– Camille?

Il articula distinctement :

– J'ai... pas... envie... que... tu... par... teu.

– J'ai...

– C'est bien, continue... Pas...

– J'ai peur.

– Peur de quoi?

– Peur de toi, peur de moi, peur de tout.

Il soupira.

Et soupira encore.

– Regarde. Fais comme moi.

Il prenait des poses de body-builder en plein concours de beauté.

– Serre tes poings, arrondis ton dos, plie tes bras, croise-les et ramène-les sous ton menton... Comme ça...

– Pourquoi? s'étonnait-elle.

– Parce que... Y faut que tu la fasses craquer cette peau qu'est trop petite pour toi, là... Regarde... T'étouffe là-dedans... Y faut que tu t'en sortes maintenant...Vas-y... Je veux entendre la couture qui craque dans ton dos...

Elle souriait.

– Putain, nan... Garde-le ton sourire à la noix... J'en veux pas... C'est pas ça que je te demande! Moi je te demande de vivre, merde! Pas de me sourire! Y a les bonnes femmes de la météo pour ça... Bon, j'y vais sinon je vais encore m'énerver... Allez, à c'soir...

21

Camille se creusa un terrier au milieu des cinquante mille coussins bariolés de Suzy, ne toucha pas à son assiette et but suffisamment pour rire aux bons endroits.

Même sans diapos, ils eurent droit à une séance de *Connaissance du Monde...*

Aragon ou Castille, précisait Philibert

– ... sont les mamelles du destin! répétait-elle à chaque photo.

Elle était gaite.

Triste et gaite.

Franck les quitta assez vite car il allait enterrer sa vie de Français avec ses collègues.

Quand Camille réussit à se lever enfin, Philibert la raccompagna jusqu'au macadam.

– Ça va aller?

– Oui.

– Tu veux que je t'appelle un taxi?

– Non merci. J'ai envie de marcher.

– Eh bien... Bonne promenade, alors...

– Camille?

– Oui.

Elle se retourna.

– Demain... Dix-sept heures quinze à la gare du Nord...

– Tu y seras?

Il secoua la tête.
– Hélas, non… Je travaille…

– Camille?
Elle se retourna encore.
– Toi… Vas-y pour moi… S'il te plaît…

22

– T'es venue secouer ton mouchoir ?
– Oui.
– C'est gentil…
– On est combien ?
– De quoi ?
– De filles venues agiter nos mouchoirs et te mettre du rouge à lèvres partout ?
– Ben regarde…
– Que moi ?!
– Eh ouais… grimaça-t-il, les temps sont durs… Heureusement que les Anglaises sont chaudes… Enfin, c'est ce qu'on m'a dit, hein !
– Tu vas leur apprendre le french kiss ?
– Entre autres… Tu m'accompagnes jusqu'au quai ?
– Oui.

Il avisa la pendule :
– Bon. Il ne te reste plus que cinq minutes pour arriver à prononcer une phrase de sept mots, c'est faisable, non ? Allez, badinait-il pour de faux, si c'est trop, sept, trois me suffiraient… Mais les bons, hein ? Merde ! J'ai pas composté mon billet… Alors ?
Silence.
– Tant pis… Je resterai crapaud…

Il remit son gros sac sur son épaule et lui tourna le dos.
Il courut pour choper le contrôleur.

Elle le vit qui récupérait son billet et lui faisait un grand signe de la main...

Et l'Eurostar lui fila entre les doigts...
Et elle se mit à pleurer, cette grosse bécasse.
Et l'on ne voyait plus qu'un petit point gris au loin...

Son portable sonna.
– C'est moi.
– Je sais, ça s'affiche...
– Je suis sûr que t'es en plein dans une scène hyper romantique, là... Je suis sûr que t'es toute seule au bout du quai, comme dans un film, en train de pleurer ton amour perdu dans un nuage de fumée blanche...
Elle pleurait de sourire.
– Pas... Pas du tout, réussit-elle à répondre, je... J'étais justement en train de sortir de la gare...

« Menteuse » fit une voix dans son dos.

Elle lui tomba dans les bras et le serra fort fort fort fort.
Jusqu'à ce que ça craque.

Elle pleurait.

Ouvrait les vannes, se mouchait dans sa chemise, pleurait encore, évacuait vingt-sept années de solitude, de chagrin, de méchants coups sur la tête, pleurait les câlins qu'elle n'avait jamais reçus, la folie de sa mère, les pompiers à genoux sur la moquette, la distraction de son papa, les galères, les années sans répit, jamais, le froid, le plaisir de la faim, les mauvais écarts, les trahisons qu'elle s'était imposées et ce vertige toujours, ce vertige au bord du gouffre et des goulots. Et les doutes, et son corps qui se dérobait toujours et le goût de l'éther et la peur de n'être jamais à la hauteur. Et Paulette aussi. La douceur de Paulette pulvérisée en cinq secondes et demie...

Il avait refermé son blouson sur elle et posé son menton sur sa tête.

– Allez... Allez... murmurait-il tout doucement sans savoir si c'était allez, pleure encore ou allez, ne pleure plus.

Comme elle voulait.

Ses cheveux le chatouillaient, il était plein de morve et très heureux.

Très heureux.

Il souriait. Pour la première fois de sa vie, il était au bon endroit au bon moment.

Il frottait son menton sur son crâne.

– Allez, ma puce... T'inquiète pas, on va y arriver... On fera pas mieux que les autres mais on fera pas pire non plus... On va y arriver, je te dis... On va y arriver... On a rien à perdre nous, puisqu'on a rien... Allez... Viens.

ÉPILOGUE

– Putain j'y crois pas là... J'y crois pas... râlait-il pour cacher son bonheur, il parle que de Philou, ce con! Et le service ceci et le service cela... Bien sûr! C'est pas dur pour lui! Il a les bonnes manières tatouées dans le sang! Et l'accueil, et le décor et les dessins de Fauque et gnagnagna... Et ma cuisine alors? Tout le monde s'en fout de ma cuisine?

Suzy lui arracha le journal des mains.

– *Coup de cœur pour ce bistrot blablabla où le jeune chef Franck Lestafier nous écarquille les papilles et nous repaît de ses bienfaits en réinventant une cuisine de ménage plus vive, plus légère, plus gaie, blablabla... En un mot c'est chaque jour le bonheur d'un repas du dimanche sans vieilles tantes et sans lundi...* Et alors? C'est quoi, ça? Les cours de la bourse ou du poulet rôti?

– Nan, c'est fermé! cria-t-il aux gens qui soulevaient le rideau. Oh et puis si, venez, tiens... Venez... Y en aura bien assez pour tout le monde... Vincent tu rappelles ton chien putain ou je le fous au congèle!

– Rochechouart au pied! lui ordonna Philibert.

– Barbès... Pas Rochechouart...

– Je préfère Rochechouart... Pas vrai Rochechouart? Allez viens voir ton vieil oncle Philou, t'auras un gros nonos...

Suzy riait.

Encore maintenant Suzy riait tout le temps.

– Ah vous voilà, vous! C'est bien, vous avez enlevé vos lunettes de soleil pour une fois!

Elle minauda un peu.

S'il n'avait pas encore maté la jeune, pour la vieille Fauque c'était dans la poche. La mère de Camille se tenait toujours à carreau en sa présence et le regardait avec les yeux moites de ceux qui ronronnent au Prozac…

– Maman, je te présente Agnès, une amie… Peter, son mari et leur petit Valentin…

Elle préférait dire «une amie» plutôt que «ma sœur».

Pas la peine de tenter un psychodrame alors que tout le monde s'en fichait… En plus elle était vraiment devenue son amie, alors…

– Ah! Enfin! Voilà Mamadou and Co! s'écria Franck. Tu m'as ramené ce que je t'avais demandé, Mamadou?

– Oh que oui et je te prie deu faire attention parce que c'est pas du piment d'oiseau, ça… Ça non…

– Merci, super, allez viens plutôt m'aider derrière…

– J'arrive… Sissi, fais attention au chien!

– Nan, nan, il est gentil…

– T'occupe toi. T'occupe pas deu mon éducation… Alors? Elle est où ta tambouillerie. Oh, mais c'est tout petit!

– C'est sûr! Tu prends toute la place!

– Oh… Mais c'est la vieille dame que j'avais vue chez vous, non? fit-elle en désignant le sous-verre.

– Ta ta, touche-pas. C'est mon gri-gri à moi, ça…

Mathilde Kessler vampait Vincent et son ami pendant que Pierre piquait un menu en douce. Camille s'était plongée dans le *Gazetin du Comestible*, un périodique de

1767 et s'en était inspiré pour dessiner des mets délirants...
C'était magnifique. Et euh... les... les originaux, ils sont
où ?

Franck était survolté, il était en cuisine depuis l'aube...
Pour une fois que tout le monde était là...
– Allez, allez à table, ça va refroidir ! Chaud ! Chaud
devant !
Il posa une grosse cocotte au milieu de la table et repartit
chercher une louche.

Philou remplissait les verres. Parfait, comme toujours.
Sans lui, le succès n'aurait pas été aussi rapide. Il avait ce
don merveilleux de mettre les gens à l'aise, trouvait toujours un compliment, un sujet de conversation, un mot
d'humour, une touche de french coquetterie... Et embras-
sait tous les particuleux du quartier... Tous des cousins
éloignés...

Quand c'était lui qui recevait, il se concevait bien,
s'énonçait clairement et les mots pour le dire lui venaient
aisément.
Et comme l'avait si platement écrit le journaliste de tout
à l'heure, il était «l'âme» de cette petite cantine chic...

– Allez, allez... rouspéta Franck, tendez-moi vos assiettes...
À ce moment-là, Camille qui gâgâtifiait depuis une heure
avec le petit Valentin en se cachant derrière sa serviette,
lâcha comme ça :
– Oh, Franck... Je voudrais le même...

Il finit de servir Mathilde, soupira... putain, faut vraiment que je fasse tout, ici, moi... reposa la louche dans le

plat, dénoua son tablier, le posa sur le dossier de sa chaise, prit le bébé, le remit dans les bras de sa maman, souleva son amoureuse, la cala sur son épaule comme un sac de patates ou une demi-carcasse de bœuf, gémit... c'est qu'elle avait grossi, la petite... ouvrit la porte, traversa la place, entra dans l'hôtel d'en face, tendit la main à Vishayan, son pote concierge qu'il nourrissait entre deux fax, le remercia et monta les escaliers en souriant.

www.ledilettante.com

ACHEVÉ D'IMPRIMER
LE 26 AOÛT 2005
PAR L'IMPRIMERIE FLOCH, À MAYENNE
(MAYENNE)

VINGT-QUATRIÈME TIRAGE

Dépôt légal : 1er trimestre 2004.
(63719)
Imprimé en France